香港文學大系

散文卷一

樊善標 主編

商務印書館

香港文學大系一九一九—一九四九・散文卷一

主　　編：樊善標
責任編輯：洪子平
封面設計：張　毅
出　　版：商務印書館（香港）有限公司
香港筲箕灣耀興道 3 號東滙廣場 8 樓
http://www.commercialpress.com.hk
發　　行：香港聯合書刊物流有限公司
香港新界大埔汀麗路 36 號中華商務印刷大廈 3 字樓
印　　刷：中華商務彩色印刷有限公司
香港新界大埔汀麗路 36 號中華商務印刷大廈
版　　次：2014 年 7 月第 1 版第 1 次印刷

ISBN 978 962 07 4503 4

《香港文學大系一九一九—一九四九》編輯委員會已盡力查究相片刊載權的資料。如有遺漏之處，請版權持有人與本編委會聯絡。

《香港文學大系一九一九——一九四九》人員名單

編輯委員會

總主編　陳國球
副總主編　陳智德
編輯委員　危令敦　陳國球　陳智德　黃子平
黃仲鳴　樊善標（按姓氏筆畫序）

顧　問

王德威　李歐梵　許子東　陳平原
黃子平（按姓氏筆畫序）

各卷主編

1　新詩卷　陳智德
2　散文卷一　樊善標
3　散文卷二　危令敦
4　小説卷一　謝曉虹
5　小説卷二　黃念欣
6　戲劇卷　盧偉力
7　評論卷一　陳國球
8　評論卷二　林曼叔
9　舊體文學卷　程中山
10　通俗文學卷　黃仲鳴
11　兒童文學卷　霍玉英
12　文學史料卷　陳智德

總序

陳國球

香港文學未有一本從本地觀點與角度撰寫的文學史，是說膩了的老話，也是一個事實。早期出現多種境外出版的香港文學史，疏誤實在太多，香港學界乃有先整理組織有關香港文學的資料，然後再為香港文學修史的想法。由於上世紀三〇年代面世的《中國新文學大系》被認為是後來「新文學史」書寫的重要依據，於是主張編纂香港文學大系的聲音，從一九八〇年代開始不絕於耳。[1] 這個構想在差不多三十年後，首度落實為十二卷的《香港文學大系一九一九—一九四九》。際此，有關「文學大系」如何牽動「文學史」的意義，值得我們回顧省思。

一、「文學大系」作為文體類型

在中國，以「大系」之名作書題，最早可能就是一九三五至三六年出版，由趙家璧主編，蔡元培總序，胡適、魯迅、茅盾、朱自清、周作人、郁達夫等任各集編輯的《中國新文學大系》。「大系」這個書業用語源自日本，指有系統地把特定領域之相關文獻匯聚成編以為概覽的出版物：「大」指此一出版物之規模；「系」指其間的組織聯繫。[2] 趙家璧在《中國新文學大系》出版五十年後的回憶文章，就提到他以「大系」為題是師法日本；他以為這兩字：

既表示選稿範圍、出版規模、動員人力之「大」，而整套書的內容規劃，又是一個有「系統」的整體，是按一個具體的編輯意圖有意識地進行組稿而完成的，與一般把許多單行本雜湊在一起的叢書文庫等有顯著的區別。[3]

《中國新文學大系》出版以後，在不同時空的華文疆域都有類似的製作，並依循着近似的結構方式組織各種文學創作、評論以至相關史料等文本，漸漸被體認為一種具有國家或地區文學史意義的文體類型。[4] 資料顯示，在中國內地出版的繼作有：

- 《中國新文學大系一九二七—一九三七》（上海：上海文藝出版社，一九八四—一九八九）；
- 《中國新文學大系一九三七—一九四九》（上海：上海文藝出版社，一九九〇）；
- 《中國新文學大系一九四九—一九七六》（上海：上海文藝出版社，一九九七）；
- 《中國新文學大系一九七六—二〇〇〇》（上海：上海文藝出版社，二〇〇九）。

另外也有在香港出版的：

- 《中國新文學大系續編一九二八—一九三八》（香港：香港文學研究社，一九六八）。

在臺灣則有：

- 《中國現代文學大系》（一九五〇—一九七〇）（台北：巨人出版社，一九七二）；
- 《當代中國新文學大系》（一九四九—一九七九）（台北：天視出版事業有限公司，一九七九—一九八一）；

➤《中華現代文學大系——臺灣一九七〇—一九八九》（台北：九歌出版社，一九八九）；

➤《中華現代文學大系（貳）——臺灣一九八九—二〇〇三》（台北：九歌出版社，二〇〇三）。

在新加坡和馬來西亞地區有：

➤《馬華新文學大系》（一九一九—一九四二）（新加坡：世界書局／香港：世界出版社，一九七〇—一九七二）；

➤《馬華新文學大系（戰後）》（一九四五—一九七六）（新加坡：世界書局，一九七九—一九八三）；

➤《新馬華文文學大系》（一九四五—一九六五）（新加坡：教育出版社，一九七一）；

➤《馬華文學大系》（一九六五—一九九六）（新山：彩虹出版有限公司，二〇〇四）。

內地還陸續支持出版過：

➤《戰後新馬文學大系》（一九四五—一九七六）（北京：華藝出版社，一九九九）；

➤《新加坡當代華文文學大系》（北京：中國華僑出版公司，一九九一—二〇〇一）；

➤《東南亞華文文學大系》（廈門：鷺江出版社，一九九五）；

➤《臺港澳暨海外華文文學大系》（北京：中國友誼出版公司，一九九三）等。

其他以「大系」名目出版的各種主題的文學叢書，形形色色還有許多，當中編輯宗旨及結構模式不少已經偏離《中國新文學大系》的傳統，於此不必細論。

1 「文學大系」的原型

由於趙家璧主編的《中國新文學大系》正是「文學大系」編纂方式的原型，其構思如何自無而有，如何具體成形，以至其文化功能如何發揮，都值得我們追跡尋索，思考這類型的文化工程的意義。在時機上，我們今天進行追索比較有利，因為主要當事人趙家璧，在一九八〇年代陸續發表回顧編輯生涯的文章，尤其文長萬字的〈話說《中國新文學大系》〉，除了個人回憶，還多方徵引紀錄文獻和相關人物的記述，對《新文學大系》由編纂到出版的過程有相當清晰的敘述。[5] 後來不少研究者如劉禾、徐鵬緒及李廣等，討論《中國新文學大系》的編輯過程時，幾乎都不出《編輯憶舊》一書所載。[6] 在此我們不必再費詞重複，而只揭其重點。

首先我們注意到作為良友圖書公司一個年輕編輯，趙家璧有編「成套文學書」的事業理想；同時，身為商業機構的僱員，他當然要照顧出版社的成本效益、當時的版權法例，以至政治審查等種種限制。[7] 從政治及文化傾向而言，趙家璧比較支持左翼思想，對國民政府正在推行的「新生活運動」，以至提倡尊孔讀經、重印古書等，不以為然。因此，他想要編集「五四」以來的文學作品成叢書的想法，可說是在運動落潮以後，重新召喚歷史記憶及其反抗精神的嘗試。[8]

在趙家璧構思計劃的初始階段，有兩本書直接起了啟迪作用：阿英（錢杏邨）介紹給他的劉半農編《初期白話詩稿》，以及阿英以筆名「張若英」寫的《中國新文學運動史》。前者成了趙家璧「理想中的那本『五四』以來詩集的雛形」，後者引發他思考：「如果沒有『五四』新文學運動的理論建設，怎麼可能產生如此豐富的各類文學作品呢？」由是，趙家璧心中要鋪陳展現的不僅止是歷史上出現過的文學現象，他更要揭示其間的原因和結果；原來僅限作品採集的「『五四』以來文學名著百種」的想法，變成「請人編選各集，在集後附錄相關史料」的比較立體的構想，再進而落實為「一套包括理論、作品、史料」的「新文學大系」。《史料集》一卷的作用主要是為選入的作品佈置歷史定位的座標，提供敘事的語境；而「理論」部分，因為鄭振鐸的建議，擴充為《建設理論集》和《文學論爭集》。這兩集被列作《大系》的第一、二集，引領讀者走進一個文學史敘事體的閱讀框架：新文學好比這個敘事體中的英雄，其誕生、成長，以至抗衡、挑戰，甚而擊潰其他文學「惡」勢力（包括「舊體文學」、「鴛鴦蝴蝶文學」等）的故事輪廓就被勾勒出來。其餘各集的長篇〈導言〉，從不同角度作出點染着色，讓置身這個「歷史圖象」的各體文學作品，成為充實「寫真」的具體細部。

《中國新文學大系》的主體當然是其中的《小説集》、《散文集》、《新詩集》和《戲劇集》等七卷。劉禾對《大系》作了一個非常矚目的判斷；她認定它「是一個自我殖民的規劃」（“self-colonizing project”），證據之一是《大系》按照「小説、詩歌、戲劇、散文」的文類形式四分法（“four-way division of generic forms”）組織「所有文學作品」，而這四種文類形式是英語的“fiction”，“poetry”，“drama”，“familiar prose”的對應翻譯，《大系》把這種西方文學形式的「『翻譯』的基準」（“‘translated’ norms”）典律化，使自梁啟超以來顛覆古典文學之經典地位的想法得成具體（crystallized）；所謂「自我殖民化」的意思是，趙家璧的《中國新文學大系》視西方為「中國文學」意義最終解釋的根據地。[9] 衡之於當時的歷史狀況，劉禾這個論斷應該是一種非常過度的詮釋。首先西方的文學論述傳統似乎沒有以「小說、詩歌、戲劇、散文」的四分法來統領「所有文學作品」。[10] 而現代中國的「文學概論」式的文類四分法可說是一種揉合中西文學觀的混雜體；其構成基礎還是中國傳統的「詩文」分類，再加上受西方文學傳統影響而致「文學位階」得以提升的「小說」與「戲劇」，統合成文學的四種類型。這四種文體類型的傳播已久；翻查《民國時期總書目》，我們可以看到以這些文類概念作為編選範圍的現代文學選本，在《大系》出版以前或約略同時，就有不少，例如《新詩集》（一九二〇）、《現代中國詩歌選》（一九三三）、《當代小說讀本》（一九三二）、《短篇小說選》（一九三四）、《近代戲劇集》（一九三〇）、《現代中國戲劇選》（一九三三）等等。[11] 趙家璧的回憶文章提到，他當時考慮過的「文類」是：「長篇小說」、「短篇小說」、「散文」、「詩」、「戲劇」、「理論文章」，[12] 而不是四分文類的定型思考。因此，這種文類觀念的通行，不應該由趙家璧或《中國新文學大系》負責。事實上後來出現的「文學大系」亦沒有被趙家璧的先例所限囿，例如：《中國新文學大系一九二七——一九三七》增加了「報告文學」和「電影」；《中國新文學大系一九三七——一九四九》的小說類再細分「短篇」、「中篇」和「長篇」，又另闢「雜文」集；《中國新文學大系一九七六——二〇〇〇》的小說類除長、中、短篇以外，增設「微型」一項，又調整和增補了「紀實文學」、「兒童文學」、「影視文學」。可見「四分法」未能賅括所有中國現代文學的文類。

劉禾指《中國新文學大系》「自我殖民」——完全依照西方標準（而不是中國傳統文學的典範）來斷定「文學」的內涵——更是一種「污名化」的詮釋。如果採用同樣欠缺同情關懷的批判方式，我們也可以指摘那些拒絕參照西方知識架構的文化人為「自甘被舊傳統宰制的原教主義信徒」。無論是那一種方向的「污名化」，都不值得鼓勵，尤其在已有一定歷史距離的今天作學術討論時。近代以來中國知識份子面對西潮無所不至的衝擊，其間危機感帶來的焦慮與徬徨，實在是前古所未有。正如朱自清説當時學術界的趨勢，「往往以西方觀念為範圍去選擇中國的問題，姑無論將來是好是壞，這已經是不可避免的事實」；[13]在這個關頭，有責任感的知識份子都在思考中國文化「如何應變」、「自何自處」的問題。無論他們採用哪一種內向或者外向的調適策略，都有其歷史意義，需要我們同情地了解。

胡適、朱自清，以至茅盾、鄭振鐸、魯迅、周作人，或者鄭伯奇、阿英，這些《中國新文學大系》各卷的編者，各懷信仰，尤其對於中國未來的設想，取徑更千差萬別；但在進行編選工作時，其相同的思路還是明顯的——就是為歷史作證。從各集的〈導言〉可見，其關懷的歷史時段長短不一；有只駐目於關鍵的「新文學運動第一個十年」，如鄭振鐸的《文學論爭集・導言》，或者朱自清的《詩集・導言》；也有由今及古、上溯文體淵源，再探中西同異者，如郁達夫的《散文二集・導言》。[14]當然，其中歷史視野最為宏闊的是時任中央研究院院長的蔡元培所寫的〈總序〉。〈總序〉以「歐洲近代文化，都從復興時代演出」開篇，將「新文學運動」比附為歐洲的「文藝復興」運動；此時中國以白話取代文言為文學的工具，好比「復興時代」歐洲各民族以方言而非拉丁文創作文學。蔡元培在文章結束時説，「歐洲的復興」歷三百年，「我國的復興，自五四運動以來不過十五年」：

> 新文學的成績，當然不敢自詡為成熟。其影響於科學精神民治思想及表現個性的藝術，均尚在進行中。但是吾國歷史，現代環境，督促吾人，不得不有奔軼絕塵的猛進。吾人自期，至少應以十年的工作抵歐洲各國的百年。所以對於第一個十年先作一總審查，使吾人有以鑑既往而策將來，希望第二個十年與第三個十年時，有中國的拉飛爾與中國的莎士比亞等應運而生呵！[15]

我們知道自晚清到民國，歐洲歷史上的"Renaissance"是一個重要的象徵符號，是許多文化人的迷思；然而這個符號在中國的喻指卻是多變的。有比較重視歐洲在中世紀以後追慕希臘羅馬古典著述之「古學復興」的意義，認為偏重經籍整理的清代學術與之相似；也有注意到十字軍東征為歐洲帶來外地文化的影響，謂清中葉以後西學傳入開展了中國的「文藝復興」；又有從歐洲「文藝復興」時期出現以民族語言創作文學而產生輝煌的作品着眼，這就是自一九一七年開始的「文學革命」的宣傳重點。[16] 蔡元培的〈總論〉也是這種論述的呼應，但結合了他對中西文化發展的觀察，使得「新文學」與「尚在進行中」的「科學精神」、「民治思想」及「表現個性的藝術」等變革相互關聯，從而為閱讀《大系》中各個獨立文本的讀者提供了詮釋其間文化政治的指南針。[17]

《中國新文學大系》的結構模型——賦予文化史意義的「總序」、從理論與思潮搭建的框架、主要文類的文本選樣，經緯交織的導言，加上史料索引作為鋪墊——算不上緊密，但能互相扣連，又留有一定的詮釋空間，反而有可能勝過表面上更周密，純粹以敘述手段完成的傳統文學史書寫，更能彰顯歷史意義的深度。

2 「新文學大系」的繼承

《中國新文學大系》面世以後，贏得許多的稱譽；[18] 正如蔡元培和茅盾等的期待，趙家璧確有意續編第二、第三輯。[19] 一九四五年抗戰接近尾聲時，趙家璧在重慶就開始着手組織「抗戰八年文學」的第三輯編輯工作，並邀約了梅林、老舍、李廣田、茅盾、郭沫若、葉紹鈞等編選各集。[20] 但時局變幻，這個計劃並未能按預想實行。一九四九年以後，政治氣氛也不容許趙家璧進行續編的工作；即使已出版的第一輯《中國新文學大系》，亦不再流通。

直至一九六二年及一九七二年香港文學研究社先後兩次重印《中國新文學大系》；[21] 香港文學研究社還在一九六八年出版了《中國新文學大系．續編》。這個《續編》同樣有十集，取消了《建設理論集》，補上新增的《電影集》。至於編輯概況，《續編．出版前言》故作神秘，說各集主編名字不適宜刊出，但都是「國內外知名人物」，「分在三地東京、星加坡、香港進行」編輯，以四年時間完成。事實上《續編》出版時間正逢大陸文化大革命如火如荼，文化人備受迫害；各種不幸的消息，相繼傳到香港，故此出版社多加掩蔽，是情有可原的。據現存的資訊顯示，編輯的主要工作由在大陸的常君實和香港文學研究社的譚秀牧擔當；[22] 然而兩人之間並無直接聯繫，無法互相照應。另一方面，二人各因所處環境和視野的局限，所能採集的資料難以全面；在大陸政治運動頻仍，顧忌甚多；在香港則材料散落，張羅不易；再加上出版過程並不順利，即使在香港的譚秀牧亦不能親睹全書出版。[23] 這樣得出來的成績，很難說得上完美。不過，我們要評價這個「文學大系」傳統的第一任繼承者，應該要考慮當時的各種限制。無論如何，在香港出版，其實頗能說明香港的文化空間的意義，其承載中華文化的方式與成效亦頗值得玩味。[24]

《中國新文學大系》的「正統」繼承，要等到中國的文化大革命正式落幕。從一九八〇年到一九八二年，上海文藝出版社徵得趙家璧同意，影印出版十集《中國新文學大系》，同時組織出版《中國新文學大系一九二七—一九三七》二十冊作為第二輯，由社長兼總編輯丁景唐主持，趙家璧作顧問，一九八四年至一九八九年陸續面世；隨後，趙家璧與丁景唐同任顧問的第三輯《中國新文學大系一九三七—一九四九》二十冊於一九九〇年出版，第四輯《中國新文學大系一九四九—一九七六》二十冊於一九九七年出版。二〇〇九年由王蒙、王元化總主編第五輯《中國新文學大系一九七六—二〇〇〇》三十冊，繼續由上海文藝出版社出版；二十世紀以前的「新文學」，好像都有了「大系」作為相照的汗青。這「第二輯」到「第五輯」的說法，顯然是繼承、延續之意。然而第一輯到第二輯之間，其政治實況是中國經歷從民國到共和國的政權轉換，在大陸地區社會文化曾經發生翻天覆地的劇變。「嫡傳」、「正宗」的想像，其實需要刻意忽略這些政治社會的裂縫。當然趙家璧的認可，被邀請作顧問，讓這個「嫡傳」的合法性增加一種言說上的力量。不過，這後四輯對其他「大系」卻未必有明顯的垂範作用；起碼從面世時間先後來說，比起海外各大系之承接「新文學」薪火，反而是後發的競逐者。

在這個看來「嫡傳」的譜系中，因為時移世易，各輯已有相當的變異或者發展。在內容選材上，最明顯的是文體類型的增補，可見文類觀念會因應時代需要而不斷調整；這一點上文已有交代。另一個顯而易見的形式變化是：第二、三、四輯都沒有總序，只有〈出版說明〉。《大系》原型的第一輯每集都有〈導言〉，即使是同一文類的分集，如「小說」三集分別有茅盾、魯迅、鄭伯奇的論述；「散文」兩集又有周作人和郁達夫兩種觀點。其優勢正在於論述交錯間的矛盾與縫隙，可以生發更繁富的意義。第二、三輯開始，同一文類只冠以一位名家序言，論述角度當然有統整齊一之效。再看第二、三兩輯的〈說明〉基本修辭都一樣，聲明編纂工作「以馬克思列寧主義，毛澤東思想為指針，堅持從新文學運動的實際出發」，前者以「反帝反封建的作品佔主導地位」，後者的主導則是「革命的、進步的作品」；毫不含糊地為文學史的政治敘事設定格局；這當然是第一輯以「新文學」為敘事英雄的激昂發展；第二、三輯的理論集序文，大概有着指標的作用，據此可以推想：第二輯的主角是「左翼文藝運動」，第三輯是「文藝為政治（戰爭）服務」。

第四輯〈出版說明〉的文字格式與前兩輯不同，逗漏了又一種訊息。這一輯出版於一九九七年，形勢上無論出於外發還是內需，有必要營構一個廣納四方的空間：「對那些曾經遭受過錯誤批判和不公正對待，或者在『文革』中雖未能正式發表、出版，但在社會上廣泛流傳產生過較大影響的作品，都一視同仁地加以遴選」；「這一時期發表的臺灣、香港、澳門作家的新文學作品，一並列選。」於是少不了臺灣余光中的一縷鄉愁、瘂弦掛起的紅玉米；異品如馬朗寄居在香港的焚琴浪子，也得到收容。第五輯〈出版說明〉繼續保留「這一時期發表的臺灣、香港、澳門作家的新文學作品，一並列選」的句子，其為政治姿態，眾人皆見；尤其各卷編者似乎有很大的自由度決定他們對臺港澳的關切與否。因此我們實在不必介懷其所選所取是否「合理」、是否「得體」。

只不過若要衡度政治意義，則美國華裔學者夏志清、李歐梵和王德威之先後入選四、五兩輯，或者有需要為讀者釋疑，可惜兩輯的編者都未有任何說明。

第五輯回復有〈總序〉的傳統，共有兩篇。其中〈總序二〉是王元化生前在編輯會議上的發言；因此王蒙撰寫的一篇才是正式的〈總序〉。這一篇意在綜覽全局的序文，可與王蒙在第四輯寫的《小說卷・序》合觀；兩篇分別寫於一九九六年及二〇〇九年的文章，都表示要以正面、積極的態度去面對過去。王蒙在第四輯努力地討論「記憶」的意義，說「記憶實質是人類的一切思想情感文化文明的基礎和根源」，其目的是找到「歷史」與「現實」的通感類應。在第五輯〈總序〉王蒙則標舉「時間」；說時間是「慈母」，「偏愛已經被認真閱讀過並且仍然值得重讀或新讀的許多作品」；又說時間如「法官」：「無情地惦量着昨天」：

時間法官同樣有差池，但是更長的時間的回旋與淘洗常常能自行糾正自己的過失，時間的因素同樣能製造假象，但是更長的時間的反復與不舍晝夜的思量，定能使文學自行顯露真容。

《中國新文學大系》發展到第五輯，其類型演化所創造出來的方向、習套和格式已經相當明晰。不過，我們還有一系列「教外別傳」的範例可以參看。

3 「文學大系」的「教外別傳」

我們知道臺灣在一九七二年就有《中國現代文學大系》的編纂，由巨人出版社組織編輯委員會，余光中撰寫〈總序〉，編選一九五〇年到一九七〇年的小說、散文、詩三種文類作品，合成八輯。另外司徒衛等在一九七九年至一九八一年編輯出版《當代中國新文學大系》十集，沿用《中國新文學大系》原型的體例，唯一變化是《建設理論集》改為《文學論評集》，而取材以一九四九年到一九七九年在臺灣發表之新文學作品為限。兩輯都明顯要繼承趙家璧主編《大系》的傳統，但又要作出某種區隔。司徒衛等編委以「當代」標明其時間以國民政府遷臺為起點，與止於一九二七年的趙編《大系》並非線性相連。余光中等的《大系》則以「現代文學」之名與「新文學」區辨。他撰寫的〈總序〉非常刻意的辨析臺灣新開展的「現代文學」與「五四早期新文學」之不同。相對來說，余光中比司徒衛更長於從文學發展的角度作分析；司徒衛的論調卻多有迎合官方意志之嫌。然而我們不能說《當代中國新文學大系》水準有所不如；事實上這個《當代大系》各集的編者大都具有文學史的眼光，取捨之間，極見功力；各集都有導言，觀點又起縱橫交錯的作用。其中瘂弦主編的《詩集》視野更及於臺灣以外的華文世界——從體例上可能與全書不合，但從概念上卻是當時的「中國」概念的一種詮釋；香港不少詩人如西西、蔡炎培、淮遠、羈魂、黃國彬的作品都被選入。余光中等編《現代文學大系》的選取範圍基本上只在臺灣，只是朱西甯在「小說輯」中收錄了張愛玲兩篇小說，另外（張）曉風編的「散文輯」又有思果三篇作品，但都沒有解釋說明；張愛玲是否「臺灣作家」是後來臺灣文學史一個爭論熱點；這些討論可以從此出發。論規模和完整格局，《當代中國新文學大系》實在比《中國現代文學大系》優勝，但後者的編輯團隊——余光中、朱西甯、洛夫、曉風——也是有份量的本色行家，所撰各體序文都能照應文體通變，又關聯到當時臺灣的文學生態。其中朱西甯序小說篇末，詳細交代《大系》的體例，其中一個論點很值得注意：

> 我們避免把「大系」作為「文選」，只圖個體的獨立表現，精選少數卓越的小說家作品中的菁華，而忽略了整體的發展意義。這可以用一句話來說，我們所選輯的是可成氣候的作品。如此「大系」也便含有了「索引」的作用，供後世據此而獲致從事某一小說家的專門研究資料蒐集的線索。[25]

朱西甯這個論點不必是《中國現代文學大系》各主編的共同認識，[26]但卻為「文學大系」的文類功能作出一個很有意義的詮釋。

「文學大系」的文類傳統在臺灣發展，余光中最有貢獻。在巨人出版社的《中國現代文學大系》以後，他繼續主持了兩次「大系」的編纂工作：由九歌出版社先後於一九八九年出版《中華現代文學大系——臺灣一九七〇—一九八九》，二〇〇三年出版《中華現代文學大系（貳）——臺灣一九八九—二〇〇三》。兩輯都增加了《戲劇卷》和《評論卷》；前者涵蓋二十年，共十五冊；後者十五年，十二冊。余光中也撰寫了各版《現代文學大系》的〈總序〉。在臺灣思考文學史或者文學傳統，難免要連繫到「中國」這個概念。在巨人版《大系・總序》，余光中的重點是把一九四九年以後臺灣的「現代文學」與「五四」時期的「新文學」相提並論，也講到臺灣文學「與昨日脫節」——對三、四十年代作家作品的陌生——帶來的影響：向更古老的中國古典傳統和西方學習。他又解釋以「大系」為名的意義：「除了精選各家的佳作之外，更企圖從而展示歷史的發展，和文風的演變，為二十年來的文學創作留下一筆頗為可觀的產業。」他更曲終奏雅，在〈總序〉的結尾說：

我尤其要提醒研究或翻譯中國現代文學的所有外國人：如果在泛政治主義的煙霧中，他們有意或無意地竟繞過了這部大系而去二十年來的大陸尋找文學，那真是避重就輕，一偏到底了。[27]

這是向「國際人士」呼籲，也可以作為「中國」二字放在書題的解釋：真正的「中國文學」在臺灣，而不在大陸；這是文學上的「正統」之爭。但從另一個角度來看，對臺灣許多知識份子而言，「中國」這個符號的意義，已經慢慢從政治信念變成文化想像，甚或虛擬幻設；我們知道，中華民國於一九七一年退出聯合國，一九七二年美國總統尼克遜訪問北京。在司徒衛等編成《當代中國新文學大系》之前不久，一九七八年十二月美國與中華民國斷絕外交關係。

所以，九歌版的兩輯「大系」，改題《中華現代文學大系》，並加註「臺灣」二字，是國際政治形勢使然。「中華」是民族文化身份的標誌，其指向就是「文化中國」的概念；「臺灣」則是具體的地理空間。余光中在《臺灣一九七〇——一九八九》的總序探討《中國現代文學大系》到《中華現代文學大系》前後四十年的變化，注意到一九八七年解除「戒嚴令」後兩岸交流帶來的文化衝擊，從而思考「臺灣文學」應如何定位的問題。「中國的文學史」與「中華民族的滾滾長流」，是當時余光中和他的同道企盼能找到答案的地方。到了《中華現代文學大系（貳）》，余光中卻有另一角度的思考，他說：

臺灣文學之多元多姿，成為中文世界的巍巍重鎮，端在其不讓土壤，不擇細流，有容乃大。如果把……非土生土長的作家與作品一概除去，留下的恐怕無此壯觀。[28]

他還是注意到臺灣文學在「中文世界」的地位，不過協商的對象，不再是外國研究者和翻譯家，而是島內另一種文學取向的評論家。

究之，余光中的終極關懷顯然就是「文學史」或者「歷史上的文學」。在他主持的三輯「文學大系」中，他試圖揭出與文學相關的「時間」與「變遷」，顯示文學如何「應對」與「抗衡」。「時間」是「文學大系」傳統的一個永恆母題。王蒙請「時間」來衡量他和編輯團隊（第五輯《中國新文學大系》）的成績：

我們深情地捧出了這三十卷近兩千萬言的《中國新文學大系》第五輯，請讀者明察，請時間的大河、請文學史考驗我們的編選。[29]

余光中在《中華現代文學大系（貳）・總序》結束時說：

至於對選入的這兩百多位作家，這部世紀末的大系是否真成了永恆之門、不朽之階，則猶待歲月之考驗。新大系的十五位編輯和我，樂於將這些作品送到各位讀者的面前，並獻給漫漫的廿一世紀。原則上，這些作品恐怕都只能算是「備取」，至於未來，究竟其中的哪些能終於「正取」，就只有取決定悠悠的時光了。[30]

4「文學大系」的基本特徵

以上看過兩個系列的「文學大系」，大抵可以歸納出這種編纂傳統的一些基本特徵：

一、「文學大系」是對一個範圍的文學（一個時段、一個國家／地區）作系統的整理，以多冊的、「成套的」文本形式面世；

二、這多冊成套的文學書，要能自成結構；結構的方式和目的在於立體地呈現其指涉的文學史；「立體」的意義在於超越敘事體的文學史書寫和示例式的選本的局限和片面；

三、「時間」與「記憶」、「現實」與「歷史」是否能相互作用，是「文學大系」的關鍵績效指標；

四、「國家文學」或者「地區文學」的「劃界」與「越界」，恆常是「文學大系」的挑戰。

二、「香港的」文學大系：《香港文學大系一九一九——一九四九》

1 「香港」是甚麼？誰是「香港人」？

葉靈鳳，一位因為戰禍而南下香港然後長居於此的文人，告訴我們：

> 香港本是新安縣屬的一個小海島，這座小島一向沒有名稱，至少是沒有一個固定的總名……。這一直到英國人向清朝官廳要求租借海中小島一座作為修船曬貨之用，並指名最好將「香港」島借給他們，這才在中國的輿圖上出現了「香港」二字。[31]

「命名」是事物認知的必經過程。事物可能早就存在於世，但未經「命名」，其存在意義是無法掌握的。正如「香港」，如果指南中國邊陲的一個海島，據史書大概在秦帝國設置南海郡時，就收在版圖之內。但在統治者眼中，帝國幅員遼闊，根本不需要一一計較領土內眾多無名的角落。用葉靈鳳的講法，香港島的命名因英國人的索求而得入清政府之耳目；[32]而「香港」涵蓋的範圍隨着清廷和英帝國的戰和關係而擴闊，再經歷民國和共和國的默認或不願確認，變成如今天香港政府公開發佈的描述：

> 香港是一個充滿活力的城市，也是通向中國內地的主要門戶城市。……香港是中華人民共和國成立的特別行政區。香港自一八四二年開始由英國統治，至一九九七年，中國政府按照「一國兩制」的原則對香港恢復行使主權。根據《基本法》規定，香港目前的政治制度將會

維持五十年不變，以公正的法治精神和獨立的司法機構維持香港市民的權利和自由。……香港位處中國的東南端，由香港島、大嶼山、九龍半島以及新界（包括二六二個離島）組成。[33]「香港」由無名，到「香港村」、「香港島」，到「香港島、九龍半島、新界和離島」合稱，經歷了地理上和政治上不同界劃，經歷了一個自無而有，而變形放大的過程。更重要的是，「香港」這個名稱底下要有「人」；有人在這個地理空間起居作息，有人在此地有種種喜樂與憂愁、言談與詠歌。有人，有生活，有恩怨愛恨，有器用文化，「地方」的意義才能完足。

猜想自秦帝國及以前，地理上的香港可能已有居民，他們也許是越族峯民。李鄭屋古墓的出土，或許可以説明漢文化曾在此地流播。[34]據説從唐末至宋代，元朗鄧氏、上水廖氏及侯氏、粉嶺文氏及彭氏五族開始南移到新界地區。許地山，從臺灣到中國內地再到香港直至長眠香港土地下的另一位文化人，告訴我們：

> 香港及其附近底居民，除新移入底歐洲民族及印度波斯諸國民族以外，中國人中大別有四種：一、本地；二、客家；三、福佬；四、蛋家。……本地人來得最早的是由湘江入蒼梧順西江下流底。稍後一點底是越大庾嶺由南雄順北江下流底。[35]

「本地」，不免是外來；香港這個流動不絕的空間，誰是土地上的真正主人呢？再追問下去的話，秦漢時居住在這個海島和半島上的，是「香港人」嗎？大概只能説是南海郡人或者番禺縣人；再晚來的，就是寶安縣人、新安縣人吧。因為當時的政治地理，還沒有「香港」這個名稱、這個概念。然而，換上了不同政治地理名號的「人」，有甚麼不同的意義？「人」和「土地」的關係，就會有所改變嗎？

2　定義「香港文學」

「香港文學」過去大概有點像南中國的一個無名島，島民或漁或耕，帝力於我何有哉？自從上世紀八〇年代開始，「香港文學」才漸漸成為文化人和學界的議題。這當然和中英就香港前途問題進行談判，以至一九八四年簽訂中英聯合聲明，讓香港進入一個漫長的過渡期有關。「香港有沒有文學」、「甚麼是香港文學」等問題陸續浮現。前一個問題，大概出於與「香港文學」、或者所有「文學」都無甚關涉的人。香港以外地區有這種觀感的，可以理解；值得玩味的是在港內同樣想法的人並不是少數；責任何在？實在需要深思。至於後一個問題，則是一個定義的問題。

要定義「香港文學」，大概不必想到唐宋秦漢，因為相關文學成品（artifact）的流轉，大都在「香港」這個政治地理名稱出現以後。[36] 只便如此，還是困擾了不少人。一種定義方式，是以文本創製者為念：說文學是性靈的抒發，故「香港文學」應是「香港人所寫的文學」。這個定義帶來的問題首先是「誰是香港人」？另一種方式，從作品的內容着眼，因為文學反映生活，如果這生活的場景就是香港，當然就是「香港文學」。依着這個定義，則不涉及香港具體情貌的作品，是要排除在外了。再有一種，以文本創製工序的完成為論，所以「香港文學」是「在香港出版、面世的文學作品」。此外，與出版相關的是文學成品的受眾，所以這個定義可以改換成以「接受」的範圍和程度作準：「在香港出版，為香港人喜愛（最低限度是願意）閱讀的文學作品。」先不説定義中還是包含未有講明白的「香港人」一詞，而且「讀者在哪裏？」是不易説清楚的。事實上，由於歷史的原因，以香港為出版基地，但作者讀者都不在香港的情況不是沒有。[37] 因為香港就是這麼奇妙的一個文學空間。[38]

從過去的議論見到，創作者是否「香港人」是一個基本問題；換句話説，很多討論是圍繞着「香港作家」的定義來展開。有一種可能會獲得官方支持的講法是：「持有香港身份證或居港七年以上，曾出版最少一冊文學作品或經常在報刊發表文學作品」；[39] 這個定義的前半部分是以「政治」和「法律」論文學的一例，很難令人釋懷；[40] 兼且「法律」是有時效的，這時不合法並不排除那時的「非違法」。我們認為：「文學」的身份和「文學」的有效性不必倚仗一時的統治法令去維持。至於「出版」與「報刊發表」當然是由創作到閱讀的「文學過程」中一個接近終點的環節，可以是一個有效的指標；而出版與發表的流通範圍，究竟應否再加界定？是可以進一步討論的。

3 劃界與越界

我們在歸納「文學大系」的編纂傳統時，第一點提到這是「對一個範圍的文學（一個時段、一個國家／地區）作系統的整理」；第四點又指出「國家文學」或者「地區文學」的「劃界」與「越界」，恒常是「文學大系」的挑戰；兩點都是有關「劃定範圍」的問題。上文的討論是比較概括地把「香港文學」的劃界方式「問題化」(problematize),目的在於啟動思考,還未到解決或解脫的階段。

以下我們從《香港文學大系》編輯構想的角度,再進一步討論相關問題。首先是時段的界劃。目前所見的幾本國內學者撰寫的「香港文學史」,除了謝常青的《香港新文學簡史》外,[41] 其餘都是以一九四九或一九五〇年為正式敘事起始點。這時中國內地政情有重大變化,大陸和香港兩地的區隔愈加明顯;以此為文學史時段的上限無疑是方便的,也有一定的理據。然而,我們認為香港文學應該可以往上追溯。因為新文學運動以及相關聯的「五四運動」,是香港現代文化變遷的一個重要源頭。北京上海的波動傳到香港,無疑有一定的時間差距,但「五四」以還,直到一九四九年,香港文學的實績還是班班可考的。因此我們選擇「從頭講起」,擬定「一九一九年」和「一九四九年」兩個時間指標,作為《大系》第一輯工作上下限;希望把源頭梳理好,以後第二輯、第三輯……,可以順流而下,進行其他時段的考察。我們明白這兩個時間標誌源於「非文學」的事件,卻認為這些事件與文學的發展有密切的關聯。我們又同意這個時段範圍的界劃不是確切不能動搖的,尤其上限不必硬性定在一九一九年,可以隨實際掌握的材料往上下挪動。比方說「舊體文學卷」和「通俗文學」的發展應可以追溯到更早的年份;而「戲劇」文本的選輯年份可能要往下移。

第二個可能疑義更多的是「香港文學」範圍的界劃。我們在回顧《中國新文學大系》各輯的規模時,見識過邊界如何「彈性」地被挪移,以收納「臺港澳」的作家作品。這究竟是「越界」還是隨「非文學」的需要而「重劃邊界」？這些新吸納的部分，與原來的主體部分如何，或者是否可以，構成一個互為關聯的系統？我們又看過余光中領銜編纂的《大系》，把張愛玲、夏志清等編入其中。前者大概沒有在臺灣居停過多少天，所寫所思好像與臺灣的風景人情無甚關涉；後者出身上海北京，去國後主要在美國生活、研究和著述。[42]他們之「越界」入選，又意味着甚麼樣的文學史觀？

《香港文學大系》編輯委員會參考了過去有關「香港文學」、「香港作家」的定義，認真討論以下幾個原則：

一、「香港文學」應與「在香港出現的文學」有所區別（比方說瘂弦的詩集《苦苓林的一夜》在香港出版，但此集不應算作香港文學）；

二、（在一段相當時期內）居住在香港的作者，在香港的出版平台（如報章、雜誌、單行本、合集等）發表的作品（例如侶倫、劉火子在香港發表的作品）；

三、（在一段相當時期內）居住在香港的作者，在香港以外地方發表的作品（例如謝晨光在上海等地發表的作品）；

四、受眾、讀者主要是在香港，而又對香港文學的發展造成影響的作品（如小平的女飛賊黃鶯系列小說；這一點還考慮到早期香港文學的一些現象：有些生平不可考，是否同屬一人執筆亦未可知，但在香港報刊上常見署以同一名字的作品）。

編委會各成員曾將各種可能備受質疑的地方都提出來討論。最直接意見的是認為「相當時期」

一語太含糊，但又考慮到很難有一個學術上可以確立的具體時間（七年以上？十年以上？）。各項原則應該從寬還是從嚴？內容寫香港與否該不該成為考慮因素？文學史意義以香港為限還是包括對整體中國文學的作用？這都是熱烈爭辯過的議題。大家都明白《大系》中有不同文類，個別文類的選輯要考慮該文類的習套、傳統和特性，例如「通俗文學」的流通空間主要是「省港澳」（廣州、香港、澳門），「新詩」的部分讀者可能在上海，「戲劇」會關心劇作與劇場的關係。各種考慮，林林總總，很難有非常一致的結論。最後，我們同意請各卷主編在採編時斟酌上列幾個原則，然後依自己負責的文類性質和所集材料作決定；如果有需要作出例外的選擇，則在該卷〈導言〉清楚交代。大家的默契是以「香港文學」為據，而不是歧義更多的「香港作家」概念，尤其後者更兼有作家「自認」與他人「承認」與否等更複雜的取義傾向。歷史告訴我們，「香港」的屬性，從來就是流動不居的。在《大系》中，「香港」應該是一個文學和文化空間的概念：「香港文學」應該是與此一文化空間形成共構關係的文學。香港作為文化空間，足以容納某些可能在別一文化環境不能容許的文學內容（例如政治理念）或形式（例如前衛的試驗），或者促進文學觀念與文本的流轉和傳播（影響內地、臺灣、南洋、其他華語語系文學，甚至不同語種的文學，同時又接受這些不同領域文學的影響）。我們希望《香港文學大系》可以揭示「香港」這個「文學／文化空間」的作用和成績。

4 「文學大系」而非「新文學大系」

《香港文學大系》的另一個重要構想是，不用「大系」傳統的「新文學」概念，而稱「文學大系」。這個撰擇關係到我們對「香港文學」以至香港文化環境的理解。在中國內地，「新文學」以「文學革命」的姿態登場，其抗衡的對象是被理解為代表封建思想的「舊」文化與「舊」文學；為了突出「新文學」，於是「舊」的範圍和其負面程度不斷被放大。革命行動和歷史書寫從運動一開始就互相配合，「新文學」沒有耐心等待將來史冊評定它的功過，文學革命家如胡適從《留學日記》、〈文學改良芻議〉、〈建設的文學革命論〉到《五十年來中國之文學》，都是一邊宣傳革命、實行革命，一邊修撰革命史。這個策略在當時中國的環境可能是最有效的，事實上與「國語運動」同時並舉的「新文學運動」非常成功，其影響由語言、文學，到文化、社會、政治，可謂無遠弗屆。[43] 十多年後趙家璧主編《中國新文學大系》，其目標不在經驗沈澱後重新評估過去的新舊對衡之意義，而在於「運動」之奮鬥記憶的重喚，再次肯定其間的反抗精神。

香港的文化環境與中國內地最大分別是香港華人要面對一個英語的殖民政府。為了帝國利益，港英政府由始至終都奉行重英輕中的政策。這個政策當然會造成社會上普遍以英語為尚的現象，但另一方面中國語言文化又反過來成為一種抗衡的力量，或者成為抵禦外族文化壓迫的最後堡壘。由於傳統學問的歷史比較悠久，積聚比較深厚，比較輕易贏得大眾的信任甚至尊崇。於是通曉儒經國學、能賦詩為文（古文、駢文），隱然另有一種非官方正式認可的社會地位。另一方面，來自內地——中華文化之來源地——的新文學和新文化運動，又是「先進」的象徵，當這些帶有開新和批判精神的新文學從內地傳到香港，對於年輕一代特別有吸引力。受「五四」文學新潮影響的學子，既有可能以其批判眼光審視殖民統治的不公，又有可能倒過來更加積極學習英語文學及文化，以吸收新知，來加強批判能力。至於「新文學」與「舊文學」之間，既有可能互相對抗，也有協成互補的機會。換句話說，英語代表的西方文化，與中國舊文學及新文學構成一個複雜多角的關係。如果簡單借用在中國內地也不無疑問的獨尊「新文學」觀點，就很難把「香港文學」的狀況表述清楚。

事實上，香港能寫舊體詩文的文化人，不在少數。報章副刊以至雜誌期刊，都常見佳作。這部分的文學書寫，自有承傳體系，亦是香港文學文化的一種重要表現。例如前清探花，翰林院編修，官至南書房行走、江寧提學使的陳伯陶，流落九龍半島二十年，編纂《勝朝粵東遺民錄》、《明東莞五忠傳》等，又研究宋史遺事，考證官富場（現在的官塘）宋王臺、侯王廟等歷史遺跡；他的所為，和葉靈鳳捧着清朝嘉慶二十四年刊《新安縣志》珍本，辛勤考證香港的前世往跡有甚麼不同？一個傳統的讀書人，離散於僻遠，如何從地誌之「文」，去建立「人」與「地」與「時」的關係？我們是否可以從陳伯陶與友儕在一九一六年共同製作的《宋臺秋唱》詩集中，見到那上下求索的靈魂在嘆息？他腳下的土地，眼前的巨石，能否安頓他的心靈？詩篇雖為舊體，但其中的文心，不是常新嗎？[44] 可以說，「香港文學」如果缺去了這種能顯示文化傳統在當代承傳遞嬗的文學記錄，其結構就不能完整。[45]

再如擅寫舊體詩詞的黃天石，又與另一位舊體詩名家黃冷觀合編「通俗文學」的《雙聲》雜誌，發表鴛鴦蝴蝶派小説；後來又是「純文學」的推動者，創立國際筆會香港中國筆會，任會長十年；又曾辦《文學世界》，支持中國文學研究；影響更大的是以筆名「傑克」寫的流行小説。這樣多面向的文學人，我們希望在《香港文學大系》給予充分的尊重。這也是《香港文學大系》必須有《通俗文學卷》的原因之一。我們認為「通俗文學」在香港深入黎庶，讀者量可能比其他文學類型高得多。再説，香港的「通俗文學」貼近民情，而且語言運用更多大膽試驗，如「粵語入文」，或者「三及第化」，是香港文化以文字方式流播的重要樣本。當然，「通俗文學」主要是商業運作，產量多而水準不齊，資料搜羅固然不易，編選的尺度拿捏更難；如何澄沙汰礫，如何從文學史的角度與其他文類協商共容，都極具挑戰性。無論如何，過去《中國新文學大系》因為以「新文學」為主，把影響民眾生活極大的通俗文學棄置一旁，是非常可惜的。

《香港文學大系》又設有《兒童文學卷》。我們知道「兒童文學」的作品創製與其他文學類型最大的不同是，其擬想的讀者既隱喻作者的「過去」，也寄託他所構想的「未來」；當然作品中更免不了與作者「現在」的思慮相關聯。已成年的作者在進行創作時，不斷與與自己童稚時期的經驗對話，時光的穿梭是一個必然的現象；在《大系》設定一九四九年以前的時段中，「兒童文學」在香港還有一種「空間」穿越的情況，因為不少兒童文學的作者都身不在香港；「空間」的幻設，有時要透過在香港的編輯協助完成。另一方面，這時段的兒童文學創製有不少與政治宣傳和思想培育有關。部分香港報章雜誌上的兒童文學副刊，是左翼文藝工作者進行思想鬥爭的重要陣地。

依照成年人的政治理念去模塑未來，培養革命的下一代，又是這時期香港兒童文學的另一個現象。可以說，「兒童文學」以另一種形式宣明香港文學空間的流動性。

5 「文學大系」中的「基本」文體

「新詩」、「小說」、「散文」、「戲劇」、「文學評論」，這些「基本」的現代文學類型，也是《香港文學大系》的重要部分。這些文類原型的創發與「新文學運動」息息相關，是由中國而香港的「現代性」降臨的一個重要指標。[46] 其中新詩的發展尤其值得注意。詩歌從來都是語言文字的實驗室；尤其在移走可以依傍的傳統詩詞的格律框之後，主體的心靈思緒與載體語言之間的纏鬥更加激烈而無邊際。朱自清在《中國新文學大系・詩集》的〈選詩雜記〉中提到他的編選觀點：「我們要看看我們啟蒙期詩人努力的痕跡。他們怎樣從舊鐐銬解放出來，怎樣學習新言語，怎樣尋找新世界。」香港的新詩起步比較遲，但若就其中傑出的作家作品來看，卻能達到非常高的水平。[47] 這可能是因為香港的語言環境比較複雜，日常生活中的語言已不斷作語碼轉換，感情思想與語言載體互相作用的頻率特別高，實驗多自然成功機會也增加。相對來說，小說受到寫實主義思潮的引導，而香港的寫實卻又是中國內地小說的再模仿，其依違之間，使得「純文學」的小說家難以無障礙地完成構築虛擬的世界。例如理應展現香港城市風貌的小說場景，究竟是否上海十里洋場的複製，就需要推敲。與包袱比較輕的通俗小說作者相比，學習「新文學」的小說家的道路就比較艱難了，所留下繽紛多元的實績，很值得我們珍視。

散文體最常見的風格要求是明快、直捷，而這時期香港散文的材料主要寄存於報章副刊，編者重回「閱讀現場」的感覺會比較容易達成。《大系》的散文樣本，可以更清晰地指向這時段香港的世態人情，生活的憂戚與喜樂。由於香港的出版自由相對比中國內地高，報章檢查沒有國內嚴苛，只要不觸碰殖民政府「當局」，成為全中國的「輿論中心」是有可能的。報章上的公共言論，有時有會超脱香港本地的視野；香港報章轉成內地輿情的進出口。所以説，「香港」作為一個文化地理的空間，其功能和作用往往不限於本土。《大系》兩卷散文，少不免對此有所揭示。類似的情況又可見於我們的《戲劇卷》。中國現代劇運以動員群眾為目標，啟蒙與革命是主要的戲碼；這時期香港的劇運，不計由英國僑民帶領的英語劇場，可謂全國的附庸，也是政治運動的特遣。讀《香港文學大系》的戲劇選輯，很容易見到政治與文藝結合的前台演出。然而，當中或許有某些不求外揚的藝術探索，或者存在某種本土呼吸的氣息，有待我們細心尋繹。至於香港出現的「文學評論」，其來源也是多元的。越界而來的文藝指導在中國多難的時刻特別多；尤其抗日戰爭和國共內戰期間，政治宣傳和鬥爭往往以文藝論爭的方式出現；其論述的面向是全國而不是香港；這就是「全國輿論中心」的貢獻。[48] 然而正因為資訊往來方便，中外的文化訊息在短時間內得以在本地流轉；由此也孕育出不少視野開闊的批評家，其關注面也廣及香港、全中國，以至國際文壇。這也是「香港」的一個重要意義。

6 小結

綜之，我們認為「香港」是一個文學和文化的空間，「香港」可以有一種「文學的存在」；「香港文學」是一個文化結構的概念。我們看到「香港文學」是多元的而又多面向的。我們以一九一九到一九四九為大略的年限，整理我們能搜羅到的各體文學資料，按照所知見的數量比例作安排，「散文」、「小說」、「評論」各分「一九一九——一九四一」及「一九四二——一九四九」兩卷；「新詩」、「戲劇」、「舊體文學」、「通俗文學」、「兒童文學」各一卷，加上「文學史料」一卷，全書共十二卷。每卷主編各撰寫本卷〈導言〉，說明選輯理念和原則，以及與整體凡例有差異的地方和差異的理據。編委會成員就全書方向和體例有充分的討論，與每卷主編亦多番往返溝通。我們不強求一致的觀點，但有共同的信念。我們不會假設各篇〈導言〉組成周密無漏的文學史敘述，所有選材拼合成一張無缺的文學版圖。我們相信虛心聆聽之後的堅持，更有力量；各種論見的交錯、覆疊，以至留白，更能抉發文學與文學史之間的「呈現」與「拒呈現」的幽微意義。我們期望這十二卷《香港文學大系一九一九——一九四九》能夠展示「香港文學」的繁富多姿。我們更盼望時間會證明，十二卷《大系》中的「香港文學」，並沒有遠離香港，而且繼續與這塊土地上生活的人對話。

三、餘話

最後，請讓我簡單交代《香港文學大系一九一九——一九四九》編輯的經過。二〇〇九年我和同事陳智德開始聯絡同道，組織編輯委員會，成員包括：黃子平、黃仲鳴、樊善標、危令敦、陳智德以及本人。又邀請到陳平原、王德威、黃子平、李歐梵、許子東擔任計劃的顧問。在籌備階段，我們得到李律仁先生的襄助，私人捐助我們一筆啟動基金。李先生對香港文學的熱誠，對我們的信任，在此致上衷心的感謝。經過編委員討論編選範圍和方針以後，我們組織了《大系》各卷的主編團隊：陳智德（新詩卷、文學史料卷）、樊善標（散文卷一）、危令敦（散文卷二）、謝曉虹（小說卷一）、黃念欣（小說卷二）、盧偉力（戲劇卷）、程中山（舊體文學卷）、黃仲鳴（通俗文學卷）、霍玉英（兒童文學卷）、陳國球（評論卷一）、林曼叔（評論卷二）。編輯委員會通過整體計劃後，我們向香港藝術發展局申請資助，順利通過得到撥款。因為全書規模大，出版並不容易，我們有幸得到聯合出版集團總裁陳萬雄先生的幫忙；陳先生非常熱心香港文化事業，一直關注香港文學史的編撰；經過他的鼎力推介，《香港文學大系一九一九——一九四九》由香港商務印書館出版。期間總經理葉佩珠女士與副總編輯毛永波先生全力支持，《大系》編務主持人洪子平先生專業支援，讓《大系》順利分批出版，編委會成員都非常感激。此外，我們還要向為《香港文學大系》題籤的鍾育淳先生敬致謝忱。《大系》編選工作艱巨，各卷主編自是勞苦功高；搜集整理資料的細務，有賴香港教育學院中國文學文化研究中心的成員：楊詠賢、賴宇曼、李卓賢、雷浩文、姚佳琪、許建業等承擔，其中賴宇曼更是後勤工作的總負責人，出力最多。我們相信，《香港文學大系》是一項有意義的文化工作，大家出過的每一分力，都值得記念。

二〇一四年六月三十日定稿

註釋

1 例如一九八四年五月十日在《星島晚報》副刊《大會堂》就有一篇絢靜寫的〈香港文學大系〉，文中說：「在鄰近的大陸，臺灣，甚至星洲，早則半世紀前，遲至近二年，先後都有它們的『文學大系』由民間編成問世。香港，如今無論從哪一個角度看，都不比他們當年落後，何以獨不見自己的『文學大系』出現？」十多年後，二〇〇一年九月廿九日，也斯在《信報》副刊發表〈且不忙寫香港文學史〉說：「在編寫香港文學史之前，在目前階段，不妨先重印絕版作品、編選集、編輯研究資料，編新文學大系，為將來認真編寫文學史作準備。」

2 日本最早用「大系」名稱的成套書大概是一八九六年十一月出版的《國史大系》。日本有稱為「三大文學全集」的《新釋漢文大系》（明治書院）、《日本古典文學大系》（岩波書店）、《現代日本文學大系》（筑摩書房），都以「大系」為名，可見他們的傳統。

3 據趙家璧的講法，這個構思得到施蟄存和鄭伯奇的支持，也得良友圖書公司的經理支持，於是以此定名《中國新文學大系》。見趙家璧〈話說《中國新文學大系》〉，原刊《新文學史料》，一九八四年第一期；收入趙家璧《編輯憶舊》（一九八四；北京：三聯書店，二〇〇八再版），頁一〇〇。

4 在此「文體類型」的概念是現代文論中"genre"一詞的廣義應用，指依循一定的結撰習套而形成書寫傳統的文本類型。作為一個文體類型的個別樣本，對外而言應該與同類型的其他樣本具有相同的特徵；對內而言則自成一個可以辨認的結構。中國文學傳統中也有「體」的觀念，其指向相當繁複，但也可以從這個寬廣的定義去理解。

5 〈話說《中國新文學大系》〉，以及〈魯迅怎樣編選《小說二集》〉等文，均收錄於趙家璧《編輯憶舊》。此外，趙家璧另有《編輯生涯憶魯迅》（北京：人民文學，一九八一）、《書比人長壽》（香港：三聯書店，一九八八）、《文壇故舊錄：編輯憶舊續集》（北京：三聯書店，一九九一）等著，亦有值得參看的記述。當然我們必須明白，這是多年後的補記；某些過程交代，難免摻有後見之明的解說。

6 Lydia H. Liu, "The Making of the 'Compendium of Modern Chinese Literature,'" in Liu, *Translingual Practice: Literature, National Culture, and Translated Modernity-China, 1900-1937* (Stanford University Press, 1995), pp. 214-238; 徐鵬緒、李廣《〈中國新文學大系〉研究》（北京：社會科學文獻出版社，二〇〇七）。

7 據國民政府一九二八年頒佈的《著作版權法》，已出版的單行本受到保護，而編採單篇文章以合成一集則沒有限制；又一九三四年六月國民黨中央宣傳部成立圖書雜誌審查會，所制定的《修正圖書雜誌審查辦法》第二條規定：社團或著作人所出版之圖書雜誌，應於付印前將稿本送審。第九條規定：凡已經取得審查證或免審證之圖書雜誌稿件，在出版時應將審查證或免審證號數刊印於封底，以資識別。均見劉哲民編《近現代出版社新聞法規彙編》（北京：學林出版社，一九九二）頁一六〇、二三二。

8 據趙家璧追述，阿英認為「這樣的一套書，在當前的政治鬥爭中具有現實意義，也還有久遠的歷史價值和學術價值」。〈話說《中國新文學大系》〉，頁九八。

9 *Translingual Practice*, 235.

10 自歌德以來，以三分法——抒情詩（lyric）、史詩（epic）、戲劇（drama）——作為所有文學的分類才是「共識」。西方固然有"familiar essay"作為文類形式的討論，但並沒有把它安置於一種四分的格局之中。事實上西方的「散文」（prose）是與「詩體」（poetry）相對的書寫載體，在層次上與現代中國文學的四分觀念並不吻合。現代中國文學習用的四分法，在理論上很難周備無漏，需要隨時修補。參考陳國球〈「抒情」的傳統：一個文學觀念的流轉〉，《淡江中文學報》，第二十五期（二〇一一年十二月），頁一七三—一九八。

11 這些例子均見於《民國總書目》（北京：書目文獻出版社，一九九二）。

12 〈話說《中國新文學大系》〉，頁九七。

13 朱自清〈評郭紹虞《中國文學批評史》上卷〉，載《朱自清古典文學論集》（上海：上海古籍出版社，一九八一，頁五四一）。

14 觀夫郁達夫和周作人兩集散文的〈導言〉，可以見到當中所包含自覺與反省的意識，不能簡單地稱之為「自我殖民」。

15 蔡元培〈總序〉，《中國新文學大系》，頁一三。又趙家璧為《大系》撰寫的〈前言〉亦徵用「文藝復興」的比喻，說中國新文學運動「所結的果實，也許不及歐洲文藝復興時代般的豐盛美滿，可是這一群先驅者們開闢荒蕪的精神，至今還可以當做我們年青人的模範，而他們所產生的一點珍貴的作品，更是新文化史上的瑰寶。」《中國新文學大系》，頁一。

16 參考羅志田〈中國文藝復興之夢：從清季的「古學復興」到民國的「新潮」〉，載羅志田《裂變中的傳承——二十世紀前期的中國文化與學術》（北京：中華書局，二〇〇三），頁五三—九〇；李長林〈歐洲文藝復興在中國的傳播〉，載鄭大華、鄒小站編《西方思想在近代中國》（北京：社會科學文獻出版社，二〇〇五），頁一──四八。

17 蔡元培有關「文藝復興」的論述，起碼有三篇文章值得注意：一、〈中國的文藝中興〉（一九二四）；二、〈吾國文化運動之過去與將來〉（一九三四）；三、《中國新文學大系．總序》（一九三五）。幾篇文章對「文藝復興」或者「文藝中興」的論述和判斷頗有些差異，第一篇演講所論的「文藝中興」始於晚清；但二、三兩篇則專以「新文學／新文化運動」為「復興」時代；又頗借助胡適的「國語的文學，文學的國語」的論述。然而胡適個人的「文藝復興」論亦不止一種：有時也指清代學術（如一九一九年出版的《中國哲學史大綱（卷上）》［北京：商務印書館，一九八七影印］），頁九──一〇）；有時具體指新文學／新文化運動（如一九二六年的演講："The Renaissance in China,"《胡適英文文存》，頁二〇──三七）。他曾認為 Renaissance 中譯應改作「再生時代」；後來又把這用語的涵義擴大，上推到唐以來中國歷史上幾次大規模的文化變革。有關胡適的「文藝復興」觀與他領導的「新文學運動」的關係，參考陳國球《文學史書寫形態與文化政治》（北京：北京大學出版社，二〇〇四），頁六七──一〇六。

18 姚琪〈最近的兩大工程〉，《文學》，五卷六期（一九三五年七月），頁二二八──二三二；畢樹棠〈書評：《中國新文學大系》〉，《宇宙風》，第八期（一九三六），頁四〇六──四〇九。都非常正面；又趙家璧〈話說《中國新文學大系》〉指出《大系》銷量非常好，見頁一二八──一二九。

19 茅盾回憶錄中提到他把《大系》稱作第一輯，「是寄希望於第二輯、第三輯的繼續出版」；轉引自趙家璧《書比人長壽──編輯憶舊集外集》（北京：中華書局，二〇〇八），頁一八九。

20 〈話說《中國新文學大系》〉，頁一三〇──一三六。

21 李輝英〈重印緣起〉，《中國新文學大系．續編》（香港：香港文學研究社，一九七二再版），頁二；〈再版小言〉，無頁碼。

22 常君實是內地資深編輯，一九五八年被中國新聞社招攬，擔任專為海外華僑子弟編寫文化教材和課外讀物的工作，主要在香港的上海書局和香港進修出版社出版。譚秀牧，曾任《明報》副刊編輯，《南洋文藝》主編，香港文學研究社編輯等。

23 參考譚秀牧〈我與《中國新文學大系・續編》〉，《譚秀牧散文小說選集》（香港：天地圖書公司，一九九〇），頁二六二—二七五。譚秀牧在二〇一一年十二月到二〇一二年五月的個人網誌中，再交代《續編》的出版過程，以及回應常君實對《續編》編務的責難。見 http://tamsaumokgblog.blogspot.hk/2012/02/blog_post.html（檢索日期：二〇一四年五月三十日）。

24 羅孚〈香港文學初見里程碑〉一文談到《中國新文學大系續編》說：「《續編》十集，五六百萬字，實在是一個浩大的工程，在那個時時要對知識分子批判，觸及肉體直到靈魂的日子，主編這樣一部完全可以能被認為是替封、資、修『樹碑立傳』的書，該有多大的難度，需要多大的膽識！真叫人不敢想像。誰也沒有想到，這樣一個偉大的工程竟然在默默中完成了，而香港擔負了重要的角色，這實在是香港在中國新文學運動史上一個重要的貢獻，應該受到表揚。不管這《續編》有多大缺點或不足，都應該得到肯定和表揚。」載絲韋（羅孚）《絲韋隨筆》（香港：天地圖書公司，一九九七），頁一〇一。又參考羅寧〈《中國文學大系續編》簡介〉，《開卷月刊》，二卷八期（一九八〇年三月），頁二九。此外，大約在香港文學研究社籌劃《大系續編》的時候，在香港中文大學任教的李輝英和李棪，也正在進行另一個《中國新文學大系》的續編計劃，由中大撥款支持；看來構思已相當成熟，可惜最後沒有完成。見李棪、李輝英〈《中國新文學大系・續編》的編選計劃〉，《純文學》，第十三期（一九六八年四月），頁一〇四—一一六。

25 《中國現代文學大系・小說第一輯》序，頁一九。

26 曉風的序「散文」從開篇就講選本的意義，視自己的工作為編輯選本，明顯與朱西甯的說法不同調，見《中國現代文學大系・散文第一輯》，頁一—四。

27 《中國現代文學大系》，頁一一。

28 《中華現代文學大系（貳）——臺灣一九八九—二〇〇三》，頁一三。

29 《中國新文學大系一九七六—二〇〇〇》，頁五。

30 《中華現代文學大系（貳）——臺灣一九八九—二〇〇三》，頁一四。

31 〈香港村和香港的由來〉，載葉靈鳳《香島滄桑錄》（香港：中華書局，二〇一一），頁四。現在我們知道「香港」之名初見於明朝萬曆年間郭棐所著的《粵大記》，但不是指現稱香港島的島嶼，而是今日的黃竹坑一帶。見郭棐撰，黃國聲、鄧貴忠點校《粵大記》（廣州：中山大學出版社，一九九八），〈廣東沿海圖〉，頁九一七。

32 又參考馬金科主編《早期香港研究資料選輯》（香港：三聯書店，一九九八），頁四三—四六。葉靈鳳又提醒我們，根據英國倫敦一八四四年出版的《納米昔斯號航程及作戰史》（*Narrative of the Voyages and Services of the Nemesis*），早在一八一六年「英國人的筆下便已經出現『香港』這個名稱了」。見葉靈鳳《香港的失落》（香港：中華書局，二〇一一），頁一七五。

33 香港特區政府網站：http://www.gov.hk/tc/about/abouthk/facts.htm（檢索日期，二〇一四年六月一日）。

34 參考屈志仁（J. C. Y. Watt）《李鄭屋漢墓》（香港：市政局，一九七〇）；香港歷史博物館編《李鄭屋漢墓》（香港：香港歷史博物館，二〇〇五）。

35 許地山《國粹與國學》（長沙：嶽麓書社，二〇一一）頁六九—七〇。

36 《新安縣志》中的《藝文志》載有明代新安文士歌詠杯渡山（屯門青山）、官富（官塘）之作。我們今天應如何理解這些作品，是值得用心思量的。請參考程中山《舊體文學卷》的〈導言〉。

37 例如不少內地劇作家的劇本要避過國民政府的審查，而選擇在香港出版，但演出還是在內地。

38 上世紀八〇年代以來，為「香港文學」下定義的文章不少，以下略舉數例：黃維樑〈香港文學研究〉（一九八三），收入黃維樑《香港文學初探》（香港：華漢文化事業公司，一九八八二版），頁一六—十八；鄭樹森《聯合文學・香港文學專號・前言》（一九九二），刪節後改題〈香港文學的界定〉，收入黃繼持、盧瑋鑾、鄭樹森《追跡香港文學》（香港：牛津大學出版社，一九九八），頁五三—五五；黃康顯〈香港文學的分期〉（一九九五），收入黃康顯《香港文學的發展與評價》（香港：秋海棠文化企業出版社，一九九六），頁八；劉以鬯主編《香港文學作家傳略》（香港：市政局公共圖書館，一九九六），〈前言〉，頁iii；許子東《香港短篇小說選一九九六——一九九七・序》，載許子東《香港短篇小說初探》（香港：天地圖書公司，二〇〇五），頁二〇—二二。

39 《香港文學作家傳略》，〈前言〉，頁iii。

40 在香港回歸以前，任何人士在香港合法居住七年後，可申請歸化成為英國屬土公民並成為香港永久居民；香港主權移交後，改由持有效旅行證件進入香港、連續七年或以上通常居於香港並以香港為永久居住地的條件，可成為永久性居民。參考香港特區政府網站：http://www.gov.hk/tc/residents/immigration/idcard/roa/verifyeligible.htm（檢索日期，二〇一四年六月一日）。

41 謝常青《香港新文學簡史》（廣州：暨南大學出版社，一九九〇）。

42 夏志清長期在臺灣發表中文著作，但他個人未嘗在臺灣長期居留。又《中華現代文學大系（貳）——臺灣一九八九—二〇〇三》由馬森主編的小說卷，也收入香港的西西、黃碧雲、董啟章等香港小說家。

43 參考陳國球《文學史書寫形態與文化政治》，頁六七—一〇六。

44 參考高嘉謙〈刻在石上的遺民史：《宋臺秋唱》與香港遺民地景〉，《臺大中文學報》，四十一期（二〇一三年六月），頁二七七—三一六。

45 羅孚曾評論鄭樹森等編《香港文學大事年表》（一九九六）不記載傳統文學的事件，鄭樹森的回應是：「雖然有人認為《年表》可以選收舊體詩詞，但是，恐怕這並不是整理一般廿世紀中國文學發展的慣例。」《年表》後來再版，題目的「文學」二字改換成「新文學」。分見《絲韋隨筆》，頁一〇〇；鄭樹森、黃繼持、盧瑋鑾編《香港新文學年表（一九五〇——一九六九）》（香港：天地圖書公司，二〇〇〇），頁五。

46 英國統治帶來的政制與社會建設，也是香港進入「現代性」境況的另一關鍵因素。

47 鄭樹森等在討論香港早期的新文學發展時，認為「詩歌的成就最高」，柳木下和鷗外鷗是「這時期的兩大詩人」。見鄭樹森、黃繼持、盧瑋鑾編《早期香港新文學作品選》（香港：天地圖書公司，一九九八），頁三—四二。

48 參考侯桂新《文壇生態的演變與現代文學的轉折——論中國作家的香港書寫》（北京：人民出版社，二〇一一）

凡例

一、《香港文學大系一九一九—一九四九》共十二卷，收錄一九一九年至一九四九年之香港文學作品，編纂方式沿用《中國新文學大系》以體裁分類，同時考慮香港文學不同類型文學之特色，分別為新詩卷、散文卷一、散文卷二、小說卷一、小說卷二、戲劇卷、評論卷一、評論卷二、舊體文學卷、通俗文學卷、兒童文學卷、文學史料卷。

二、作品排列是以作者或主題為單位，以作者為單位者，以入選作品發表日期先後為序，同一作者入選多於一篇者，以發表日期最早者為據。

三、入選作者均附作者簡介，每篇作品於篇末註明出處。如作品發表時所署筆名與作者通用之名不同，亦於篇末註出。

四、本書所收作品根據原始文獻資料，保留原文用字，避免不必要改動，部分文章礙於當時報刊審查制度，違禁字詞以X或□代替，亦予保留。

五、個別明顯誤校、字粒倒錯，或因書寫習慣而出現之簡體字，均由編者逕改；個別異體字如無法顯示則以通用字替代，不另作註。

六、原件字跡模糊，須由編者推測者，在文字或標點外加上方括號作表示，如「不以為〔然〕」；原件字跡太模糊，實無法辨認者，以圓括號代之，如「前赴（　）國」，每一組圓括號代表一個字。

七、本書經反覆校對，力求準確，部分文句用字異於今時者，是當時習慣寫法，或原件如此。

八、因篇幅所限或避免各卷內容重複，個別篇章以〔存目〕方式處理，只列題目而不收內文，各存目篇章之出處，將清楚列明。

九、《香港文學大系一九一九——一九四九》之編選原則詳見〈總序〉，各卷之編訂均經由編輯委員會審議，惟各卷主編對文獻之取捨仍具一定自主，詳見各卷〈導言〉。

導言

樊善標

一

在所謂的新文學四大文類中，散文的身份向來曖昧。新詩、小說、戲劇都算是「純文學」，散文卻因為「不純」而有點遜色，像朱自清《背影・序》所抱歉的：「我所寫的大抵還是散文多。既不能運用純文學的那些規律，而又不免有話要說，便只好隨便一點說着」。[1]幸而他後來大大擴展了文學的界域，不但兼包美文、小品，連帶雜文、通訊、特寫等，也都可以帶有「文學意味」，要不然本卷的選擇範圍就極為有限了。[2]

這種朱自清命名為「文學報章化」的現象，並非指作者或作品向「純文學」的本質靠近，而是研究者追蹤着不斷冒現的新作品，努力論證它們具備新的文學品質——既說這些作品和以前的不一樣，卻又肯定兩者同是文學，未免有些弔詭。朱自清借用胡適「至大無外」的文學定義：「達意達得妙，表情表得好」，[3]又稍稍改易胡氏用來解釋「妙」和「好」的「明白」、「動人」，以求新舊品質表面殊異而內裏相通，其苦心可以理解。但「報章化」的文學一定「明白」、「動人」嗎？如果「報章化」的文學比以往的文學更「明白」、「動人」，原因在哪裏呢？

「文學報章化」最基本的意思，是報紙成為文學作品主要的發表場所，這一媒體或載體的特性主導了作品的特性，以至並非在報紙上刊登的作品也多少受到影響。在香港的散文寫作上——最少在本卷的時限裏——，報紙副刊正擔當這種角色。因此要了解香港散文有沒有、有哪些特點，也不妨從媒體、載體入手。自然副刊不是孤立的，它從屬於報紙，報紙又連結在更大的商業、政治、社會關係網絡中，而在這些關係網絡上活動的是人。所以媒體結構即或決定了基本的性質，個人意志有時也能闖出新路。

二

早期的香港文學資料散佚嚴重，目前掌握材料最豐富，研究成果最豐碩的，當推盧瑋鑾、黃繼持、鄭樹森、黃康顯四位學者，但他們也不免要部分借助於親歷者的陳述和回顧。[4]綜合現存資料及學界意見，香港報刊登載白話作品始見於二十年代初。一九二一、二二年左右的《妙諦小說》、《雙聲》已有少量白話文，幾年後的《小說星期刊》除了白話散文、小說，還有新詩。[5]在同一時期的《英華青年季刊》上，也可以看到英華書院學生的白話文和新詩，可見白話文學創作逐漸在香港青年中流行。[6]本卷從《小說星期刊》中選了靈芬女士的〈女子教育問題〉，作為全書第一篇。這雖然並非美文，可是筆調流暢，條理清晰，頗有胡適議論文的風格。但正如吳灞陵所說，這些書刊上的文藝是「新舊混合」的，[7]純粹的新文學期刊要待一九二八年八月創刊、張稚盧主編的《伴侶》。而據侶倫回憶，這時候的報紙副刊如《大光報・大光文藝》、《循環日報・燈塔》、《大同日報・大同世界》、《南強日報・過渡》，也開始接受白話作品，[8]可惜這些副刊絕大部分沒有保存下來。

《伴侶》維持了不到一年就因銷量不佳而停止，但在該刊上發表的年輕作者如侶倫、張吻冰沒有氣餒。他們在一九二九年與謝晨光、岑卓雲、陳靈谷等組織了「香港第一個新文藝團體」的「島上社」，[9]創辦了同仁刊物《鐵馬》（一九二九年）、《島上》（一九三〇年）。儘管這些刊物都很短命，[10]但島上社同仁和他們後來交往的文友，包括林英強、李育中、劉火子、戴隱郎、張任濤、易椿年、魯衡等，在當時的文壇頗為活躍。一九三二至一九三七年創辦的多份期刊，如《繽紛集》（一九三二年）、《小齒輪》（一九三三年，魯衡主持編務）、《紅豆》（一九三三年，梁之盤主編）、《時代風景》（一九三五年，侶倫、易椿年主編）、《南風》（一九三七年，李育中主編），都有他們的作品，甚至由他們主持編務，因此黃康顯認為「島上的一群」是這一時期最有影響力的香港青年作者。[11]本卷從中選入了謝晨光、魯衡和其他作者的幾篇文章。從侶倫個人散文集《紅茶》選入的作品，有些本來也發表於上述刊物。

島上社組成時，謝晨光已在上海創造社的周邊刊物《幻洲》發表過作品，雖然只有二十多歲，卻儼然是社員中的前輩。[12]〈蓋獻〉原是謝晨光短篇小說集〈貞彌〉的序，但情調浪漫感傷，頗類葉靈鳳一九二五、二六年間在創造社嫡系刊物《洪水》半月刊上的〈白葉雜記〉。同樣表現青年對青春短暫的悽然，還有侶倫的〈向水屋〉、〈夜聲〉。這些作品似乎代表了二十年代末香港文藝青年的寫作心情和模倣對象。[13]其實不僅文風，不少文藝刊物整體上都有前期創造社或中期創造社「小夥計」的影子，如侶倫曾說《鐵馬》的裝幀設計受《幻洲》影響，《伴侶》上也有葉靈鳳風格的插畫。[14]黃繼持認為，「香港新文學的發端，似乎沒有濃厚的意識形態色彩。最初不過是以文藝青年朦朧的文藝理想作開端」，又說：「香港最早的文學創作，未必與魯迅來港直接相關，它更多接近五四時期個人意識、青春覺醒等主題」，是很敏銳的觀察。[15]

黃康顯統計在一九三一年「一二・八」至一九三七年「七・七」期間創辦的文藝刊物約有十五種，除一種外都用白話文，由此推論白話文學「已完全控制大局」。[16]就期刊而言當然是正確的，但這些文藝期刊多是同人出版物，或依賴有心人贊助。靠廣告和銷量支撐的報紙，則是另一種情況，首要的考慮是吸引讀者，如率先支持白話文學的《大光報・大光文藝》，在一九三二年的〈徵稿簡例〉提出：「凡本地風光，殊方禮俗，社會趣聞，名人軼事，短評，諧談，及一切富有趣味之小品文字・無論文言語體，均所歡迎」。[17]《香港工商日報・市聲》的〈編者啟事〉更聲明「本欄〔引者案：指「市聲」版〕非純文藝刊，所有新詩，小說，戲劇等稿，均不登載」，並說「本欄文體不拘，語體文及文言文並行採用」。[18]難怪在報紙副刊上發表的白話作品，往往未能達到新文學追求者的期望。[19]但如果不以「純文學」為限，香港散文的主要發表場地其實是副刊，而報紙的商業性質也塑造了這一時期散文的基本形態。[20]

為了吸引一般讀者，副刊散文多為千字以下的短稿，行文務須淺白易懂、題材力求有趣輕鬆，編者也會因時制宜，徵求某些話題或文章類型。[21]天健〈爛漫的江濱〉選自《大光報・大眾》的「海濱之夏號」，這篇寫景散文現在看來平平無奇，但從所刊登的專號看來，顯然有為讀者提供消遣娛樂的用意。諷世、刺時的作品向來有吸引力，也可以說具有娛樂效果。雖然為安全計，一般編者不允許政治太敏感或易涉及官非的內容，但為爭取讀者而冒險試探底線的還是大有人在。甫衣〈為狗官獸兵解嘲〉、甫公〈可謂志同道合〉、華胥〈屠殺的進化〉等篇的政治諷刺指向內地，大抵仍屬安全，而最後者雜引中外史事諷刺隨着時代進化，「中國也一定會跟着進化的，不消說屠殺也是會跟着進化的」，技巧似乎取法自魯迅或周作人早年的雜文。宋綠漪〈從「……」到「□□□□」和「XXX」〉嘲笑政府審查報刊，同時針對大陸和香港，雖然出之以滑稽腔調，此文能夠刊登，恐怕仍因為時局還未算嚴峻。

不過並非所有副刊都全力圖利，像羅雲顏主編《南強日報・鐵塔》時，即宣稱其任務是「在落後的香港文壇，給予嚴厲的刺激」。[22]「鐵塔」以小說、新詩為主，並願意接受無名作者的長篇作品。蝶衣〈送死的程序〉描寫出殯的情景，文如其題，感情深藏不露，這種含蓄的寫法大抵出於創新的意圖，或許只有在這樣的副刊才能夠發表，在本卷中也是獨一無二。此外，有些副刊由報館以外的文社承包，選稿較自由，如《南強日報》的「繁星」和「青年問題」由白文藝社主編，但出色的作品似不多見。

三

一九三二年「一・二八」事件後，有財力的上海居民陸續移居香港，但文化界到來的無多，反而不少香港青年回國參加抗日。[23]在此以前，香港本地的副刊和雜誌上已出現具有強烈民族、社會意識的言論，如《南強日報・鐵塔》編者呼籲：「轉，轉，我們以往的態度，把牠轉變過來・〔……〕為了我們個人對于國家，社會的責任，我們必得這樣子轉・文藝的作者們，我們放棄自己的個人底生活描寫吧・把描寫的對象，轉移到現在國家和社會吧・我們個人的享樂的生活，在現在是不適了，我們不是在願意做亡國的詩人或沒有祖國的文藝家了・」[24]《紅豆》主編梁之盤的長篇特寫〈工作間零拾〉，批判資本主義剝削工人，雖然只陳述了浮光掠影的印象，未能深入剖析問題，卻也體現了從個人到社會的轉向。[25]

真正重大的改變在一九三七年七月抗戰爆發後。內地戰區和淪陷區居民紛紛南移——來自上海的尤多，其中包括大批文化人。他們帶來了資金、知識和生活作風，改變了香港社會的面貌。內地著名報紙如《大公報》、《立報》、《申報》，以及多種原來在上海出版的雜誌畫報，在香港設立分版，或乾脆遷到香港復版。外來和本地報刊紛紛羅致南下的著名文化人主理報政、負責編務或撰寫文稿，如《大公報》之於蕭乾、楊剛，《立報》之於薩空了、茅盾，《星報》之於喬木、姚蘇鳳，《星島日報》之於金仲華、戴望舒、葉靈鳳。此外還有為數眾多的名記者、演員、畫人等，一時香港竟有繼上海成為新的文化中心的勢頭。[26]儘管很多人來去匆促，念茲在茲的是全國形勢或家鄉劫難，未見對本地有多少歸屬感，顯然不具備日後所謂的香港身份認同。但他們的寫作和發表畢竟是此地的文學事件，像一九四〇年初來港的蕭紅，在養病和埋頭寫作小說之餘，只參與了少數文學活動，筆下鮮見香港事物，[27]卻在「九一八」紀念日後兩天於《大公報・文藝》發表了散文〈九一八致弟弟書〉。同日該版還有一篇辛代的〈短簡——紀念第十一個九一八〉，可見作者和編者都有藉文學支持抗日的用心。本卷選入蕭文以見時代風氣之一斑。

南來文化人中傾向左派的，多由周恩來有計劃地安排到港，目的是建立共產黨的宣傳基地。[28]他們憑着在內地的名氣和人脈，迅速佔據了報刊的上層位置，變更了副刊的面貌，使得香港文壇直接成為內地文壇的延伸，負起以文學抗戰的使命。[29]其中最著名的自然是茅盾，在此期間他擔任「文協香港分會」理事，主編《立報・言林》、《文藝陣地》、《筆談》等園地，發表了不少創作和評論，可說是全方位地介入香港的文學、文化活動。[30]本卷選錄了茅盾在《立報・言林》上的兩篇文章，〈從「戲」說起〉是典型的借古刺時之作，〈懷念行方未明的友人〉表達對幾位文學界朋友在廣州淪陷之後失去聯絡的憂慮，其實也有傳播抗戰消息的用意。即使並非南來左翼文化人主持的副刊，也在注重趣味之餘積極回應戰時形勢，如《香港工商日報・市聲》宣布以「重酬」徵集下列稿件：「戰時常識（須精簡而通俗，並能切於實用者更佳）」；「民族解放戰爭的故事（須以趣味為中心，以引起讀者的興趣。例如某次戰役中被壓迫民族的慷慨赴戰，或作光榮的犧牲，或獲得最後勝利的情形。）」；「關於在敵人蹂躪下的平，津，淞滬等地的名勝，沿革，古跡，文化機關……的小品」；「其他對於非常時期有所裨益之文章」。[31]經常在「市聲」和其他副刊發表譯作及世界奇聞軼事短文的苗秀，在「七七事變」後，也寫了像〈騎兵〉這樣的文章，以調整取材聲援抗戰。

文學以怎樣的內容和形式來支持抗戰，是這一時期全國熱烈討論的話題，香港文壇也不例外。[32]正如內地其他地區，大量單一主題、類似寫法的作品湧現，惹來了「抗戰八股」的批評；反駁者則把「抗戰文藝」和「藝術至上」說成不能兩立，而「藝術至上」又容易沾上與汪精衛派「和平救國文藝」連結的惡名。[33]在這情勢下，任何藝術討論都無法避免政治的質問，不過體現在創作上的藝術追求終究沒有絕跡，本卷選文也盡量考慮事過境遷仍值得一讀的作品，而不僅僅保存某一時期的歷史面貌，例如沙威〈雪梨葡萄也變了〉寫戰爭中的日常生活，袁水拍〈西班牙抗戰兩年了！〉談西班牙的抗戰以鼓勵中國士氣，馬御風（柳木下）〈明暗——閉戶隨筆之一〉從知識性的內容引伸到戰爭，都和車載斗量的「樣板」文章迥別。張春風的內地回憶、葉靈鳳的書話，雖然不算獨一無二的題材，但寫來各有情味。更有意思的是梨青〈兩個不寂寞的人〉，寫兩個人的友愛，像兄妹、夫妻、同病相憐者，但又不完全是那樣，那是戰時環境造就的特殊人際關係。此文的抗日主題非常明顯，卻探索了一種新鮮的感情。

抗日的對立面是汪派的「和平文藝」，此派在香港的作者不多，集中於《南華日報》前後相接的兩個副刊「一週文藝」、「半週文藝」。本卷選入了蕭明、李漢人、娜馬合共四篇文章。蕭明〈談回憶〉寫童年、母親、孩子、冰心的作品，歸結到戰爭的可惡，其實是反對抗日；李漢人〈我所知道的西貢——南行漫憶之二〉、〈死年——燈下書感之四〉，前一篇借記遊宣傳「東亞民族大聯盟」的主張，後一篇寫戲劇家洪深全家服毒自殺，以此否定抗戰；娜馬是《南華日報》上文藝評論的主力，〈夜感〉旨在反擊葉靈鳳對他及和平文藝的批評，略見雜文筆調。這幾篇文章的政治動機呼之欲出。

然而寫不寫抗戰題材與作者是否愛國，原無必然關係，把書寫非抗戰題材的作者一概打入反抗戰陣營，實在是粗暴的行徑，其理甚明，毋庸贅説。[34]這裏想提出的是，在戰爭時期不是每個人每一刻的思想感情都離不開戰爭，特別是在頗長日子裏保持繁榮安定的香港。響應民族精神感召，與自我的實踐或追求，時而相合，時而相違，時而並行不悖，這本是常情。抗戰之初從上海南下的現代派詩人徐遲，在香港發表了著名的〈抒情的放逐〉，宣示因為戰爭緣故而放棄個人主義、投入左翼革命陣營以圖改造世界的決心。[35]可是選入本卷的幾篇文章，雖然寫作日期在〈抒情的放逐〉以後，卻都沒有表現出「革命」的昂揚，特別是〈最後的玫瑰〉對舊世界、現代派文學戀戀不捨，在理念與感情間猶豫低迴，抒情意味濃厚。事實上，如果日軍沒有在一九四一年底攻陷香港，徐遲很可能不會離開這個讓他「能夠常常看到這些歐美實驗派（Experimentalism）的作品」，[36]以及接觸各種西洋藝術的地方。此外，徐遲署以筆名余犀的香港郊外遊記，除了可見與戰事無關的生活面向外，特別有趣的是發表於報紙的「娛樂版」。研究者一般不會到這種園地蒐集資料，因此可能錯過了當時文學創作的特殊面貌。

四

香港自十九世紀以來，人口流動為其常態。絕大部分香港華人或其祖、父輩，由廣東一帶遷來，但往往只視香港為暫居地，逢年過節常回鄉探望親人，也多存落葉歸根、告老還鄉的打算，因此一般認為在一九四九年前香港並無本地的文化和身份認同。[37]不過也有歷史學者指出，香港華人依賴殖民地相對穩定的環境而賺得財富，中國動盪的政局令他們對香港逐漸產生歸屬感，尤其經歷了一九二五至一九二六年的省港大罷工，更是如此。[38]及至抗戰爆發前後，從廣東以外南來的文化人，以「排山倒海的姿態」主導了香港的新文學文壇，[39]根基薄弱的本地新文化界，在全國精英雲集之際，自然難以競爭，有論者認為當時「香港文學在發展中的主體性忽被中止」，「驟然回歸中國文學的母體」。[40]然而正如上文所説，香港身份認同在不同層面、範疇有不一致的表現，賴以自我界定的他者也有所不同。[41]在梳理清楚相關的脉絡前，談論香港文學的主體性或會陷入定義「本質」的循環。[42]這裏無法詳細分析，可以簡單交代的是，本卷並不企圖通過篩選作品建構任何一貫的香港特色。唯一預設了要排除的只有一類作品，即雖然在香港發表，但在發表前作者不曾在香港居住過，內容也不涉及香港的作品。[43]

如要重建「歷史現場」，這唯一的排除原則也許仍是有問題的，因為有些著名發表園地如《大公報・文藝》，的確以這樣的面貌出現。[44]不過作為選本，必須劃定界線才能免於浮濫。剔除了上述作品後，剩下來的數量還有不少，仍要面對去取的問題。文學價值和歷史價值是任何大系式選本都力求達到的目標，入選作品自需具備相當的文學性；同時，那些作品也要在主題、題材、體式、表達手法等方面，有一定的時代和地域代表性。不用説文學性和代表性都是很主觀的，充斥着選文者的偏見。但既是偏見，就更需要説出來，一來是自我反省，二來則是讓讀者知所迎拒。

文學性方面，本卷採用朱自清後期的看法，納入小品、美文以外的類型，如雜文、特寫、速寫、通訊等，也認同朱氏所說的，界域擴大源於報紙媒體成為主要發表場地。報紙需要吸引一般讀者，自以趣味為先，但甚麼是吸引讀者的有趣題材和寫法，在不同時期每有變化；而在某些情況下，報紙不以圖利或大眾為目標，副刊對作品的限制又會有所改變。所以不宜限定只有採用某些表達手法、追求某些效果，才算文學性的散文，而不妨以未必前後一致的標準來嘗試測繪文學散文的界線。

地景描寫在一定程度上可以表現在地特色，但要注意同是描寫地方，問鵑〈外省人的香港印象記〉以單一意象概括整個香港，筠萍〈彌敦道夜〉、華胥〈九龍塘邊的花市〉則寫個人在某一地區的生活經歷，地景在作品中的意義並不一樣。但這也不一定是外來者和本地人的分別，如棱磨暫時過境，〈沙灣的傍晚〉卻不採用問鵑的寫法。更多的作品甚至沒有地景描寫，如與〈沙灣的傍晚〉同樣刊於《南華日報・勁草》的禾金〈長衫〉、羅洪〈扁豆〉、維娜〈烟〉，也都如此，似乎沒有具體時空背景是該版流行的寫法，故選入一些細節較豐富的作品，以存其體。反過來，本卷也特意收進一些居於香港，或曾居於香港作者的外地題材作品，如落璣〈乘腳踏車遊深圳記〉，以作為當日文人跨地域流動的例證。[45]

本地話題是另一種表現地方特色的要素。本卷選入了薩空了〈關於保育兒童〉等短文。作者是《立報・小茶館》的編輯，這些短文出自他在該版的專欄，用來回應當天所登的讀者來稿，以社會時事不一定和政治有關——為題材，主動了解香港的內部問題，而不急於從意識形態的高度來批判，表現了該版的社會參與。此外，有些報刊特別徵求與香港歷史、社會、生活有關的稿件，可見這些內容對讀者有其吸引力。[46]然而儘管讀者歡迎地方口味的作品，抗戰開始後香港本地新文學作者卻被擠到文壇邊緣，那只能解釋為新文學從來只是小眾的愛好，大量的本地讀者在通俗文學裏已得到滿足，他們的文學消費沒有為本地新文學作者提供支持。[47]

在地景描寫和本地話題兩種和香港直接相關的元素外，泛覽這一時期的報刊，當然還可以看到更多的其他題材，例如感情、時局、書話、抗戰等。事實上，香港作為英國殖民地及戰爭時交通樞紐，國內外人士、訊息蝟聚，非本地題材之繁多，也許才是本地最特別之處。[48]至於主題、體式、表達手法等，前文在敘述發展過程時已略作介紹，此處不再重複。總體而言，這一時限裏的香港散文，與同期的內地相比，其成就還有一段距離，很少作者能與冰心、朱自清、郁達夫、梁遇春、林語堂、何其芳等一較高下，更不用說魯迅、周作人了。然而考慮到文化根基和知識人口的弱點，本卷作品的價值不全在於文學水平，而是香港這一地方的歷史文化印記。

最後需要交代三點：一是本卷的限制。本卷主要在香港出版的文藝期刊和報紙副刊選取作品，另參考了少量在此段期間出版的單行本。[49]因資源所限，本地及鄰近地區保存的舊書刊遠遠未能全數蒐集，也沒有在外地的出版物搜羅材料。更毋庸多説的是選者文學修養的淺薄，歷史和理論知識的貧乏。希望種種缺失在日後能夠逐漸補苴訂正。二是校對問題。早年不少報刊校對並不精細，印刷技術又未如人意，拍成微縮膠卷後，效果更不理想，本卷作品的底本常有錯字、倒字、漏字，以及漫漶不清之處。但錯、倒、漏字和作者的特殊行文習慣，有時無法分辨。為盡量保存作品面貌，除非有十足把握，不作輕率改動。字跡模糊至不能推測，則以符號表示，以俟識者。三是篇幅所限，部分選篇無法全文收錄，以存目方式列出，選篇出處列於正文後之〈存目作品出處〉，以備讀者參考。

*本卷篇目承許定銘先生、吳萱人先生過目，導言初稿獲編委會同仁惠示高見，另李卓賢、姚君華、趙曉彤三位同學協助收集整理選文資料，李豐宸、邱嘉耀、馮凱稔、楊彪、另一位趙曉彤、鄧瑋堯、黎小玲七位同學協助初校及收集作者資料，並此申謝。

註釋

1 梁仁選編《朱自清散文》（杭州：浙江文藝出版社，一九九九），頁三〇——三一。本文撰於一九二六年七月三十一日，除作為朱自清散文集《背影》（一九二八年初版）的序，又以〈論現代中國的小品散文〉為題刊於《文學周報》第三四五期（一九二九）。

2 朱自清〈甚麼是文學？〉：「雜文固然是雜文學，其他如報紙上的通訊，特寫，現在也多數用語體而帶有文學意味了，書信有些也如此。甚至宣言，有些也注重文學意味了。這種情形一方面見出一般人要求着文學意味，一方面又意味著文學在報章化。〔……〕這裏的文學意味就是『好』，就是『妙』，也就是『美』；卻決不是賣關子，而正是胡（適）先生說的『明白』『動人』。報章化要的是來去分明不躲躲閃閃的。雜文和小品文的不同處就在它的明快，不大繞彎兒，甚至簡直不繞彎兒。具體倒不一定。敘事寫景要具體，不錯。説理呢，舉例子固然要得，但是要言不煩，或簡截了當也就是乾脆，也能夠動人。使人威固然是動人，使人信也未嘗不是動人。」見朱自清《標準與尺度》（桂林：廣西師範大學出版社，二〇〇四），頁四五。文末注明原刊「北平新生報，三十五年」，即一九四六年。本文又見於《新教育雜誌》第一卷第一期（一九四七年五月十五日），引文中兩處「報章化」都作「新聞化」，「使人威」作「使人感」，「威」似是誤字。

3 胡適〈甚麼是文學——答錢玄同〉：「語言文字都是人類達意表情的工具；達意達的好，表情表的妙，便是文學。」姜義華主編《胡適學術文集•新文學運動》（北京：中華書局，一九九八），頁八七。據姜義華，本文撰於一九二〇年十至十二月，見上書頁八七。

4 四位學者與本卷有關的著作主要有：盧瑋鑾編《香港的憂鬱——文人筆下的香港（一九二五—一九四一）》（香港：華風書局，一九八三），盧瑋鑾《香港文縱——內地作家南來及其文化活動》（香港：華漢文化事業公司，一九八七），盧瑋鑾、黃繼持合編《茅盾香港文輯（一九三八—一九四一）》（香港：華風書局，一九八四），鄭樹森、黃繼持、盧瑋鑾編《早期香港新學作品選（一九二七—一九四一）》（香港：天地圖書有限公司，一九九八）、《早期香港新文學資料選（一九二七—一九四一）》（同上），黃康顯《香港文學的發展與評價》（香港：秋海棠文化企業，一九九六）。吳灞陵、貝茜、簡又文等在當時曾撰文討論香港的文壇狀況，這些文章已收於鄭樹森等編《早期香港新文學資料選》（簡稱《資料選》）。侶倫在七、八十年代之交撰寫了一些文學回憶，結集為《向水屋筆語》（香港：三聯書店香港分店，一九八五），也是重要的參考資料。

5 黃康顯《香港文學的發展與評價》（簡稱《評價》），頁二一—二四。

6 《英華青年季刊》第一卷第一期（一九二四年七月）。

7 吳灞陵〈香港的文藝〉，鄭樹森等編《資料選》頁一〇，原載《墨花》第五期（一九二八年十月）。

8 侶倫〈香港新文化滋長期瑣憶〉頁九。

9 侶倫〈香港新文化滋長期瑣憶〉、〈島上的一群〉,《向水屋筆語》頁一四|一七、三二|三四。

10 《鐵馬》出了一期、《島上》似乎只出了兩期,參盧瑋鑾〈香港早期新文學發展初探〉,《香港文縱》頁一一三。

11 黃康顯《評價》頁二七|二九、四七。

12 侶倫〈島上的一群〉,《向水屋筆語》頁三二。

13 平可(岑卓雲)〈誤闖文壇述憶(二)〉説他當時記喜歡讀《創造週報》、《幻洲》和創造社作者的作品。載《香港文學》第二期(一九八五年二月五日),頁九九。但也有人不認同葉靈鳳等人的風格,如《伴侶》第九期(一九二九年一月十五日)〈伴侶通信〉龍實秀説:「『文言化真是本港許多作者的常病。他們的文章只曉得要求詞藻美麗,但內裏情緒空虛得沒有半點意義。本來詞藻美麗是可以用機械的工夫來取得的,而結果的成績表就成為了一種新四六的詞章罷了。我以為這是學幻洲派的葉靈鳳藤剛等所致的流弊,這里許多青年愛好他們的文章。葉靈鳳輩的作品已經算是纖小了,他們壞得更壞呢。先生看出這是毛病,我很同情。』」(頁五〇)龍實秀在一九三〇年代中期為《天光報》總編,並曾兼理《香港公商日報•市聲》。

14 侶倫〈香港新文化滋長期瑣憶〉:「《鐵馬》是卅二開本的小型雜誌,一百頁,文字橫排,毛邊;形式和風格多少是受着當時上海出版的《幻洲》雜誌的影響。」(頁一六)《伴侶》第一期(一九二八年八月十五日)雲枝的新詩〈鵑啼夜〉配以黃潮寬的畫(頁一二),頗有日本女插畫家蕗谷虹兒的風味,而葉靈鳳為創造社刊物所繪的插畫,正以模倣蕗谷虹兒和比亞茲萊稱著。前期創造社以郭沫若、郁達夫為核心,崇尚「自我的表現」,中期創造社加入了葉靈鳳、周全平等,自稱為「小夥計」,承擔了創造社刊物的實際編輯出版工作,但其時郭、郁等前期作者的文學主張已經轉變,反而「小夥計」的文學追求更接近前期創造社。參陳青生、陳永志著《創造社記程》（上海：上海社會科學院出版社，一九八九）。

15 鄭樹森、黃繼持、盧瑋鑾〈早期香港新文學作品三人談〉，《早期香港新學作品選》（簡稱《作品選》）頁一一、一四。據平可（岑卓雲）〈誤闖文壇述憶（四）〉，魯迅一九二七年在香港的兩次演講，本地社會並無反應。載《香港文學》第四期（一九八五年四月五日），頁九九。

16 黃康顯《評價》頁一〇。

17 《大光報》一九三二年三月二十一日。又如一九三三年十一月九日《大光報・大觀園》〈園例〉：「本園歡迎一切短潔清雋之小品文字無論文言白話壹律加新標點」。

18 《香港工商日報》一九三四年四月十三日。

19 如侶倫反對把白話文等同「新文藝」，他認為「目前在報紙上流行着的連載小説，有部份簡直是『隨意所之』地寫下來又寫下去的作品」，侶倫〈香港新文化滋長期瑣憶〉，《向水屋筆語》頁一〇。引文中的「目前」指寫作該文的一九六六年，但當也是侶倫一向的想法。

20 辛旦〈關於香港的文壇小話〉：「在香港這樣的地方，刊物零落得淒涼，文藝的代表應該在報紙的副刊身上的了。」載《激流》創刊號（一九三一年六月二十七日）「香港文壇小話」欄，頁二七。

21 《香港工商日報・市聲》編者〈本欄今後〉對文稿去取原則有非常坦率的交代：「從今天起，本欄擴篇幅，增加字行密度；文稿內容，側重趣味，附加插圖，務求充實。（……）（一）本欄以前所載文字，持論嚴肅，稍嫌枯燥；今後趨重趣味短稿，即所謂軟性文章，每篇在千字左右者，以符小品副刊之條件。讀者倘能以幽默的態度，輕鬆的辭藻，談人生，談社會，筆而為文，惠寄本欄，不勝歡迎之至。（二）本欄選稿，亦有『不成文』之戒條，惟不便宣佈。來稿如涉及團體及個人之私德，或省港環境所不許可發表者，只有藏諸名山。又長篇鉅作，亦不適用，幸勿惠寄。其在千五字至二千字間，尚有發刊價值者，則須俟機分日發刊，請勿來函催促責難。（三）本刊特別徵求下列稿件：（甲）省港風光之素描，附有清晰圖片者。不論名勝，古蹟，社會生活，學校生活，均所歡迎。（乙）幽默文章，雋穎小品，以不襲前人，不流庸俗者為合。記敘須正確，描寫不妨生動，能適乎中庸，謔而不虐，斯為上乘。（丙）國內外名山大川，都市城鎮，其間景物宜人，風土殊異，有足記載者，均可實錄之以投本欄。（丁）應時小品。（四）本欄改版後，本報各週刊亦略有變更，由本星期起，停止讀書週刊，電影週刊改為半週刊。其日期分配如下：（星期一）體育週刊。（星期二）文藝週刊。（星期三）電影半週刊。（星期四）婦女週刊。（星期五）國際週刊。（星期六）電影半週刊。（星期日）圖書週刊。惟篇幅及隔週發刊關係，不能多容文稿，列位作者最好多賜『市聲』小品。」（一九三四年四月一日）

22 《南強日報・鐵塔》編者自白（無篇名），一九三一年十一月十一日。值得一提的是，本版沒有稿酬。

23 平可〈誤闖文壇述憶（五）〉第五期（一九八五年五月五日），頁九七。

24 《南強日報》「鐵塔」，一九三一年十一月二十六日。又，《南強日報・繁星》編者〈今後的「繁星」〉：「我對于今後的繁星，意見是：（一）關于內容方面，要增加社會理論和文學介紹與批評的文字，因為使大家都知道社會的內幕並要知目前的環境〔，〕尋其解決方法，引起一般人注意。」（一九三二年五月二十五日）《南強日報》可能有點特殊，但最少表示某些人有此轉向。另參黃康顯《評價》頁五二。

25 除了社會、民族意識，自由戀愛和其他美式思想、觀念也通過荷里活電影輸入，在青年間蔚然成風，參平可〈誤闖文壇述憶（四）〉頁九九。

26 平可〈誤闖文壇述憶（五）〉頁九七、九九。另參本卷所收了了（薩空了）〈建立新文化中心〉。

27 蕭紅在香港參加過「紀念三八勞軍遊藝會」籌備委員會在堅道養中女子中學舉行的座談會、「文協香港分會」等合辦的魯迅六十歲誕辰紀念等活動等，並發表《呼蘭河傳》、《馬伯樂》等重要作品。參考盧瑋鑾〈十里山花寂寞紅——蕭紅在香港〉，《香港文縱》頁一六二—一六七。

28 鄭樹森等〈早期香港新文學作品三人談〉，《作品選》頁二一。

29 如適夷〈今後的工作〉代表各報副刊主持人宣布，以後「直接接受重慶全國文藝協會總會的領導」，跟從前一年總會在武漢全國大會中提出的口號「一切的寫作為了抗戰」。載《星島日報・星座》，一九三九年三月十九日。

30 參考盧瑋鑾〈茅盾在香港的活動（一九三八—一九四二）〉，《香港文縱》頁一四三—一六一。

31 一九三七年十一月十三日〈徵稿啟事〉。

32 重要的文章收於鄭樹森等編《資料選》。

33 例如文俞〈兩種批評〉，《星島日報・星座》，一九三九年七月四日，甘震〈文藝的生命談〉《文藝青年》第二期（一九四〇年十月一日），頁八—九，都這樣立論。

34 即使反對抗戰，是否必然代表不愛國，近年史學界也有不同意見，參蔡榮芳〈「愛國史學」迷思及「民族主義」之曖昧複雜性與危險性〉，《香港人之香港史一八四一—一九四五》（香港：牛津大學出版社，二〇〇一），頁二七五—二九五，以及余英時為汪精衛著、汪夢川注釋《雙照樓詩詞藁》（香港：天地圖書有限公司，二〇一二）所撰的〈序〉，見該書頁六—三〇。

35 先後刊於《星島日報・星座》一九三九年五月十三日，《頂點》第一期（一九三九年七月十日），頁五〇—五一。此文迅速引起胡風、陳殘雲、穆旦等的反對，參陳國球〈論徐遲的放逐抒情——「抒情精神」與香港文學初探之一〉，載王德威、陳思和、許子東主編《一九四九以後》（香港：牛津大學出版社，二〇一〇），頁二九〇—三〇〇，以及陳國球〈放逐抒情：從徐遲說起〉，陳國球《抒情中國論》（香港：三聯書店〔香港〕有限公司，二〇一三），頁一九三—二三二。

36 引自〈最後的玫瑰〉。

37 鄭宏泰、黃紹倫《香港身份證透視》（香港：三聯書店〔香港〕有限公司，二〇〇四），頁一四〇。又，根據香港政府的統計，在一九六一年前，非本地出生華人一直較本地出生華人為多，同上書頁一二一——一二二。

38 高馬可（John M. Carroll）著、林立偉譯《香港簡史——從殖民地至特別行政區》（香港：中華書局，二〇一三），頁一一八。

39 盧瑋鑾〈香港早期新文學發展初探〉，《香港文縱》頁一五。

40 鄭樹森等〈早期香港新文學作品三人談〉指出，早年在香港活動的新文學主力作者，到了這時期基本上沒有立足之地，部份變成了通俗作家，南來文化人則寧可培養一些與香港文壇完全沒有關係的青年，「香港文學在發展中的主體性忽被中止」，「香港的主體性被中國主體性取代了」。鄭樹森等編《作品選》頁二二一——二二七，引文見頁二二四。黃康顯也說：「國內名作家的湧至，迫使香港作家，驟然回歸中國文學的母體，在母體內，這個新生嬰兒還在成長階段，當然無權參與正常事務的操作」。見黃康顯《評價》頁三九。

41 如高馬可討論的是香港和內地的區別，抗戰爆發後則出現廣東和外省生活文化的衝突。

42 參黃子平〈香港文學史：從何說起〉，《害怕寫作》（香港：天地圖書有限公司，二〇〇五），頁五二——五九。

43 但有相當數量的作者未能考得其生平，只能從作品內容推斷。

44 《大公報・文藝》刊登了很多內地前線、後方的來稿，包括朱自清、冰心、馮沅君、沈從文、陸蠡等沒有在香港居住過的作者。《星島日報・星座》、《立報・言林》也都有此傾向。

45 順帶一提，本卷選入了施蟄存〈薄鳧林雜記〉之四〈兒童讀物〉，薄鳧林即現在的香港島薄扶林，此文並無地景描寫，大抵只表示寫作的所在。

46 如《立報・小茶館》可可〈香港的人生〉：「希望大家各就所知，作忠實生動的紀錄」。（一九三八年九月二十一日）可可似乎是接替了了主持該版，故公開呼籲投稿。又如《國民日報・新壘》徵求「談香港地理、風俗、人文沿革的掌故文章」，同日又開始連載胡春冰以香港社會為題材的長篇小說。（一九四一年十月一日）

47 平可〈誤闖文壇述憶（五）〉：「當時（一九三九年）一切報刊所努力爭取的讀者正是人數眾多的典型香港市民。外來的作者並非故意不理會讀者，也非不知典型香港市民是重要對象，但有許多困難是他們不易克服的。有些作者自視為『過客』，無意在香港久居，（……）其他的作者雖有久居意，也願同化，但居港期間畢不長，對香港社會的實況和傳統所知有限，（……）所用的題材仍不能不以過去的見聞和經驗為根據，因為（而）不易博得典型香港市民的親切感。」載《香港文學》第六期（一九八五年六月五日），頁九十九。原文說的是小說，但似乎也適用於一般的寫作。當時最受歡迎的作者是寫通俗小說的傑克（黃天石）、平可、望雲（張吻冰），他們本來都是新文學作者。另參鄭樹森等〈早期香港新文學資料三人談〉，《資料選》頁一〇。

48 蕭乾〈門前雪總得掃掃——給旅港的文藝朋友們〉：「我們有優裕的物質條件，我們有便暢的交通，而且我們是住在一個國際的『接觸點』上，難道我們不能在那些愉快的節目外，再來點別的嗎？」載《大公報・文藝》一九三九年七月三日。當然，蕭乾表達的是不滿「旅港文藝朋友」未有「盡全力裁制猖獗在我們身邊的漢奸的言論」，及「用筆幫國家爭取點國際的了解」，但他對香港優勢的判斷，與當時一般文化人相同。另參黃友秋〈文藝工作的開展〉：「香港是國際『航程』的一個出口，是南洋各國和華南內地的一個中站。」又：「國際宣傳，我們分明要負起這個責任。」載《大公報・文協》一九三九年五月二日。

49 包括潘範菴《範菴雜文》（香港：大眾書局，一九三三年十二月初版，一九五四年十月增補重排再版）、侶倫《紅茶》（香港：島上社，一九三五）、葉靈鳳《忘憂草》（香港：西南圖書印刷公司，一九四〇）。本卷所選兩篇潘文，原刊處一篇不可考，另一篇未能閱覽，侶文及葉文大部分原刊處可考，但單行本字句和原刊略有不同，當為入集時作者所修訂，故以單行本為準，在文末注明初刊處。

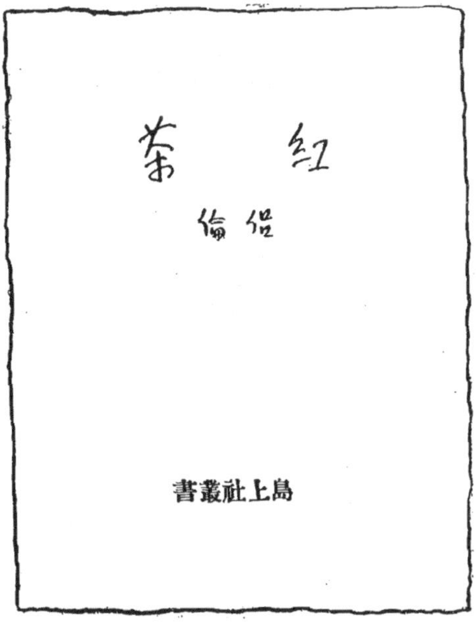

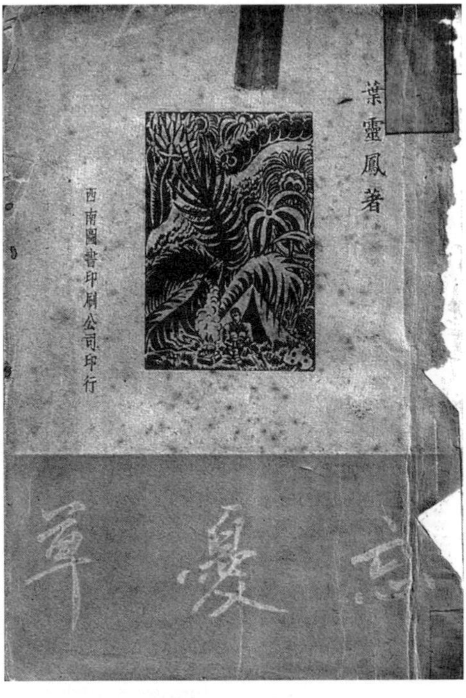

• 侶倫《紅茶》（一九三五）扉頁。

• 葉靈鳳《忘憂草》（一九四〇）書影。

● 《伴侶》雜誌第九期（一九二九年一月十五日）封面。

● 《島上》第一期（一九三〇年四月一日）封面。

• 《紅豆》第二卷第一期（一九三四年七月一日）廣告。該刊由編輯梁之盤兄長、梁國英藥局東主梁晃資助出版。

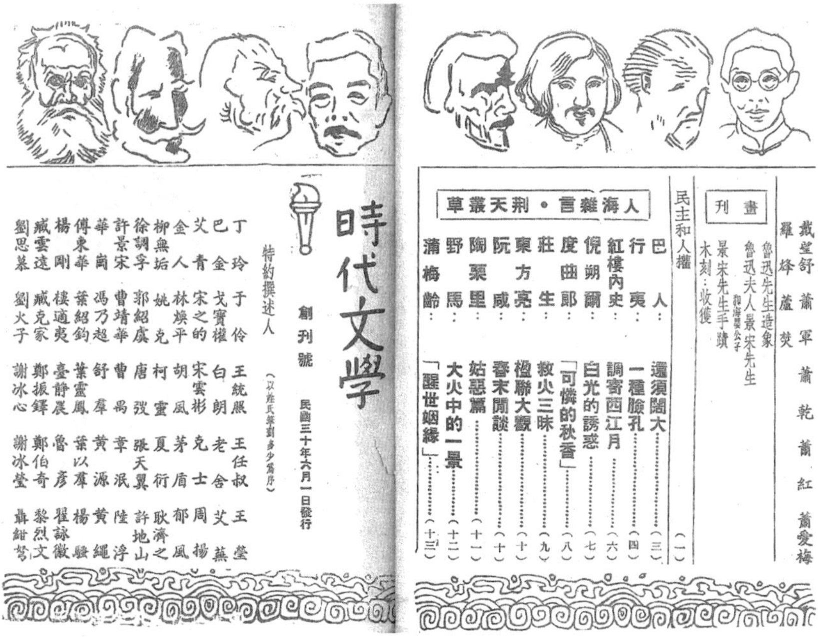

戴望舒　蕭軍　蕭乾　蕭紅　蕭愛梅
羅烽　蘆焚

畫刊
魯迅先生造象
魯迅夫人景宋先生和海嬰公子
景宋先生手蹟
木刻：收獲

民主和人權……（一）

人海雜言・荊天叢草

時代文學

創刊號

民國三十年六月一日發行

特約撰述人

（以姓氏筆劃多少爲序）

丁玲　于伶　王統照　王任叔　王瑩
巴金　戈寶權　白朗　老舍　艾蕪
艾青　宋之的　宋雲彬　克士　周揚
金人　林煥平　胡風　茅盾　郁風
柳無垢　姚克　柯靈　夏衍　耿濟之
徐調孚　郭紹虞　唐弢　張天翼　許地山
許景宋　曹靖華　曹禺　章泯　陸浮
華崗　馮乃超　舒羣　黃源　黃繩
傅東華　葉紹鈞　葉靈鳳　葉以羣　楊騷
楊剛　樓適夷　臺靜農　魯彥　瞿詠徵
臧雲遠　臧克家　鄭振鐸　鄭伯奇　黎烈文
劉思慕　劉火子　謝冰心　謝冰瑩　聶紺弩

• 《時代文學》創刊號（一九四一年六月）目錄頁。

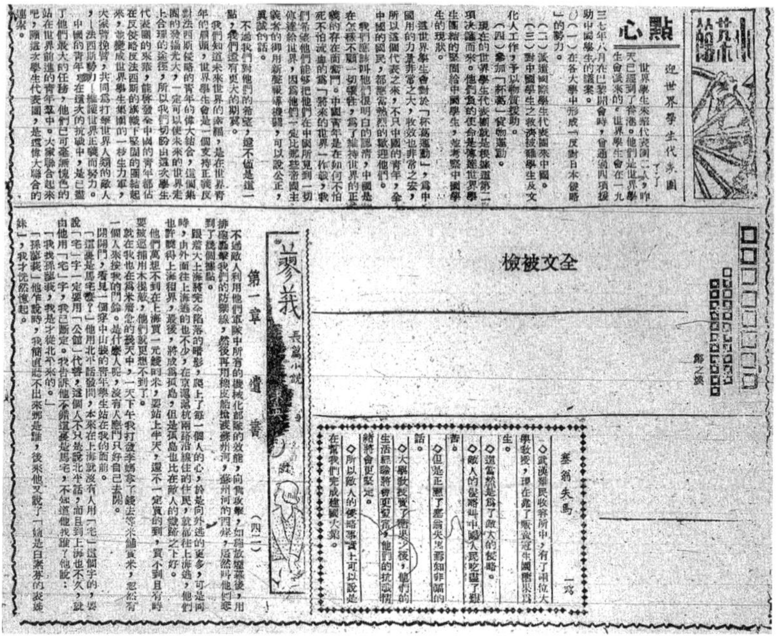

點心

迎世界學生代表團 了了

世界學生來華代表團（二人），昨天已經到了香港。他們是世界學生會派來的。「世界學生會在一九三七年八月在巴黎開會時，會通過四項援助中國學生的議案。

（一）在各大學中形成「反對日本侵略」的勢力。

（二）派遣國際學生代表團來中國。

（三）對中國學生之救濟接濟學生及文化人工作，予以物質援助。

（四）參加「杯葛」貨物運動。

現在的世界學生代表團就是根據這第二項決議而來。他們負的使命是傳達世界學生團結的堅固給中國學生，並考察中國學生的現狀。

這世界學生會對於「杯葛運動」，爲中國用的力量非常之大，收效也非常之宏，所以這個代表之來，不只中國的青年，全中國的國民，都應當熱烈的歡迎他們。

我們應該叫他們很明白的認清，中國是在怎樣不顧一切犧牲，爲了維持世界的正義的存在而奮鬥。中國青年是在如何不怕死不怕流血的爲「將來的世界」作戰，我們希望他們能夠把他們在中國所見到一切傳達給世界，因爲他們一定比那些帝國主義者的御用新聞記者報導，可以說公正，真誠的話。

不過我們對他們的希望，還不僅是這一點，我們還有更大的期冀。

我們知道未來世界的幸福，是在世界青年的肩頭，世界學生會是一個支持正義反對法西斯侵略的青年的偉大結合，這個集團的發揚光大，一定可以使未來的世界走上合理的途徑，所以我們切盼由這次學生代表團的來華，能啓發全中國的青年都站在反侵略反法西斯的旗幟下堅固的團結起來，並變成世界學生集團的一枝生力軍，大家皆換臂，共同爲打擊世界人類的敵人——法西斯勢力——維護世界正義而努力。

中國的青年，在這次的抗戰中，是已盡了他們最大的任務，他們已可毫無愧色的站在世界前進的青年羣中。大家聯合起來吧，願這次學生代表團，是這偉大聯合的遠象。

全文被檢

塞翁失馬 一鴻

◇武漢難民收容所中，有了兩位大學教授，現在靠了販賣冠生園糖果爲生。

◇這當然是爲了敵人的侵略。

◇敵人的侵略叫中國人民吃盡了艱苦。

◇但是正應了塞翁失馬焉知非福的話。

◇大學教授嘗了艱苦之後，他們的生活經驗將會更豐富，他們的抗戰情緒將會更堅定。

◇所以敵人的侵略事實上可以說是在幫我們完成建國大業。

蓼莪 長篇小說

第一章 遺書 （四二）

不過敵人利用他們軍隊中所有的機械化部隊的效能，向我攻擊，如猛放煙幕後，用排砲轟擊我們的防禦線，然後再用橡皮船搶渡蘇州河，蘇州河的西岸，居然叫他們奪到了幾個據點。

跟着大上海將完全陷落的暗影，爬上了每一個人的心，於是向外逃的更多，可是同時，由外面往上海逃的也不少，在京滬滬杭兩路沿線住的住民，就都往上海逃，他們也許覺得上海租界，最後，將成爲孤島，但是孤島也比在敵人的鐵蹄之下好。

他們萬想不到在上海買一元錢的米，要站上半天，還不一定買的到，買不到且有時要被巡捕用木棍敲，他們就更想不到了。

就在我也在爲米着急的幾天中，一天下午我打發李媽拿了錢去等米舖賣米，忽然有一個人來按我的門鈴。是什麼人呢，沒有人應門只好自己去開。

開開門，看見一個穿中山裝的青年學生站在我的面前。

「這裏是馬宅麼？」他用北平話發問，本來在上海就沒有人用「宅」這個字的，要說「宅」字一定要用「公館」代替，這個人不只是說北平話，而且到上海也不久，就由他用「宅」字，我已斷定。我告訴他不錯這是馬宅，不知道他找誰了他說：

「我找孫蓼莪，我是才從北平來的。」

「孫蓼莪」他在說時，我簡直想不出來那是誰，後來他又說了「她是白素芬的表妹」，我才恍然憶起。

•《立報・小茶館》，一九三八年五月十二日。

星島日報

中華民國二十七年八月廿六日 星期五

星座

最要緊的關頭

我的墓誌銘

上海現形記之二

長篇連載 長河

•《星島日報・星座》，一九三八年八月二十六日。

- 《南華日報・勁草》版頭。
- 《香港工商日報・市聲》版頭之一。
- 《香港工商日報・市聲》版頭之二。
- 《香港工商日報・市聲》版頭之三。
- 《立報・言林》版頭。
- 《華商報・燈塔》版頭。

• 葉靜之〈餓〉，《華僑日報・華嶽》，一九三八年十月二十六日。

• 《南華日報・一週文藝》漫畫，一九四〇年九月十六日。該刊支持汪精衛政權。

• 古一〈空前熱烈的全港小販義賣賑災的一瞥〉，《文藝陣地》第二卷第一期（一九三八年十月十六日）。此為阿寧〈香港菓菜小販義賣速寫〉的原插圖。

目錄

靈芬女士

女子教育問題

我們中國的女學校總算辦了三十多年了。論起他的成績來。不但社會上一班人對於他沒有一點信仰。就是我們女學生自己和辦女學的人。也恐怕未必能相信得過。我現在把一段事實來證明。

我有一天到一個鄰居家裏。他有一個女兒。我問他做什麼不送他到學校裏去讀書。他說：「你那裏曉得呵。——讀書的害處比什麼還利害呢。——沾了那個害處。簡直可以説沒有救藥了」我聽了實在詫異得很。我想讀書總是有益的。即使沒有益。也斷沒有害。我急忙問他什麼緣故。他說：「我有好幾家親戚的女兒。原來都是很聰明的。自己和弟妹的鞋子。煮飯。燒茶。都可以幫助他的母親去做。所以父母很疼愛他。又看見他聰明。就把他送到學校裏去讀書。誰料他自從進了學校以後。簡直説得變過了一個人。脾氣也變壞了。性子也變燥了。衣服也要講究了。連自己的鞋子。都不高興做了。還説什麼幫助母親做事。就説他讀書。也讀了幾年了。連他父親來的信。仍然是認不完全。至於寫回信。更不必說了。就是寫寫帳。打打算盤。都還有好多錯處。他母親好好的教導他。他不但不聽。反睜着眼睛説道：『誰耐煩做那些事。做不做是我的自由。誰也不能干涉我。』你看這樣的讀書。那不是無益反有害嗎？我看了這種的榜樣。所以再也不肯把我的女兒去進學校讀書哩。」

我這鄰居的話。很可代表現在社會上對於女學的心理。後來我把這樁事。詳細考究了一番。找出了二個原因

（一）女學生不曉得自重。好像他的身分。只要一進了學校。就增加了。不但不專心研究學問。反去學那些奢華輕浮的習氣。每日除了敷衍幾小時功課之外。便是考究裝飾怎麼樣的「爭奇鬥異。」或是看看那些無益於學問之小說。鞋子也要穿賣的了。——中國的習慣。婦女的鞋子都要自己做的。——自己懶得做。或是不會做。星期日不是到遊戲場去聽戲。就是叉蔴雀。打撲克。對於學問上簡直不肯去用一點功。還有那些志行薄弱的。被人家「利誘勢逼。」因之身敗名裂。總而言之。現在的女學生。「虛偽浮華」四個字。就是他們的批評。這樣的沒有人格。人家怎麼不會輕視呢。

（二）外界的摧殘。有我們中國。不但無知識的人看不明白女學的性質。就是那些學問還好的人。是看不十分了解。有的是說不過教女子認幾個字就算了。還有的簡直看得和玩意兒一般。因為他們不曉得女學的重要。所以他們的心理。就輕視女學。由這輕視女學就變成輕視女子。故此他們對於女學。不但沒有一點尊重的心。還現出那輕薄的樣子來。這樣的摧殘。那有女孩的人家。怎麼會肯把他進學校去呢？那女學怎麼有發達的希望呢？

（三）辦理不善。現在辦女學的人。大概是兩種人最居多數。第一種。就是那稍微受過點舊教育的老太婆。和一班沒有學問的畢業生。第二種。就是那一班老學究。所以一定要這種的人辦學校是什麼緣故呢？這就是因為中國有那些古訓什麼。「禮教大防」呀什麼「男女授受不親」呀社會

上就看作神聖的教訓。所以辦起女學校來。也就守着這種古訓。不管那些老太婆的程度怎麼樣。只要認得幾個字。就要「儘先補用」了。那些老學究。還算是「後補班」。至於那有學問的教員。一定要到不得已的時候纔拿得來「承乏」。近幾年來。這種的情形。雖然是減了一點。然而總不能全脱那個範圍。這種的人。把我們女學的生死權交在他們手裏。你説危險不危險呢，現在這種成績。不是他們從前造成的嗎。

還有那沒有一定的教育宗旨。也是現在女學腐敗的一個重要原因。從前的人看作辦女學不過是叫女人認識幾個字就算了。就是現在的教育宗旨。也不過空空洞洞説造就「賢妻良母」就是了。如今的世界。女子僅僅成一個「良母賢妻」。就算了嗎。還是還有別的重大責任在他們身上呢？況且中國的教育。上邊我那鄰居説的話。他的希望。也不過是個「賢妻良母」罷了。現在連「賢妻良母」還望不到。還記説什麼「賢妻良母」呢。

這樣看來。現在的女學。非根本改革不可。怎麼叫做根本的改革呢？就是要把從前的教育。須從徹底改換他的面目。一面順着社會上的要求。一面順着世界上的潮流。定一個切實的計劃。然後纔有發達的希望。我希望吾國海內外熱心女子教育和改良家庭的士女。對於這種關於吾女子最切要問題。不可輕視共同討論。得到一種美滿良善方法。使女子教育日趨臻美的地步。全國女子受惠不淺了。

選自一九二五年四月十日香港《小説星期刊》第二年第五期

天健

爛漫的江濱

落日紅半山的時候，我們便馬上穿好衣裳提着一個籐袋子跑往江濱去了。在這個「俗塵萬斛」底市街裏，儘管有電風扇給你吹，冰淇淋給你吃，但是，心坎中仍感覺着一種煩悶；所以我們便組織起一個夏令旅行團來，因此常常能夠享受那江濱的清福。

夕陽已給江風完全肅清了，嬌小可憐的月姐，纔懶洋洋地梭開薄薄的白紗而出。那時，水波皺起了一點一點的金光，把我們同性的異性的都包圍着。也許我們能夠極力掙扎，總不免會打下敗陣來，依然浮沉在金光滿佈的海。

呵，對岸底暗綠而且深紫的山岡，驀地裏蓋起鑽石之被了！鑽石之光也一閃一閃的向我們照耀，偉大的江濱夜景，確是我三年以來未有見過。

柔軟的水，不經不覺地退了幾尺。淺沙上印出我們很大的足痕。這個紀念，至少也會歷數小時而不散。我越發覺得此爛漫的江濱，不能虛負了。於是，賃了一艘小舟，和同事吳灞陵君，緩緩地蕩至海天闊處。多情的月姐似乎離不掉我們一步一步地緊隨着，我此時麻醉了。宇宙之謎，誰也〔不〕能夠猜破，簡直靜悄悄給自然力支配了一生，更說什麼功名富貴呢！

爛漫的江濱呵，我很感激你把我內心的寂寞消滅，我便永永做你底順民，也沒有絲毫底悔恨！呵，爛漫的江濱，呵，爛漫的江濱！

選自一九二七年七月七日香港《大光報．大眾》

甫衣

為狗官獸兵解嘲

我昨天從上海報紙、看見黃埔軍校教育長李揚敬、把黃琪翔派兵圍攻黃埔校的情形、報告給蔣中正李濟深、其中有兩個名詞、令我看了、不禁十分詫異的、我今先把他原文撮寫在下面、

自己（李揚敬自指）跑至本校大門、恰見有兩隻狗官率一群獸兵在鐵欄外聲勢極兇、職乃向他們説道、我是黃埔學校教育長、有甚事只管説、不必加害於各員生兵伕令其作無益之犧牲者、枉死、大家稍待我可叫衛兵司令開門、狗官唯唯否否、而獸兵竟發一槍、幸不中、否則這一場事變又未知鬧到如何田地了、一面令各學生隊軍士教導大隊等、各在宿舍附近集合、以免獸兵見着徒手學生兵伕亦放槍、一面派員請偽團長馬少屏到校、請其毋加害於手無寸鐵之學生兵伕、引導偽團長等巡視各處、隨處請其下令制止獸兵發洋財、事實上他們那裡能夠指揮獸兵、結果搶得乾乾淨淨、尤其是洋關一座、可説是家徒四壁、請偽團長對各員生大部份説明率獸兵來之原因、其實所説的甚麼擁護某某、打倒黃紹雄、實行三民主義、完成國民革命、完全是言不顧行行不顧言、

對敵方的官職、必加以偽字、此為慣見的、原不足怪、誰真誰偽、在今日也難肯定、我們更不容置喙、但他們在十七日以前、倘兩下相見、還是同志長同志短的稱呼、忽然把同志二字、換

了一個狗字、一個獸字、我們看見這個稱謂、怎能夠不詫異起來呢、大約所謂狗、所謂獸、總不外全無人道和人格的代名詞吧、但他們是否知有人道和人格、我們小百姓、也不便多嘴、不過我看見這種稱謂、心裡依然不安、不如替他下一轉語、也算替他解解嘲罷、古人稱軍士為熊羆、又叫做十萬貔貅、又叫做虎賁之士、照這比喻看來、稱他做獸兵、也可以當是恭維說話了、至於狗官二字、看來似是卑污、但古人也常常說「犬馬効勞」等語、即效忠黨國的黨員和兵士、對黨國亦當効犬馬之勞、且必如此乃算是忠實同志呢、那末、稱為狗官、也不算開罪了、大約雙方得老拙如此解釋、便不至因這種名詞、又增長惡感、將來也有好相見的日子、定不忘老拙之功呢、

選自一九二七年十一月三十日香港《華星三日刊》

甫公

可謂志同道合

向來聽聞人家說共產黨提倡討父仇孝、我卻不甚相信、因為既然做了有知識的人類、就是十分兇悍、也有多少生成的天性、對於父母、即使不十分孝順、也未必一定要討要仇、間或有逆倫案件發生、也是萬中無一、所以我對於提倡討父仇孝那傳說、就不免懷疑、如今看來、卻又有點不能不信、大抵做尋常百姓的老頭子、倒可以放心一點、做着革命偉人的老頭子、就不能不當心一點、更進一步說、就不能不如廣東俗語所謂「有仔隨仔顛」了、如果兒子要革命、你偏要鬧起做老頭子的架子來、說一個不字、哼、險極呢、不聞張發奎總指揮的演說嗎、他在護黨運動大會中說道、「李濟深和兄弟感情很好但反革命的就是我父親也要討的」、你倒要做革命偉人的老頭子、還不留神當心、跟着兒子去革命、就怕討父仇孝四個字、要先向你們家庭提倡來了、然而張總指揮固然非共產黨、又何嘗是提倡討父仇孝、不過他要討他認為反革命的李濟深就不覺說得激烈一點罷了、但照這幾句說話看來、可以知道革命家對於父親的感想何如呢、前幾天我有一位朋友、從韶州來省、他講起北江的軍人來、就說護黨軍中的重要軍官、半是籍隸北江的、除了張發奎薛岳之外、還有一位許師長、亦係韶州人氏,他的老頭子,是在韶州某處、開一間酒米雜貨居、大約今年因年歲不佳、生意不免吃本、忽而聞得他的兒子奏凱而回、他就跑到韶關去見他、見面之下、談談家事和生意、就叫他的兒子、拿數百元給他回去、維持他的營業、誰料許師長說道、我們做革命工作、第一是要廉潔、休要估量我在外省剷了地皮回來罷、他的老頭子說道、我並不是估量你發了大財回來、不過你月中支的薪俸、總有些盈餘、湊着今年生意不好、故此要你拿數百元來維持、諒你也可以辦得到呀、許師長又說道、我軍事倥傯、那裡管得這些閒事、他的老頭子也不再說了、後來他的母親、向許師長婉勸、說是你老頭子盼望你回來、那三幾百塊錢、就算作買些食物、孝敬他老人家、也應該的、何況是維持生意呢、許師長更不客氣的拍案說道、做革命工作的人、怎能夠分心去料理老頭子、於是他的鄉親、又不敢再說了、看來革命家真是護黨護國不護家、怪不得古人有「國爾忘家」的一語，又怪不得張總指揮、有反革命的就是父親也要討的演說詞、像張許兩位革命軍人，真可謂志同道合了、我們安得不佩服呢、

選自一九二七年十二月十日香港《華星三日刊》

愧餘

送花人

每朝飯罷，窗頭例就躺著一掬用蕉葉墊著的含笑。蕉葉墊著，所以不使其稍沾塵垢也乎？行伴是亡友高喬，他——自來就頗持重，不輕易拿「不幸事」向人家取笑；至多還是自己哦著聞聲便可醉人的詩句罷了的——這回也明白的露著忍無可忍的模樣提出質問：

「何來此香花朵朵？」

「……………………」

「空山裡還會有艷遇的嗎！」

聽到後半句我就覺得頗難抵受。這個嫌疑，論理，他也當擔負一半才是。斯時，還是天亮未久，我就咬定彼此也得廢止一朝的素食以待送花人之來。

定眼的躲在帳後，花香就來，只見到一隻殊不「玉」的手，待得追上窗前，看見左手還捧著另一掬的原是掃葉的童僧阿恬。

「阿恬誠不能做和尚也歟？」我笑著說。

高喬深〔深〕的以為不然，「以香求道亦胡不可者！」接住又哦著「山齋飯罷渾無事，滿鉢擎來盡落花」了。

選自一九二九年一月十五日香港《伴侶》第九期

銀漢

在牛後

「對不住，對不住！」

「哦——先生。」

「這裡真是伸手不見掌的黑，常常會踏着人哩！」

「不要緊，太黑了，真是。」

在晚上十點以後回家，因為地方太靜，而且有趕快睡覺的成見在心，腳步每比尋常加密一些，在上樓時，一個不留神就是開始了上邊的對話，其實睡在梯口的人的面貌就一直沒有認清，只覺得踏着的是一件活動的骨頭，是那裡一條骨也並不知道，於是心裡一軟，淺薄的人道主義的口號就衝口而出了。

然而被踏了一下的骨頭卻嗷嗷地向上樓的先生陪罪，倒使我當着躺在帆布椅上看屋樑的時候覺得可以自豪，英雄的影子就跟着在眼前一晃。

頭房是空着，尾房住了另一家人家，夜晚，實在使人太不高興了。不是說他們夫唱婦隨那些事，倒是隔過一塊三分板的那邊，正在我的牀頭距離有三五寸光景的地方，供着個甚麼呂祖，晚上總是燒得一炷長香，兩枝龍燭，熏得我這邊煙氣迷濛，不但寫作不來，連看看書，逗逗孩子的興致也常給減殺不少。還有仰頭一望就是一條紅杉，據說正樑的壓力其大無比，而細細體察下來，這個幾月的藥費的供給就居然使我相信了，雖則那個包租的老婦說這是各人自己的氣運，但從我發覺到正樑的壓力時起這房子就變成不祥之地，何況房門以外，又正蒙着一排鐵絲格子，還不像個囚籠嗎？

這裡於我已然沒有好感，只有一點點捨不得的地方，就是偶不留神踏着那個窮無可歸的同胞，自家先陪不是，然後張着耳朵去聽他嗷嗷然道歉而私自滿足，此時情景，蓋有足供尋味者也。

可是不久這滿足也一例變成空虛，覺得無味，搬家之念，油然而生。

偶然又碰到一個房間，還是新近築成的，價錢也不貴，因為那是並無人敢於睡在梯口的地方，而又屬於孤立點點的，四周全是白壁，想當再無呂祖先師又在我的眼前吃他的香燭夜飯了罷，於是歡然的租賃下來。

這是五層的洋房的地底，庭前兩壁高高峭立，雖則有個大窗，而太陽是給居上的同胞分用了，月亮也照臨不到，因為光線不足之故，家人起初也有點意見，然而這是什麼時代，誰能容得下女人的意思的，不消說我們已是搬了過來。

我的理由，說來也頗充分，就因為連月無雨，苦旱實甚，這兒，陰陰地，清清地，全像雨天時候的光景，在我這個心情陰暗的人，實是慰情聊勝無的盛事。

何況，何況又儼然同着居上的既富且貴的同胞幾乎是混在一起呢，實在光榮之至！

又是躺在帆布椅上閒想，卻似乎兩個耳朵發熱起來，不可耐似的熱着了。我居舊居，我踏着那梯下人，勝利出奇似地在我這邊，細想起來，我是儼然自居雞口，誠然足以自豪，這回，慚愧了，是來了跟牠牛後，總是牛後，於是就似乎和睡在舊居梯下的同胞同其等級，至少是差不多了，要也有人一不留神的話，那豈非也要連忙給陪罪來滿足踏者的麼？——「不要緊，太黑了，真是。」

然而我又覺得這一來滿足多了，全不感到空虛，因為我纔又體會到舊居梯下的同胞的胸際的所有，同時，英雄的影子也就在眼前定着。

——遷居之夜。

選自一九二九年一月十五日香港《伴侶》第九期

侶倫

夜聲

拉着胡琴叫賣的走過，我知道夜是很深了。

因為厭惡白天的嘈囂，便把文章移到晚上來寫。白璧一般的洋蠟，一點紅焰在頂上輕輕搖曳，而沙沙的字聲，便一個個的響着在白的稿紙上跳起來。有時覺得文字無用，但又覺得它能夠替自己去補助些兒極微薄的開銷，倒又冷然苦笑！雖然這樣一個沒能力多讀書的人，是費了不少的心力。這樣白蠟下的生涯，也挽救了我好些無聊和早眠的懶性，往往夜深才停手。這樣成了習慣。

入冬以來，本來已經不是甯靜的心，特別像有點異變。不知道又為了什麼未能了卻的孽債，漸漸感到有點不自然。一方面是因為季候變更，西風已老，而到了朔飆狂刮的寒夜。其次怕是添多了一個胡琴叫賣的聲音，會使我像這幾晚來所感覺到的幽渺，落寞的淒情。每夜到了一定的時候，醉歸的飲客的輪聲漸闌，和那兜接夜船的旅客底手車已過的時候，那一陣賣橄欖與花生米的聲音，更合着低沉婉轉的胡琴，遠遠地幽幽地傳來，沉寂淒冷的空氣中，悠然飄着單調與淒涼的殘韻。像是走到自己的跟前，又漸漸遠去，一直以至飄渺，消逝。一種莫明所以的直覺的感應，便教我打個寒噤，酸心起來。這陡然生起的連自己也不能夠探索的情緒，分外比別的感應要來得敏銳。一縷縷飄渺的殘聲是早已消失了，但自己仍覺得它好像永遠流盪在門前，街中，未走。

冬夜，本來就有着肅刹的氣象，除了寒風沒有活躍的氣息。我的賦性是這般離奇；春天嫌鬱悶，夏天嫌炎酷，祇有秋冬兩季，才覺得有點意味。往事過後去思量，不論是甜酒還是苦汁，都是有點橄欖的餘味的。在往昔原是不曾把鮮血渲染過人間的利刃，也會無端地愛起秋天，尤其是殘暮的歲寒。好像要在那樣的週遭寄託一夥心懷，才有些苦裏尋甘的意趣。如果是夜雨簾纖的時候，總愛從靈潔的童心中，搜索一點足以使自己感懷的事情去玩味。這些，至今還能夠模糊地想起的，青春怕畢竟與我無緣的了。

如果你情感是易動的，那冬夜的一種聲音，便特別為你感覺得到。心頭是充積着淒苦的幽情，或有不足為人道的難言之痛者，站在寒風交剪的街頭，或者正沉味於你夢境幻象的時候，偶然聽到一種小販的叫賣聲，感動於那一種悲酸，也許要洩出幾點自禁不來的眼淚，淒然引避。

年幼住在華秀坊，那裏恍惚是個中古意味的小村圍。夜色深沉，更殘籟悄，都聽見一二個先後而來的賣熱蔗聲，賣飯聲，掙扎在黝暗冷落的氛圍中，異常淒厲。當時常常會莫明地害怕起來，往往攢伏母親懷裏，澈宵不敢動。而今呢，年紀大了，往事重重，恍如曇夢。已不能保存昔年半點剩餘的童心，是可悲哀的事。到了今日，不怕聽的年華，夜聲縈迴於心上的，又成了另一番滋味了！

幾個月來，住在對樓的少女彈弄的曼特連的歌聲，已不知在什麼時候停歇。鄰近的一兩闋要使我掩耳的梵音曲也極疏，我私心正在慶幸着。而代替了它們的，意外，卻是街頭的叫賣聲。

呵，夜聲，寒夜裏的夜聲，妖媚迷人的 Thais，也許要為它而怨詛尼羅河畔的聖僧的超度；而追念不能泯忘的憧憬，那昔日的旖旎榮華。聖海倫孤島上的英雄，也許會洒下英雄的老淚，痛詛滑鐵盧一戰，腸斷地思念着天涯遙遠的王妃。

我本是這樣無聊的人，什麼都不該有緣份，但這些，卻分外要使我感受得深深。

本來是極平凡的三兩聲叫喊，何足介意呢？可是在它們的每一個聲韻中，卻深深地撥着感情病者心靈深處的哀弦。

縱使是傲然領受了玫瑰花冠的加冕，冰堅的心腸，也許會愴然悲動，何況是血衣未卸的靈魂呵？

幾夜來就為了這，鼓起心湖上薄薄的漪紋。孤燈引夢，常常會展現過往的靈魂的微笑，會使我玩味到微笑幻滅後的終宵。曾有一兩夜，聽見胡弦遠遠的飄來，便即擁衾尋睡。輾轉怎能入夢？畢竟還是迎着它來，送着它去，有時來不及掩避，我放下筆管，伏着桌子的邊緣，不敢諦聽。但意境卻不容我摒除了一切外物，萬念都清。畢竟感情濃重，要我咽盡那未完的苦汁。舊事的牽懷，雖不致如往日的偷垂冷淚，卻也使我不能自已。是哭是笑吧，不能道出個中情味了。

——才華尚淺，善感多懷，要詛咒夜聲，自己又何曾不該詛咒呢？

春色已無歌舞地；偶然聽到昔日迷醉在芳園中等閒度過的弦歌；容易喚起往事殘影的復現。回顧現實空漠與荒涼，怎樣禁得住低徊與惆悵？在不久之前一個時候，我何曾不聽過這寒夜裏的情調？或者旁人聽來更淒楚的那時候，每夜伴着一個朋友回去那朋友居住的幽街，沿着柏油路獨自急步歸家，夜聲也曾在耳邊迴旋過，緋色的花香飄繞着週圍，對於這，何曾介意呢？事過情遷，本來什麼都該如輕烟一般的飄散消泯。而這，卻潛伏在記憶裏，鼓起輕輕的柔動；那攜手與密話，歡歌與睨笑。

——一樣曉風殘月，如今觸緒添愁！

舊夢湧上枕邊，被角掩着我的眼簾，會翻起許多幻想，固然是受了夜聲的牽惹，卻也為了近來心情的異樣。豪情似乎早已消冷，然而新生在輾動着的是什麼，卻教我憬悟到要了解自己是與了解旁人一樣的困難。戒條是早刻在心中的了，然而破戒也不是容易自解的事。就在這個矛盾中，磨難着我顛簸的靈魂。

有時從桌子的邊緣抬起頭來，望見和我的座位相對的壁上，那寫在一張緋紅色小紙上的兩句話，我便懍然警惕；希望是進了墳墓了呢。——

「矛盾終竟是你的幸福，如果你不是愚拙的，你就不要在不能完成的希望中，做成自己的煩惱。」赤熱的心，不曾為了什麼而空虛，也不曾為了誰個未知名的朋友牽縈，但想起我為什麼要寫這些句子的時候呵，我便要向自己痛責，痛責為什麼還偶然會有這樣的動念！

「如果你面前是擺着你期待着的幸福，請不要因我的嘲笑而矜持。」這二句冰昨天過訪後寫在桌上的字，至今還叫我咀嚼不已。對於朋友關懷的好意，我的感激是無邊無盡的。可是事情永遠是缺憾，充實和空虛，幻滅與企求，都在酣戰。事實和心願往往不能完滿，我只願在矛盾中消磨我自己。

玄秘的幔內，我沒有再踏進一步的希冀，也不會有幸運去探其隱秘。一個人能夠認識了自己，便減輕許多無聊的苦惱。為了前塵的啟示，妄念從此不上我的心了。

夢中的夢中，永遠這樣地牽纏，何時能夠醒呢？我們笑昨夜，難道明兒不會笑今朝笑！縱使是來日方長呵！……

立意不再寫這樣閒愁的文字，但一次一次都依然懦弱，真是無法可想，但願這是最末一篇了。摭拾起這碎屑的淚滴，留給未來的生命，也許能博得個淒苦的笑顏。

胡琴叫賣聲漸漸遠去，把這些平淡的心痕，埋葬於此夜不再來的夜聲

一九二九．春

選自侶倫《紅茶》，香港：島上社，一九三五

因為忙於功課，趕不及給島上寫曾許諾了的稿子，只好從年來所寫的一帙無聊的散文中，抽出此篇塞責了。

在「現在」，還把這樣的東西發表，我不能否認自己有無盡的慚愧的。只是，我已經從苦悶之淵裏把自己的靈魂超度了；這「夜聲」已成了一點陳迹，這陳迹是屬於侶倫的死去了的生命。

一九三〇，夏。九龍城，附記。

主編案：本文初刊於一九三一年十月十日香港《島上》第二期，收入《紅茶》時文句略有改訂。「附記」據《島上》錄入。

向水屋

時光像是癡情的愛侶，在淒切的惜別情緒中，怕見愛人的眼淚，覷着對手還在夢裡微笑着，便躡手躡足的走了。

霧還鎖着遠山，殘酷的太陽還未給人們以可怕的汗雨，但是偶然天晴，濃霧一簇簇的飛散，現出清朗的長空，那給太陽炙熱了的空氣壓到身上來，就恍惚是告訴着，初夏已經遣來了預告的使者。這使我想起：遷居又快要一年了。

雖然曾嘗過小小的飄流生活，也曾有過頗長時間底安定的住居；但是我從來沒有着意過居住的事情的。我也曾住過雅淡的鄉村，也曾住過塵囂的都市，但都如時光一般的在我底感官下悄悄地告別，過後都沒有特殊的足以抓住我心的什麼，使我對於它有些異樣的感印的。然而，我遷居雖然不算得多，卻從來沒有像這新居那樣的使我爽心愜意，使我感着舒適。說是因為大半年生活的閒靜，所以有把閒逸的心情飄寄於外物底機會的緣故呢，不如說根本是因為這塊地方的美好。

在微風細雨中渡江遷過九龍半島來的，是一九二九年的初夏。初來的時候，雖則也覺得這塊地方的好處，但是這感念還很淺薄，不能生起多大的作用，能夠破滅了遷居人的惆悵。

到了週遭漸漸的對我展開微笑來的時候，給惆悵侵蝕後的心隙，開始有了一種恰合的充盈。這原因，是有了為我所願有的條件——我愛水而又向水而居。於是我給我的房子的名字叫做「向水屋」。

——向水屋，有點島國的情調呢。朋友笑着這樣說。

於是好玩的他們，在郵件的封皮上寫着：「向水屋　侶倫樣。」的字樣，這可弄出趣事來了，郵差來時總是高聲地問：這封信是不是這兒的？

不管你是怎樣的一個夢，在幻滅了的時候的追懷，一點極平凡的事情也會甜起來。人類最可哀的事，是在可珍惜的現實中放過了現實，到了今朝成了昨日，就是一刻千金，也祇有徒勞懷想，畢竟一切都是消逝了。然而我對於我的新居，卻分明抓住了一些什麼。有一天，今日成了過往的時候，也許會舐到比今日還要好的滋味，可是我知道珍惜這可珍惜的現實，已是值得自傲於明朝的一點勝利了。

距離都市的彼岸，僅是一條江水，這邊卻是另一天地。說這是鄉村，她卻有着都市文明的波瀾闖入，說這是都市呢，卻又有着帝王時代底歷史的往蹟，只可以說：是濃厚於鄉村氣味，而帶有微薄的都市色調。在目前，這小天地裏的幽雅，都市的輕淡的筆觸，祇能點綴她的和諧，不會破壞她的古樸雅淡。

面着房子的，是像要傾瀉過來的海，與其說她是廣大的湖，不如說是一面反映着天空的明鏡。對岸一帶延綿的山嶺，是珊瑚雕製的鏡子的邊沿。在這鏡子上面，常常會顯現出能支配你心境底無字的散文或詩章。風雨時，那薄霧籠罩着的遠山。天晴時，一碧澄朗底無私的景物。毛雨的晚夜，那霧裏的火點：恍惚是輕紗封住綴飾在鏡子邊沿的鑽屑，和月明的晚夜，清涼的微風裏，明鏡一般的海面閃躍起無數的銀蛇；是大海在向着月華目語。那一切無言之美啊，以心會境，有時使你覺得生命的美麗，有時使你覺得人生的渺茫。讚美與哀怨，都會感應地在你清靜的心靈激戰；無論那是晴的朝晨，晴的薄暮，晴的深宵，還是雨的朝晨，雨的薄暮，雨的深宵。

所以，我愛我的新居。

面着樓頭的海邊，雜草叢生的一帶荒地上，每天一輛泥車，長蛇一樣的在軌道上奔馳着，把山泥拖去哺那貪婪無厭的海。望着車輛那麼慇懃地喘着氣跑來跑去，我不時會生起一種惡劣的預感來。………

——看，這個山快要移平了呀。一天，一個朋友和我站在陽台閒眺，他指着附近的一個已被掘了一半的山這樣説。

——將來，所有這些山也會移平的。十年？二十年？我們也不是現在的我們了呢。

事情歸根究底是煞風景的，而我偏賦有一副壞的心情；愛好設想事情底未來的滋味。朋友們都慣説我愛自尋煩惱；世事是不該看得太透明的。這是不錯的話。然而，這又何曾是不應該的呢？我如今知道珍惜我的現實，就是原動於未來的煞風景的追憶。假如我沒有這點自覺，讓一切都在我的眼前浪費了去；則一切美的週遭，都會跟住時間悄悄地走了呵！

所以，我對於現在的向水屋底珍惜，就恰如一個人對於他情婦的青春底珍惜那樣；那樣地要把未殭的手，和未萎的唇底生命，向情婦的青春的纖腰和櫻嘴去消磨。

時間帶着都市的磨煙，是一步一步的向鄉村的古樸雅淡濛的，畢竟有一天，一切的美麗都要向無窮長殞。同樣的，時間也會帶着疲勞的生命，把我的青春換去，縱使我不離開這塊地方，而畢竟也有一天，我對於這房子玩味的心情，會離我而去，那都是可悲哀的呢。

如今，我的靈魂雖然仍在灰色的氛圍中掙扎，但我還能夠玩味我這房子，還能夠迎會那瞬息變幻的偉大底自然的情調：因為我還有着我青春的心情。

那麼，這篇小小的文章紀念我的向水屋，不也可以紀念我的青春，這暫時還跟住我生命的青春麼？

怎能使平靜在短促中永恒呵！

一九三〇，暮春　向水屋

選自侶倫《紅茶》，香港：島上社，一九三五

主編案：本文初刊於一九三一年六月二十七日香港《激流》創刊號，題作〈向水屋——向水屋隨筆之四〉，收入《紅茶》時文句略有改訂。

初頁

前一夜就接到了藍的函告：明天會到香港來。

信裏說：十日前離了家鄉，經過廣州直接到去澳門。在澳門事畢回鄉時要經過香港。打算星期五日到步，趁即日下午五時由港開行的船起程回鄉。但是時間促匆，恐怕沒有機會來看我了。

看看日曆是星期四。說不定會提前一夜來哩，這樣想着，一個晚上的每一次電話的鈴聲，都使我的心輕輕跳躍：屏息地聽着是不是找我。

但是每一個電話都好像向我作弄。

第二天，打算若是真的不見藍來，我就到即日開往N市的船裏去，找尋她的踪跡。不見面一年多了；分別時說兩月後再會，後來又改說初秋來，如今是分別週年的季節——春天了。不知道她在一年中變得怎樣。我是不能放過了這現成的機會看看她；因為我忘不了這樣一個朋友的，像藍這樣一個朋友的。

連去年春季的一別；我和藍的會過面衹是兩次。可是人與人的情誼的厚薄，卻不是轉移在相見的次數的多少；這個理論就是建築在我和藍的交誼上。心靈的交貫底親切，要把形體的接近底効果反映得淺薄。從藍，我獲得這個確信，也衹有藍才能夠給我這個確信的。因為大家的情誼已不像是兩次的會面了。想起了藍，就像我每次執筆給她寫信時的一樣，意識着她是我多年的故交，往往在放下筆時，感着驚惶而告罪。可是藍出乎我望外那麼溫靜地原諒我了；而且超乎原諒地，使我忘記了我的冒犯。但是我和藍的精神的融會，卻在心靈的交貫，而不是在藍對於我的高厚底涵容。可以說，對人生，我的體驗和藍的經驗，都有共同的結論：生命並不如人所想像的那麼美好。一顆體驗的心回答一顆經驗的心底歎息，是同情的回響。沿着自然的程序，彼此之間就成全了一座穩固的友誼的橋。別後的幾回通信中，藍就坦然地讓我知道她的生命中不幸福底際遇，那人生的灰色的一面。那樣無私的親誼，把兩人間的性別的高牆慢慢坍倒。我認識了此生一段難得的遭逢的可貴！

在那高牆坍倒之後，這第三次的相見，我們將怎樣的歡欣着，要看看沒有睽隔的新面目呢？這樣，你說我能夠讓藍在同一的地方飄然地去了嗎？

午間，我未決定到船上去找藍之前，她來了。還有一個由介紹知道是姓乂的女士。

在握手中道過了寒暄，藍把手上的包裹遞給我，說是送我的東西。

仍然是一樣的溫雅柔靜，衹是帶着一層鄉居生活所特有底康健的膚色。什麼都不曾改變，是不是心理的主觀呢？我看見一雙眼睛有點憂鬱的樣。

伴着她們到照相館拍過了照。同她們進飲冰室去飲冰，談着別後的大家底狀況。什麼在筆尖寫得出的，此刻都藏匿在心底。一道高牆坍倒後的面目，衹是一雙憂鬱的眼睛。

我忽然想起，我身上正帶着一本空着第一頁的 Album，便拿了出來，請她們給我寫幾個字。也許太突然了，她們都客氣地謝絕下來。

我想對藍說出：那天走進公司裏偶然買了 Album 時，第一個想起的就是她。但是我終於沒有說出口。

出了冰室，伴她們回去乂女士開房子的旅店，一同過着離前的僅有底兩個鐘頭。在乏味的訪客的應酬中，我踱出旅店的陽臺小立。藍也跟住走出來。

默然地，一同俯視着海和走動的船艇，岸上熱鬧的車和行人。樓頭是這樣寂寞。

一道高牆坍倒後的面目真祇是一雙憂鬱的眼睛嗎？

同自己許過的心願，是不能長留一個追悔的缺憾，我想起口袋中的空着第一頁底 Album，便再抽出來，請藍給我題字。

「心的紀念不更好麼？」輕輕的說。

「可是這第一頁是為你留着的。」

「怎麼，第一頁？」

她到底接過了我的冊子，伏在案上用墨水筆寫了起來。

我欣慰地期待着新的面目的初生。寫好了，她掩起了冊子遞還我！說：「此刻不要看。」

我說了感謝。一點最高的滿足從心上散佈起來。我私心裏慶幸着，人間的一張空頁尋到了她的主；新的枝頭飛上了第一聲春鳥的歌。

送行的途中，我祇為藍的兩日的水程買了一本「良友」；這禮物是太菲薄，但是我知道藍有和我同樣的聰明。

在岸邊揮了手。最高的滿足混和着惜別的悵惘，我帶着新鮮的心緒回到我的流寓。還留着握別的手熱，我急着掀開兩重欣慰的幕。

解開藍送給我的包裹，是一盒精緻的信箋。我再扯開自己保持了半天的幽秘底願望，在 Album 的第一頁上，走着這樣的字：

——藍再次到香港，訪霖作第三次的把晤，他叫我在此冊子上寫點什麼，我，古井中的止水，一點也寫不出什麼，但不願使他不快，因此給草草的留這幾行筆蹟，算紀念罷。

慢慢的念了一遍，我把冊子連同幽秘的願望掩了起來。

不曾消失的是最高的滿足，可是一道高牆坍倒後的真面目，是一雙憂鬱的眼睛嗎？在我知道這不是心理的主觀的時候，卻不能如藍所願的那樣：我有些不快。

一九三三．春

選自侶倫《紅茶》，香港：島上社，一九三五

無盡的哀思——悼詩人易椿年

「蹣跚以躑躅而返上帝之懷，
遂撇下了半止之歌。

他知傷了的行腳曾踐踏過怎樣之過程，
他取得的是安寧的葬墳還是痛苦的墓穴？
………………………………
——易椿年：死。」

從一本雜誌上抄下椿年這一篇題名「死」的遺作，我的心感着說不出來的刺痛。在艱難苦度的寥落的路上，如今又失去一個同伴了！

那是一月十二的晚上，我在彌敦道一個車站，等待往九龍城去的長途汽車；椿年的弟走過來告訴我：椿年在這一天進了醫院，情形很壞，恐怕不會好起來了。

恐怕不會好起來了。我不敢作些什麼幻想。坐在車上，我載回來一顆沉重的心。

因為一些事情的纏繞，我一時竟沒有機會去看看他，也來不及把消息通知每一個朋友。才是三日後的白晝，我在一家公司的辦事室裏，從剛才接過報告的朋友口中，聽到了我怕聽的噩耗：椿年死了！在晨早五點鐘斷氣。

對於椿年的死，好像在意識間已經承認了是意中事一樣：那樣一個人，染了那樣一種病，還有什麼生存的權利呢？可是聽到那麼突然的消息，心就彷彿向無底的深淵沉下。——他是真的而且是永遠地，不會好起來了！

正如茫茫大海上一個波濤的起落，人的生死距離，原來就不能夠以分寸計算；無論是積極或是消極，生命簡直不算得是什麼東西。然而，人與人間的感情的聯繫，精神的牽記，卻不容我們淡漠着這麼一件泡沫消滅似的事情。誰都會説，人生如夢，可是沒有人能夠把人生看作夢，這便是人生的眼淚多於笑容的緣故罷？

對於椿年的可憐的死，哀惜的情緒在我的懷裏一天比一天加強，也正有着我自己的理由呵！

三年前夏季的某日，椿年為着商量一件出版上的事情來找我，這是我第一次見到他；給我留下來直至現在也不能磨滅的形象：一副瘦弱得畸形地長度發展着的身材，褐色的皮膚，兩顆黑而大的眼。雖然那時候還有着一些叫人相信他是健康的地方，可是直覺上，已能夠看出一副肺病型的骨格。

有着那麼樣骨格的人，就有不少被同樣的病菌消蝕了生命；除非他們生活上的優越條件，能夠和那一種病症配得和諧：可以毫無牽掛地去呼吸山明水秀的空氣，可以吃到滋養的藥物。然而椿年呢，不但個人生活的擔負已嫌太重，最大的不幸，還有着一個支離破碎的家。在事業上，他卻走了狹窄的詩人的路！

窮人染上富人的病，椿年的生命是老早操在死神掌握中了！

那時候，因為稍微有着優越的機會，一般新相識的朋友，都十分興奮地執起筆來。在一家熟習的小食店裏，椿年便很常有新作拿出來。他是無聲無息地寫着，又無聲無息地發表出去。大家都知道詩是不能賣錢的，自然他也不是希望靠它賣錢，而他馱着生活的重負，還努力地為志趣上的工作去流他的心血。為他的虔誠和聰明所感，至少，我自己就默默中對他有一種期望。我覺得椿年是有他的前途的。

然而，前途是怎樣渺茫的前途呵！椿年得為自己的生活而掙扎，得為他的家計而掙扎；他要去做那自己所不願意做的事情。在前年，已經聽到他吐血了。從那時候起，死的威脅便追隨住他；雖然他沒有向誰表示些什麼出來，但是他寫過關於肺病，關於死的詩；都顯示出來他有了預感。隨着生活的變遷，他似乎有一個時期很平靜，可是卻很少寫詩了。誰能知道不是病菌已經從生命的蠶蝕，爬上精神的蠶蝕了呢？一兩年來，他曾經把他的作品輯成了詩集，改換了兩個題名，都不曾把它印成功。現在，就連斷片殘篇都散失到無處找尋。因為他一向沒有安定的職業，也沒有住得下去的家。

在我們的周圍，有着不少沒有作品的作家，不少沒有詩的詩人；那些人，都有他們自己的方法，去獲取生活的「路」。可是椿年呢，有了實際卻缺少了那一種聰明；他也沒有客觀地把他的工作看成一件事地存在；可是又生壞了一種孤僻的文人氣質，不容易和人家合得來。因此在什麼場合下，都不能夠過得長久，好像一切都不能夠讓他滿足似的；他就永遠在種種生活方式上飄泊着。這麼樣一個人，根本就不容易在這個職業與人的志趣不能調和的社會活下去，何況是帶着受不住奔波，受不住刺戟的病呢？於是在沒有事做的時候，拖着瘦長的身子，披着蓬亂的頭髮，浪蕩街頭，希望碰運氣似地碰到一個朋友，替他解決一個飯餐；這樣的事情也常常有了。

人類最可憐的事，是從一個死人的身上去找尋好處。在椿年的生前，我們卻是好處和壞處都同樣感覺到的。雖然他的行徑上，有時也有不能夠被朋友原諒的地方；但是朋友對於他，可以説，能夠盡的力都盡了。從幾個接近的朋友間，談起他的病的時候，常常會聽到這樣的話：「只要我們中間有一個人的情形好一些……」我們都是願意給他的窘境一些幫助的。而結果呢，幾個人的生活都永遠在黑暗中擱淺着，沒有一個人能夠摸索到一點光明；而我們無期的約言，卻不能夠牽長一個有限的生命。如今，遺憾與哀思一樣地長了！

生死原是自然的定律，一個人有生的意志，而精神和肉體都沒有生的能力，能夠死去總算得是幸福的。但是椿年的死，無論對於我們的友誼上，或是共同事業的行進上，都是不能否認的損失。如果説，「聰明壽短」是可以解嘲的話，椿年的壽命也是太短，太短了！小小二十二歲寂寞的生涯，比起死在友人臂腕上的 Keats 還不幸！

不幸也好，他為痛苦來到人間，終於為痛苦而離去了；他不再做生活方式上的飄泊者，不必再受人世的刺戟，也不必再浪蕩街頭碰一餐沒有把握的飯了！聽説在死前兩天，他竟自動地皈依了從來不信奉的宗教；他是失望於人世，而希望從宗教上獲得心魂的寄托。人生到了這樣的境界，生存是怎樣多餘的事呢？如果上界的靈魂，能夠從此獲得解脱，那我們也願記憶着無能踐約的內疚，忍受無盡的哀思！

這裏，讓我把他的「死」的最後一節，作我的私禱：

「我願上帝微笑以握其手，
説道：『窮苦的怠惰者，
生命之篇難以了解罷？

為甚你不遺之於大野？』」

選自一九三七年三月香港《南風》出世號

颶

對於風，我一向有着深刻的觀念。我所說的風，並非指平日慣常吹拂着的柔風，而是夏秋之間常常會生起來的一種帶有瘋狂性的颶風。我有一個奇怪的特性，是歡喜看見颶風的發作。說看見，似乎是可笑的，但是當颶風起來的時候，尖銳的吼聲充塞了天地，至少使人覺到了颶風的存在；而看見那萬千雨箭從天上插下來，和那被捲得四處飛揚的東西，人就知道風是怎樣激動着大地，而彷彿看見它的形象。

還是孩子時代，我就有這麼一個特性了。它是怎樣形成了的我不知道，只是每當颶風起來的時候，我很能夠把一顆弱小的心放到那激動的氣象之中，去體味那裏面的一切情調，我會感到一種滲混着奇趣意味的快樂。那時候我是住在一個窮僻的地方：古舊而又殘破，房子是建築在半山的地台上面。由於一種共同的方言，把那一個地方的空氣形成了恍如聚族而居的部落：好像和週圍的地方都不發生關係。不知道是當時的環境使然，還是事實如此，在記憶中，我的印象總是塗着灰暗和沉鬱的色調；我記不起來我可曾在那裏看見過陽光，我就是在那麼寂寞和悲愁的環境中度着我的孤零的童年。沒有一件滿足我的童心的東西，沒有一個遊玩的友伴。這是很自然地使我的性子變得冷僻起來；而對於海生起了莫名其妙的喜愛。因為在精神上我所能接觸到的只有她。走到天台上面，我便可以望到前面的一個海了；那麼廣闊，那麼深沉。站在圍欄裏面，迎着半空的烈風，眺望海面停泊着或是走動着的許多船艇，我會生出來許多幻想，這些幻想隨着視線一直伸展到遙遠的天末，便會想起另一個更大的海洋，在海洋上面航行着的父親，於是一顆心就浮游在父親回來時的快樂的夢中了。在這樣的時候，我往往會站上許久才回屋裏去。海成了我唯一的朋友，然而也是寂寞的。

有時，我望到不遠的船塢裏停泊着的一隻白色的桅船，桅杆旁邊掛上一個像燈籠似的東西；我知道那是風球，心就快活起來。立即跑回去告訴屋裏的人：颶風要來了！

這樣的日子，我跑到天台去的次數就更多：我不斷地看〔着〕那個風球有沒有變換，看颶風是不是來得更近了。我能夠記清楚第幾號的風球是甚麼形狀和晚上代表風球的每種不同的燈色。我以能夠把颶風消息告訴人家為最大的快樂。當颶風來到了，屋裏的人們習慣地坐攏在一起打牌消遣的時候，我靜靜地坐在一隅（如果是夜間便躺在床上），聽着外面風吹雨打的聲音，緊閉的百葉窗被搖撼得格格作響，房子也微微的震動着：然而我不感到恐怖，倒是有一種舒爽的快意，隨了空間的急激的聲浪襲上心來。好像永遠積聚在靈魂深處的重壓，那孤零的憤懣，那環境給予我的寂寞和悲愁，都在這大自然的劇烈波動中搗碎了。我有一個彷彿洗刷的澄清的心境。這境界不是旁人所能了解的，可是我滿足着。

我大概是因為那樣而愛上颶風的，十多年來，環境隨了年齡變化，但對於颶風的觀念卻始終是一樣的深。它喚起我的遙遠的記憶：那古舊而殘破的「部落」，共同的言語，沒有太陽的童年，與一串灰暗和沉鬱的日子。我歡喜追憶它們，又怕追憶它們。然而除了追憶，它再也不能夠發生像童年所能感到的作用了！近幾年來，因為住在海邊，風雨的感受，比從來的經驗都更劇烈。有過兩次，颶風晚上吹來，而且澈夜吹着，把房子震盪得像驚濤駭浪中的船（頭上的第四層樓有一次因此倒下來了），我簡直恍如寄身於都德在「L' Agonie de ia Semillante」裏所描寫的境界。自此以後，颶風帶來給我的，只有恐怖的預感，童年的清趣，那曾經和我的心發生過的聯繫和感想，卻不知道甚麼時候脫離我了。這使我醒覺到，我已經不是一個孩子了啊！

時間通過了許多人事經驗，年紀把我眼前的世界擴大，卻又把一顆成人的心麻木住了。一朵花開一番喜悅，一張落葉一絲哀愁：這樣的日子在生命中已經成為遙遠的陳夢，我為着擺脫感情的網而安慰，為着把眼睛放到現實的廣闊的世界而祝福；可是在另一面，想到個人的天真的泯滅，又遏止不住一點惋惜和慨嘆！人啊，要怎樣才有平衡和滿足的時候呢？

廿九．八．改作

選自一九四〇年九月二日香港《國民日報．文萃》

謝晨光

蓋獻

幾年來自己在夢中所遭遇的夢中的夢，雖然都已經隨着老去的春光飄然逝去，但有時不泯的殘影還縈泛在心頭；給情火燒乾了的褪色的紅唇，也似乎還留着迷魂的蜜意。

為了這些事情，在我的凋喪了青春的艷影的頰上，曾再暈着玫瑰似的緋霞，從新展開了印上了多少處女的 Kisses 的枯唇而啟顏輕笑，春風也似乎回到了冷寂的心靈；雖然在月華如練的良宵，我也曾默然拒絕了曾經溺殺過無數慘綠少年的送到我的口邊的櫻唇而為了已往的薄情低頭自懺。

忍不住這罄馥悱惻的淒艷的舊夢在心頭輾轉，於是我在沉闃的深夜惘然在星月斜照的窗下斷續地寫成了這些夢記，當我凝望着案頭放着的一幀偃臥在草地上的我的照片，和深鎖在抽屜裏的幾百封三番四次不忍燒去的艷札，總不覺在如水的燈影下淒然苦笑，起了無限不足為外人道之感。

當初我寫着這些文章的時候，心中雖然時常泛起辛酸和淒苦，但當時還有一點書寫的勇氣，而今呢？我真有點懼怖提起了自己，啊啊，我的可驕傲的年華是漸漸的消喪了，縱使百二春光（今年舊曆是 Leap Year）也已絕不綣憐地悄然飄逝！現在且讓我趁着年青的心靈還未成寒灰的時候，強掩着心中的淒動，抹去了辛酸的情淚，來把這舊夢的墳塋掘好罷，我恐怖在如霜的白髮侵上了我的兩髩的時候，就連這一點點的勇氣也隨着我的青春而幻散。

我要碾碎了我的心中的幻象，我要撕滅了痛苦的記憶。從今後，我大約是不會再為這些事情而自苦了。

※　※　※

編好了這小書自己回頭讀不上幾行，又不禁凄然掩卷，這在局外人大約是不會體驗得到的，自己的創痕祇有自己才可以深深知道。啊，那裏有盈盈的歡笑，那裏有沉痛的悲哀；那裏也有穩秘的私情和斷腸的凄楚，我是怎麼也不能正看着斑斑的刦痕而寂然不動的喲！

本來，已往的就任牠過往罷，輕烟一般的就任牠輕煙一般的幻散了罷，何苦再留着這些夢裏的殘迹在人間？但是，

記得以前我們是怎樣的息息關懷？大約凝存在你們紅珊瑚似的舌尖的我的口涎的滋味還堪你們的咀嚼罷？然而說也滑稽，自從分手之後，除了H和S之外，你們的住址我一個竟也不能知道。重訪你的舊居，都已人面非昨。啊，在茫茫塵海中，陌生的我們隨緣的消受了一時的綺艷的生涯，結果還是陌生地分帶着餘味的苦痛與懽娛在茫茫塵海中混散了去。

為了已往的綺痕，我曾在夢中懺悔。

現在，從胭脂似的緋夢醒覺，我開始認識自己年紀還輕，以大好的青春，實不容永遠背負起

這孽債，在過着抑苦與懺恨的生涯。我們應該珍惜自己的短促的年華，快把這些無聊的事情束結然後痛飲着自己淋漓的赤血致力於光與熱的社會的建造。所以，以前你們在旅途上曾珍重地賜給我的一切夢中的微笑和悲哀，一切頑艷的陳迹，一切迷魂的睨笑，我都要摭拾起來，把這殘零的酸夢奉回你們，做我們別離前的腆禮，我再沒有眼淚為你們而哭泣了，我也再沒有餘情為你們懽笑，我究竟是個百無一用的書生，衹能腆顏弄出了這本書做菲薄的蓋獻。

啊啊，我要用灰色的衣裳湮掩着碧綠的美夢和甘吻的餘香了，昔日曾共歡笑的姑娘，以後在月沉星悄的深宵，我也不再為你們而寫成這些夢的錄記了。我還願祝你們紅顏永艷，不老長春！

一九二八五月編後記

附記：

這是我的一本創作集「貞彌」的編後記，因為吻冰要散文稿，便以塞責。許久不曾作這樣的夢了，而今翻起來，就連苦笑也再作不起，所謂青春的悲哀，大概也已漸漸遠我而去了罷？近來似乎頗有些人有些關及我的話，就是 H 聽説也還有不能忘懷的憤慨，如果這是事實呢，我真是無可言説，也不想怎樣的去辯白了。今天正是雨細風寒，淡淡的哀愁，似又襲上了心府。

如是，我低低唱着君匋的詩曲——

倘風雨的晚來，

能再到你的夢裏，

我也獻個微笑，
如果你肯流淚，
為那些往事呢，
我就也安慰了。

選自一九二九年九月十五日香港《鐵馬》第一卷第一期

去國之前——留別島上社諸友

而今一切行李都已檢拾好，島上的風光從此就快要離別了。這真是夢一般的虛幻，一九二九年中我們所歷過的失意，困厄，已不忍從頭細說，雖則平日抱着船到橋下自然直，萬事臨頭管它呢的態度，對於人生，但也有了多少驚心的惆悵。想不到青雲回到了江南的故鄉，那杭州的佳麗地，楚人亦失意地回到了湖南之後，我又要離別了你們，到異邦去。在今年的春天，我們曾經大家立過了一個念頭，說一九二九年起，我們要大家過些流浪的生活，嘗些別離滋味，究是怎樣的又是一番在心頭，其實這不過是說說，或者可以算是解嘲，像去年的冬天，我們為了袋裏無錢，髮也不能剪的時候，大家說留長了髮另有趣味的一樣。不圖而今竟成了讖語。在當初又怎能意料得到呢。在我們的一本輯集上，我在「一九二九的我們」的代序中，曾經驚嘆過我們的一段相敘的因緣，大家從千里外集到這孤島上，在萬千的人海中飄泊，而認識，說是定命，自己不相信，但究竟不是一件容易的事呢。佳期如夢的一個劇中，不是說 Just think, we never knew yesterday. And now, forget not each other. 是的，昨天，我們不曾知到過，一串心兒會相牽在一起，又怎知道，這一串心兒又飄蕩的飄蕩到這孤島的以外呢？

我此行，是到言語不同的異邦去，以後的命運，無從知道，也不願怎樣的深想，這又是 We meet, we part 一類的事情，既無從探悉，又何必去探悉呢，生平自己就不大願意作些惜別的話，朋友中怕有些說我是一個不能體貼人家的人，像仙泉，他平素就肯對我說些胸中事，說到凄涼處，我自己固也忍不住潸然，但我對於他，卻不能有怎樣安慰，為的是這疲倦於悲哀的心，雖則一時間曾過悲涼地泛起了年青的情感，但隨就也消滅了去，像數年前那樣的淒怨的言辭，早就結束了鉛華的生計，對着些頑艷的往迹，也再不能苦笑了。不料這一次，忽又淡淡地起了離愁，昨夜倚枕更闌，儘也尋夢不着。似有一縷離別之思，緊緊的像一條毒蛇樣的纏住了我的心靈。自然香港是我舊遊之地，這裏的青山曾埋葬過我的微笑，裙帶路上，伊如果未曾遺忘，許還記得昔日的溫柔與哀怨，我自然不能忽然斷置，但是呢，說我單為了她們而捨不開香港去，又是我不甘承認的。往事雖則歷歷還可記，但都已化作煙雲，追尋已經無從了。這緣因，許還不是為了那些曾共燕婉的姑娘，在吻痕上我已沒有多大的留戀，所不能夠完全忘懷的，怕還是你們，島上社的一群罷？年月匆匆，自從我們偶然聚合在這南方的島上，已快有了幾個週年。幾個週年中，我們有過幸福的年華，也有過悲哀的歲月，在我自己的變幻，不必細説，你們也有許多同樣的遭遇不足為外人道的事情來。但是悲哀無論怎樣的擠到了眉邊，那月夜的浪遊，無論如何還時常的牽住了魂夢，使我們悠悠地想起了的小星樣的燈火，和掩映的綠波圍繞着我們流居着的島上罷？和思源，我們就愛在劇院中和咖啡座中消磨歲月，侶倫寄居着的九龍城時的風光，也時常的令我不能忘記，襄的圓美眼睛……一切都在我的幻象之中，而今呢，是都要分別了。迢迢千里，雖則一樣的月華，一樣的碧浪，燈火徹明處的散步，已經少去了我一人，而我到了那我從未到過的異邦，以後更不知道怎樣！況且侶倫聽説有再次從軍的消息，而今在無可如何中，怕真的又要飄零了罷？思源所謀既已失敗，迫不得已又要他去，珠江之湄，想來不久又有了他的浪跡，黃襄呢，吻冰呢，卓雲呢，雖則如今似乎都還可以暫居這長安之地，但是明朝的事情，是夢般的變幻，正像仙泉在百無聊賴中，忽又有了生機樣的虛渺。則而今我走的時候，你們都還相守，怕他年説是我再回來，這島上又當年一樣的荒落，你們未來時的一樣的荒落了罷？……

…………

我咒詛自己的筆尖，為甚麼別上了這些悲哀的言詞，使我們在離筵上再聽着淒淒的別曲微奏，我不願意令你們多一天的失意，所以別離的前夕，我們還去看過 L. Stone 的戲劇，為甚麼夜悄歸來，又記上些這樣的言詞，挑起你們的感觸？朋友，人生敘散，是無可如何的事，許多年前，在普陀上的某寺的壁上見過「到此地無分你我，片刻時各自東西」想起人生，已經了然於虛幻，永無不凋落的薔薇，永無不老去的艷女，為甚麼要去可惜昨夜的夢呢！

我很明白自己，時常要勉作歡容，但怎也抑止不了自己的悲哀，但是我要努力去搶拾自己，因為我已再沒有這樣的膽量去正視悲哀了。別離之前，走筆寫了這些，愛我的恨我的一切的新新舊舊的友人，都要暫作小別了。——說起了恨我的人，又不免有了些閒話。近來聽說很有些人對於我有了注意，雖則他們都是見到我的血而痛快的。而今我要走了，怕討厭的面孔去後，他們會少洩了不平憤懣之氣了罷？我呢，一切的激昂，都已成了灰燼，祇好低頭自己念念些與人無涉的閒書，過我無聊的歲月。如果你們還肯看下去呢，我在一九二九年一月一日的日記上寫着的幾句，願意抄下在此。

在這元旦之夕，我祝一切友人和敵人的福。即使而今要別去了你們，我還是一樣的禱祝。

一九二九，九，三夜深時。

選自一九三〇年四月一日香港《島上》第一期

蝶衣

送死的程序

死是人生最後的歸宿，人生若踏到這境地，萬事都休了。

這人據説是患肺癆病死的人死後，殮到一只棺材裡面，由幾個親人幫同抬到墓地去祭，家中剩下一派荒涼，這無論誰，看到這情景，定會起了一種淒涼的感覺的。

出殯時，送殯的人物很多，一列排下去，自街頭至街尾，足足有成千人，這是死者平素為人很好，且交遊廣，故這次死後才有這麼多人來送殯的，這許多人中，大約可分為幾個階級，這是嚴格分析起來的，若是籠統一點，則也可説，同是勞動者，原因就是這些人概以自己的心力來勞動賺錢吃飯的。

天氣熱，大家皆穿白衣服，好像有點不習慣，各人皆在一種不習慣情形下流汗。汗一流，有帶扇的人佔便宜多了，各人皆出扇來揮着，扇之中以摺扇和葵扇佔多數，那些沒扇可揮的，則從口袋中抽出手巾來抹着汗，抹了後仍然塞到口袋裡去。

這次的出殯，也有雇着西樂隊跟在靈後奏哀歌，除了西樂隊之外，尚有一個大鑼鼓；大鑼鼓也跟在靈後打，聲音鏗鏘聒耳，這樣一來，引得街上的行人滿站着看，有店子的人，別在自己的店前看。這些人大概是抱着一種看熱鬧的心情來看這的。

這情景，在那些外人看來當然是很熱鬧有趣的，因為這正好像一種什麼紀念日的出隊巡行，隊伍排得井然，且又有音樂的韻音，所欠者不過出殯沒有呼口號和遇到牆壁就上前去貼標語罷了，甚且他們那些觀眾，或許內心還在巴不得天天有到這樣的出殯事情來看熱鬧吧！

站在客觀的立場來看這死者實在體面；所以有人說這樣死可以無憾了；然而死者究竟真的無憾麼？這只要看到靈柩後那個給（一）個老媽子扶掖着在痛哭的少婦就知道了。

那少婦就是死者的妻，年紀也該有二十左右了，穿一套白衣服，頭髮蓬着，眼睛哭得紅腫，二十歲左右的少婦，尚未褪去青春的顏色，所以她雖是滿身喪服，尚不失去一種美的風韻，

前面持軸的人走得太快了，把隊伍截成二段，於是就聽到後面有人喊：

「前面的人慢一點。」

持軸的人多是小孩子，聽見後面在喊着，不去睬他，儘持着他的軸像張風帆一般走去，路上多黃沙灰土，小孩子們且時時用腳翻沙土玩，沙土被腳所翻，飛揚起來，後面的人鼻孔中皆吸進了無限沙土，於是有些粗野一般的人，他罵孩子的娘，孩子們全不聽見，孩子們一直着向前走去，後面喪家當事人既喊他們不聽，大家也覺得沒法，後來還是邁着大步趕上去跟着，趕至將拐出一條鋪滿（　）碎的馬路才接成一隊。

時間是午後，人靜的路上，只有太陽在曝曬着，寂寞不過，到了這群送殯的人物到，就即時熱鬧起來了，這次樹也不寂寞，草也不寂寞了，此處依然是黃沙灰土滿路，經了大家的腳踏着，也是飛揚起來，這次揚起的沙土，較前利害，多得把一隊人蒙住了，這麼一來，便有人抓出手巾來掩鼻，有人便取出眼鏡來戴上，一些有扇而沒有手巾或眼鏡的人，就比不上有手巾和眼鏡的便宜了。

打大鑼鼓的人，這時雖沙塵如何飛入他們的鼻孔，他們視為若無其事，大家皆神情悠然的在打他的大鑼鼓，吹簫吹哨的人也然。因為天時熱，喪家當事人恐送殯者行了路煩燥口乾，到了一個相當的地點，便放有茶水給大家喝，但是走去喝的人很少。

大鑼鼓是臨時組織成的，沒有經過相當的訓練，有時就打錯，鑼儘鑼打着，鼓儘鼓打着，鬧成一片混亂，打鼓者以站在「先生」的立場上來罵那些打鑼的人，打鑼的人不服氣，反來説着打鼓者鼓打錯了，且大聲出氣的説：

「煞鼓時也不打大聲一點，教誰知道！」這話不消説是對着打鼓的出氣了。

小風波一起，前面打鑼的兄弟索性把鑼停着不打了。

在路上這樣不規矩的抬槓起來，是會貽笑方家的，當事人看不過去，便一人走上前去排解，排解了很久，一場小風波才平靜下去，這回由排解人訂定前面打鑼的人，須聽到後面的鼓聲。

靈柩在街上抬着繞了一周，結局抬到葬地去了，到了葬地，因為地點太狹窄，不能夠容納到這成千人的送殯者，就散分為幾隊站着，持軸的人歸成持軸一隊，某種人歸某種一隊，某樣人歸成某樣一隊。

葬位是寺院之地，凡有寺，就種有菩提樹，菩提樹下陰涼到使人想到樹下去睡一個覺的，不是站到菩提樹下的人，也只得到菩提樹的餘陰。

大家向死者的靈位行一鞠躬禮後便無事了，不過只存着一點攝影的手續而已；影若攝好，大家便可領到一條紅絲線和一方手巾回去了。

影未攝，大家在無聊站着。一無聊，各人就不約而同的抬起頭在望着菩提樹葉為微風吹動。當事人看到各人皆在無聊站着，就在木箱中檢出汽水打開，倒到很多玻璃〔杯〕中，捧至各人的面前請各人喝，有的人不喝依然抬頭看着菩提樹葉。單看着菩提樹葉微風吹拂，固有詩意。然畢竟也會令人感到無味的，於是有的人便把眼光注意到一些軸上的大字去。軸上的大字多是一些在一般喪事的軸上可常常見到的，如「山高水長」「騎鶴西歸」之類是。有一幅使人好笑的，是這樣寫着：

「人返西升」

什麼是人返西升呢？這實在使人費解。有一二個識字通文的人茫然不知作如何解釋了，到後他們不去解釋它了。

說是要攝影，於是當事人來請大家排齊隊伍攝影了。那年青的死去丈夫的少婦，這時被二個老媽子扶來站在丈夫的靈前，少婦悲痛到有點昏迷，身不能站穩，設沒有人扶掖着，就會仆下去的。

攝影箱擺在距離大家面前十步的地方，攝影人走到鏡箱後黑布裏去看着，看了一會，便走到鏡箱前來叫人站定：說是要開鏡頭了。

大家聽說要開鏡頭，便凝神注視着鏡頭，身體筆直立着，影攝好，人散了，人一散，寺院恢復平時的冷靜了。

那死了丈夫的年青少婦，回到家裡，看到二三個小小的兒子，又傷心的哭了。

選自一九三二年三月八日香港《南強日報・鐵塔》

潘範菴

聖誕日拾碎

誕日，就是孔聖誕日；拾碎，就是在街頭摭拾的瑣碎新聞，拾的機會便是路經其處——到大道西去看望親友——並不存着什麼閒心去逛花街，理由先得聲明。

從小輪踏上輪埠，先看到的便是隨風招展的青白紅國旗，並不像九天以前的那樣沉痛——「爬不到頂巔」的沉痛，有哀則弔，有慶則祝；哀中而又有慶，也不妨分別舉行，在宗法社會裏紅白二事同時並做的很多，這是泱泱手度的大國民！

一條雙軌的德輔道上，許多商店都在關門大吉——請勿誤會，不是「執笠」。「恭祝聖誕，休息一天」的字條榜到門上，距離得遠些看去，有點像「全盤招頂，如意即成」。因為恰巧同是八個字，又分兩行。一陣拍撲拍撲的麻雀聲，從關上門的店裏衝到耳鼓，偉哉，慶高彩烈的大國民！

過了兩條街道，「到處楊梅一樣花」無甚可紀。驀然，一陣陣「吹打」聲吹送來，「南北行」已在目前了，「公所」前陳列很多盤花：千紅萬紫，煞是奇觀。臨時蓋搭的一個彩棚，柱上榜了一副門聯，出比是：「信教本自由，惟至聖集各教大成，確是生民未有」（大意如此）喲！至聖孔子幾時集了各教之大成？我未前聞，「確是生民未有」！轉入大馬路，關門大吉的店子更多，麻雀聲更來得厲害！聖人誕裏，消消遣！衹是消消遣而已，誰敢說句不？而且，南北行街口也有一句

「共同消遣好時光」的聯話（也記不清楚，因口袋裏沒有一個銅板，否則買一張「祝聖對聯」去拜讀，如有引錯，主擬的先生請原諒）；好個時光，不去消遣，有些可惜！

親友既探不到，過了鐘點，報社的常飯（祇是常飯而已）也吃不得，只有「挈我婦子，吃彼餐室」，便投到ＸＸＸ餐室去，好鬧熱，客座滿了；一忽，才得一個小房間，交代店夥去了，忽然拍的一聲，接着：釣河馬！重唔係三番！四湖、八湖、拾八、卅八、一翻七十六、二百五十二、三百零四……一位雀戰大家在高聲的數湖頭，噢！怪詳熟的腔音，從門縫張去，哎喲！原來一位敝同業，九天前還在「嗚呼！國難亟矣！國人速起！」的慷慨激昂地大發偉（　）論。然而怪不得他，他叫「國人」速起而已，自己自然不在內。算自己在內的祇是傻瓜。

餐端到了，東西比平時少了許多（大約少了三分之一），「老饕」的我，連討了三碟白飯還不行（平時兩碟吃不去），然而也怪不得老板的，大約老板以為一般顧客多是到過祝聖會場裏飫聞孔聖大道了的，雖不至「三月不知肉味」，而東西吃少一點，大約總不至於覺得餓的。可惜我沒有時光到一家會飫聞至道，所以吃了三碟白飯還不飽。真倒霉！

七時半出了餐室，沿途國旗仍在迎着夜風招展。「日出則旗升，日落則旗下；夜間無懸旗者。」一一部本地政府篇寫的簡明教科書的升旗常識卻教不轉國人的決決丰度。是的，這祇是小孩子讀的書課，大國民誰有空去瞧瞧！

狹窄的一條威靈頓街，早擠上幾輛嗚嗚的汽車在快速地直走，行人為之辟易。一輛車裏的闊闊公子停了車，拉着一個路人說：「張！我找你久了，快上車，同我們到金陵去！」（老範按：酒家也，在滿街走着娼妓的石塘嘴中。）聽說油蔴地的花筵酒樓也有人滿之患，阿姑們忙煞了。但不知那「齊人餽女樂，季桓子受之，孔子不朝」的老人家在天之靈，看着他的一般徒子徒孫這樣又如何？

偉哉！孔誕！小輪、汽軍、生花店、戲院、麻雀租賃店、生果攤、「流口水」檔、花筵酒樓、妓院、鹹肉莊、……的營業、利市三倍！

廿一年九月廿七下午

選自潘範菴《範菴雜文》，香港：大眾書局，一九三三年十二月初版，一九五四年十月增補重再版

凱筠

毛廁隨筆

我常常懷疑着報章上的社會新聞。我不相信人世間真的有這樣的事，然而有時我卻不得不信，自己也是社會裏的人，或者還在演着悲歡離合的故事。

青春的消逝是不足哀的，愈是悲哀愈消逝得快。因此我不曉寫殉情主義下的文章，嚷天叫地愈非所長了。

結婚是墳墓，然而世間有多少人是獨身主義者，終於每個人明白地自己去築自己的墳墓。

吃飯原是不難，只把白飯一口一口的送進口中而已，然而找飯吃卻如登天了。

人們愛女人的美麗，他們整天也在追求，但她們不一定知道自己確乎可傲的。假如知道也是我們給予她們的吧，美麗不能從水銀的鏡子看出的。

文明的進化實在是人類的不幸，尤其是無力的弱小者。我們希望回復到數十世紀前的上古時代。

女人的眼淚能夠溶化鋼砲嗎？如果是可以，中國一定不會亡，原因我們有二萬萬女同胞。

有人看戲便淌下淚，但讀報碰着悲慘的時事卻微笑，到底「百聞不如一見」。

有人一開口便說中國人的壞處，有時連我也疑心他們不是黃臉的中國人。

有一個時候我想去死，後來想想又不願，終於像死的活到今天。此後我不知再想些什麼了，當然不願做神仙，雖然弟弟說「紅蓮寺」的金羅漢是真的。

選自一九三三年四月三十日香港《大光報・小市場》

梁之盤

工作間零拾

楔子

擎天的高閣擋住了春陽，工廠的黑烟嚇走了啼鳥，現代文明已把山明水秀的大自然機械化了。

自然，現在，南洋是捲進了黃金潮底漩渦的深處，南洋是悲淒的，她的茅屋，她的倉房，她的牆垣朽爛了的橡樹園，南洋是悲淒而疲倦而不自迴護了。但，當南洋在黃金夢中陶醉着，她的垂垂的橡樹，銀皚皚的錫，珠圓玉潤的米珠，都象徵着她是洞天福地；影響所及，HONG KONG也就愈繁榮了。九龍，輕工業之起如雨後春筍，以烟煤的線懸繫在雲間的工廠底黑烟嚇走了啼鳥，擋住了春陽；這，這是一件值得留意的社會現象——九龍工作間巡禮後，零零碎碎的得來了一點鱗爪。

然而金黃美夢的確是打破了，南洋是悲淒的；為了社會底連繫，九龍的輕工業也就呈現衰落的現象。結果，在大多數情形下，平日是雄姿英發，揮洒自如的機械是多半停下來了，雖然還不是蛛網塵封，但都靜靜地躺着，她們在偷偷的嘆息着英雄無用武之地哩；有些沒有封上了的，就像目光稜稜，艷羨着少數動盪中的機械——那些驕子們載欣載弄的歡躍着，發着格格的笑聲哩。工人名目牌上早就不像從前的琳瑯滿眼。這，這都充分地表現了不景氣的形態。

不過，工作間還是工作間，到了工作間，還可以聽到機械底歌聲，見到了機械的力量，機械工作的靈妙，機械運動的優雅，機械製造的完備，就使人記起克魯泡特金底機械的詩的話來：「自從參觀了各工廠以後，我就很愛那完全而有力的機械，我看見那巨人手掌怎樣從小屋中伸出來，把浮在尼瓦河上的水面的木材抓住一根，然後拖進去放在鋸子下面，鋸成了幾塊木板；我又看見一根紅熱的大鐵條怎樣通過了兩個壓榨器中間，出來就變成了一條鐵軌了，那時候我就懂得了機械之詩！」

機械是現代的象徵；我懂得了機械之詩的話，但，在工作間，我想，機械是吞蝕着工人的生命；工作間不過是地獄，說得好一點，工人就是機械，不然就是媒炭。啊，祇有餓死纔得自由。

還有，在這中了黃金毒的都市，人們還能夠見到古銅色的軀體上像鑲滿了珍珠的流着汗的勞働人們，雜在珠光寶氣的人們裡頭；還能夠聽到邪許邪許的勞働者底音樂的節奏，勞働者底詩歌的旋律；但要想見生命給機械吞蝕着的工人們，祇有到工作間來；在工作間，你卻見到工人們，不問是不是給機械蝕着生命，不問有陌生的人們來了沒有，不問——，祇是凝神的工作，頭兒低下來，雙目注視，揮着臂膀的強力。他們在鐵碪上夢想着未來哩，他們在火花中見到了未來社會哩，他們在機械間等着偉大的未來哩；不然，有人敢說他們是宿命論的人？不然，他們那裡肯這樣幹？生存問題是催着他們這樣幹去哩。呵，看來，勞働者的姿態是夠雄偉喲！

勞働者——工人，是站在悲壯的意義上！

工作間裏，我曉得了機械之詩；更曉得了工人——。但，在給機械麻醉了的心上，黃金，罪惡，死亡，自由，無為，自然，原始社會，野蠻人，社會主義——心萬花撩亂的混雜起來了！

克魯泡特金從工作間出來，意會了機械之詩。

惠特曼 Whitman 從工作間出來，就成了世界的勞働詩人。——

自從他由工場裡出來，平民的群眾的勢力，機械的騷音，奉為上帝的勞働，是凱施地走進抒情詩來了。他解勞働的美，與用他底以斧斤鍛鍊而成的詩節歌唱牠的第一個人：

為業務唱一枝歌吧！

在機械和行業和耕耘的勞働之中，我找到了發展，

找到了永恒的意向。

這位詩人感到那從工作間散發出來的神秘已深深地透入他身心了，他到處感到牠的靈魂：在那胸膛黝黑的鐵工剛打在鐵碪上的鐵鎚中，在一個守望着鎔爐的工人底緊張的筋肉中。他唱着那他視為近代的象徵的，勞働者的臂膊的強大的努力。

辛克萊 Upton Sinclair 從工作間出來了哩，就成為世界知名的普羅文學巨人。——

他從屠場歸來後，就寫成了一本暴露現制度罪惡，表現普羅意識的屠場 Jungle。此後，煤油，錢魔，波士頓也就陸續完成，成為普羅文壇的巨著。

兩個美國——金元王國，最能夠代表現代的姿態的——文學家，一個詩人，一個小說家，從工作間出來了就這樣。

我從工作間出來後，祇零零碎碎的得了一點印象；東鱗西爪的得了一感想。——就是寫在下

面的。

上面，作為楔子。

鍛冶場

進來了這拓磁工作間，我以為是走進蘇聯的鍛冶場。

一切都是黑色的。黑的機械，黑的鐵片，黝黑的胸膛，工程師白褌上的黑點，祇有法瑯粉是白的。

稀淡的陽光從樓頂射進來，悲淒地窺視着這陰暗得地獄似的工作間。在黑暗中，變化萬千的火花照着，照得人們面上通紅。在機聲，鐵片墜地聲，摩擦聲裡，人們沉着地工作。

油味，熱氣，火光充滿工作間。

在輪兒的旋轉，橡條的發動，鐵片間的摩擦，火花的閃耀中，偉大的未來真會存在？也許，社會將會旋轉，發動，摩擦，跟着爆發了偉大的未來底火花罷。

到了火爐間，一千七百度熱的爐前，站着一個筋肉緊張的工人，火光照得他通紅。這，又是精細，又是雄偉，表現着勞働者的藝術。

看，他，火花中，褌腳浪沫似的捲着，眼睛像吞滅了火燄的睜着，頭巾扎得緊緊的，腳跟站得穩穩的，一分鐘，揮動他的鐵臂一次，熟練地，有力地，探驪得珠地，像刺進了敵人底肉中的，刺進碟架，扛上爐中，又從爐上把燒成了的取下來，光緻緻的三十件小碟，就從爐裡走出來耀着人們的眼，當他放下碟架時，面上就呈着躊躇滿志的顏色。

啊，這勞働者的詩劇。看他一進一退，那勞働者的精巧的節拍，韶美的旋律，就夠使平日看慣了脂粉，嗅慣了母香的人們興奮，緊張，這跟聽慣了十七八少女按紅牙板唱楊柳岸曉風殘月，忽然聽到關西大漢銅琶鐵板唱大江東去的一樣情趣。這勞働者的詩劇委實比酒香肉香中看細膩的狐步舞來得高妙了。這勞働者的詩劇——動的姿態，真象徵着偉大的未來。

轉過來就是磨房。怪難耐的，一粒粒的法瑯紛飛着，灰白色的；它透過了工人們的呼吸管，塞着他們的肺眼，侵蝕他們的生命，磨機像雷電樣旋轉着。眼看一塊塊的法瑯，轉瞬間就成了一粒一粒的磁粉。我想，工人們也許跟法瑯差不多，一樣。

後來，到了硫酸沖洗室時，就忍不住打起噴嚏來了；怪強烈的味道，燃燒着人們的嗅覺，那小工作間裡的人們，你試想像一回。

工程師說，這工作間是整天工作的——一天廿四小時。多奇怪！

這拓磁的工作間是夠表現機械之美，鼓起人們對機械的崇拜；但也充滿勞動者的真義，跟蘇聯的鍛冶場倒相像哩。

女工

這是工作間的代表——一間電機織布廠。

走進了廣大的工作間，人在機聲中隱藏着了。機前都坐着一個女工——全都是女工。

一面聽繁亂的機聲，一面嗅着枯燥的機械味，機械在發動着哩，像條彷彿喘息着的蛇；機輪循環的行進，輾過人們的靈魂，吸着人們的生命，像一個獰笑着的魔鬼，發出粗豪的聲。這是它殺人的勝利之歌；也許是資本主義的喪鐘罷。我在這聲浪中，彷彿落在衝盪中的洪流。怪難忍的，靈魂像受機輪輾碎了。

機前的女工底生命給機械吞蝕得太厲害了，了無生氣的臉上真像化石一樣。怪可憐的顏色，機械是這樣的吞蝕着人的生命，機上的一排一排的針，一下一下的紡織，一個一個的機輪，刺着，擊着，輾着她底心靈，流去了她多少的心血；柔弱的女體怎敵得住機械的淫威，非人生活的象徵，就是一副一副沒有表情的面孔。

機前，較剪擱在布上；對住了晝夜耀着的電燈泡，她眼睛定了的木然地候着。人是機械化了。傀儡還會粉墨登場，女工，電已收住了她的纖手，祇眼巴巴的守候；寂靜地，像煤炭樣躺着。難道她們真是在機上見到了未來社會，也許她是玩味着人生，也許她是想念着家中，所以她凝了神。但，她偶然覺到了這非人生活時，如果沒有了家，她將會把擱在布上的剪刀刺向喉間，死亡，回到天國。因為女人的心是脆弱而善感的啊！

我不是女人，我不懂得紡紗間的女工底心理。如果丁玲肯細心寫她的話，那將使你淒然下淚；為了她曾混進了紡紗間女工的非人生活底深處。

臨走時，我還聽見噬人似的機聲。

香國

一個化粧香品的工作間。

踏進了門檻邊就有一股香氣衝進鼻來。玫瑰霜，茉莉霜，俯拾即是。彷彿一朵玫瑰塞着左鼻孔，一簇茉莉塞着右鼻孔。祇有香，這是香國。

花枝招展的女工，嬌柔的軟語，和着香味，麻醉了人的鼻觀耳根。這是百花叢裡，不是有普羅味的工作間。

沒有什麼，祇有香。不過，紅的櫻唇，紅的玫瑰霜，紅是耀眼的，是——。

小型的工作間

到了一個紡織的工作間。

三間樓房，四層高，洋溢着機聲。

不知怎麼來，玻璃門裡，一個管事模樣的中年人，看見了，聽見了敲門聲，眼巴巴的望着不睬人。他對待工人怎麼樣，天知道。

工作間，三百多的機械，有二百多停下來了，染滿了塵埃。兩副印花機仍然開着。

年青的女工，見了年青的陌生人，天真地笑瞇瞇的耳語着，呈了異樣。但，熟練地使用着小型的機械。

這間還有手搖的紡紗機。促織的轉，使人想起甘地的「到紡車去」。

完了，一古腦兒的。

出門時，檢查處三個字特別耀眼。

這小型的工作間，顯不出機械的美來，也嗅不到甚麼——。

戛然的機聲

來到一所水壺的工作間時，那已距休息時間祇有十分鐘了。

隨處都是金光閃耀着。

街上已染滿了紫薔薇色的瞑色，真空釀造室更密層層的不透光，祇有淡黃的燈光；是就是比寒意蕭然的街上煖的，但看看四圍滿陳着金色的水壺，我就疑心走進了洪爐。

燒捋室處處是火花，昏暗中時聞水壺碎裂聲。

製造室充滿機聲，我剛才執起機械下漏出來的壺蓋時，機聲戛然而止了，機械的旋轉也停下來。跟着起了一陣尖銳的女人説話聲，笑聲，她們説着放工後的事情。——啊，放工後！

一切都靜止了，我們也隨着蹀了出來。

夜色中，看看外衣上，滿附着玻璃粉，細碎的，閃閃發光的。這玻璃粉，總會刺進工人們的身，心。

選自一九三四年一月十五日《紅豆》第一卷第二號

問鵑

外省人的香港印象記

一碧無垠的海水，不知何時在牠的一角上已被塗上了灰黃的顏色，於是這絕對不能調和的二重顏色的海水，便永永相持着在一座孤島的身邊呶呶爭辯，彷彿要求她的判斷，可是這座小島的自身似乎也有隱憂存在着，只是默然注視這些海水而永永不能給他們一個解答。

這小島就是有名的香港，也正是我這次旅行的目的地。

初上岸，看見一切的店舖並不怎樣堂皇華麗，而且市面也很蕭索，我心上想：人人都說香港好，香港的好處究竟在哪裡呢？

趕到XX街，找着了□□君，他是久居此地的人，很熟悉此間的一切，我便把方才的疑問說給他聽了，他只是笑而不答。吃過飯，他就帶我出街游玩，平坦光滑的馬路，樹蔭夾道，可是走着走着，腳下的路面卻在漸漸升高起來，曲折地轉了幾個彎，回頭一望，自己身子已在半山中了，面前盡是縱橫屈曲的柏油路，配着這濃綠的山崗，正像無數條銀灰色的絲帶，緊束在一堆翠玉上面。山崗的路面，卻用深黃或是棕色的碎石砌成花紋狀，石縫的中間，開遍了許多不知名的野花，花瓣的巨大，顏色的濃艷，大概都是近熱帶的植物了。山徑下面流着一條條的澗水，雖是人工築成的，可是那琮琮琤琤的聲音也很可聽。黑色的鐵欄，繚繞在所有的山道和水溝的兩岸，遠看很像蛛網。一輛汽車從花木織成的網幕下倏然鑽出，又倏然消失在叢林深處。無數顏色不同的建築物躲在綠蔭下面，靜靜地做着牠們的美夢。四周什麼聲音也沒有，只有山家小犬的吠聲打破這空間的岑寂。

「竟是個絕美的大花園！」我對着香港的全景驚嘆了。

「中國人手裏的荒島，一落到外國人的掌握，便變成了勝地了」。正說着，忽聽得山上一陣喧鬧，接着就有許多人奔下山來，一路亂跑亂撞，叫着笑着，那種無秩序無組織的情形，和他們身邊的整齊的建築物一對比，使人有說不出來的感觸。他們大約都是香港的土生子，年輕的女人穿着大褲子。（沒有裙）腦後一條大辮，手上有的帶着銀鐲也有不帶手鐲而戴腳鐲的。年紀大一點的則多梳着髮髻，插着簪珥，和長江一帶二十年前的裝束差不很多。和她們同伴的男人們則沒有辮子。手裏拿的是鳥籠和烟袋等類。從他們的皮膚營養和服裝華麗上看來，他們是有着很好的物質生活的；可是在他們的表情和言語中間，卻怎樣也找不出一點教養的痕跡。這些大概就是殖民地上典型的好百姓了。

在下山的時候，夾道的花香，海的柔和的氣息，與濃烈的鴉片烟香混作一片，牠們的永不調和的氣息，也許就是香港的特色。

選自一九三四年四月六日香港《香港工商日報・市聲》

樹桑

姜太公釣魚願者上鈎——誰人先上日本的當？

記得有一句「歇後語」說：「姜太公釣魚」，底下那句便是「順者上鈎」。「願者上鈎」的意思是：你上來是你誠心樂意，你不上來就算了。總之，上來不上來，全是任憑尊便的。

社會上一些騙人的把戲，被騙的人，固然是於受了騙子手的圈套。其實細想起來，又何嘗不是「願者上鈎」呢？騙術誠然是千變萬化，日新月異。不過，如果個人拿定主意，任憑怎樣花言巧語，任憑怎樣有便宜，只給他一個置之不理。那末，便是多高明，多巧妙的騙術，也就化為無用，無所施其技了。所以，小而言之，為了買彩票，推牌九，搖寶，打麻雀，種種賭博，而弄得典房賣地，當褲子，押老婆的人，絲毫都不足加以可憐的，因為那是「願者上鈎」啊！大而言之，一個國家，一個政府，會被別國騙了上他的當，那更是「願者上鈎」了。最近報紙上常常傳着世界各國要承認「偽國」的消息，愛國的人們，很抱着一種憂愁。據我看來，世界各國，他們若果是要做「願者上鈎」的話，那末，中國其奈之何？若果世界各國，能拿定主意，任憑日本怎樣花言巧語，任憑日本怎樣門戶開放投資種種便宜，只給他一個置之不理。那末，日本人縱有多高明多巧妙的騙術，也是無所施其技。

話又說回來了。以中國自己現在的情況而論，恐怕將來中國先做了「願者上鈎」先鋒啊！

選自一九三四年四月十三日香港《香港工商日報·市聲》

衛道

幽默風行人間何世——林博士主幹「人間世」出版後之批評

幽默大師林博士，年來着實出了一陣子「幽默」的大風頭，聲名洋溢，國人皆知，在文壇上大有舉足輕重之勢。他左手拉着蔡元培，右手挽着胡適之，出入「國母」之門，往來要人之家，四方玲瓏，八面周到，既有閑，又有趣，出口「幽默」，閉口「小品文化」，高調低調都不來，只求個人的玩世騁懷。自由主義的輕描淡寫，隔靴搔癢，當然不會得罪於人，淆亂社會視聽。其言語文章有教大人先生和公子哥兒聆了開心寫意，故林氏行踪所至，無怪要受人們熱烈之歡迎也。

按林大師，前編「論語」，後「托孤」於陶亢德，揚言下野出國，無端説出滿肚子牢騷，大有與「幽默文壇」生離死別之表示。人們見者，無不同情，以為此幽默大師，早已遠適異國矣，豈知事偏不然，林氏最近又忽在「人間世」（大師新辦刊物名）中鑽出頭來，大露其幽默家之尊容，花樣一翻新，居然以提倡「小文品」相標榜。一則曰：「十四年來，中國現代文學唯一成功，『小文品』之成功也」。再則曰：「吾知天下有許多清新可喜的小品文章，現正藏在各人的抽屜裡，供魚蠹之侵蝕，不亦大可哀乎」。三則曰：「天下蒼生翹首而望雲霓，而『小品』已成功之人，終不見涓滴之賜，何以為情？」林先生之尊意，好像提倡了小品文，就是替國家做了一番大事，為文壇建立了不世之功一樣。故又云：「人間世」不可不出，亦猶『論語』之不可不出，蓋吾願二者

『共存共榮』。此中有大道理在，而如中日外交之『共存共榮』也。由此可知林氏自負甚大，其志高氣得，自不待言。然而自他打起『幽默諷世』和『小品救國』的大旗來，外的應聲，卻是如此：

魯迅翁：「林先生所提倡的『幽默』和『小品』，已經是一切都不出所料。『屠戶的凶殘』，使大家化為『一笑』，收場大吉！」

胡愈之：「逃避現實，吟風弄月，和個人玩物喪志，輕描淡寫不痛不癢，這就是林大師所提倡的小品！」

梁實秋：「幽默就是開心。如電影中的『勞萊』與『哈台』，如國劇中的『打沙鍋』，和『瞎子逛燈』，都是使人『開心』的玩藝。同時也是『毒害人心』的玩藝。所以幽默在這年頭實是『有害』無足道的東西！」

徐楚容：「西方有閒文學和東方『筋疲骨軟』文學，毫無力氣的『騷人名士』主義，合而為小品文。我把『人間世』捧讀了一遍，真不覺有人間何世之感！」

選自一九三四年四月三十日香港《香港工商日報・市聲》

无夢

北大回憶

我是一個「南蠻鴃舌」的廣東人，當年跑到北方去，言語不同，風俗不同，本來不大方便，尤其是我們自小做了「番書仔」，在北方人看來，簡直是一個外國人。我生長在一個無產階級的家庭裡，出門一步，還要受經濟的縛束，那就更有行不得也哥哥之慨了！在廿年前，自己單身跑到北洋，真無異現在由南極到北極一樣艱苦。言語既然不通，國文又是一知半解，貿然犧牲金錢時間，冒險到北京去，投考「北大」，越發是難中之難。幸而破題兒一試，不致名落孫山。我先前也預定，如果一試不成功，到第二次招考時再試，如果再也不能成功，可顧而之他。因為當時還有「清華」「稅務」等學校可以嘗試！其他私立大學，我不願去，因為費用太多，只配那些有產階級的子弟要樂罷了！

我在「北大」畢業，還是在於「五四」運動之前。由民國四年至七年，我因為要繼續研究外國文，所以要再入外國文學系。

當時的「北大」是中國唯一的國立大學，所以全國的學子都趨向於這一途，投考的人極多。那時候中國有名學者都集中於「北大」，我們的系主任，起先是大名鼎鼎的辜鴻銘。他識得九國文字，是留學生的老前輩，又是把中國文化宣傳到歐美的第一人，他的著作，各國已經有了譯本。

他雖然到死還有一條小辮子，可是他在張之洞兩湖總督署裡做洋文秘書時代，何嘗不是一個西裝少年！不過他要同社會反對的，所以倒行逆施，留回辮子罷了。

到了蔡元培長「北大」以後，胡適之又做我們的系主任，其他如錢玄同，周作人，劉半農，李石曾，陶履恭等，便造成了「五四」運動的中國文藝復興時代！到了「五四」運動以後，更有傅斯年，羅家倫，楊振聲，陳公博，譚鳴謙等輩出露風頭了。辜鴻銘可以代表中國的舊人物，胡適之可以代表新人物。不過現在辜氏已經死了，胡氏也變做一個紳士，「五四」運動的真精神已經消滅了！當年有朝氣的青年學生，現在去做官僚政客，不是腐化，也變做惡化了！

我們同班的如李季，許德衍等輩原來是最守舊的，現在又向左轉了！出風頭的投機，許多意志薄弱的青年都是一樣，我又怎好來指責他們呢。從前的「北大」學生，有許多人常到八大胡同，打茶圍，打麻雀，只有交際應酬，對於讀書求學，視為餘事罷了。我回憶母校，感慨繫之！

選自一九三四年五月一日香港《香港工商日報・市聲》

古董

摩登文壇

不知道從甚麼時候起，「才子佳人」又飃飃然起來了。雖未見得痰迷心竅，必嗡嗡嘖嘖有古腔，為文也必徵引一兩個典故，之乎也者一下子，或又明知故犯，「奉和」若干首，好像這麼一下子便成了清流。有人説「老調子已經唱完」，看去好像「未完」也還「不會完」哩！

「考」才子的來源，大概生於反動思想，因天才甚高，感情激越，不滿意於現狀，而無可奈何，這纔玩世不恭：試看鄭板橋，王伸瞿，袁子才，龔自珍，劉鐵雲這班人，便知其風流才子的模樣，另有動機，並非會滿意於風花雪月或醇酒婦人的，稍遠一點的侯方域，便迥乎不如此。

才子的才氣，原來使人受不了，因為他大概不曾知道世界上有旁人。「不才子」的才氣呢，更要使人逃跑了，東施也捧心，是最好的譬喻；這又加上了西洋大都市的頽風，殖民地的野蠻氣氛，然後成就了「摩登」風度。

「摩登」已激起「破壞者」了，其實破壞團體亦復「摩登」。此風應遠遠歸咎於「曼殊大師」，近代的「幽默」諸公亦復不能辭其咎。弄到青年男女一個個工愁善病，弱不禁風，口角含牙籤一枚，腋下夾「論語」一卷。沒有一點剛強的氣魄，深邃的思想，大家竟悠然於淺淺的溪水裏了。

想來這現狀真使人幽默不得！英華皆聚集在這摩登典型裏，而本身這麼不健康，不出十年，這皆要颺散，凋落。即時下的摩登人物，也皆到了中年，環境一變更，生活上的負擔一加重，身體一弱，心情也要弄到支離破碎，好像百事不可為，並淺水之悠悠然亦不可得了。

但漢族原來不如此的，原來勇武，博大，和平。古之文人，雖時常害病，但生命力是強盛的，顧亭林帶過兵，陸游喜歡打虎，便是例子。目前風氣這麼頹靡，是因為弱者還適宜於生存，沒有辦法；只能在「才子佳人」的狀態中將生命消磨下去，「論語」「人間世」之風行，即是這個道理。

選自一九三四年五月一日香港《香港工商日報・市聲》

士驥

都市青年

都會的造成，一大半是靠農村。但奇怪得很，都會則何時何處都在搾取農村。住在都會的人，其欺負及搾取非都會人，也無所不用其極。

生長於都會的，或在都會住的很久而歸化為都會籍的人，總帶一些所謂「不良」氣。「不良」云云，意即居心不良，意存欺人。因而都會的不良少年云者，意思是，不管他的地位，智識如何，大凡想藉其了解都會的習慣，地理等等之程度較深一事，而使他人上當——受無謂的損失的人，都可以稱曰不良。例如衣服穿得很摩登，談吐也頗不凡的少年，在電影館中或其他的交際場中引誘女人者，就是不良少年。反之，假若行使此種伎倆的是少女，那麼她就是不良少女。

「入國問禁」，本是很重要的工作。但鄉間人初次到都會，要識別誰為不良，卻是一件很不易之事。因之上當，受辱等等花花絮絮的記事，充滿於各報的三面新聞版上。不良的較精巧的，不但鄉下人要上他們的當，即住在都市內的未不良化的人，有時也不免要上當。

但不良而遲早有一天要被人拆穿西洋鏡，其不良的伎倆尚未算精，真真的智者，他們雖然同樣是利用了解都會的程度較深一事而欺人，受欺的人決不會發見。就是發見了，也祇覺得他聰明，非但不發生怨恨之感，反肅然起敬，覺得他是當世的智者及英雄。

由此我記到前數個月所謂京派海派之爭，也可用上面的話來解釋其一小部份。海派的海係指上海，京派指北京。上海和北平雖同為大都會，但上海的都會氣味當然比北平重。兩個比較起來，自然海派是個老上海，京派是鄉下人了。都會的人知道出版界的情形較深，對於初出茅廬的鄉下人，自然要索一些見面錢。所以像鄉下人有了稿子，或代人作稿子，都得被人從中小小揩一些油等事，實在全沒有甚麼奇怪。此不過不良之逼及著作界而已。

鄉下人吃了幾次虧，也漸漸學得了乖，所以不久之後，自己也有成為都市人及不良的希望。同樣，例如京派與海派也不是對立的名詞，而是階級的上下段。京派而懂得了海派的玄妙，也許是想升為海派的吧。

選自一九三四年五月五日香港《香港工商日報・市聲》

君正

「雜感」

近來，在普遍一般文藝性質的刊物上，常常看見到「雜感」「隨筆」之類的小品文章，今天來一篇，明天也來一篇，你也寫一篇，我也寫一篇，彷如雨後春筍一樣的勃發，多得簡直不可開交，而且，連許多已是成名的，或是自詡為成名的作家，也常常放卻其創作而寫些「雜感」一類的文字來發表，我想，這或許是因為他們見得從事創作，實在是太呆笨一點，那種日以繼夜，夜以繼日的辛苦，手也寫酸了，頭也想昏了，太不值得，倒不如把身邊瑣事，眼前小景，輕輕的提起了筆，來這麼的「雜感」一下，安逸相差何止數倍，於是近來「雜感」之類的文章，就大行其道，幾乎成了這個年頭中的正統派文體了，那其中固然也有不少可稱為出類拔萃的好文字，但總可以看見他們容易患這種病態：就是為要適合形式，而將內容折扣，這如同以一件狹窄的旗袍，而穿在一個肥胖女人的身上，做成一種祇有令人難看，受不到人討好的怪狀態而已。記得前曾有人提倡過，文章的大小，不能用形式來束縛牠，應當憑內容去完成牠，這種說話，真可算是能看得中這所謂正統派文體的不正氣的病態了。

有人這樣說：這種「雜感」一類的文字，其風行的原因，實在乃現在國內環境上的必然的結果，因為近來中國國內的混亂，着實不成樣子，而且種種的災情，也着實重得利害，如黃河的水災，圍剿待清的閩贛的匪災……等等，使一般廣大的讀者群眾，實在更不能有餘心去鑒賞那些甚麼堂皇的著作，或高深的文學了，於是，我們的學者與文人先生們，便為應時計，衹得趕辦一點小貨色來上台趁市，而寫那些「雜感」一類的小品文字了。這樣的說法，也頗算有一點道理，然而，我始終在他方面有點懷疑，那些所謂「雜感」的文字，是否真正的雜感，抑或衹不過是掛其一個雜感的牌子而已呢？因為近來的所謂「雜感」，看其內容，「雜」是誠然的「雜」了，但作雜感的人，對自己所採取的題材，是否有真正的老實的「感」呢？倘若不然，則那些「沒有感想的感想」，豈不令人可笑，所以，倘若是這樣的而謂之「雜感」，那倒真正是使人不禁有一「感」的值價哩！

選自一九三四年五月十二日香港《香港工商日報・市聲》

筠萍

彌敦道夜

我喜歡彌敦道，是在黑夜的時候；如果天空只閃耀着銀星而沒有月亮，心情是特別愉快了。別的地方或者要明月去點綴的，但這反使這條馬路失掉了幽深的情緒，沒有所謂詩意了。

是三年前的一個炎夏的黑夜，連弦形的月亮也躲着臉孔，叔父從新界遷來這裏。那一夜，這條馬路開始給我認識了，樣子很是美感。路旁的樹都長得亭亭玉立，給南風吹動了，颯颯的聲和着巴士的輪子的音韻，衝破了靜寂的黑夜。

從深綠的樹林裏，有時踱出三五個異國的青年，穿着雪白的內衣，似是而非的哼着他們的歌調，還動人的是那小小的提琴，密密不歇地發出沉重的聲音。我常常以為銀幕上的景象是假的，怎料到咫尺間就可以使我不相信了——是真的，而且比之銀幕上的愈加動人，為的是他們的歌調有些我似乎聽過，那裡我不大記起了。

然而現在的景況大異了，最感人的是沒有青綠綠的樹，連圍樹的籠子也看不見了。是的，彌敦道不像從前的使人留戀了，最多，勞動的朋友會覺得有人把牠去比擬上海的四馬路，可惜我此生沒有逛過上海；但彌敦道也有女人，這時代下的犧牲者，隨處都佈滿了，一行到街頭，往往有穿着黑衣的老婦，瑟縮地去幹她們的工作。懸在頭上的路燈照着像鏡子的水門汀，照着她們發光的前額，似乎像頭餓虎的張爪噬人。這是甚麼呢？她們把夜間的生活都消耗在都市的黑夜中了！

還有，小資產階級的人開了留聲機，抑揚疾徐地從緋紅的窗幔放出中西音調的情歌。裡面是靜寂的，他們在享受着鋼筆下得來的恩惠。他們也許不喜歡月亮的，有了，那顏色的燈罩反覺不好看了。

唔，那巍峨的平安戲院，仰頭看看那眩目的電光燈，人似乎是應該快樂的，尤其是都市裡的人！然而，一座一座的旅館卻張了口子，很似乎飢餓的樣子了。旅館，酒店，戲院，餐室，汽車……還有，臉孔抹了厚厚的巴黎香粉的女人，一切是在這樣的黑夜活動了！

我想，明年的彌敦道是少了幾塊空地，但女人就反多了，而且旗袍的開角也來得高些，於是整個黑夜都給女人的大腿所佔有了！

五，十，半島

選自一九三四年五月十五日香港《香港工商日報・市聲》

光偉

觀本港防空演習後的感想

香港防空演習破題第一遭在一九三四年十一月二十晚舉行了。未舉行前連日報紙都登載這事，內容略謂是晚七時本港實行空防演習，由七時至七時半，在此時期內，一切街燈，及一切舖戶與各地露天之燈，均須熄滅，有小數居民不察，鬧成笑話不少，據我所見，有某家，所謂三妻二妾的老爺們，聞是晚沒有電燈，為穩陣計，老爺去買洋燭四五打，分派老婆大人奶奶們，他們平時七時食飯的，亦提前在五時半、無知僕婦，聞老爺奶奶們的話，更焦急萬分，彷徨嘩嘈，趕做他作煮飯洗衣的工作，及至七時街燈果盡熄，道中頓成黑暗世界，老爺們說道，「別害怕，快點洋燭」，「好！我去點了」，奶奶說、「什麼重有電燈㗎？現在已經七點三十分鐘了」。嗆，七時半了，街燈復明，呵！原來不是熄屋內的燈，我明白了，以上的事，是有的，無論什麼人，苟能親眼見到，必定喫一場大笑的，好了！現在笑話講完了，讀者還再聽罷。

當當的鐘聲響了七下，隆隆砲聲，閃閃火箭，不多過一隻飛機兒，向着與月亮爭輝的探海燈翺翔看，呀！飛機到了，飛機到了，居民歡喜地仰高她的頭，目不停地凝視着，那時，澈澄的月亮，光明的探海燈，真和白晝都沒有分別。

鼓吹到了不得的世界第二次大戰，喊吶着的太平洋競爭、各國軍備、沒有不認定將來戰爭，非空軍不可，國防嗎？更非防空不可。

國防中有陸防海防和空防三種，你若有強盛的陸軍堅固砲壘，你要有高山或險要的峻嶺，有一定的範圍安置你的砲台，你自己可以把守；但是一旦被敵人察得，敵人攻到的時候，你只知拚命，只知死守，砲台是不能一時遷徙的，一旦打敗，砲壘就要毀滅了，防陸大抵是這樣了，海防嗎？你亦須有堅固砲台，不過這砲台是設有海口罷了，無論甚麼陸防海防，是有範圍，有一定位置，有一定地方來佈置你禦敵的器械的，至於空防則不是了，牠是空闊無範圍，飛機為空中霸王，天是牠飛行所，空中是牠大本營，除牠自身外是無物可以與牠戰爭了——除了高射砲以外。

回憶九一八時，敵人飛機的威力，空中襲擊，使整個繁盛的都市，矗天洋樓，化為瓦礫場所，甚麼堅固砲台，甚麼文化中心點，甚麼血肉和生命，敵不住十數的飛機。呵！空軍勢力，何等偉大，殺人利器，何等犀利，自此以後，誰不認識空軍勢力之重要，覺悟罷，還不注重空防嗎？

呵，戰雲密佈，強大國家，甚麼陸軍海軍空軍演都一切準備了，雖然你是弱小的國家，我相信亦不能例外罷，歐洲大戰，你是有地可逃的，世界大戰就不是了，牠是恐怖極了，牠比一切過去戰事酷殘得多，如果牠真會發生的話，是次防空演習從居民歡望中我就生悲感了，因為我富有想像力，富有幻想力，聞了隆隆的機聲，我就感覺戰爭的恐怖，戰爭發生，是少不免受敵人窺視的，若果先事預防，所謂有備無患，這很有意義的，但是這種恐怖的事發生，皆是全世界的不幸，第二次大戰呵，不要爆發罷。

選自一九三四年十二月四日香港《南華日報・椒邱》

陳殘雲

雨——隨筆之一

我愛雨，然而也恨雨！

當更深夜靜，萬籟俱寂，偶然聽得瓦背上一陣淅瀝的響聲，似黃葉輕飄着秋來的消息？可是，側耳細聽，卻是一陣苦難街頭流浪着的夜（ ）小雨。

這時候，衹要跟着愛人在油燈昏暗的斗室中，喁喁地互相細訴着心曲；則那從窗罅偷來的絲絲柔韻，將增長幾許濃蜜的情趣，〔其〕間，青春的爐火會無形地興奮，情愛也就如銅鐵似的溶成一團了。

或和幾個不羈的朋友，談狐說鬼，評古議今；這情形，也足夠討人尋味的。而且白日的辛勞也都隨着雨聲逸去了。——倘然你是要奔勞方有飯吃的話——

即使是個孤獨者，連昔日以道義相交的朋友也失掉了；而自己在世界上，覺得宛如一粒從無邊的沙漠裏拾回來的砂石一般；那末，衹要有適度的茅廬棲息，也不致燃起饑餓之火和一切身外之憂；——則我——假如是我——在那麼深邃的黑夜，伏案低吟，或嘔腦汁，那似乎令失意人暗自垂淚的雨聲，也不能掀起我的心頭的〔寂〕寞的傷感，和孤獨人的痛苦的。不僅這樣，而且，文章的情緒漸次濃厚，詩的意味也在沉默中滋長了。

這是雨的可愛，我也袛愛這樣的雨！

然而，我也恨雨呢。在明媚的春光中，晨曦或是遲暮，悄然踱出碧草滿地的郊野，那新鮮的世界也就泛在眼前了。（ ）人的柔風，會使你領悟出（ ）如甜夢的（ ）（ ）；嘹歌的黃鶯，聒耳欲聾，不！要是你是個未得女人的諒解與體貼，而曾經被擯一次或數次的人，那麼，此刻你那往日的戀人的輪廓和輭語，又本能地在你腦海裏遊移了，不過，這雖然是苦惱的回憶，但是不能不算是欣悅的舊痕的重撫！

這樣美麗的時節，當然誰也不讓它悄悄地滑去的。可是，正如這樣陶醉於大自然時，靈感也就隨着每一株花和一個音逝了，突然，天降大雨，即使是渺朦的細雨也很討厭的；宛如一個聖潔的少女偶爾給浪子點污！

同時，夏天的雨，雖也被年輕的詩人——林庚，稱做夏天的女王，但我卻特別恨它！

選自一九三五年一月二十日香港《南華日報・勁草》

華胥

九龍塘邊的花市

因為個人生活的變遷，離開深水埗已經將近二年了。這二年的短短時間中，不獨自己的生活情形改變了許多，深水埗周圍的環境，也改變了不少。

前天的早晨，沿着太子道走上九龍城去探朋友，經過警察學校的後面，發見一個晨早的市集，許多男男女女嘈雜的在那條界限街上熙來攘往的走着，我為好奇心所驅使，轉着我走路的方向，打從西洋菜街的前面，蹣跚地踏上界限街去和人們湊熱鬧了。在這馬路的市集中，倒也有趣：小馬路兩旁，擺着花，蔬菜，水菓，盆栽，金魚，的擔子，還有什食擔，洋貨攤，……混合成為一種鄉間的小墟市。做買賣的，都是一些由新界村莊來的農夫農婦，而顧客們，由摩登男女以至於赤足的市民，品類不齊的混合着。這些買賣的擔子，在界限街上，排成兩條長長的行列，而這個市集中，花都是主要的貿易品，使我憶起往日的花市來。情境的變遷，我真有點驚異了。腦海翻起我的回憶，很想去尋求那舊花市的遺跡。我的眼光向那廣場投射着，廣場中間新長了一些芭蕉樹，疏散地在秋風底下搖曳着；一個籃球場，有幾位學生在那裏玩球玩得很起勁。我沿着這個市集前進，那廣大的馬球場，立刻在我面前湧現了。我走近那馬球場的籬邊，探視那裏面的情境，一片如茵的綠草，襯着那精緻的馬球場辦事室，往日的花市，都埋葬在這一片碧綠的廣場中間了。我過分的驚奇，站在竹籬外，呆呆的追憶着往日的情景。

兩年以前，我住在深水埗的時候，愛好到郊野去散步，差不多是每天晨早的功課。除了冬天之外，我總是沿着大埔道上山邊去跑一回的。那裏有蒼翠的松樹，有潺潺的流泉，有幽雅的山谷，越走越饒佳趣。走倦了，坐在山邊的石頭上，俯瞰蔚藍的海，來往如梭的帆檣，真有點飄飄如仙的情景。這樣優美的大自然，就像一個美麗的愛人一樣，常常使我流連忘返。

沒有到大埔道去的時候，唯一散步的地點，就是九龍塘邊的花市了。談起花市，如果不是有早起習慣的，就很難到那裏去欣賞花市的清趣了。兩年以前，花市的地點，是在大埔道和九龍塘之間那片長滿荒草和雜着菜畦的中間。從大埔道走上那片曠地，沿着那紆迴的曲徑，不上幾百步，就可以見到那晨早唯一的市集——花市了。那時市集的人們，除了一些作鄉村裝束穿着樸素衣裳的農夫農婦之外，就是一些小販裝束的花販；摩登的男女，就很少在這裏發現的。這裏有中國農村式的筐簍，擺着顏色不同的各式各樣的花；有着新鮮的瓜菓，有着鮮美的蔬菜，一切的一切，都富有農村的自然的情調。一個厭倦都市生活的我，對着這個富有鄉村情調的花市，怎不感到濃厚的興趣呢？我因為愛好這富有農村意味的花市，我因為愛好這幽雅而冷靜的市集，所以常常在起床盥洗之後，就走上這裏來做一回巡禮。他們因我常來的緣故，誤會我是一個花販，不時拿着一束一束的花向我兜售，弄得我太不好意思了。有時覺得天天揩油看花家沒有「幫襯」分文，似乎太惹人討厭。很想闊氣一下，掏出幾個角子，買幾束合意的花到家裏去飽賞一下；但是想起家裏沒有花瓶，沒有陳設，這幾角子又不願意花了。有時花市將散了，零碎的花朵，是很便宜的，茉莉，夜來香，鳳仙花，混合的花朵，一小堆，只賣幾個銅子，使你不得不掏出幾個銅子買些回來。這樣的花朵，不需要花瓶，只要壹個瓷碟，供在書桌上，倒也清香四溢。雖然比不上洋房裏美麗的瓶花，然而窮小子案頭居然有一碟鮮花，清福也算不薄了。手裏捧着那些零碎的花朵，在歸途中常常胡思亂想着。

花市的印象，漸漸模糊了，環境的變遷，引起我不斷的憶起往日的情景。

選自一九三五年十一月五日香港《香港工商日報・市聲》

屠殺的進化

時代進化了，甚麼事情都進化了，就是屠殺，也是跟着進化的。

槍斃，坐電椅，炸死（用炸彈），毒死（用毒瓦斯）；比較枷死，吊死，腰斬，斬頭，自然是合理得多了。

再由個人的屠殺說到集團的屠殺，那又非古之時所能比擬於今之時的。

以屠殺著名的張獻忠，自湖南到四川，殺人的數量自然是驚人的，那時，他的劊子手雖然能夠眼明手快使用大刀，但是數量多，斬起來也是夠麻煩的，因為屠殺的區域是非常廣大的，有人的地方，便是他屠殺的對象，要屠殺一個精光，倒非長時間不可，這個問題，在當時殺人慾極大的張獻忠看起來，也許會覺得那種殺法不大痛快。

假使張獻忠能夠生在今日，那麼這個屠殺問題就很容易解決了。

墨索里尼要殺滅野蠻的阿比西尼亞人，他只需要一隊帶上毒瓦斯彈的飛機隊，到處擲下毒瓦斯，使阿國人民很容易的大量死滅，這不是比張獻忠使用大刀去屠殺輕便了千百倍嗎？日本XX者要屠殺東北反抗的大眾，他只需要一隊帶着炸彈的飛機隊，到處擲下炸彈去，東北大眾就會像螞蟻般大量死滅下去，這又不是比張獻忠使用大刀去屠殺便利得多麼？西班牙叛軍領袖弗朗哥要殺滅國內求解放的人民，他只運用了巧妙的轟炸機，到處擲下炸彈去，便可把他們所痛恨的求解放的人民大量殺滅下去，這又不是比張獻忠使用大刀去屠殺便利得多麼？因此，我們可以得到一個結論，現代的屠殺，實在日趨合理化了，尤其是集團的屠殺。

在中國，集團的屠殺，是古已有之。白起坑降卒四十萬人，項羽坑秦降卒二十餘萬人，這個集團的屠殺，規模算是不小，但這種坑的方法，在現在是無法應用的。拿少數人去活埋，那倒是情理上辦得到的事。如果要拿四十萬人或廿餘萬人去活埋，那在現在就成為問題了，四十萬人個個都很馴服地願給人家活埋，沒有人敢出來反抗，在現在看起來，豈不是神話麼？

中國的集團屠殺，自然不是再像秦代一樣，現在也已經追踪歐美了，轟炸機和炸彈雖然沒像歐西的文明國一樣多，而實習的機會，倒比歐西來得好，但實習的地點，是東北呢？華北呢？西北呢？還是另有其他的地方呢？供轟炸的對象，是敵人呢？還是同胞呢？那恐怕事關軍事秘密，不容易明白吧！

時代是進化了，中國也一定會跟着進化的，不消説屠殺也是會跟着進化的，固然現在還有殺頭，活埋這一類事情，然這斷不能證明中國的屠殺沒有進化。

選自一九三六年九月七日香港《香港工商日報・市聲》

風痕

風與水之間

風和水都能夠供給我們以清爽輕快。所以，御風和嬉水都是「泠然善也」的享樂。不過，風自然是無法去御的，而嬉水卻隨時隨地可以實行。但，光是簡單具體的水，游下去也沒有甚麼意思。最高的享受是得風水相融時去「歸返自然」。乘風破浪是意氣底爽快，浮沈於風水之間是神魂底陶醉。當水面的漣漪向你盪來時，你溫柔地，輕靈地將身體向前縱臥——呵，這浮沈的剎那簡直是名貴的音樂底欣賞！

在前赤壁賦裏，東坡用羽化登仙等比喻來告訴我們以「縱一葦之所如」那種樂趣。可惜坡翁當年只是「縱一葦之所如」而不是「縱一體之所如」，所以感覺還未十分深切。若果他能夠在「清風徐來」時投身下去親炙一下那茫然的萬頃，以他那樣時時流露禪機神悟的生花妙筆，不知他將怎樣讚頌自然底恩惠哩。我們知道划艇是可以得容與優游底樂趣的，但這味道決不及游泳所得的那麼真切深厚。試想，身在艇中，和水隔絕，這樣來求水所給與的容與優游，怎能不比較地要算是靴外搔癢呢？

放風箏是值得提倡的娛樂。因為把自己閒適的身、心寄在活躍的紙鳶上，可以嘗味到一點天空任鳥飛的翱翔底樂趣。我們無法御風，不得已而思其次，這是最可取的。至於泅泳，熟極之後化險為夷，一撥掌一伸足之間，容與優游，無待乎外。這樣的逍遙，和放風箏底味道相較，卻有上下床之別了！

鴉片煙是一種絕大的誘惑，曾經纏縛過恒河沙數的眾生。英國現代詩人 A. Symons 有幾行詩扼要地描寫到吸食它底趣味——

我愉快地被拋投，沈溺。
柔和的音樂像一陣芬芳，
艷麗的金光帶着鏗鏘的美味，
向我把毒衣纏繞，叫我長住帝鄉。
時間不復存在。我躊躇，逃遁。
百代底沈沈黑夜把我埋藏。
我飲乾那欣悅底千年萬載。
我的記憶之中有後世底滄桑。

那趣味大約和飲酒的差不多：可愛處在神經眩亂之後，浸身於輕鬆而髣髴的幻覺之中。從風水之間也可以獲得輕鬆底享樂。但，大相徑庭的是感覺極其清楚確實，雖然微妙絕頂。那爽雋處，感覺底央端像開出馥郁韶美的曇花，不知是成仙成佛，為帝為皇！戕賊官能的娛樂和強健體魄的娛樂比較，離開道德，法律來批判，當然是此善於彼的。

從前孔門四個高足向他們的夫子言志。最能博得孔子歎許的是曾晳底在鼓瑟之後，「浴乎沂，風乎舞雩，詠而歸」這風和水底享樂之想望。志於道，據於德、依於仁的兩師徒所憧憬的原來是這樣的游藝！飽受過盡善盡美的韶樂底陶冶的頭腦究竟是清新超脫的，「水哉！水哉！」底讚歎，這大概便是原因罷？不過，他們把游水和吹風來分開，似乎還欠到家一點。這兩件事確是相得益彰的哩。但是，「詠而歸」卻是很可佩服的。「細雨騎驢入劍門」固然是難得的奇遇，而於獲得這奇遇之後，再加以「此身合是詩人未」地咀嚼一番，享樂手段底高明，可算登峰造極了。不料曾氏更進一步，用歌詠來代替「咀嚼」！

然而，較曾氏更聰明的是白朗甯。他簡直把歌詠看作游泳，而又把游泳看作歌詠。在他那首用作詩集底序詩的兩棲動物裏，他這樣說：——

只有游泳最近似
翱翔底享樂；
詩歌便是我們
能實現的天國。
詩海底醇流，
也如空氣清鮮，

陶醉塵煩底心性，

像載浮蚨蝶與飛仙。

所以，不會歌詠的可以去游泳一下，而既會歌詠的更不可不再去咀嚼風與水之間底妙味。這是最具體而又最抽象的享樂。

選自一九三五年一月十日香港《紅豆》第二卷第四期

夫澧

在海船上

自己因為有一點事情，預備着北上。天氣是這樣的熱，可是擺不去的旅程，是不讓人有所思議和遲緩的！於是在一兩日間，便把許多關於旅行的用品辦妥，朋友代我在旅館買了船票，送了我下船，把行李睡具佈置好在一個大艙子之後，於是我便開始我獨個兒的旅行生活了。

這次我是第一次遠行的，我對着這陌生的生活，感到興趣，感到異樣的興奮，但我心中也不免有點憂懼。

我曾經在書本上看過許多旅行雜記和讚美航海生活一類的記載，實在我亦曾經為這種動人的故事誘惑過，我好像試欲嘗一嘗這鮮味兒。不過，我是未有經驗的啊，我迷惘着。

我們的船，是從香港到上海。朋友說，晚上九時這船要起錨了，你不要遠遠地離開她。我是很驚心，我老在我的舖位躺着。

是下午六時吧，工人還在船上忙着，用機器把大包大包貨物從小艇吊下底艙來。後來搭客陸續地來了，我們的船艙不禁熱鬧起來。忽然，賣藥的，賣水果香蕉的，賣毛巾一類日用品的……種種式式人都組合起來，人聲鼎沸，恰如一個市場了。

這於我是一個難堪的忍受，殺豬般的機器運貨聲，汗氣與煤氣的異臭，一些討厭而粗惡的叫賣，使人連呼吸也將要窒息了。

可幸這種紛亂狀態維持不到許多時，船中鑼聲響着！於是一般小販都鳥飛兔走了，船也蠕蠕的與萬家燈火底香港揖別。

我正想乘着這安靜的時間，將息日間疲倦了的精神。誰知船中做小買賣的伙計們，便繼續擺起他們的傢當了，甚麼雞蛋糖水，魚生雞粥的叫賣，洋洋盈耳，不絕如縷；而我們的顧客是這樣頻繁的，似乎許多天的晚餐都留在這一夜做總算帳：食之又食，澈夜不睡！這種熱鬧夜市的景象，於我的嘉惠，無疑地便來個一失眠了。

第二天早上船飄入了大海，風浪如山一般的拋擲着，我們許多昨夜飽食的搭客，於是開始在嘔吐了。小孩驚啼着，婦女呻吟着，四顧同艙的搭客，如死蛇一般蜷伏着，動也不動，既似兵燹後的災區，又似電影上描寫的世界末日，這時書本上給我航海奇景的誇耀，已失掉在九霄雲外了！祇有一股股腐物發酵的臭味，乘着風浪的呼號攻襲過來。

到晚上，風浪也漸漸平息了。搭客一窩蜂似的都蠢動起來，於是喧嘩聲與索食聲大作。船上一些寧波籍的伙計，用着他們粗豪的聲音和污穢的手在叱指着搭客吃飯，隔我不遠的幾位煙容鵠面的搭客，也都津津有味地在開始他們吞雲吐霧的工作了。

在昏暗的艙角裏，沒有陽光，沒有愉悅，而是一些煩惱的嘆息，一些淡淡的鄉愁？

在海船上，這是一些易於白髮的生涯吧！我味着那縷縷的煤煙與沉澱在這個如死海一般苦悶的水程上，我知道獨個兒的旅行是個如何寂寞味兒。

機聲軋軋晝夜不斷的響着，人老是昏沉沉的，一個好夢兒也做不出來，也不是熟睡，也不是清醒，如此牛馬般度着可憐日子！但，也許不在我們大艙間「共存共榮」的「高等華人」，他們在船的高處，領略着山光水色，呼吸着新鮮空氣，吃着洋麵包，會做出兩首英文詩，或者淺笑地唱着他們的晚禱詩歌吧！

五日後，這由香港來的船，於一早進了上海的黃浦江，船是那麼的緩緩地航着，於是我們這大艙間的一群，雖然煤屑給我塗上一個如餓莩那麼的臉，但也歡欣雀躍，相對不禁啞然失笑了！

我獨個兒，便是如此第一週兒到達上海的。

選自一九三五年七月十五日香港《紅豆》第三卷第二期

禾金

長衫

小的時候，從長輩那兒，我是甚愛取了那麼一種教育的：「讀書人家的子弟，出外見人要裝得規規矩矩，至少，一件長衫是必須要穿好的！」於是，從這時候起，我便開始給安排在長衫的圈套裏了，連氣都透不出來。

廿幾年來，自己時常為了自己的年青而驕傲着：說話喜歡帶一點浮而不實的「嘈弄」，以顯得自己的小聰明：而每一個回答則不知放進了多少絕對肯定的字眼，算是某種毅力的表示！這些是通常被年老的一代用作指摘「小孩子們」的口實的。這期間，二十年前的，甚至十年前的，過去的陳舊的暗影，雖然在當時是全顯得十分有力，十分動人的，可是到現在，在我底腦子裏，有的是漸漸地褪去了鮮艷的顏色，有的則居然被自己用了人力來硬生生地否定了。祖父放在鐵盒子裏的「祖傳的」紅頂花翎，在當時是被視為拱璧而後來卻用低價賣到了舊貨擔子上去的，與父親的常常用來誇耀的「買辦」的「服務證書」，在現在看來，是顯得多麼可憎啊：然而舊的東西，並沒有賣到舊貨擔子上去，而依舊遺留到我們一代的身上的，卻有一樣，而且是很大的一樣——

「出門見人，必須穿長衫啊！讀書人，是應該放得規規矩矩的。」

我讀了書，我「出門見人」也穿長衫。

過去的一個秋天，在一處鬧街的小學校裏教書——所謂鬧街，是在附近有工廠店舖與店員工人等的住家的：那些住家們，每個學期化了六塊錢，把他們底小孩子送到學校裏來讀書識字，而他們自己則依然存着那麼一個想頭：要是自己的孩子將來做一個「讀書人」，那是頂好頂好的了。

可是設立在弄堂裏的小學校沒有「大」的氣派，學生們常常從早晨掃地買菜之後拖着一個老不高興的小身體來上課，身上是穿得亂七八糟的；一個教室裏沒有三個人穿長衫，到熱天，甚至有穿了一件黑而破的「汗衫」到學校裏來的。

小學校裏的「校長」可看不得那樣的情形，為了「有礙觀瞻」硬要學生們穿了長衫來上課堂，於是告訴我：「以後如果不穿長衫的，叫他出教室去！」

可是有甚麼用呢，一天一天的上課，依舊是那種與「小紳士們」兩樣的「不討歡喜」的短衣服啊，亂七八糟的，像流氓團。

於是也責打過了，也硬教他們走出教室了。

可是以後，有的家族自己帶了他們的孩子來說：「沒有長衫啊」，「要做工，做工是不能穿長衫的啊」……

往後，我再也不想幫着校長去「整飭觀瞻」了，不但因為那是多事，也因為那是一種犯罪與惡德，如果再把比我們更年青的一輩，從生活中拉來套在長衫裏，這個責任應該我們來擔承的了！

選自一九三五年十一月十五日香港《南華日報・勁草》

羅洪

扁豆

在我們後園的籬笆上，每到秋天，種的扁豆都開了花；那麼小小的，深紫淡紫的花兒。這些小花兒是叢生在一根細枝上的，牠們掩映在綠葉中間，雖不華麗，卻令人覺得很可愛。我就愛牠們的顏色素雅，那麼成串地掛在籬笆上，把恬淡的秋色，更裝點成一個可愛的模樣。那些帶有橢圓形的扁豆，也是深紫淡紫的顏色，一片片掛在上面，比那些小花兒更可愛呢。

記得我六七歲時候，有一次母親在整理櫥箱，我希望得到一點意外的東西似的，站在母親旁邊，不肯離開。後來我在櫥裏發現一隻高大的紙盒兒，硬要母親打開來給我看，裏面是好幾隻各式各樣，顏色美麗的帽子。我隱約還記起有幾隻是自己幼時候戴過了的。我看見一隻帽子，在前邊有兩瓣東西，像小牛角兒的，向前面聳起；把那帽子在手裏震動一下，那兩瓣結實的彎彎的東西便顫動起來，十分有趣，我當時便問母親，才知道牠叫做扁豆。

「便是我們吃過的，燒得油油的軟軟的扁豆嗎？」我那時好奇地問了。那時候我的小小的心裏，還奇怪看怎麼扁豆會做到帽子上來呢。

直到現在，我每年看見扁豆，便想起我的童年，童年是值得人記念的啊。

可是我每年在扁豆花開了的秋天，便覺得我的安閒時期又到了，我每次計劃着自己應該寫許多文章，看許多書；因為一個炎熱的夏天，把我身體和精神都磨折得十分痛苦。

我往往走到後園裏，坐在一塊大青石上，望着碧藍的天空，無邊無際地幻想着，有時候便毫無思慮地融化在這鄉村味的秋色中了。這些時候，我覺得自己的心是像那天鵝絨般的蔚藍天空一樣，溫柔地，純潔地，我幾乎忘卻了一切憂患與疾苦。

然後我又看着那些深紫淡紫小花兒，深紫淡紫的扁豆，掩映在綠葉中間，真是一個恬淡的秋色啊！我是愛秋色的，我看着牠們在微風中顫動，我便在微風中微笑了。

選自一九三五年十一月二十六日香港《南華日報・勁草》

棱磨

沙灣的傍晚

沒有預想到要在香港停留，勉強的滯住使人起固執的煩燥。雖然是剛剛從不滿十家鄉村中出來，對於孤寂該已相當習慣，但在有幾十萬居人的都市裏，卻總不能用甯靜騙過自己的寂寞。在路上看見路人互相打招呼，乃至或者並非打招呼的相視一笑，都覺有點嫉妬。出去散步時每每都是感觸地重又闌珊跑回去，可是不久就又跑出去行街，心上總想或者能碰到一個認識的人演一下他鄉遇故知的喜劇。這期望多少是可能的，經過梧州時曾聽説誰已去香港，誰還不久再要去，在聽説時，因為這些人我都不很熟，在怱促的經過中，我當然不會去訪問，所以並不怎樣留心，這時卻不免失悔了，其實就當時留意了，按地址特別去訪問，也是頗嫌兀突的，還是希望在路上碰到，可以隨便應酬。真是他們見到也只淡淡地招呼一下，我就只有仍回去守我的孤寂，所以當時雖一面急切想遇到相識，一面也擔心着希望被事實消毀。

坐渡船去消磨時間，已經成了我日常生活的習慣法。四分錢的船費，載行四五十分的航程，並且可以恢復躑躅很久以後的疲勞，讓我到對岸好再開始新的躑躅。在香港的滯留中，我消磨在對岸九龍的時間，要遠比消磨在香港的為多。九龍的整齊的道路，比香港易認識，而且沒有洶湧的行人，有時甚至冷清清地，比較更適合我當時的心境。彌敦道和愛華德太子路，我都不知道走過多少遍。因為我如是由深水涌渡來，一定從這兩條路走到九龍城渡回，由九龍城渡來，就一顛倒。渡船加上行路，每每是一個下午。是九龍城上岸中的一次，因為折到宋王台遊玩，不覺勾留了很久，怕走到深水涌太晚，就坐了街車去，這樣就又比往常到時略早，因還不願就回香港，便在碼頭上看人網魚。這網魚者隨時做着買賣，其方式也很奇特，因為每網是都不會落空的，遂定下每網打上的魚的，都是賣一先錢，誰先付了錢，這打上了的魚給誰，多寡不論。如〔此〕，購買者就在這一先錢上，也可碰碰他的幸運，我可說是為這賭博的趣味所誘惑了，也化了一先錢，而我居然很幸運，得到空前之多，於是我遂為其他購買者所欣羡，談論，這頗使我覺得我在他們中間可以不算一個生份的人了。

但這忽然的不生份卻逐漸使我發窘。我這時是包取了我的幸運走的，而我卻對這一大堆小魚無辦法，我本來沒有裝取他的東西，於是有人給我一張報紙，然而我包起他來帶到那裏去？所以我拿着報紙仍是對着小魚發怔。這樣我這時的行動，就比網魚者的網中魚更成為注意的中心，我覺得四圍的人逐漸多起來，或者甚至圍外的人竟覺這圍出了甚麼花樣。我真希望這些從海裏網上的魚可以回到海裏去，但我果真推下去是要更引起驚異的，於是我遂逼得非包納這幸運不可。幸運到底幸運，就這時我碰到熟人。

是C女士，剛坐了渡船回來，確竟是因為這裏圍着人才來一看，到看見是我，竟忍不住驚叫了。記不得她當時是怎樣驚問了，我卻趁答話的機會、立起來逃出人圍，招呼着C走開。我不知那堆魚到底怎樣結束，恐怕這小小的怪事，總還有人記憶着。

C是我的朋友的學生，以前沒有見過幾次，但她似以這樣熟悉以上的態度招呼，後來知道是因為我的朋友常提到我的緣故。不知道我的朋友，把上海的無聊而又混亂的學校生涯，對她們描繪得如何生動燦爛。內地的學生，往往把上海看作一理想世界，景仰着現代的都市，憎惡着內地，時時尋着向都市跑的機會，能到上海固然好，不能也想到廣州香港。這虛幻的理想，往往改變一個人的性格，使他在內地實在無法住下，就沒有走的機會也得走，自然這樣夢也就往往幻滅，而幻滅也未嘗不是幸運，但正在幻滅時怕總是痛苦的。

C的生活狀況，不知道是她以為我知道，抑或是她不願多說，只略略提到居在那裏，那時正是回去，因邀我去坐，但走到門前，忽轉念邀我同去看那路上提到那個居在長沙灣的朋友。雖然她那個朋友我並不認識，因她的力說，剛剛在路上是答應了過一天同去看她的，忽然她改在當天，倒也想不出理由回絕。於是隨着她走向彌敦道去。

彌敦道和長沙路是連接着的，依一條橫路劃分，似沒有甚麼特要的理由，大概只因為以下都是新開的處女地，還很少人烟。這長沙路我以前沒有走過，聽C講還是通往鄉間的大道。中途有一個灣是很好的游泳的地方。本可以去看看，但她的朋友住的地方很遠，所以得坐街車去。實在坐街車到終站後，還走了約二十分鐘才到她朋友的家。蒼茫的暮色裏，立着幾座衰老的屋子，C很熟悉地走上中間一座的扶梯，在二層樓的門口叫了一聲，裏面走出一憔悴中年老婦人，C叫了聲伯媽，就邀我同進去，那中年婦人雖注視了我一眼，卻也沒有説甚麼。過道上本立着一工人樣的青年，見了人來，卻一閃躲入後房，C的朋友還沒有出來，當C帶我走入前房時，看出她是顯然剛收拾完一件碎零的事。

大概她正要向C詢問我是誰吧？C卻先對我問道：「認識吧？」這一問卻使我起恍惑，本來我知道的所訪是L女士的姊妹，但這時不能不懷疑是C故意捏造的話，而或實就是L自己，在容貌上我實在無法分別，因之我無法回答。C笑了，這位L也笑了，同時她似乎悟到我是誰，她告訴我她的名字，對我說聽她妹妹說我要來看她，於是C又笑了起來。大概她對於自己所弄的狡猾已感到滿足，就把遇見我的情形說明。她告訴她由我可以知道我那朋友的近況，又說我對於填築海岸的工程很具興味，所以順便也好帶我去看一看填築工程。

大概那被喚作伯媽的女人，正在後面張羅甚麼，C到後面去阻止了隨回來提議海岸邊散步一回。一出門，她就告訴我，從前這屋就在海岸邊，現在外邊卻更填出幾百丈闊的陸地了。她對於填築的經過和方法都很清楚，但對於港政府的用意和辦法都也只能揣測。這使我約略測得她的環境，但我當面固不便問，就後來對C也沒有問起。不過C後來曾告訴我那工人樣的男子，就是L的丈夫。他們的婚姻是從小就定下的，他們都不料L會終接受這件盲婚，結婚時的情形，不知道，但知道L現在並不失悔與不安，總覺得有點奇怪。當C講這些話時，完全改變了平時的活潑的態度，每說一個字似乎都帶着點痛苦。使我想C帶我去看L的家，或者是借L的家顯示自己的。

雖然在沙灣的那個傍晚，各人都沒有說甚麼關於自己的話，但正如記憶中的暮色一樣，留下的印象是很陰黯的。L女士的生活，簡直等於埋葬。他的妹妹後來由於不同的路徑，差不多成為被崇拜的美人的偶像了。而姊姊恐怕永遠埋葬在沙灣吧。曾以偶然的機會再見到小L過，但在極度的忽促中，我竟沒有來得及問她的姊姊。而C女士卻久已真埋葬在地下，沙灣的風景還依舊嗎？

選自一九三五年十一月二十八日至二十九日香港《南華日報·勁草》

維娜

煙

晚上，窗外下着細雨，滴滴地打着芭蕉，繼續着，像是淒咽的眼淚洒遍這烏黑統治下的宇宙。靜靜地，我們誰也不說半句話，臉上掛着一層愁雲，眼睛望着窗子外整排圓潤的雨珠子，默默地感激在中間流動。

誰也不說一句話，各人想着各人的，這樣地，飾掩那可感慨的語句，理想的老是美麗的花朵般可愛，當它是實現了，那美麗的花朵是枯萎了，生活也便麻痺起來。

於是各人吸着一枝煙，嘴裏噴出的煙圈，一個撞着另個，碎了，變成直線的淡白色一條，在低壓的空氣中流蕩着，繼而沈歿了，對於煙的漫迷以及消失，內心生出點惋惜的情緒。

「為甚麼你現在比從前沈默多了呢？」終於他是突破這沈悶的空氣向着我了。

「一個人經過不如意的事件後，這沈默是免不了的，從前那火樣的生命力也消失在無形中，你呢？」四個眼光對視着，兩個手是緊緊地握住了，除掉黏液的苦悶在中間流動，於是望着那行將消失的煙圈笑了，那笑聲呵，是可怕的魔鬼似地使人戰慄，在夜晚，在淡青色的煙霧裏，在一間小小的房間裏，兩個靈魂合抱着哭泣了。

選自年十二月二十七日香港《南華日報・勁草》

煥森

志願救國與被迫救國

「覆巢之下無原卵」，國危要救，這是誰人都說是道理，記得五四時代，丘九們在廣州叫囂跳躁，廣東警察廳長魏邦平為了治安的關係，出彈壓文去，破題兒就說一句「愛國愛鄉，本廳長敢有異同？」然後很委惋地說出越軌行動之不當，最後才露出了「亂者必斬」的主題來，蓋人人認為道理的事實，是誰也不敢干犯的，所謂「本廳長敢有異同」，這是說：「我也是救國健兒呢」！

所以殷汝耕組織自治政府，也說一句是防共救亡，他們的隊伍，其中有些敢死隊，名目也是自衛救亡團。時至今日，救國問題，也要了這樣多的花槍出來，這就是人人都要講道理，而人人都想從道理內找方便，所以事態就會弄到越做越奇了。

在救國的大題目之下，人們的心理是很矛盾的，有時是志願去救國，有時又要被迫去救國，有時又想到逃避了救國的責任。看了一篇慷慨激昂之演説詞，讀了一些國破家亡的慘史，聞着了一些為着了救國而斫頭的慘劇，一時都有劍及履及，聞雞起舞的想頭。然而政府下令，凡公務人員，都要受軍訓，這無疑也是為着了救亡關係，然除入辦公廳之外，還要三操式講，說起來似乎有些「那個」，但為着了飯碗又不能不這樣做，這屬於被迫救國之一類了。開會巡行，甚麼示威運動，這樣也屬於救國運動了。然而一想起歷來的慘案，就不免恐怖着被迫了烈士來。立時想到生命危險，雖然國破家亡，但未如現在即刻會生命危險，那時就想到救身還是救國這個問題來，於是稱病逃避，卸了目前救國責任了。

但是青年多數是熱誠的，勇敢的，這樣自私自利的考慮，相信是上了年紀的中年人居多，可以講被迫救國是屬中年以上的人們居多，而志願救國則青年人佔着絕對的多數了。

選自一九三六年一月十八日香港《香港工商日報・市聲》

落璣

乘腳踏車遊深圳記

本月十二號的早上，我從被窩裏鑽出來，帶着興奮的心弦，推窗一望，天空裏仍帶着灰暗色；晨星雖然是有點寥落了！然而那幾顆較為光芒的還在閃爍着，俯瞰人間，洗過了臉，陳君已駕着他底自備單車到來了，於是便和他跑到那間已商妥的單車店裏；這時黃葉李何等八君，正在擾擾攘攘地把菓子麵飽等類東西，裝在那已預備好的單車上；既畢，時已不早了，我們十人，乃各御其一，在這寒風飄飄，熹陽初出的晨光裏，向着我們底目的地——深圳——魚貫而進！

深圳，誰也都知道它是一個很著名規模宏大的賭場啦！它居在寶安縣境的邊陲，與英界的九龍半島相鄰接；從九龍除了乘廣九鐵路的火車，可以直接抵達外，還可以循青山道或大埔道而往，途程約三十英哩，汽車約句來鐘可達，單車呢？非要兩倍不可，若是途中壞了車胎或休息的話，則所需的時間還不止此呀！

我們在彌敦道上進展着，車是很迅速地駛入青山道，過了長沙灣而至荔枝角；這時各人莫不精神奕奕，臉上充份地表現着他們內心裏的愉快！平坦的青山道，卻漸漸地傾斜起來，於是其始也要使我們非常費力，終於要使我們推車步行了！龐大的巴士，負着數十名的乘客，抓上這條傾斜的柏油路，似乎是不大費力地越過我們的位置，轉瞬便又於萬綠叢中隱沒了，我不禁歎着機械力的偉大！到了荃灣的境界，路面便又向下傾斜啦！我們於是先後騎車沿斜路滑翔而下，疾若脫弦之矢，路旁的樹幹枝柯也好像電閃似的掠過我底身傍，也飄過我底頭頂！不上二十分鐘，便過了荃灣墟而達汀九，其速度較諸步行而上時，真有天壤之別了！不久，抵屯門，時已十時許，我們也覺得有用早餐之必要了，乃把攜備的乾糧，在道旁樹下，狼吞虎嚥地大嚼一頓，充實充實這鳴了許久的肚子。既畢，復前進，時陽光朗照，我們脫了毛衣也被烘得汗如雨下，幾忘身仍置於隆冬的季候裏哩，過青山，越新墟，而抵平山，陳君遽壞了車胎，可幸我們攜備補胎的一切應用雜物，否則那就糟糕之至了！修理後，復前行，良久，即達元朗，路程便算告壹段落了！

元朗是新界裏很著名的墟市，裏面有三合土建的樓宇和街道，在平日，它已好像很忙似的擠着做買賣的人；在墟期，則當然熱鬧許多啦！我們在墟內作一個小小的巡禮，順購了幾斤菓子，便又重上征途了！腳尖兒，在踏板上一下一下地壓着，輪兒隨着飛也似的旋轉；車從青山道轉入了大埔道，越過了上水火車站和石湖墟，復轉入那條約有十尺寬用石子和黃泥鋪成的小徑。凹凸不平的路面，給予車以很大的震盪；同時臀部也被震得很厲害。行約哩許，便抵達九廣鐵路英段所設的機關車廠，而我們底目的地也在望了！

我們為着恐怕九龍關對於我們的單車，徵收稅餉，所以在未入華界之先，派了葉李兩君前往對關裏的執事們說明來意，果然他倆喜溢眉宇的跑回來，無疑地當然是獲了允許啦！我們乃推着車沿軌道旁向華界方面而進，過了那建在華英交界的小河上的鐵橋，於是我們這樣便返抵國門！

青天白日的國旗，迎風飛揚在高聳雲霄的旗桿上，守兵荷着配上了刺刀的步槍，威儀濟濟地檢查來往的旅人；他們既搜完了我們的身軀，便拿着我們的麵包看了又看，是否懷疑裏面藏有東西，抑或是為之垂涎三尺，這惟有他們才曉得的吧！

帶有點麻醉性的大規模的賭場和酒店，站在那給一條小河所圍繞的小島上，我們從那條建築得很精緻的木橋，跨過了小河而跑入一所賭館，裏面有很多各種方法不同的賭具，而每一種賭具的檯前，都坐着或站着一群人。那間深圳大酒店，好像是很驕傲地矗立着，它的古今並具的輪廓，和紅牆綠瓦的建築，是多麼富有誘惑性的呀！那條小河，據說是用來做游泳場的，然而那污濁的生滿了苔蘚的河水，卻使人見而生畏了！岸傍泊着兩隻很大的樓船，聞說它是給人們尋樂的畫舫哩！

我們流連了約兩句鐘，本欲順往深圳墟，然而太陽卻靜悄悄地躲在地平綫下，放射着琥珀色的霞光，我們底深圳墟之行，乃不得不罷議了！離了深圳車站，受過了守兵們的再度檢查；由原道至上水，復循大埔道向九龍方向而返，時霞光已斂，暮色沉沉，越過了粉嶺而抵大埔墟時，則已萬家燈火了！少憩後，復起程，我們藉車頭的油燈所發的微光，在黑暗中，摸索前進，冰冷似的濃露，濕透了我們的頭髮，也濕透了我們的征衣；路旁的岩石，嶙峋崛峙地掩影眼前；加以風動林鳴，使人幾疑為猿啼虎嘯，毛髮直豎，費了三句鐘的時光，才跨過了大埔坳，沙田，和九龍水塘，既抵家，則已九時三十五分了！

選自一九三六年一月十九日香港《香港工商日報・市聲》

宋綠漪

從「……」到「□□□□」和「XXXX」

隨着五四文化動以後，「……」和「□□□□□□」及「XXXXXX」也限着盛行起來了。「……」和「□□□□□□」及「XXXXXX」雖然都是代表文章裏面的「那個」的，然而，在性質上卻不盡同了。

「……」據說是洋貨，從前林紓老先生翻譯小說的時候，裏面夾註着：「此語未完」的，就是「……」這個東西的翻譯了。

「……」在外國書上是很「吝嗇」的，通常都是用三點至六點，但當輸入中國以後，玄學家之流，便拚命的「不計本」似的把牠延長起來，由十點至幾十點，真是不愧「泱泱大國」的風度了。

考「……」實為代表「神秘」的意思，文學家寫小說寫到緊張和神秘的地方，於是故意賣關子，或者是一不便明言，因此用了「……」，以表示在這點點滴滴之間，有無窮的奧妙，讓讀者自己去思索。因此，這類「……」在戀愛小說上特別多，因為在戀愛小說裏，神秘的和未便明言的地方特別多，所以「……」也跟着多了。

「□□□□□」據說是地道的土貨了。在中國古書上有過這個勞什子，據說這是「闕文」，在古時雖未有「檢查輿論」的大老爺，但「欽定輿論」是有的，所謂「闕文」，大概就是給皇上的

「叭狗兒」檢了去了！

「□□□□」發源於古時，而盛於今世，且流行於香港，記得我以前寫過一篇關於香港通訊的文章，裏面曾把「□□□□」列為香港「土產」之一。

有人說，「□□□□」是「時代病」，其理由未便說明。

「XXXX」和「□□□□」是同一類，香港報紙很少見「XXXX」而多「□□□□」，但上海，南京，北平，廣州等，很多「XXXX」而少「□□□□」，據說這是由於地方性的不同，是否待查。

「XXXX」和「□□□□」形式雖不同，但其意義則一樣，但和「……」的意義卻絕對不同了，因為「……」既然是神秘的象徵，所以好像是「婀娜多姿」似的，但「XXXX」和「□□□□」都是激烈的象徵，所以看去就叉手叉腳，說之不大順眼。

假如我們翻開書報，滿紙「XXXX」和「□□□□」，連題目都是「XXXX」和「□□□□」，我們心裏一方面自然佩服作者的激烈，而一方面則恨檢查的嚴厲，同時就很痛惜自己沒有眼福拜讀這篇文章。

甚麼時候書報雜誌才不會發見「XXXX」和「□□□□」呢？這是很明顯的，只有在爭取得了言論自由以後。

選自一九三六年一月二十日香港《香港工商日報·市聲》

思平

香港山水一瞥

朋友，你來得真巧，正過着一大串陰雨天，昨晚卻成為個溫和的春夜，今日又是那麼爽快的天氣；聽啊，窗外的燕雀嘔心瀝血地愉悅的唱着，太陽的笑臉也在引人去看看外邊的新世界，好，我陪你過對海——香港去。車站的鐘樓響着十一時十五分了。

你說港海像個湖？是，港海差不多是個山湖。九龍這邊山脈綿延，香港島國也巨鯨似的橫躺着；群山包圍了港海，以至東不見鯉魚門，西不見汲水門，一個多末美麗的山湖啊！我想，它類於法國的麗芒湖，因它亦有小渡船載你到深水埗，紅磡，九龍城，和我們所自來的尖沙咀，任你漫遊。如此，香港不也染上南歐色彩？

香港誠然有着南歐風。看啊，域多利亞城的屋宇魚鱗似的依山建築，層層叠叠，彷彿又是蒙地加羅，只缺少幾株椰樹而已。那末港海像個山湖，港市亦不失為山城了。

為甚麼你踏上碼頭時彷彿心裏有所棖觸呢，那灰色的十九世紀建築物刺激你底眼簾？香港是個不甚摩登的地方，一個普通的商業城市而已。既趕不上上海高度的繁華，即煤烟亦異常稀薄；又無內地重鎮之特殊產品。你也無須震驚於英語之流行，待到你曉得中西書籍之貧乏，廟宇香火之鼎盛，這絕妙的對照下，就知道有無文化可言了。沾染上海底流風餘緒，士女們底外表是極其趣時，內心卻過着 Victorian Age 般的精神生活。為甚麼，也許是盎格魯撒克森人底保守性，而更重要的原因呢？

厭聽這些塵事嗎？我悔不該喋喋不休，令你昏昏欲睡了。到處楊梅一樣花，這又何嘗不是個充滿現代文明底詐偽的都市呢，你已了然的。

這裏有的是溫潤的海洋氣候；當你車過深圳便忍不住要除下一件棉袍時，也許已曉得了吧。雖不至「終年皆是夏，一雨便成秋」，但夏天不太熱，冬天不太冷，恰到好處。六十七萬人就生長在這可愛的空氣裏，叨自然界底恩惠，得以肆意作為。於是，氣溫在四五十度之間，蔚藍色的海上，又添上一群群自華北來避寒的不列顛戰船了，像無數灰色的海豹。

這藍色的海是香港底生命線，是船舶陳列所。由小艇至俄國皇后，水警小輪至飛機艦，各式都有。汽笛在製造着一闋龐什的交響曲，煤烟想化身為雲。你覺得這比之火燒赤壁時「蔽日旌旗，連雲檣櫓」如何？

這藍色的海，近看則青碧得像塊翡翠的，曾給譽為世界最綠的一處。這海不曾抹教本來面目，雖說偶然也有海舶繡出煤油製的綵畫，偶然而已，它還是一碧無際。碧海，青天，海闊從魚躍，天空任鳥飛，三數海鷹逍遙遊於上下，定得彷彿有綫繫着的紙鳶，空氣也凝住了似的；你渴慕自由的靈魂，能不附在那棕色的羽毛上？如果加上一條雨後的彩虹，身畔邪許邪許地汗流浹背的勞動者，亦變作從一冊古代神話走出來的了。住在這裏，要想親近自然，除卻望望奇幻的天光雲影，祇有用這藍色的海洗滌你胸中塊壘。倘若行潦之水尚可給羅斯金 John Ruskin 以一幅藝術名繪，這藍色的海總能令你忘懷塵事吧。你說昨天在車上看見九龍海濱有西洋女人在曬太陽讀書，此間岸畔也不少趁晚風垂釣的人們。

朋友，說到海，你卻來得不甚合時；要不然，在柒月流火的時候，就可以到一個清涼世界玩玩，那即是說北角泳場。南方是水鄉，這水鄉是頗多弄潮兒，你懂得，而且也許很常到西郊或東山泳場；不過，香港所特有的是海，而我所愛的也並非東山水體會型的新式泳場。我常到的是青年會那一所。它全用茅蓬蓋成，極富竹樓的風趣。簷際疏落有致地掛着些弔蘭；茶座上純是藤椅藤桌，十分清雅。如果你愛看初日朝霞的，可以清早來；本來這裏是比較算人數少，倘你仍嫌不甚清靜，亦可候晝深人靜時。太陽正中，沒有人下水，你便該稍卸仔肩，從鼎沸的洪爐溜出來，到這清涼世界。先來一壺紅茶，兩件土司，然後向藤椅縱身一躺，盡量消受新涼的海風。弔蘭之外是甚麼呢，青空有奇幻的雲團，可以說很華貴的；偶然有西洋人出海的小帆船，彷彿是天上掉下一片白雲。海是深潮寂中動，遠山有着平和的笑容，潮水和沙灘合奏輕微的小曲，一切令人神往，連大洋船是過也忽略了。心涼透了，身涼透了，縱不說它廣寒宮，亦何讓於北戴河濱呢！

哦，你覺得坐這山頂纜車有點頭暈耳鳴，初次自不免這樣，可勿要望後邊去。看前面，一片藍色的，我們像鑽進無縫的天衣哩。這 Peak Tram 有點像天梯，卻又似飛機。

走快點，車站人太擠了；來，我們看看香港。你說海上的船舶像一塊藍絨上滿陳着玩具，說得真好。除了幾所船塢以外，香港也確實沒甚麼工業。但看蒼翠的林木下常露出無數的柏油路來，頭頭是道，你將驚嘆英國人經營的毅力吧。東區的新填地，十年前還是一片滄海，如今已建築好無數樓宇，完整非常了。

東邊入口處是鯉魚門，好險要的所在。以下是：筲箕灣，銅鑼灣，及繁榮中的灣仔。到域多利亞城，便是香港的核心，樓宇那末多，你會懷疑人們無從呼吸吧。再過便是沒落中的西營盤。經過西環便到香港仔。那是個舟子與漁家的匯集地；一堆堆棕色的是帆檣和漁網。那裏籠罩着一種挪威的風氣，而海鮮的著名，是香港人所渴欲大快朵頤的。

西部的一個美麗的白沙灘，灘上有着幾座西洋式建築，那便是淺水灣和淺水灣酒店。一個貴族化的消夏地方。海水的油綠，細沙的白嫩，環境的美好，風景的悦人，是最可愛沒有了。歐遊歸客言，是瑞士底縮影。我想，遲日總得帶你走一趟，則雖不適歐，亦可告無憾矣。

你想看太平洋，容易之至，轉個彎兒就是。太平洋此刻確實太平，它熟睡着。你看水波不興，簡直如平地一般，可以踏下去。它太廣漠了，近處有三五小島還不覺空虛，地平線上則色色空空渺茫無際，令弱小的心望洋興歎。何況來日太平洋上之風雲？

今天倦了不，你底觀感怎樣？你說香港地方侷促，不比九龍康莊平坦，然而這小小的山城不這麼又怎樣呢。你試向船後望望香港夜景，這卻稱雄於世界。這株火樹銀花，確說得上東方的那不勒斯 Nables。像一群金色的蜂鑽進蜂房，像一件滿鑲珍珠的寶冠，它是一種令人心花怒放的奇觀！假使有一天地層變動，這島國變成流動體，流到各處去，將舉世若狂罷。

選自一九三六年四月十五日香港《紅豆》第四卷第三期

落華生

老鴉咀

無論甚麼藝術作品，選材最難，許多人不明白寫文章與繪畫一樣，擅於描寫禽蟲底不一定能畫山水，擅於描寫人物底不一定能寫花卉，即如同在山水畫底範圍內，設色，取景，佈局，要各有各底心胸才能顯出各底長處，文章也是如此，有許多事情，在甲以為是描寫底好材料，在乙便以為不足道，在甲以為能寫得非常動情，在乙寫來，只是淡淡無奇，這是作者性格所使然，是一個作家首應理會底。

窮苦的生活用顏色來描比用文字來寫更難，近人許多興到農村去畫甚麼饑荒，兵災，看來總覺得他們底藝術手段不夠，不能引起觀者底同感，有些只顧在色底渲染，有些只顧在畫面堆上種種觸目驚心的形狀，不是失於不美，便是失於過美，過美的，使人覺得那不過是一幅畫，不美的便不能引起人底快感，那能成為藝術作品呢？所以「流民圖」一類底作品只是宣傳畫底一種，不能算為純正藝術作品。

近日上海幾位以洋畫名家而自詡為擅漢畫的大畫師，教授，每好作甚麼英雄獨立圖，醒獅圖，駿馬圖，「雄雞一聲天下白」之類，借重名流如蔡先生褚先生等，替他們吹噓，展覽會從亞洲開到歐洲，到處招搖，直失畫家風格，我在展覽會見過底馬腿，都很像古時芝拉夫底雞腳，都像鶴膝，光與體底描畫每多錯誤，不曉得一般高明的鑑賞家何以單單稱賞那些，他們畫馬，畫鷹，畫公雞給軍人看，借此鼓勵鼓勵他們，到也算是畫家為國服務底一法，如果說「沙龍」底人都讚為得未曾有底東方畫，那就失禮了。

當眾揮毫不是很高尚的事，這是走江湖人底技倆，要人信他底藝術高超，所以得在人前表演一下，打拳賣膏藥底在人眾圍觀底時節，所演底從第一代祖師以來都是那一套，我赴過許多「當眾揮毫會」，深知某師必畫鳥，某師必畫魚，某師必畫鴉，樣式不過三四，尺寸也不過五六，因為畫熟了，幾撇幾點，一題，便成傑作，那樣，要好畫，真如煮沙欲其成飯了，古人雅集，興到偶爾，就現成紙帛一兩揮，本不為傳，不為博人稱賞，故隻字點墨，都堪寶貴，今人當眾大批製畫，傖氣滿紙，其術或佳，其藝則渺。

畫面題識，能免則免，因為字與畫無論如何是兩樣東西，借幾句文詞來烘托畫意，便見作者對於自己藝術未能信賴，要告訴人他畫底都是甚麼，有些自大自滿底畫家還在紙上題些不相干的話，更是饞頭，古代傑作，都無題識，甚至作者底名字都沒有，有底也在畫面上不相干的地方，如樹邊石罅，枝下，等處淡淡地寫個名字，記個年月而已，今人用大字題名題詩詞，記跋，用大圖章，甚至題占畫面十份之七八，我要問觀者是來讀書還是讀畫？有題記癮底畫家，不妨將紙分為兩部分，一部作畫，一部題字，界限分明，才可以保持畫面底完整。

近人寫文喜用「三部曲」為題，這也是洋八股。為甚麼一定要「三部」？作者或者也莫名其妙。像「憧憬」是甚麼意思，我問過許多作者，除了懂日本文底以外，多數不懂，只因人家用開，順其大意，他們也跟着用起來，用三部曲為題底恐怕也是如此。

選自一九三六年八月十五日香港《紅豆》第四卷第六期

苗秀

烟斗的故事

凡愛吸烟的人大概已知道關於烟草的起源的，英國輸入烟種的華德·拉里，法國的尼哥特均有許多逸事，被人說過，但關於烟斗的逸事卻很少有人知道。

今日製造烟斗這樣盛行，不消說是由於製烟斗技術發達所致，但我們不曾看過將烟斗宣傳給世人來用的人加第里。

美國報紙常常提到加第里是一位世界探險家的兒子，然而關於他其他一切行為卻完全無人知道。前半坐飛機作環遊世界一週旅行不幸墜機慘死的美國幽默明星羅渣士是最了解加第里的生平的。

目前世上最有名的烟斗公司如高乎曼公司與邦第公司，倘沒有加第里時怕不能發展到今日的地步吧。

加第里本人就是一位幽默大師。他現在已長眠在紐約郊外的「烟斗之墳」中，墓碑上則刻有他的絕筆道：「我是永世的烟。是用火燒不着，無烟（噴）火的烟草，烟斗就是我的墳墓。我的靈魂就是蠶食烟草的蟲了。」此文是寫於一千九百三十四年五月的。

加第里在八十年前曾到過亞敘里亞的一部落裏。亞敘里亞是北菲洲一塊地方，隸屬於法國勢力下。他在這裏發見了一種奇特的風俗，土人常用一個姑娘來換取一條樹根，樹根的高度必須和那姑娘的身長相等，加第里看到此種現象感到非常有趣，遂冒了危險去探出真相。

原來那條樹根是一種荊樹的根，土人的意思以為荊樹根內住着驅除魔鬼的神祇。他們用此種樹根來製造種種戰爭時必需的武器，據說土人自遠古以來即已有了這樣信仰了。

加第里為了欲（　）得此種荊樹根曾用各樣方法來討好土人，但結果還是不能到手。他繼續冒險下去，於是發見一座專生荊樹的山。他用樹根造成烟斗，希望這樣能使土人驚服一下。他將烟草塞在烟斗內，面吸面行，故意使土人看見。土人看到烟斗後不禁大驚，土人雖知道荊樹根可以豫卜戰〔果〕，但從來未曾見過用作烟斗來抽烟的，遂以加第里為天神，羅列向他下拜。

土人做出新的傳說，說加第里是烟神。法國政府聽說土人崇拜他為烟神，就立即下令驅逐他出境。加第里將荊樹根製成的烟斗介紹給美國，是當他在龐貝遇見角克曼布拉薩斯的時候的。

選自一九三六年十一月十五日香港《香港工商日報・市聲》

日本的洋書店

在日本的丸善，三越，三省堂三家洋書店的銷路上，可以看出日本人對洋書的狀況。

外國語學的書籍，歷來是無大變化，只是銷路逐漸增加，但一入秋季，即大大增加，比秋季以前多銷十倍。這大概因為下次世運會要在東京舉行的原故，所以速成外國語之類的書份外暢銷，以前外國語書籍銷路的比例是，英文佔十分之四，德文佔十分之三，法文佔十分之三，但現在三者已達到同樣比率了。

外國語學的書既有增加，而一般洋書也是暢銷的。最近暢銷的書是史汀生著的「遠東的危機」，因為集納主義者大事宣傳，所以銷路極廣。但此類性質的洋書的暢銷，是一時的而非永久現象。路易．喬治著的「世界大戰回憶錄」五集，已震動全世界的銷書界，在日本也非常暢銷。

全世界因流行作日本研究，所以在英，法，德出版的日本研究之類書籍甚多。日本的洋書店的櫃內就堆了不少。

世界情勢上趨惡化，所以關於時事的洋書亦甚暢銷，但此亦不過是暫時的現象，反之，文學書卻更加暢銷。赫胥黎著的「阿盧斯與該撒」最好賣，因為電影關係，威爾士著的「未來世界」也賣去不少，但日本讀者對於威爾士的作品有的甚愛讀，有的則厭看的。

法國作家中以紀德的作品最暢銷，這是和別的作家的作品比較來說。事實上紀德的作品依然和歷來的銷路同樣。

德國的文學書明白的分成國社黨派與反國社黨派，但兩方面的書在日本是同樣流行。

到過日本的作家的著作，卻不及日本人所熟知的作家的書籍好賣。這是由於此類日本聞見記是表面的，錯誤百出，毫無內容。如〔蕭〕奈德，蕭伯納的書就是此類，但法國作家郭托柯著的「八十日環遊世界一週」則屬例外，因含有趣味濃厚，故所發表的片斷，已足使日本人渴望全書出版。

攝影集之類近來非常流行，尤以保羅·和洛夫的「世運會全圖」為最，此書有德文版和英文版，兩種都有銷路。

外國文的日報與雜誌也有逐漸增加傾向，特別是娛樂方面的刊物。雜誌中在四年來愈多銷路的是時裝雜誌，在四五年前只能賣出附有英國式西裝模型的兒童服裝雜誌，關於婦女衣服的僅有二三種而已，不久，美國出版的，就流行了，三年前英國以外的歐洲雜誌如法，奧，德的時裝期刊就盛行一時。現在美國出版的也有多少增加。

自意阿戰爭，西班牙內亂以來，外國畫報就非常暢銷。

外國雜誌最多出售的是丸善，三越兩家洋書店，但在神田地方的三省黨，白水社，銀座地方的教文館卻可常常找到（　）外的書籍。至如學術社是專賣俄文書籍的，最近已被政府查封了。

選自一九三六年十二月六日香港《香港工商日報·市聲》

騎兵

德國某騎兵聯隊的馬廄門口貼了一句古代阿拉伯的格言：「地上的樂園乃在於馬背，肉體健康和女人心上」，這是特別炫耀做騎兵的光榮。騎兵所受的教育不消說是以馬術訓練佔特別作用，雖則一般說來訓練方法已比歐戰前稍有改變。最初的訓練是在馬場上予兵士以平衡感，其次，到了騎馬時自然而然會予以安全感，如此，就能加強單獨騎馬的確信心。

在學習騎馬比較短期間之後——即在受初步訓練兩星期後，就要騎馬跑出野外去。當所騎的馬已逐漸對騎馬人表示馴服後，即須受整隊騎馬的訓練。受了此種訓練短期間後，則又練習不必靠指揮官用口呼號令，而只根據他的手所示信號而停而跑。

古代有過一句諧話說：「驃騎兵是一半屬於人，一半屬於動物的騎馬步兵」，在一定條件之下，此語仍可巧妙地顯示出由軍事的近代發展而大變的騎兵意義。因為軍火的進步與改善，使昔日騎兵的英勇衝鋒變得無從發揮了。現在騎兵正和步兵一樣的在戰鬥。只不過騎兵方面比較步兵尤為敏捷些吧了。在敏感性一點上，騎兵正可比並藉機械移動的汽車或腳踏車射擊兵，故此步兵自然優秀得多。馬對於騎兵是一種適合本質的搬運器，但在戰鬥之際，為了形勢關係，騎兵幾乎全要下馬應戰，這已成普通現象了。

世界上生來已有具有為騎兵的質素的是寒帶的北方人，所以蘇聯的哥薩克騎兵，和中國的外蒙騎兵是世上最精銳的騎兵。據最近傳來的消息，說外蒙騎兵已出發集中於蒙滿邊境，準備為了保衛祖國山河將日本侵略者驅逐出中國領土去，如果屬實，我們將要看到這些外敵在外蒙騎兵的鐵蹄前的敗北景象了。

選自一九三七年十一月二十四日香港《香港工商日報·市聲》

白鳥

看書流淚與看電影流淚

閑常是怕看見人流眼淚與自己不願隨便流眼淚的。因為流眼淚並不是一件高明的事，哭過一場也是沒有辦法，這衹是婦孺的行為。一件傷心的事，並不是流了眼淚就可以解決的，因此我甚反對別人無緣無故流起眼淚來。我知道，眼淚應該值錢一點，應該要流眼淚的時候，我不反對別人故意做作，而且把眼淚倒咽到肚裏，並不是一件合理的事。本來流眼淚是不能用理性去衡量的，在感情抑制不住的時候，流了更覺暢快。為知己（包括戀人）而流，為家國而流，為自己命途多舛而流，也是應該的。人不能無同情心，人不能沒有感觸。不過好以眼淚打動別人，感情脆弱到經不起一點橫逆而流的眼淚，總是叫人討厭的，流了一場眼淚才知道被人哄騙，那更是可笑的。

聽到巴金説，他看曹禺的「雷雨」劇本是流過四回眼淚了，我看到這段自白，很叫人懷疑，莫非安那其主義者之為安那其主義者是這樣的麼？抑或一個文學家起碼的條件是會擅於流淚？我從疑竇中更走到否決這件事了。看一個劇本而能流四次眼淚的，我想只有這一個讀者才會如此，在我最高的限度，一回就夠充分吧。不過，巴金他自己常常説，別人是不了解他的，還以為更不會了解世上竟有這樣偉大的場面。是的，他常常有這豪語，不過在我，還是當他是一個煽動者的裝腔作勢，一個寫文章的人故意撥動讀者情感的絃線的慣技吧。自然有些人是最會流眼淚的，不過我們有權根究他是否真的有流過，或是為了一件甚麼有意義的事情。文學家常有誇張的寫法，但必得有一個限度為止，如果他是一個革命家，根本就不需提起甚麼眼淚，就是文學家靠多寫些淚與血的字眼也是很低能的。

看書流淚自然是常有的事，但看電影而流眼淚的似乎更為多見。我是一個現代人，看電影是比較看其他的戲多些的，別些人也許是這樣吧，看電影至情緒緊張處，綿纏悱惻處，是會不自覺地潸潸然出涕的，那是極平常的事。在本人來說，同到一個戀人去看「雙城記」的時候，至傷感處，果然流起眼淚來了，前幾天到一個醫院看一班女護士演劇，也親自見到幾個女護士掩臉啜泣了，那是很自然的。我不反對流真摯的眼淚，我不會譏笑正當流淚自傷的人，有時流過眼淚反而覺到先間的倉卒行為可笑的，有時也覺得十分應該。這世界值得流淚的事是十分多了，最好是流過眼淚立即就抹掉他，趕快昂起頭來，從憂抑中鼓起壯勇的情緒，生活吧，戰鬥吧，唯有這樣，可以救出自己，救出別人！

善哭的民族，無論如何是將近滅亡的民族呢。

選自一九三七年一月十日香港《香港工商日報・市聲》

李育中

賞雪與號寒

今年也許有點多事，好像天氣也不尋常了。前幾天在晚上響了許多冬雷，聽說是破了一個大紀錄。那是甚麼預兆呢？雷聲與砲聲有甚麼不同，一九三六年的總危機，真的是安然度過麼？為甚麼好些人說是擦大砲，搬子彈呢？我想一九三七年裏禮砲也不會放多少，或者他們要比實彈演習更進一步，才見痛快，我們小百姓還聽聽雷聲或砲聲吧，既經是命定了的。

那個天不知弄甚麼古怪，在美國的中西部已大受寒浪之賜了，現在是零度下四十一度，為二十年來所未有。歐洲方面呢？大陸天氣奇寒，德國更見厲害，寒暑表是零度下二十度，英倫各地則有暴風雪，積雪很厚，於是交通斷絕，於是許多窮人就打戰，就啼哭。

大抵窮人第一件怕的事是沒有食的，第二件怕的事是沒有穿的。而現在食自然大成問題，而穿的已不希望要揀甚麼來蔽體了，可是在這大冷天不穿厚衣服行麼？穿了厚衣服還是不夠的，必得要圍圍爐，但是柴炭的錢呢？假如在夏天就不成問題啦，那是小節，穿不穿衣不在乎，大可效原始人赤身露體也行。一到秋天就夠人愁苦了，颯颯的寒風，就是一種悲慘的預告。到冬天北風日緊一日，好像有眼睛似的，專要向薄衣服的裂縫，鑽進人白白的肉體去談親善。再加以冰雪蒞臨，那真是無以抵擋了。窮人在這時候除了啼飢之外，唯有號寒了。但即使你叫多兩聲，也是沒有辦法的，那不像賞雪的闊人，他可以唱歌吟詩，那麼雅緻，是必然的了。大抵這個社會一切事物是有所對照的，有些人叫死，必然另外有一些人卻唱歌。你有你號寒，不斷地打戰，他們優哉悠哉重裘厚履去賞一回雪，自然在他讚美銀色的大地和雪花朵朵的時候，就是那些窮人躲在屋角咒詛着的時候了。

賞雪滑冰，好玩意，窮人配麼？窮人自知福薄，不敢妄圖，但是連起碼的衣服也穿不夠，他就對於賞雪的和滑冰的看不順眼了。麵包已是短少，衣履更見不完，他們有苦無處訴，在仰天瞪視之餘，他們也會大呼兩聲的，這哀涼的聲調，也許會破壞賞雪圍爐人的和穆空氣吧，但誰壓得住那自然而然的拼發呢，誰能飢不啼，寒不號呢？

「倘若冬來，春不遠了。」那也許是一種希望，堅持與忍耐嗎？但是因凍而倒斃的，常常是數月不會少吧，窮人壓根兒還有甚麼春天不春天。

夏天有許多人神色倉皇失魂落魄地去避難過，不是有些官吏和有些闊人趕忙去避暑嗎？這樣，在這冰天雪窖中任由他們去賞雪，而窮人還是「賞寒」吧。

因為那一份是早已攤派完的，不然，就好像不似一個極樂世界。

署名育中，選自一九三七年二月三日香港《香港工商日報·市聲》

關於偷書

偷書可列為雅事之一，古往今來都這樣看待過了，不過現代好像不很看起讀書人，智識份子常常是過剩與沒落的，那末，甚麼「書香世家」也不大起矜誇的作用了。書也不像從前列屋而居，威風地華麗地裝飾着了，現代人讀書已很少趣味，所以看過之後而掉出來的書就非常多，是以舊書攤也很發達。過多的書是使人討厭的，尤其是一個佔得地方甚少的都會人。或許他是歡喜看點書的，但他卻不敢收買過多的書珍藏起來，加以沒有甚麼閑錢來買書，也是現代讀書人痛苦之一。

書價那末貴，買不起怎麼辦呢？而智識慾是不能不填補的，他們心裏就橫起來，而且平素對書賈之勢利早無好感，也生恚恨，因此使一個不提防拿了書店的書就走，這種發洩是很痛快的，我有朋友就這樣做過，但可惜他失手了，鬧了不少糾紛。然吃虧是沒有的，因為偷書的事件是特殊的，絕不能以竊賊對待，抓他進牢子。另外一個高明的朋友對我説，在冬天穿了大衣到書店是頂方便的，不過有些書店他的二樓是有井口俯瞰下來，窺伺着每一個買者的動作的，那就無計可施了。書生而窮，無怪他們有此一着哪，我以為那是最可原諒的一件事。

在我也歡喜偷點畫片，那些買舊書的老板是不知道的，即使知道，他也情願送給我，不過我不願常常驚動他吧了。這些畫片往往是一本雜誌或一本書裏最精采的一頁，因為買了那整本書既沒有用，而美麗的圖片又依依不捨，那末便眼明手快地把他扯了出來據為己有，神不知鬼不覺，上帝也許原諒我的犯罪吧。

佔有慾在私有財產制還盛行着的現代，是不足為奇的，只要不損害別人，儘管佔有去吧。如果說這是犯罪，為甚麼書籍不賣平一點，公眾圖書館也不設備多一些，好使他們飽償所慾？不過，一說到犯罪行為，上帝他早已給我們判定了，諸君也難逃是一個罪人，雖然你不曾偷過書。

署名方皇，選自一九三七年三月香港《南風》出世號

四月的香港

九十八年前，這裏飄着最初歐羅巴的旗。

在今天，我們仰望着四月的雲彩，一朵一朵的，浮過太平山空，神態很閑適不過的；然而，這裏卻已突然成為最重要的，幾乎忙壞了的驛站了。

風景讚頌者說：「這是東方的拿波爾！」但軍事專門家立即過來糾正：「一個真正的直布羅陀第二呀。」

不管怎樣，從來就是一個蜘蛛的肚腹，吸進許多東西，又吐出許多東西。

無數海港的船，是值得她驕傲的兒子。更因為那一條廣九路，像一個鐵勾，把南中國扣得緊

緊，擺出牠的威風了。

八一三是一個最不平常的日子。這是使人永遠紀念的。多少人一提起這日子便流淚，或者是憤恨，因為炮火直接射到他們的家和戚屬身上；然而也有人暗地裏心花怒放，在絕望中來了一個希望，把他們自己垂危的局面，救起來，復甦了：那就是這裏的小商人和大資本家。

「景氣回復」或是「假態繁榮」，這無須爭論，因為那是經濟學家的事，但事實擺在我們面前，確是比前熱鬧了。

平空添了四十萬人，那不是一個微小的數目吧？難怪屋租是成了一個新問題。

「趁火打劫了！」屋客恨恨地說。

「這租額還未達到以前繁榮期的水平。」這是屋租調查委員會報告的最精采一段。

置業公司的辦事人說：「物業低落，這於地方怎行？以後還有人投資置業嗎？」

總督彷彿驚醒轉來，便接納了這個意見，認為這意見非常之卓越，主要的是能夠顧到本地永久的繁榮。

世態有滄桑之感：這裏已是從前的上海，上海已是從前的哈爾濱。

蘇杭人匯到上海，上海人卻又匯到這裏。人是慣於奔波的麼？但是這一次是最不得已的奔波，人們還有好綣懷舊地的吧。

這裏不夠好麼？親愛的尊貴的生客，誰不認出這是漂亮的避難窩嗎？特種的「難民」，進出在這裏，一點不感到不便當；不過是地方換換而已，每年都有一個旅行的日子，算作來這裏過冬與避暑好了。戰神的黑大翅膀有時也許會當空掠過，但是戰神的指爪是斷不敢抓傷一個聖潔的地方的。

把這裏當作一張沙發也好，（但願他永遠載着有福的人，）當作一個冰箱也可以，因為那會冷下許多熱情；但如果是一座火山，這可了不得了。The act of God 說不定要選中些甚麼人。

「這裏的女學生只會賣花。」一個從廣州轉學來的女學生說的話。

一個曾經在內地幹過救亡工作的，呆在這裏，焦急地喊叫：「我要救國！我要工作！」立即有人來包圍他，攤開無數捐冊；但這青年只得翻轉他的幾個口袋，口袋裏露出幾個大孔。

「欲保身家，須買救國公債。」廣告觸目都是。過不久報紙卻有點褪色了，樣相像一個頹唐的說教者，再打不起勁來。

寫字間裏胖的「大班」黃，約着張大寫：「今日到金龍酒家五樓見，我做的東。」說完便放下電話聽筒，把身子在旋椅的右方，用力轉了一轉，對着一個俯下的椰殼頭，正在用刀子削着紅藍鉛筆的說：「麥師奶來找我，就說我還未回來吧。這種人真纏得人要死，今天慰勞將士，明天救濟難民，花頭太多了；簡直……不知道有沒有這末回事。」椰殼頭猛地抬起來，那堆黑髮一個急遽的擺動，又一起傾在一邊，像一個豎起的繩掃；看到一雙嫵媚的長眉，和腥血的小咀。對主人回了一眼，帶了點會意的嘲笑，彷彿說：「我明白，你玩的手段頂巧妙。」

法官嚴厲地質問罪犯：「你為甚麼要溺死你老婆？」「我們是約好了一道死的，因為來香港，沒有職業。」

「要回上海嗎？——禮拜一到華民政務司討條船票，便可以回上海了。」一個老練的本地人對那個用粉筆在路旁寫字的青年人說。那粉筆字告訴人家：他是上海中學生，八一三後還做過戰地工作。簡陋的西服上面掛了一個銀白鐵章，還拿出一張戎服的照片，來證明他的身份。另一個幾乎成為土著的上海旁人，卻像代表一個親戚似的來答腔：「已經試過嘞，唔得嘞！」廣東話說得上六分。

本地新聞欄登出一段不大不小的消息，幾乎比漁民受害還鄭重：「假冒傷兵行乞，已有多起」；並歷舉罪狀，誰也不知道他為那個打抱不平，卻說明不只「難民」充斥於市，而「傷兵」也應有盡有了。

必打街十字路口，新會婦人手上的西報招紙，刺眼的幌着：Chinese Victory on Land v in Air Comic Tap H'kow Raid Version. Tancheng Recaptured.

走不多遠，在一家華文報館門口，許多路人急切讀着：**我空軍大捷克復郯城**貼出的簡單來電。

公共汽車，出租汽車，電車，私家汽車，人力車和腳踏車，衝馳着，走到各種不同的去處；自然各人都忙着忙碌過後的事，這是星期六下午了。

香港——仍然是娛樂的城市，被人呼為東方的 Riviera 這是不會錯的，而且，蒙地加勞離此也不遠。

皇后大道中兩所最名貴的影戲院驕傲地對峙着，而又和氣地對他的顧客引誘；一邊聲明這個

「香豔歌舞巨片」的「清歌妙舞」要連映四日，一邊卻以「全部彩色本年歷史俠豔巨片」的「遍地黃金」「聯合獻映」以示抵制與競賽。對的，說得很分明，「清歌妙舞」與「遍地黃金」，這是何等世界；這世界恰巧展開在我們眼前：有錢的可以看「清歌妙舞」，滌除許多「現實」的煩惱，窮酸的也可以去看看「遍地黃金」，好去證明找尋黃金並不單是白日的夢。

另一家影戲院卻別闢途徑——「克復台兒莊」。這是一月來最動人的字眼，每日七場，絕無虛座。在最安全的後方，看最劇戰的前綫，自然是寫意的。這是在看完「清歌妙舞」「遍地黃金」之餘，可以轉換一下口味。但眼睛要吃冰淇淋，心靈坐沙發椅的少爺淑女，還是不會滑到那兒去的。「中國時事片，委實無味！」說畢，他和她們便聯翩掉頭到一個更好的處所去了。但是在那戲院裏，有些漢子看到青白旗出現的時候，卻瘋狂地拍着手掌，對於高級指揮官亦然。

一個預告：冷氣迫人的，「巴黎公社」，蘇聯片，不日放映。這很少人注意，注意還是一個歌舞團，快要到來。

「蘇小妹三難新郎」，「情血洒皇宮」，「盜窟奇花」，「奇兵引鳳凰」，「女狀師」，一堆都是鑼鼓粵劇的名目，她的觀眾也許更廣大，更忠誠與更狂熱。

晚上，香港大酒店的正門左邊放着一個牌子，鑲了幾張舞蹈的照片，入場取價五元，最末一行字寫着 Extending to 2 a. m. 自然這是一個很美麗很快樂的夜晚。在他們那班浸染在音樂風的人裏面。

被女友喚作 Jonhnny 的那個白臉皮青年，他顯得異常煩忙；從「國泰」出來，為了省便，便跳上向西邊駛的「巴士」，他的目的地是「金陵」。

「澳門賽馬會」的啟事拿到香港來，先聲明將有多少場馬賽。

南華B到了最後關頭。因為它今日與蘇格蘭軍對陣。工人們穿回「禮拜日衫」，呼朋嘯侶看「打玻」去！

昨天大老倌馬薛打小足球，還被人津津樂道。據「非正式統計」，馬師曾的尊足與球兒接觸，先後凡六次；上場四，下場二，其中射球佔一次，因為他是正前鋒。

「極有看頭，我們好像看一齣特場的戲。」從紅氍毹走到綠茵場上，還是破題兒第一遭，球迷與戲迷，由此得到交流。

大家會的啤酒與牛奶並不缺乏。（紅丸也同樣不虞缺乏。）這裏不會像上海，啤酒廠確不曾給人封閉要講交換條件，才唱得到口；而好好的白牛也沒有被人用機關槍錯當軍馬來射死。高興時喝點啤酒，是愉快的；牛奶的滋養也不壞，雖然有人懷疑肺癆病菌的來源，但有飲奶熱心家細細考究過，認為並不盡然，用高度熱力向牛奶消毒，結果單是減少了些滋養料。每日飲去三百六十四加倫，實在太少。市民們——為甚麼不去飲牛奶？

「對的『大公司』牛奶是兩毛錢一瓶！」

都會不是沒有惡病，為了公安，處處都警告着防止肺癆傳染，請大家注重公眾衛生，而最刺眼的告示，就是「禁止吐痰」。

把病原推諉到牛奶與牛肉，這先生並不見得高明。「南華西報」的書信欄，立即有人出來指正，這至少有這十一個原因：（一）人口太多，（二）地方不潔淨，（三）住屋黯暗，（四）空氣漸濕，（五）房屋不通風，（六）垃圾堆積，（七）貧窮，（八）污穢勞作，（九）新鮮空氣不足，（十）工作時間過長，（十一）農村移民，……也許他更能舉出多些，但是他已非常生氣了。

綜看這比「十誡」還更具警告性質的十一條，彷彿變為對窮人的一次很毒的嘲諷，或許同時又是對負治安責任者的嘲諷，怎樣辦呢？

這是一個使看了的人打寒噤的數字：一星期死於肺癆的——一百三十一人。

快樂的人，有時會引起別人憤妒的。一位會寫外國文的中國人，便在 S. C. M. P. 用英國字大大不平地申斥着疾呼着。這聲音可不小，主要的對象竟針對着本港酒樓及各舞院中幾乎無晚不見的許多所謂「救國」官僚，言語間旁及新生活和基督將軍的茅屋，最後他趕快聲明他不是共產黨而又與政治團體毫無關係。

也許還很少人知道，幾家中國政府的辦事處，對各留港的公務員，發過公事：舉凡公共場所，讌飲交遊，萬勿多所露面插足……然而這許是對下級才發生效力罷。

漫畫家更是義憤填膺。他們對於高等難民是絕無好感的。難民而要說高等，那是抗戰以後才有的事，那像「高等華人」一樣，被人習熟的。他們在漫畫中顯現還是非常有福的，雖然作者意在斥罵。

「儂眼睛阿是嘸沒格，豬頭三！」還是異鄉人的罵聲；一個不會走路的傻瓜踩了他一腳。

「勞駕；請老先生告訴我，那兒有過江的碼頭？——謝謝你。」那又是另一種鄉音。

最滑稽不過的事，上海人把一位相貌別緻的仁兄當作廣東人，而廣東人偏又認定他是上海佬。原來他還是山東漢子，曾經住過舊京和新京，只有老婆剛巧是廣東人。

本地人有一個最聰明的辦法；對所有外來的人，都當作是「上海佬」。大約是因為上海有過戰爭的緣故，來這裏的人必定多。這樣的分類，無非是偷懶辦法。

外省人來到避難，自然人地生疏，吃虧難免，因此這悲哀是普遍的，儘以為廣東人古怪，不去了解他們，常常在文章上面發牢騷。這類文章大可列入「悲哀文學」。可是我們聰明的茶樓旅館，侍役以及商店伙計，很玲瓏地應付得幾句「要甚麼東西？」「通通三塊錢。」說來並不臉紅，雖然是十分青藍不白。

上海人於反感之餘，便索性擺出大城市住民的神氣，會隨處表示輕蔑。

戰爭不是沒有帶來文明。上海的我軍陣地已經內移，上海的某種文化也跟着轉動了。幾家著名報館是不用說，好些「導遊社」不是也成為這裏的新入口品嗎？還有，梅蘭芳的劇團也快要搬下來了。

英國兵的數目沒有加減，雖然英國對遠東用鷹一般的鋭眼注視着，不過，步兵已從三團降至兩團，而炮兵卻從兩團增到三團罷了。

香港的炮壘和砲，局外人無從知道得清楚，雖然這是有名的諜都。使人咋舌的，就是放起高射砲來，彈花會佈滿天空，連蚊子也不走漏一隻。

英國丘八顯得很優閑，跟從前沒有兩樣。早上一杯茶，一件麵包；午餐一件牛肉或是一片燒魚，幾個馬鈴薯；晚餐也不過如是。那胃口不會有甚麼刺激，是無待說的。約翰們安之若素，打打拳，踢踢足球，在荔枝角游泳一下。星期六下午，便穿回一套唯一的便服，上衣比人來得短，獃頭獃腦，出了兵營，口袋裏還有剛從昨天發下來的週薪。這五塊錢，負了一點烟捲，便要到「大華」或「東方」看電影？晚間便白相於駱克道上，惟恐被憲兵看到，說他跟私娼糾纏。

那些大英帝國的槍手與砲手們，負了鞏衛遠東第一哨崗的重責，可是他們的頭腦是單純的，快樂的；不過在錢剛用完以後，可要鬧點亂子，如打人，搗亂，或者……

"Eh, I do what I Like, I don't care anything!"

外國人真有點不同。會說點外國話也有極大的便宜。一個敢作敢為的事件：西人船員一致起來要求加薪——船主五百塊要加至七百五，大伙大車的薪金也要提高許多，下過「哀的美敦書」給船東，不然便要來一次罷工看看情形多嚴重。結果，那神聖的碧眼工人們自然是勝利了。然而另一方面，月薪階級有苦無處訴，莫想提加薪，不減不裁也算運氣。中華書局有千多印刷工人僵持着，說不定工人要低頭，因為他們的皮膚是黃的，他們被恐嚇：

「你們要搗亂，送你們回上海！」

來一回大規模巡行，這很叫人興奮，不過這只是一支救傷隊，據說是為了檢閱實力。想來有一天，難民也會巡行起來的，這必定更好看，雖然他們沒有一律的制服。

作為日本「半殖民地」的灣仔，自動關閉了許多日僑的商店，因為回國服務，婦孺也大批運了去。現在事實證明，中國人比九一八時期文明得多，成為秋毫不犯，只要日本人識趣些，中國人也不為已甚。洋行有些也開門，特種的還做了許多生意，不過事業沒有甚麼前途，因此便埋怨到軍閥。

「為甚麼軍閥永遠是軍閥！不打仗不行嗎？」

他們對中國的鄰人和中國的僚屬說：「這沒有辦法。誰歡喜這戰爭？那不是我們的意思。」

獨一的日文書店，它沒有關門，並且生意比從前好。內山共中國人的關係，儼然要斷了，但這地方卻供給漢口以日本文化的最新面目。

一些中國人找到一個伴，才帶着一點畏怯的心情敢於踏進那家書店；翻一翻畫刊也不成問題。成問題的卻擔心真果有這樣的「愛國志士」，拋一個炸彈來一個「警告」。

果然有一個短衣人在口逡巡張望着，形跡反常。

「別要害怕。我在這裏做工的，進來望望吧。」這是一個中國伙計的聲音。

「沒甚麼事。就在這裏好了。我想跟你說一句話。」那人吶吶地說，不知道他是憎恨還是畏懼。

「中央公論」和「改造」，五月號還沒有來。

走出來時，店主人會慷慨地送顧客一本舊雜誌，那是「大阪每日新聞」的「北支事變增刊」，是英文的，內裏有許多圖畫。

「阿里阿多——呢。」不能不這樣迫發出一句回敬的話。

街外不知何處又再飄來一段「義勇軍進行曲」，那是孩子們的聲音，而播音機卻於同一時間裏播送「昭君畫眉」之類的東西。

猛憶起，明天是五月，血的五月又來了。

這一夜，在社會的某一角，從荒淫轉到嚴肅；有人召集幾個勞動團體和一些學生，在一個慈善機關裏，公開的舉行了一次提燈的紀念集會。而這都市本來對一切「紀念」的字眼也忌避的，尤其不歡喜人們提及「五一」和「五卅」。同時，在一家教堂裏用演唱中國現代音樂作品名義，賣了一些籌款的票子，而唱了許多救亡歌曲。

是香港更香的時候吧？

但，香港曾經有過一個時期是「死港」和「臭港」。

「颶風」會不會來呢？是夏天的季候了！

選自一九三八年六月一日香港《文藝陣地》第一卷第四期

雁子

文人的言行

我覺得世界上儘管有許多名字聽起來煞是響亮的人，但只要一看到他的行為，或者稍查一查他底內幕，則一塌糊塗的正也不少。至於文人的説話和他底行動兩相矛盾，背道而馳的事，尤其常見，要引為驚異是大可不必的。這原因怕真是如人所謂「文人是以文章見世的，只問文章的好壞，不問其他，就是做了一點對別人有所損害的事，如果光是做一做，並沒有表現在文章的上面，那是不算數的」也未可知。然而，唯其如此，所以言行相反的文人乃一天一天地多得有點令人可怕了！

彷彿有好些人實在是異常鄙視「小人」的，但我對於「偽君子」的痛恨卻尤甚於「小人」。因為「小人」必是處處擺出一副「小人相」，使我們一目瞭然，即使上當，多少也算咎由自取；只有那些原來是「小人」卻偏裝成十足「君子」氣派的虛偽者，這才教我們真假莫辨，所謂「魚目混珠」者流是，結果每使人上當而不自覺，覺了而不心甘，這正如把毒藥滲進補品之中，存心使人受害，一樣不可饒恕。要知道這與明知其為毒藥，而故意食之的自殺者，是絕不相同的。

然而現在文人而為「偽君子」的倒也實在很多。他們掛在口上説的話，永遠是那樣地趨時動聽：他們披在身上的外衣，也永遠是那樣地新式鮮明。至於甚麼時候説些甚麼話，甚麼場合要着上甚麼衣，他們不用說也是最會隨機應變的。所以他們便往往跟着時勢的轉移而搖身數變。手上持着類似變戲法般的旗子，於是乎一忽兒是革命先進，一忽兒是普羅作家；幌子一搖，於是乎戲法又變：甚麼民族主義文學呀，唯生哲學呀，儘是吠個不歇。他們腔調雖則有點異樣，但聲音卻總是「革命革命」，「救國救國」的。聽的人如果不易分曉，那他們的風頭也果然是十分雄健有力，而且仗着後面的來勢大，威嚇威嚇人家，實行掛羊頭賣狗肉的勾當，自然也還是可以的。不過師穆罕默德泰山阿布伯克（Abu-bakr）的故智，左抱甚麼文學哲學，右執銳鎗利劍，強迫人家崇拜偶像，這種布教的方法難道會真是可靠的麼？！

似乎近來上海有人另立門戶，組織什〔麼〕中國文藝協會。本來處此民族危機萬分嚴重的時候，統一文藝戰線，把一切持筆桿子底人集中到國防旗幟下來，是非常必要的事。高喊「革命革命」，「救國救國」原也極應該。誰定要分宗派、講正統，那是錯誤的。可是怕就怕在仍有不少「偽君子」的文人，受走江湖變戲法主子豢養着，雖然戴上了假面具，一如人類，扮演得煞有介事，但其實畢竟還是猴子。若在明眼人看來，那始終不過是畜生而已，要想一手掩盡天下人的耳目是決不可能的。

說那些甘作傀儡的文人為「無行」，豈是過份的麼？

記得好幾年前國內的文壇對於「文人無行」這個題目，也曾經做了不少好文章。大體上看來，漂亮話在文人的口中怕誰也總可以說上一通，要自承「無行」那是不會有的。所以以前說得怪響的文人，現在居然也有許多「無行」起來了——自然，沒有變節而始終保存其個人言行相符的光榮歷史的也有，就是可惜不怎樣多罷？

嗚呼，文人的言行！

選自一九三七年三月香港《南風》出世號

魯衡

咖啡的情味

放在我們面前的飲料，就是我現在想把它的神秘的靈魂盡情揭露的咖啡。她擺着黃黑色的面孔，靜悄悄的蹲在盃子裏吐氣。她好像污池裏的積水一樣的混濁。但人並不討厭她，反而特別的愛好她，熱情的把她藏在自己的胃臟裏面，這豈不是很奇怪的事嗎？

她本來是純正的黑種，但經起了一場大病之後，她就變成了混血兒了。不知是否從胎裏帶來的，還是在病中吃藥太多，它總是發散着一種帶着焦味的香氣。嗅着這種特殊的氣味，我們怎麼能夠約束住我們的好色的心靈呢！

這個黃黑色的女人，真是我們終生的情人了。她是極端的嬌媚，熱情，和忠實；但也是異常的神秘，而且頂頑皮。不曾被她作弄過的，我敢說我們之中沒有一個。

我們被她作弄過許多次數了。我們不曾惱怒過她。每次被她作弄，我們就感覺到異樣的美的感覺，而飄飄然的浮盪了起來。她給與我們這樣的感覺，我們還忍心把惱怒放在她的身上嗎？的確，我們實在不願意這樣的無情的。

她的錯誤，也許還有薄倖的傢伙指示出來；但她對我們撫慰的功績，誰也沒有勇氣否認的呵。要我們吹毛求疵的找尋她的壞點，我們寧可把「酒」這個潑婦的罪狀大聲的不留餘地的宣布。

她在我們的胃臟裏面究竟發揮怎樣的魔力呢？如果我們不是愚蠢的，我們當然會清楚的知道。她經過舌尖，從喉嚨裏滑下去的時候，我們就嘗到猛烈的香甜的焦苦的滋味。那種特殊的氣味，一陣陣鑽進我們的腦裏，我們就開始和可歌可讚的美接觸了，我們的心房也開始加速的跳躍。我們所領略到的情味，和突然從熱鬧的場所中走進寂靜的房間那樣的無異。這個感覺是短促的，最多不過三分鐘，此後，心房跳躍的次數有加無退，可見她的脾氣是怎樣的厲害了。但是，為着我們的快感，她決不會吝嗇她的媚態萬千的氣力。她盡力的而又任情的使我們的身心震動起來。於是，再進一步，我們就踏過了一個奇怪的境地，而被似怕非怕的情感糾纏着。在一艘正在被暴風雨打擊着的船裏面，所感覺到的情味，是有幾分相似的。這是一個善於幻變的長久停留的感覺。經過了幾個鐘頭，她的魔力才漸漸的衰弱下去，這個瘋狂的情味也變得柔和了。最後的一刻，她還給與我們輕妙的舒暢的愉快。像這樣臨死還是多情的精靈，在我們的人類中是很少見的！

這個黃黑色的混血兒，脾氣雖然厲害，但她比一切聰明的熱情的女人還體貼。眉頭一動，眼睛一閃，她就知道甚麼意思。譬如我們需要更活靈的腦思來工作，她不待吩咐，就用她的魔力使腦思特別的活靈起來。社會上既成的事業，有不少是這樣地完成的。當我們在回憶的時候，她可以做一個出色的嚮導，縱使是塵一般的小小的往事，縱使是被我們早已遺忘的陳迹，她都可以引導我們想起它們。呵，想起它們，我們整個的靈魂就被美的悲哀所吞沒了！她這樣的撫慰我們的傷痕，我們應該如何的感謝呢！

當我們在痛苦或在惱怒的時候，她就火上添油似的使我們更痛苦，更惱怒了。但是，這不是她的錯誤；一切無可挽救的錯誤，都是我們自己鑄成的，不能冤枉這個慈善的情人呵。既然是痛苦，惱怒，為甚麼還要和她親近，我們的嘴巴是不是想要我們自己來掌打？

她就是一個這樣可愛的妖精！

選自一九三七年三月香港《南風》出世號

活屍的悲哀

被稱為「活屍」的露開麗雅，是一個最不幸的女孩子。她失掉了兩腿行動的自由。也不能坐立，連飲食也不能自己照顧。她這樣的躺在牀上過了七個年頭。憑藉了屠格涅夫的同情，她從他的筆尖之下昇上了天堂，獲得了永生。倘若她不是屠格涅夫所虛構的靈魂，而是一個有血有肉的真人，她是應該感覺得安慰的。

我呢，也像她那樣的殘廢，也像她那樣的和牀結了不解之緣，整年整月的躺着。我躺在牀上的時間，已經比她多一倍了。但是，在這個偉大的動亂的時代，屠格涅夫早已死去，我的靈魂依然的在可怖的深淵裏自受罪，沒有法子可以昇上天堂。更無從得到永生。我不知道我是否一個萬惡的東西，還是一個無辜受罪的靈魂？

甚麼是天堂，甚麼是永生？我覺得它們實在是一件並不重要而又煩瑣的小事。但是在我沉思的時候，它們卻好幾次的增加我的痛苦，使我嘆息，使我整天的不快。這不是自作自受的愚蠢行為嗎？

既然如此，為甚麼我要時常想起屠格涅夫呢？

我和露開麗雅一樣的被社會擯棄，被社會當作垃圾一樣的東西。從垃圾堆發散出來的，衹是一陣陣的腐臭的氣味，在它旁邊經過的高貴的人類，不能不蹙着肩頭用手帕掩着鼻子了。所以，我和她的生活。像是有着同一命運的。

然而，我和露開麗雅畢竟還有不同的地方，最顯著的是：我能夠從書本上知道人類的歷史，知道人類社會的事物，也知道人類的愛與憎。因此我更加知道悲哀。

我喜歡熱鬧，我更喜歡沉靜。在沉靜中，我想起許多動人的事，而且對一朵花一隻細小的螞蟻，我都給與特別注意，和極深的偏愛。露開麗雅看見一隻麻雀，一隻燕子，或是一隻蝴蝶，也覺得感動，這種活屍的心情，幸福的康健者怎麼能夠了解呢？

我認識真、美、善的顏容，也認識醜惡與污濁的面貌；但，也許因為自己的涵養工夫還未達到所謂「無我」的境地，它們很容易的惹起我的煩惱，惹起我的痛苦。我愛真、美、善，而醜惡與污濁總不絕的向我包圍，好像把我當作一件試驗品，或是糧食。

真、美、善是不是可望而不可即的彩虹，還是人類所追求的光明？

「呵！為甚麼炸彈還不落到我的身上來呢？」當我的靈魂挨受難堪的苦難的時候，我就會這樣的絕望的自言自語起來了。

殘廢剝奪了我的青春，剝奪了我的自由，也剝奪了我工作的能力，我委實不能滿足我的生存了。我雖然像阿斯脱洛夫斯基那樣覺得生存之可貴，但我的生存早已成為我的累贅了！所以，我使不少對我存了希望的朋友們失望，辜負了他們的熱情。他們的鼓勵和慰安，我除了虔誠的感謝之外，我就沒有別的報答了。我並不是不知道許多人是被殘廢傷害了的，可是，我根本不是廚川白村，不是喜蓮開勒（Helen Keller），更不是阿斯脱洛夫斯基。我怎麼可能掙扎着爬起來呢？

我也曾試過努力向前進取，但不斷而來的刺激，消滅了我的勇氣，消滅了我的願望。況且，時間過得迅速，不肯為我這個活屍多停留一瞬間之久。進取的工作，決不是一朝一夕就可以完成的。於是，我稍為抬起來的頭，又沉重的落在枕上了。

阿斯脱洛夫斯基的「鋼鐵是怎樣煉成的」，給他獲得了光榮的列寧勳章，給他獲得了永生。這使我感覺到慚愧。他固然是殘廢，他的精力倒是非常的堅強，他的勇氣也是非常的蓬勃。我不想以此辯說，替自己掩飾。所以我的慚愧就是我的悲哀。他得了勳章之後，曾致書斯大林說：「當我的心臟還跳動着，到它最後的一〔搏〕，所有我的生命將付與社會主義祖國青年的教育工作。我很痛心地想到我不能到火線上去，和法西主義作最後的決戰。」祇是這樣的話，已經把我的眼淚趕了出來了。

我所處的社會是一個殘酷的不合理的社會，不容許一具活屍的掙扎。活屍是沒有地位的，他不過是一堆垃圾而已。

屠格涅夫已是不能復活，我自己也不是阿斯脱洛夫斯基，我實在比露開麗雅更加的不幸了。

炸彈如果落到我的身上，它帶來的並不是悲傷，而是至高無上的仁慈，也是我極大的幸福！

選自一九四一年十一月十三日香港《大公報·文藝》

張春風

夢遊北平記

六載失家，輾轉流亡，如今竟又落拓似的，蹀躞地在南海的一個孤島上。現時雖是季屬寒冬，但這永不見冰雪的南國，怎又能得睹一些北國的熟悉的風物？

當這個痛苦流亡之餘，白天魂遊夢影，夜裏呢，一爬上床，就瞥見萬數的北國風光舊物，只要雙眼一合攏，在黑漆的夢界，便漸漸地展開魂遊之幕，北國的冰寒，故都的城樓巍峨，西山的霽雪，北海的聳峙白塔等，都相繼入夢。呵，永不忘情的古城，即連在昏沉的夢中，也依然是緊隨夢底，古城呵！古城呵！

彷彿我是又歸回到古城去，雜身在古城西單大街的一角，南望着宣武門的箭樓，箭樓下的城門洞子裏擠滿了來往行人。北望西單商場前面的市街，百商雲集，萬輪輻輳，匆忙擁擠的人群，像海潮似的南北相蕩，東西橫流。一路電車，正好剛從天橋返來，帶來大批的短裝來客，車在西單轉角的路口上，司機的用力踏着腳鈴，又漸漸橫移在西單商場前面的長軌上，有倥匆的男人女人上下擁擠一回，車再大響着鈴聲，向西四牌樓的長軌爬去。

這一路車正行在缸瓦市站的時候，卻又和從西四牌樓開來的三路車相遇而過，兩列車的腳鈴，都大聲有節奏的〔響〕着，又各自分途而別。

我的夢也跳上了這三路電車，呵！真可稱讚的一件事呵！我跳上車的姿式與速度也太可驚了！雖然車飛得那麼快速，但我也卻是像一個賣報孩子的偷車似的，只要一隻手將搭上車欄鎖，我便身輕似燕，只消一縱身，便跳上了車廂。

車剛行到西單牌樓轉彎處，我的耳旁突然有一聲：

「買報瞧！女招待統樓子的新聞！買報瞧！」的報販子喊聲，我還沒有轉過頭來看個究竟，但車上賣票員的大黑手卻向我伸過來，我看時機已到，不能再等，於是急速縱身一跳，恰好又跳落在正好從宣武門開過來，去東單牌樓的五路電車上。這列車的乘客倒很清稀，我自己暗想着，我很可以安閒無慮地多偷乘一會了！

五路車行過中南海公園的大門，我立刻想起了懷仁堂，和豐澤園，這裏從前時候，曾做過總統府，宋哲元也曾在這裏典試過大學生，最近呢，卻掛上北京地方維持會的長木牌，我不自覺地感嘆欷歔着，在門外面用力地望了望。公園門外，卻清靜得不見人影，除了有一個穿黑制服戴白手套的賣票員，時隱時現地在公園門前的大紅柱子後面閒步。

車進了幾個厚厚紅色的高門，行過了中山公園，但中山公園這四個字，只有我隨口應聲而說出罷了！因為車上的乘客，當看到了「中央公園」四個大字的牌子時，他們是那樣悠閒無奇，可見這中央公園的換名已經是前數十年的舊事了。

當車經過天安門，望到故宮博物院的偉大建築，漢白玉的三階九級的石梯，我覺察了現時的時代，門前沒有中國人，而閒走漫覽的卻都是武裝日兵，和穿制服的婦孺。

博物院的門牆紅色，顯然地都已剝落了，透出了裏面的陳舊，紅牆的紅，卻像似經過日久的人血，暗紅暗紫。剛想着，鼻子裏似乎就嗅到了臭血腥氣，我戰慄，急望着電車快快開行，好躲過這個血腥地帶，那時我忽然靈機一動，我伸出左腕來取出手錶，和天安門上的時計較時，「呵！恰是三點十分！」我驚奇地叫出來：「這是白晝還是昏沉沉的黑夜？」結果，還是自己解說着：「這是黑夜呵！黑夜呵！」

不等車駛過王府井街口，我便急忙躍下車，第一件緊張的事，便叫我如癡如呆地佇立在街心，原來王府井街口，排滿了武裝的「和」兵，鎗都上了刺刀，兇糾糾地檢查出入街口的行人。望去他們的檢查手續，也倒不繁雜，只要中國行人，走到「和」兵面前，諂媚地樣子，裂着嘴露出牙地作一個媚笑，再用手觸一觸和兵的髭鬍，便算檢查完了，准予通行。我再望過東交民巷的北口，呵！滿是「和」兵，全副武裝，有的正在取臥式，跪式，有的正是舉鎗射擊，那麼多，紛紛亂亂地演習衝鋒。在他們唧啦咕嚕的日語中，我卻只聽見了一句中國口令，「射擊停止！」四個字，口齒發音都很清楚。

至於四圍呢，卻是儘立着觀戰的英美法意各種紅眼碧髮人，他們每個人手中都拿了一隻太陽旗，搖來擺去，好像在唱頌讚歌。

「呵！他們又演習了！」這一句話我無意地說出來，好像從甚麼時候我常好說的一句話！我仔細想了好久，到底甚麼時候曾說過呢？但忽然一排亂鎗聲，嚇住我，我急忙臥倒在北京飯店前面的叢樹下，等了許久，再不聽見聲音，探出頭來一看，原來演習完了鳴金收隊而去。

在我臥倒的時候，我望了望天空，呵！奇了！北京飯店的每層樓，每間窗子上，都扯掛一面太陽旗，我暗自稱奇。及至我爬起來走盡王府井街底，我所遇見的行人，竟又都是頭覆太陽旗偷偷摸摸地沿牆而行，這時我又不奇了。

我像一個奔喪急行的幽魂，腳不停踵地飛跑，竟跑到古城中前數年的舊居處，但朱紅色雖新，只是雙扉（ ）掩，門的角落處，都掛滿了蛛網，舊塵。雙扉上的春聯墨蹟，還隱隱可讀出「堯天舜日……太平歲」幾個筆畫不整的字。我再沒有閒情多逗留，只是塞責似的俯在門縫處，向院裏望一望，看見庭前的三株大丁香花枝，早已凋枯了。

我徘徊在景山大街那裏，望着景山的高崗，小亭，我憶起了亡國之君的故事，夢魂竟變得十分聰慧地憶誦着一首古城中悼忠的五言詩，彷彿是：

「諫草留遺石，年年化碧痕，怨風吹古木，大鳥叫祠門。青史平生事，丹楹故國恩，永陵北望在，流涕向黃昏。」

夢中的記憶還算佳，一首五律詩，居然還能背誦出來。徘徊很久，這種閒情，又頗像從前古城做學生的情景了。那總是趁了假日，坐了清華的大汽車，跑到城來，但是下了車，腳一站在古城市街上時候，頓然又有「將何之」的苦情，結果還是在古城中只逗留一會，再坐上汽車出城。今天，又正是中了這個舊病！

想了許久，還是信了魂飛神遊，慢慢出現在後海旁邊的一家茶樓上，後窗子正是開着，望了窗外綠柳稻田，菱支荷葉的廓朗桃源景象，我竟獨酌獨斟地小飲起來。

是的這小茶樓，我最熟悉，平時當我窮極無聊時候，我總是到這裏閑坐的，它的名字，我依然記得，並且極確地知道，它叫「楊小樓。」

這時樓上的茶客由一而二，由二而三的漸次增加，他們都彷彿是舊相識似的，互相往來打招呼，點頭，寒暄。在他們各人面前都擺好一壺香片清茶之後，他們卻也不談天，也不論地，更不暢論時局，乃是互相競賽着背誦前人詩詞，對聯之類。

「花界傾頹事已遷，浩歌遙望意茫然。江山王氣空千仞，桃李春風又一年……」背誦的人，是一個年約六十歲的老者，拿着茶盅一面呷茶一面背。

「橫翠嶂，架寒煙。野花平碧怨啼鵑。不知何限人間夢，併觸沉思到酒邊。」

這老者剛誦完一首「鷓鴣天」詞，對過去的一位面圓白胖的中年人便接下去，說：

「去勝國垂三百年，在劫火銷沉；猶剩數畝荒營，大庇北來桑梓地。起英魂於九幽地，看遼雲慘淡，應添兩行熱淚，同聲東海哭天涯。」

那人剛又背完，我立刻想起來，原來這是一副對聯，記得從前時候在虎坊橋的秦良玉駐兵處的祠堂看到的。我正等着第三個茶客接下去，但那人卻只靜靜地吐出五個字：

「文兮禍所伏。」正是廣安門外陶然亭鸚鵡墓上的碑誌的第一句。

接着大家一哄，互揖作別。

我也稍微停一停，順手抓了個帽子戴上，沿梯而下。從這裏出去，不遠就到了後門大街，回頭一望，鐘樓上的「明恥」匾額，卻只看出「明」字，而「恥」字卻被塗掩了，我再要返身而走，但只聽天空軋軋地震響着，接着用五色製好的傳單紙片，從頭上飛落下來。……

這場夢是在那裏結束的，連自己也頗莫名其妙，但是夢醒後仍縈繞着我心，總不消失的一個想念，卻是：「我怎能重返古城呢？」

二十七年，一月二十日

選自一九三八年三月五日香港《大風》第一期

薩空了

建立新文化中心

到香港常常聽到許多新朋友恭維上海是中國文化的中心，上海的文化人都是先進。即使上海確是過去中國文化的中心，是不是每一個上海的文化人，就一定都是先進，在邏輯上是頗有問題的。

不過上海人一擁而來，到香港十幾萬，這大量的移民，自然要影響了香港，他們給香港帶來了一些甚麼呢？關於這一點一個廣東朋友曾給我舉過一個例，他說：以前在香港乘一零雇汽車（即的士）表上跳出來的是九角五分，用一元給汽車夫，他一定很老實的找給你五個仙，你自己也可很坦然的把那五個仙，放到衣袋裏去。十幾萬上海人來過之後，一切不同了，你坐以七角錢的車子，給一元錢叫汽車夫找時，他卻道了一聲謝，竟而想沒收你所餘的三角錢，作酒錢了。

除了這個例子以外，還有許多其他的事跡與此相彷，由文化中心，逃難來香港的人帶給香港的只是揮金如土一類的豪舉，上海是文化中心的憧憬，如此實現的證例已漸在港人心上破碎了。

本來所謂文化中心的形成，多半是人為的，地域環境，只有一小部分的關係。在交通的關係上講，現在香港已代替上海來作全國的中心了，所以只要加上「人力」，今後中國文化的中心，至少將有一個時期要屬香港。

並且這個文化中心，應更較上海為輝煌，因為它將是上海舊有文化和華南地方文化的合流，兩種文化的合流，照例一定會濺出來奇異的浪花。

所以現在到香港來的「外江佬」和本地的同胞，大家用不着再記憶着那地域給我們劃出來的種種區別，而應當為中國的將來想，在這裏共同努力樹立起來中國的新文化中心。

我希望逃亡來香港的人能刺激起來在港同胞「祖國在危難中」的感覺，逃亡來港的同胞，也不要想這是世外桃源而應像下面寫「這裏需要精神糧食」的上海客君一樣，從新振作起精神來，為中國的生存奮鬥。

為了祖國，全在港的同胞，速起來為建設這新的文化中心而努力吧！

署名了了，選自一九三八年四月二日香港《立報・小茶館》

關於保育兒童

蓮卿先生提出來香港苦兒童的救濟問題，的確是馬上應當設法解決的一件事。

因為難民來港日多，街頭兒童的數量，也就隨着增多。這些兒童，也是我們中國將來的力量，決不應當忽視。

國內各地現在都很澎湃的發動着兒童保育運動，以國內的環境來比香港的環境，香港自然是安定的多，在這裏的同胞，當然更應該作兒童保育運動以增國家的力量。

假使在香港的同胞，大家肯一致起來作這件事，我想很容易的就可以叫香港的流浪兒童完全得所。

武漢有許多熱心的先生夫人們，肯一個人擔任保育一百個兒童的經費，在香港的僑胞中肯作這種義舉的，我想一定也不少。

如果有幾個在社會上有信用有聲譽的人首倡為保育兒童募集經費，我想得一筆較大的開辦費應並不難，以後的經常維持費也不至於沒有着落。

現在所缺乏的我想大約是沒有人計劃及此，和熱心奔走而已。為此我希望香港能即刻有注意兒童保育運動的人起來活動。我同時願向他們貢獻一點意見如下。

作保育運動的初步，希望是先建立一個兒童公育機關。聘請對兒童教育，心理，衛生，有研究的人主持。這個兒童公育機關如能作到叫每個孩子都免費受到教養最好，如果經濟能力不夠，我想在十二歲以上的孩子，實行半工半讀的辦法也可以。

比如我們收容了擦鞋兒童和賣報兒童，可以每天仍用二三小時叫他們去作他們原來所作的工作。作工時間以外就是受教育的時間，這樣擦鞋賣報工作在我們的支配下進行，孩子們再經過教育工夫，香港的市容，也可為之改觀呢。

總之不論從那一方面講，香港現在實在需要一個救濟苦孩子的兒童公育機關，願在港的同胞，能共謀使它在短期內實現。

署名了了，選自一九三八年四月六日香港《立報．小茶館》

作點有益的事情

今天本欄下方有兩篇讀者的來信，一篇主張把外來的人組織起來，再和本地的人聯和起來。另外一篇則指摘外來的人帶給了這裏的只是官感的享受，所以他主張改變那一切到有益的方面去！

這兩封信，我以為對外來的人，是太有意義了。希望外來人都能仔細的多讀他兩遍。

分析到香港的外來的人，不錯這裏面有不少達官大賈，但是大多數卻還是知識份子，就是達官大賈的少爺小姐中不是也不乏一些有思想的知識份子麼？

這些知識份子到了這裏來，就是為了免得他們自己無聊，似乎也應當找點事作，更不必說現在是在抗戰中——是每一個國民都應該供獻他們的力量的時候了。

這些知識份子本來最好是都到國內去，如果他們肯吃苦，國內正殷切的需要他們這樣的人。現在他們既不能或是不肯到國內去，若是再只在這裏酒食徵逐，實在自己在良心上也應感覺不安的。

所以至少在香港應該找點有意義的工作作，這對所有留港的知識份子在目前實是第一要務。知識份子所能作的當然是文化工作。提到文化工作，我記得曾有人反對我說過的在香港建樹文化工作的話，他們說中國的文化工作，應當在國內去作，為甚麼要「建」在國外？

我是主張所有的文化人都到國內去體驗抗戰生活的，可是我以為出版事業，卻非建樹在比較安定而且是物質材料容易補充的地方不可。上海過去之成為文化中心，物質條件實是最大的緣因。因此我主張留在香港的知識份子現在應好好在文化事業方面努力。這種努力當然要如曲君所說的由外來人的先事團結，並和本地人聯絡為基礎。

「轉變大家無意味的生活，到有益方面去吧」，這是每一個留港的智識份子應該寫在座右，並當去力行的話。

署名了了，選自一九三八年五月二日香港《立報・小茶館》

由練習簿說起

讀者靈苞寫來他對本港學校的希望，盼各校能代學生像備辦練習薄一樣備辦書籍，以省許多不必要的麻煩。在我讀這封信時，一個朋友來看我。就把這件事當作了閒談的資料。他說：「你知道為甚麼學校肯代辦練習簿，而不代辦書籍？」這正是我要知道的問題，就向他請教。他說：「一個利厚，一個利薄的分別而已。教科書有定價，自不好意思過貴；沒有定價的簿冊，當然是敲多少算多少！」

他的說法對不對，我不知道，不過我有在上海的經驗，上海學校是代學生購辦教科書的，他們向學生收實價而賺書局給他們的一成左右的折扣。雖然是集少成多，數目亦頗可觀，可是省了學生的採購車資，也可算取不傷廉。不過在練習簿上多賺錢也是他們一種手段。如果這方法現在也在香港很流行，那真是「英雄所見略同」了。

不過學校只在牟利上用心思，用的十二分到家，想來實是傷心的事。辦教育，決不應整個商業化，甚至良心都可出賣。在現在這個社會中我沒有理由反對辦教育的人要錢，但要錢要到連辦教育的本旨都完全遺忘，則未免太難了。

所以我最後，希望這裏辦教育的人，在教育工作上，也能用用像他們在「練習簿」上所用的心思！

署名了了，選自一九三八年九月十二日香港《立報·小茶館》

沙威

雪梨葡萄也變了

日本的小學教科書裏面有一課大概這末寫着：支那天津有最好的雪梨，你們將來要到那兒吃雪梨去！……

曾讀過這一課書的日本孩子們，也許有很多長大了！也許有很多天真地為了雪梨的誘惑而到支那來！而現在更有整千整萬不願來而被強迫來的，不曉得還有心情嘗嘗雪梨味兒沒有！也許也有很多嘗過味兒的卻永遠地躺在雪梨樹下了！

過去，這個時節在香港的生菓攤上，我們常看到那紅字標題：「頂靚嘅天津雪梨」。可是今年很少看見了這些標題。喜歡吃雪梨的少爺小姐們不知作何感想？

近來在旺角碼頭一帶，常看見擺着很多的雪梨葡萄的攤子。但沒有「標題」了。一貫來最會誇張宣傳的香港小販，現在也只這末簡單的叫一句：「頂平嘅雪梨呀！」

今年的葡萄和雪梨也許是比去年「平」了！但味兒樣子也變了！以前在公司裏或生菓攤上買的金山葡萄是透明的，清甜的。而現在的是很污濁的暗紫色，味澀。我問過一位賣生菓的小販：

「為甚麼今年的葡萄和雪梨都變了樣？」

他沒有回答。但他的表情和笑告訴我了：——難道還看不出這是甚麼貨色嗎？

「□□□□□□□□□？」

他嘆息地沉下了臉。

我走的時候，將吃剩下來的幾個葡萄扔掉了。——□□□□□□□□□□□□□□□□□□。歸途上這末想着。

選自一九三八年五月十七日香港《立報·言林》

江楓

送別

我們為着時代課給我們的工作而聚在一起，現在又為着同樣的工作而離別了。

在車站中（　）別的一剎那，我們沒有半點惜別之感，也沒有絲毫黯然的情緒，有的是互相勉勵互相督促的話語，一陣高亢的救亡歌聲後又一陣熱誠的談話，每個人的面龐上都充滿了興奮的歡笑，興奮到談話的聲調也有些急促與失常。因我數年來到前線去的壯志，現在已開始實現了。

年青人究竟是年青人，我們是毫無忌諱的來取笑：「你們給炸彈炸死了可打電報來，我們為你們開追悼會！」「既然炸死了怎麼還能打電報呢？」引起大家的哄笑。「我們再見的時候一定在戰地上！」「不！在松花江上，在長江白山頭！」我相信這不是空話，而是我們每個人的心聲。

大家忙着寫紀念冊，一個個冊子在各人手上，交換着，但是，我們沒有寫上珍重的詞句，也沒有引用空詞抽象的格言。在友情上，我們是可以〔說〕是深摯的，但是，在工作上，我們是常常作不客氣的批評，在批評中帶着鼓勵。記得一個友人這樣寫給一個送別的友人：「在長長的友誼過程中，我們始終是站在共同的戰線上的。努力、誠懇、沉着；這些是你的優點。猶疑，畏縮也是你的缺點，但現在已開始改正了。臨別的剎那，我希望你更加鼓勵前進。暫時雖然不見面，但我們的手是永久握在一起的」。每一個字都充滿了熱情和鼓勵。

在開車前的十分鐘，我們從車窗中熱烈的握着手，握完了一隻又轉到另一隻。每一隻手都是有力和堅強的。

雄壯的義勇軍進行曲隨着汽笛聲唱起來，隆隆的鐵軌與車輪磨擦聲，遮不斷我們車上和站上合唱的歌聲。歌聲引起無數旅客的注意，又國際學生代表也是搭這一次車的，他們雖不了解我們所唱的是甚麼，但他到我們的國內，終會明白和終會看見：中國的青年已千千萬萬的將他們的生命，獻給國家獻給保衛公理正義的戰綫上。

選自一九三八年五月十八日香港《大眾日報・文化堡壘》

杜埃

關於禁書

現在有些地方竟違反了中央的意旨，儘在鬧着可愛的玩笑。譬如說，抗戰建國綱領上明明規定：人民在抗戰建國期中有言論，出版，集會，結社的自由，但有些地方當局卻把這視若具文，反而在大幹其查禁抗戰書報的工作。而禁又禁得令人不解，據說，被禁了書中，有蔣委員長的抗戰言論集，孫夫人宋慶齡女士的「中國不亡論」，陳誠將軍的「持久抗戰」。理由在那裏？似乎並未宣佈。然而，倘就查禁「持久抗戰」一書來說，則其理由彷佛就在「不該持久抗戰」似的了。

或謂：上舉各書，皆是書商投機，自行出版，並未經過蔣委員長或陳誠將軍的准許，所以該禁。倘若果然是為此，則投機書商也許是「罪有應得」，但是禁令所播，引起民眾的懷疑，這也應當顧及的罷？

不久以前，我聽一位澳門的朋友說，當地政府曾經有過一個時期，凡有「蘇聯」二字的書籍均得禁止。好像他們的意思是根本否認蘇聯的存在。現在我們內地的一部分當局，也學起葡萄牙人的作風來了，「白崇禧將軍傳」，「毛澤東自傳」，亦被禁止，彷佛他們不承認中國有此二人的存在似的。說到理由，不但沒有「下文」，即連「上文」也未見佈露。

但你如果定要問問理由，那也一定會舉出理由給你看看的。就拿前些時禁售的世界知識年鑑來說吧！

理由是滿洲國三字未加括弧，有損中華民族的利益。

然而，憑我過去對世界知識社的認識，得坦白說一句「世界知識年鑑」是只有損害日本帝國主義的利益的。我們的檢查書報專家，他們的眼光真是特別得很，他們撇開書本內容不管，在滿洲國三字上用功夫。果然，這裏給發現了「沒有加括弧」的唯一理由了。

但我們希望這些只是一時的現象。這是因為中央政令的正確意旨尚未被有些地方當局所認識之故。但不知中央亦曾知道有這等事沒有。

選自一九三八年六月十七日香港《立報·言林》

茅盾

從「戲」說起

「人生是一部戲劇」，——西方人有這樣意思的一句話。但是他們又說「沒有鬥爭，就沒有戲劇」，這一註腳就顯示了他們對於生活的認真，積極和嚴肅。

中國人對於「戲」的觀念是剛剛相反的。「逢場作戲」，這一句話已經多麼憊賴了，但尤其「沉痛」的，是「官場如戲場」！委蛇浮沉，翻雲覆雨，將假作真，以真作假，諸凡官場的醜臉譜，全由這一句話來道盡了。然而自來「牧民」諸公卻鮮有不把這句話當作做官的訣竅。

有現代的民主思想看來「牧民」二字早該打進十八層地獄裏去了，可是恕我說一句不入耳的話，即使是「牧民」罷，只要真正在「牧」，真正把子民們看作他的「羊」，那倒是個盡職的牧人，已經是好官了。痛心〔的是〕，〔雖〕在做〔戲〕，無往而不開玩笑。一個負責的演員，當他粉墨登場的時候，已經忘記了自己在做戲，他是真實的「生活」在他所扮演的那個劇中人的生活裏了！正因他能如此認真嚴肅，所以他不是開我〔們〕玩笑〔的〕流氓，而是給我們靈魂以震撼的藝術家。

這樣的演劇〔的〕藝術家在舊派和新派中，都有了不少，〔在〕這〔一〕點上至少，我們相信中華民族不是沒有救藥的民族。但也從此窺見中華的官族卻實在病入膏肓。

歷史上每當轉換朝代，總有不少奸臣，也有若干忠臣。奸臣呢，自然是在做戲了，他視換一個主子猶如換一付袍褂；但忠臣之流，我也有點覺得他們也還是在做戲，不（　）「命運」的導演派定他們飾「忠臣」罷了。這也許是持論太苛罷，但是看到他們雖復「受命於危難之際」，輔弼幼主，但群奸盈朝，（　）而冠者遍野，曾未能大加斧鉞，肅清紀綱，便不由人不懷疑他只是在唱忠臣的戲了。

等到他戲唱完，國也亡了！

我們讀南宋南明的紀錄，便不禁詫異道：為甚麼老調子三百年而必一見呢？一方面是不在台上的，屢舉義旂於草莽，（　）是認真，是嚴肅；另一方面，在台上的卻十足在做戲。民族魂是確實未死，然而跟病人開玩笑的醫生也是應運而生，何代無之。明之於今，也是三百年了，老調子不應該再唱了；因為這一次的對手太凶險，這一次大割症，不能再開玩笑！

（　）倒傳統（　）痼疾（　）官場如戲場！

選自一九三八年七月五日香港《立報・言林》

懷念行方未明的友人

大概是上月的二十罷，正當關於廣州命運的謠〔傳〕早晚不同的時候，我接到了歐陽山十四日從廣州發的信。仍是他那樣一點也不潦草的字，雖然語氣頗見匆忙。從這信裏，我知道他在十三日早上跑到開來香港的輪船上，托一個不相識者帶一封信給我，說他立即要出發前方，給救亡日報作戰地通訊，他的夫人草明也一同去。又說，有草明的一篇小說，也寄出了，不知我能不能收到。「省港的郵運，聞已受阻，但這封信能否送到，也沒有把握，因為托帶的人，並不相識」云云。

我始終沒有收到這封托帶的信。

但是他郵寄的信和草明的小說，我都先後收到了。後來又收到楊朔在十六日從廣州發的信，報告他已經移居救亡日報社，準備同走。

這是廣州淪陷前那邊友人們最後的直接音訊。

月初，適夷和錫金繞道廣州灣來了，才知道夏衍和鋼鳴林林他們，也已退出；又知道巴金至遲在十八日也一定離開了廣州了。比適夷他們早這麼十多天來的，還有莊重。他是十六日取道澳門來的，他也不知道巴金的確定的行蹤，但他說，十八以後，一定走了，因為警察早已挨戶勸告市民撤退。

後來又來了于逢，他是在廣增線上突圍而出的；從他那裏，才知道蒲風和歐陽山他們都沒有下落，而且蒲風大概凶多吉少。在廣增公路上和蒲風同車的人，有的已經遇難，有的則已脫險而至江門，可是始終不見蒲風。

到現在為止，從廣州退出的朋友們，除已到香港的三數人而外，都沒有音訊，——此間的朋友們都沒有接到他們片言隻字，非常的惦念着，然而也沒有理由可說他們遇到了危險；因為從種種可靠的消息來推斷，他們之中不會有人失陷在廣州。

然而歐陽山和草明的安全，卻頗使人擔心。

昨天接到也是在廣增線退江門而且又從江門北進與後方大隊取得聯絡的谷柳的來信，即謂「歐陽山草明夫婦自去月二十日凌晨往謁某師長後，便不見歸隊，他倆均負救亡日報通訊之責，弟此次北行中沿途探查，均渺無訊息。……」這信是本月十五在江門發的，距歐陽山他們「失蹤」已有二十多天了，這兩位朋友的蹤跡還是不明，真叫人不能不焦心。谷柳信中又說到「一二八砲手」雖在彈雨中過日子，幸告無恙；這位「高個兒」是愈戰愈勇了。

廣州的失陷已經一個月了，反攻廣州的我軍也迫近市郊了，但是這幾位朋友卻還沒有確訊，多麼叫人不放心呀，雖然我們有理由相信他們是平安的。但願如此。

（二十一日）

選自一九三八年十一月二十四日香港《立報・言林》

文俞

破鞋

我行步在溫暾的光輝之下。我邁步，胸傾向前，陽光撫弄着我底眼睛，鼻端，面頰……似乎以前沒有這樣行步過。我一點沒有注視叫囂的汽車，路旁的店舖，腳下揚起的塵土，也沒有注視給我掠過擦過的路人。我的眼睛一直望過去太陽的所在，似乎我正望那處所衝刺着。

「托達」，身體〔顛〕躓，我被現實之神從無際的那處所一把拉了回來。這一下「托達」，我連忙收回眼光注視我的鞋。我發現左腳的鞋子出了大毛病，因為我踢在一塊尖石上，尖石像鋏子般〔把〕鞋底一掀，鞋子就張大了鴨嘴。

我停步，把鞋子整頓一下。我不願停留，我繼續我的行步。可是，我的步法改了相，提起腳，高高的踏下，免得加大鞋子的傷口，變成英式的兵操步法。

的確，以前沒有這樣行步過，一年來。

今天以前，我的行步太多了也太乏了。每天拿粉筆上六度梯子，又下六度梯子，一上一下總有幾次。每當踏着梯級的時候，透進鼻子的是一股冷氣，角落的陰暗驚悸我的心。

人家說，吃粉筆屑的生涯是苦的，卻還清一點。苦呢？不錯，出賣自己的氣力心血，而我更受有冷氣陰暗〔那〕些精神敲擊。清呢？我可不覺得。每一次集會，每一次閒談，充實着妬嫉，爭奪，機謀……我僱主每月一次遞給我一個封包，雖然寫的是「ＸＸＸ先生文啟」，我總覺得面上熱辣辣地，文人安得「文」呢？囊了這十塊把錢，也沒說「謝謝」，並不是忘記了，實在說不出口。

可是，孩子是可愛的，可以從他們找到安慰，向他們報告戰情，他們早明白抗戰是祖國唯一的出路，雖然他們不時弄錯了徐州武漢的位置。講及「有錢出錢」是救國一原則，他們立時實行儲金運動。他們又已能夠關切伊比利亞半島的前途，痛惡世界罪人們的跋扈。也嘲笑了「大砲代牛油」的餓肚皮政策，嘔吐去一切「先入」的毒素，渴慕呼吸自由的風……終於他們組織歌唱隊，願以吶喊作警醒的轟雷。吉訶德式的少年是可愛的，不要忘記他們是少年呀！我在陰暗中（ ）現毫光，這些毫光是少年們的眼火心把，他們且不愛惜地把毫光拋擲給我，我以微笑回答他們。

這些，我發見了和周遭太不調和了，周遭沒有另外的吶喊，沒有一聲應和，只看見冷眼。終於在一撒毫光沒有了之後，陰冷迫壓着我的當兒，我收到一封信。從今天起，我不再上上下下爬六度梯子。信中讚美我才器不凡，怕大才小用，誤了我。

俏皮話，這種陰冷，看了也不必花費時光去「推背」。

可是，今天我在邁步。那我就拋棄了一切惡濁的，在心中只留下愉悅，穿了我的惟一的車輪膠底鞋大踏步，尋找新的愉悅的工作。不幸的是鞋子變了鴨嘴獸。我竊笑，我覺得人家踏在我的腦蓋上，（ ）榨我的腦汁，已是夠便宜了；但他仍然可以拋開我像一雙破鞋。

我穿着破鞋走路，破鞋攢入不少沙，擦得我腳板起了泡。

選自一九三八年七月二十九日香港《立報．言林》

小輪上

送五兄下了到廣州去的船。歸途，意思要使睡眠不足和挽過沉重的提囊因而疲倦的身子舒適一下，我不惜較多的花費，坐在渡海小輪的頭等艙的吸煙房裏。

靠在方形的小窗洞，瞭望那邊天空，看見日之腳下混沌而沉重的黃金粉末的霧層漸漸變成淡白透明的稀薄了。日之腳下的山，那種頹然伏倒如昏睡的巨獸。海，翻着金色的波浪。市聲騷然地波蕩透進了來。

尖銳的哨子叫，隨着轟隆一聲，船顛簸而前進着。收票員使我回過頭來，船上空洞的靜蕩蕩的，只有我和另外的兩個人。因而我注意着他們，還猜測他們是和我有過一樣的「送船」的任務，後來卻證實了。

一個打開了早報，他盯在一行行大字標題上，忽而微笑，把報章送過另一個的眼前，低低地輕鬆地說：「你看！」另一個把頭湊了過去，又縮回，身子牢靠在椅背，微笑，搖了搖頭，也是輕鬆而愉快的。隨着他說：

「遲早也要來了的，大戰逃不了！預早打算是最好的。——他們先回去那就好了，我們慢慢點。——你看今天這麼多的人——不早打算，事到臨頭那就……」

過了小半天，那個已把報章看了大半版，才憤然地說：「既逃到這裏來，但願安安穩穩，想不到又要作逃的打算，人生苦得夠了！」把報章轉過另一面，又沉着在字的行列。另一個卻陶然如酣睡，頭臉埋藏於香煙繚繞中。

船內是空洞洞靜蕩蕩的，陽光引我望到窗外。

海水明亮熱烈而浩浩，它引我的眼光到了無際，天末，然而還是海水。我目見不到大洋，我卻意想到它的，它當更加熱烈而浩浩，我很不相信有誰的巨艦——然而浮在洋海中如池裏的萍——能夠把它翻動。

雲海眩目而怪奇，我如看到大塊的整體，既肥沃優美而能滋繁人類，我也很不相信有誰的兇殘的暴力能夠傷損大塊的靈魂而至於死亡。

我想到了，在雲海大洋大陸之間存在的人類所謂受苦者，不是人生是喝不完的苦杯，只是人生還沒有到達甘甜的大歡欣之中。而大洋大陸之有暴力在驅馳在翻浪也不是永久的現象，它有永恒存在的生命，將來總是人類的樂園，從這裏產生甘甜的大歡欣！

然而戰士，整千整萬地戰死了。有些人歎惜他們的死，以為他們喝盡苦杯至死！不知道，他們為了拋掉苦杯，卻同時開始存在於大歡欣中了。那是大戰鬥的歡欣，是全人類的甘甜的大歡欣的開始。

然而鄙夫，他們尋覓他們的安穩了。他們既失掉了戰鬥的歡欣，在戰鬥的時期中，又從何處尋覓他們的安穩？那才的確人生是喝不完的苦杯了！然而他們會陶醉於自私的淡淡的微笑的愉快中。那就是死亡！

我驀地站起來，想把我的思潮轉給我的不相識卻很熟稔的兩個朋友。然而我看不見他，原來哨子叫過了，吊橋已放下來，那兩個朋友已上了岸。

選自一九三八年十月二日香港《立報・言林》

蔡楚生

正告散佈國防電影失敗論者

幾個月來，在華南電影界中，無論從報章雜誌或是私人談話，都可以見到或聽到很多國防電影「營業慘敗」的「失敗論」，這是令人啼笑皆非的事實。

在□人殘暴的武力，侵佔我們的土地達二百萬方公里以上，淪陷在失地中的同胞達一萬萬五千萬人（見蔣委員長告淪陷區民眾書）的今日，在世界的和平被□人所破壞，人類的正義被□人所姦污，中國的國運已在存亡絕續的最後關頭，而說能正確地反映前線我方將士的拚死血戰，或盡量暴露□方殘酷的行為，或從各種不同的觀點上，鼓勵民眾直接間接參加抗戰的「國防電影」，會「營業慘敗」——不被民眾所熱烈接受，這不是千古奇談嗎？

難道我們的民眾都自甘奴顏婢膝去做日本□□主義的順民嗎？難道我們的民眾都不敢正視血肉橫飛的事實而想坐待中國的淪亡嗎？不是的，都不是的！事實告訴我們：武漢，廣州，香港和各地的「七．七」，「八．一三」獻金運動，民眾都以最高最大的熱烈情緒來加以支持；海外的同胞，由於經常受到壓迫，更痛切地感到亡國後的慘痛而熱望着中國能早一日得到自由解放——在這抗戰的一年中，僑胞始終以再接再厲地無限的熱情大量的捐輸，來擁護和支助我們的政府。無疑地，無論國內外，這時都需要配合這種熱情的精神糧食——真正的國防電影，來堅定他們的信

心，和更廣大地鼓勵□□□□□□□□□□□□

然而我們的製片商，或「聰明」的「藝人」們，終究發出國防電影「營業慘敗」的「失敗論」了。在這裏，我們應無怪於製片商要發出這種論調——因為他們是以利潤為第一前提的。但「藝人」們的發出這種論調，卻正是顯出他的低能，和不可恕的糊塗。

他們的論據，多數是集中在「血濺寶山城」這一片上。他們製造出「藝術成功」「營業慘敗」的兩句「名言」，而在一揚一抑中來實行他危害國防電影的企圖，和作為大開倒車的論據。除了佩服他們的「聰明」之外，我們應該在這裏提出來作嚴重的駁斥！

這裏我不想接觸到所謂「藝術」的問題，因為一方面這片的好壞已經是大家有目共見，另一方面我是在劇本完成的過程中曾盡過多少工作的人；而且，在他們的所謂「成功」，也僅是拿來作為「一揚一抑」，以更顯出「此路不通」的「嚴重性」而已，所以不想談，也不必談。現在，我們集中在所謂「營業慘敗」的這一點上。

我們知道，在「血濺寶山城」公世以前，華南的「真正國防電影」，我敢大膽地說未曾看見，而直到現在也還未曾看見。這原因並不是說華南沒有被在報紙上大吹大擂的國防電影，而是實際上因為作者的多數缺乏藝術素養和實際體驗，僅僅把一些口號公式搬上銀幕，或是把這一些似是實非的素材，裝上一個國防電影的題名就算完事，這自然不能算是真正的國防電影。像這種由於口號公式積累起來，和似是實非的內容所構成的「國防電影」，而不使觀眾感到厭倦，是沒有「天理」的；因此，國防電影的信用可謂一落千丈，喪失已盡！而在這時，「血濺寶山城」的出現，要受到絕大的影響，當然是不可抹殺的事實，但這竟是誰的罪過呢？請憑國防電影的「失敗論」者自己的良心說一句。

然而，事實還是事實，我們來看一看「血濺寶山城」究竟「慘敗」到甚麼程度呢？那麼讓我負責地告訴你：「血濺寶山城」僅是一萬元以下的資本所攝成，收入卻已超過萬元以上——而且現在還不斷在增加中。在漢口及南洋星嘉坡安南等地還造成非常好的營業紀錄。這能算是「慘敗」嗎？在收支相抵，而且可以有多少盈餘，這不正是華南製片家所朝夕期望的嗎？何況我們在把國防電影的信用重新建立起來以後，群眾必更熱烈地加以擁護，而收入還可以繼續增加嗎？

也許有人說，「血濺寶山城」賣不過甚麼行，甚麼杯，是的，在目前這是事實，但這話要是出於製片商的談吐，我自然不會怪他，假如是出於「藝人」們的（嘴），那就太成問題了！難道我們應該放棄我們在這大時代中所應負的責任，而同流合污地也去攝甚麼行甚麼杯，大開其倒車，自外於國人嗎？

因此，我謹正告散佈國防電影「失敗論」的「藝人」們，你們的論據是毫不可靠，而且你們也應該認清你們和製片商們有絕對不同的立場，自己對於建立國防電影的沒有信心，是自己生活過於糜爛，而使修養不夠，經驗缺乏，應該好好地自己檢討一下，充實一下，而不應該從而破壞整個國防電影的前途，甚至完全使它熄滅，這種舉動，無論有意無意，好意壞意，都是漢奸所做的事情。歷史是殘酷的，做「鬥士」或者做「漢奸」都在自己的選擇！

展開在面前的是兩條路：建立國防電影，或是大開倒車。建立國防電影，將必為千千萬萬的群眾所熱烈擁護；開倒車，目前雖可滿足自己的私囊，但終必為千千萬萬的群眾所鄙視唾棄。

「藝人」們，可以醒覺了！

選自一九三八年八月二十三日香港《立報・言林》

彷徨的一夜

當最後一群從消費方面的娛樂場中所排洩出來的紳士淑女們，帶着殘褪的艷裝，和疲倦的身體，像夢遊者似的裝上最後的一次過尖沙嘴的輪渡上以後，碼頭上的燈光在暗下來，一切是入於沉寂了。

夜風掠過這裏立着的，有着現代化的建築的碼頭，再也看不見如潮的人群在擠出擠進；也許因為失去了比例的關係吧，它在視線中渺小下去，渺小到幾乎會以為這是屬於孩子們的精巧的玩具。

夜跟着在深下去，風在揚起空闊悠長的馬路上的微塵。

被「皇家」裝點成一頂燦爛的花冠的香港，現在是像一條斑斕的死蛇一樣，躺在這灰黯的夜色裏。

帶着流浪者的心情，我像吉卜西人，也像猶太人，在不問前途地向東沿海邊行去；陪伴着我的是寂寞的海潮聲，低迷的暗雲，九龍明滅的燈火，和從湃亞士灣吹來的帶火藥氣息的夜風。

我越過水師船澳，威靈頓兵房，軍械局，我到了灣仔。

呵！這裏應該是甚麼「國際市場」吧？——散立在街頭上的還有幾個臉上和櫻唇塗得過份紅白的少女，她們燙着「飛機裝」的頭髮，披着雙肩外聳的短大衣，長長的旗袍，高高的鞋跟，吹來帶着西洋氣息的香水味……遠遠望過去，應該是紳士們「甘拜下風」的「貴婦人」吧？然而，她們卻是出賣皮肉的可憐的「神女」：追逐在她們前後左右的，是幾個帶着色情的醉態，和獵奇者的鷹眼的外國水兵。他們作「謔浪笑敖」的「打情罵俏」。這也許是最後的一次「貿易」了，當他們移入幾個黑暗的門洞中以後，這街也就失去了它的「春意」和甚麼「神秘」了。

於是，這「自由港」最後在一根痙攣地蠢動着的脈搏也停止了——由於街上的死寂，突然會使人意識到這裏好像是國內的那一個都市，在經過□人殘酷的洗劫後，已成為無人的死境。

一陣戰慄通過我的肢體。

風稍稍在大起來，陷在夜霧中的海面，泛出嘩嘩的白浪，浪花打在堤岸上碰然作寂寞的迴響，我抖抖身子，手插在褲袋中，走入沿海邊的騎樓下。當我將穿過一條橫街時，我聽到一個暗陰的角落裏在發出幽幽的啜泣聲，我止不住自己的腳步，追尋這聲音的所自來。

那是一個憔悴困病的母親，帶着一個大約有三歲的女兒，和兩個墜地不到三月的孿生孩子，另一個是髮如飛蓬的瘦得像猴子的老太太，他們在破蓆裏度他們悲慘的冬夜。最初他們以為我是

「差人」，要趕走他們，但漸漸他們明白了。

「先生……」

困病的母親，瘦黑的臉上閃着一些希望的神色，她睜着陷而闊大的眼睛，未講先哭地向我敘述：

……「先生……我們是從惠陽逃出來的……我們的丈夫——孩子們爸爸……給□人用刺刀刺死了，……留下我們……我們……」

我的喉嚨咽住了。我沒有甚麼可以來慰藉他們，我放下口袋中僅有的幾毛錢，帶着仇恨的心情，咬着牙根，像瘋狂一般在呼呼的風聲中一口氣跑到皇后碼頭。追想在這裏趕着看完「我們的故鄉」。

然而，我的思緒不能集中，我的眼睛時時給淚水充滿；那管碼頭的印度「差人」，更時時帶着驚奇的眼光——或是怕我效屈大夫蹈河自殺的懷疑態度，不斷來我左右逡巡。——當我想到有一天或許也要像他們——印度「差人」——一樣，被人家「豢養」起來，我又憤激地跑出來了。

風越來越大，在洪波起伏中，沿海的檣桅都在黑暗中搖擺不定，湃亞士灣夜空上的閃電，一剎那間閃亮了整個在睡夢中的香港。

我沒有目的地亂跑，我沒有錢去住旅館，也沒有想到要去找朋友，更沒有想到要回去，我只是亂跑，在每一條街上亂跑。

難民，到處都是難民，在騎樓下，在碼頭上，在貨箱旁，在酒桶邊……他們沒有衣，沒有吃，沒有被，沒有醫藥……他們在觳觫，在抖顫，在呻吟……

終於，疾風挾着暴雨（　）臨了，這疾風和暴雨（　）遍了這裏每一條街上，和每一個角落的難民；也掃遍了「新界」上從惠陽淡水，寶安，深圳等處逃來的，十幾萬露宿在山頭上和稻田中的難民……

維多利亞女皇的銅像在閃着銹綠的青光，和掛下無名的淚滴，歐戰時的和平紀念碑，是……

雜在哀號婉轉的難民群中，我咬着牙，噤着淚，來着沒有適當的文字可以形容的心境，在期待着黎明的到來……

選自一九四一年四月九日香港《華商報·燈塔》

穆時英

我的墓誌銘

對於午夜，我有着深切的偏愛，也許這是衰老的感情吧？我不知道。我只覺得在一天的時間的分界中，晚上十二點到三點是最使人眷戀，最使人感到親切的溫情的鐘點；而且在這件事上，我甚至有一些固執。

由於職業，由於寫作，由於都市生活，由於神經衰弱，習慣於夜行，夜遊和遲睡，所以愛好着午夜吧？也許是的；我不十分清楚。

忙碌的人喜歡小病，因為小病使他脫離一切日常瑣事，使他脫離鈎心鬥角的世界，而自由地，幸福地，舒適地，無憂無慮地生活下去。我的愛好午夜，恐怕就是別人喜歡小病那樣的心境。

在白天，我是房東的房客，妻子的丈夫，母親的兒子，老闆的伙計，商店的僱主，敵人的敵人，朋友的朋友……我感覺不到自己的存在，只感覺到別人的存在。

在白天，生命是痛苦，是疲勞，是重壓，窒息樣的重壓，對的自己的生命，懷着要嘔吐出來似的厭惡，卻又不夠勇氣走向墳墓。在這甚麼都卑鄙得可笑，低賤得可憐的社會裏邊，連死亡都是使我討厭的事。並且我還有一個信念，璀璨的明日終於會到來這一信念——能夠看一下人類的靈魂的審判和解放，就是討厭地生活下去，也不壞呵！

在白天我的眼不能不看到人類的齷齪相，不能不看到王八的醜臉，奴隸的狗腿；我的耳朵不能不聽到某公子在香港買五輛汽車，而流浪在街道的難民卻被暴徒非禮的故事，我難過；我憤慨；我為人類為民族感覺羞恥，同時又不能不慚愧自己的懦怯。是的，我沒有膽量去跟黑暗鬥爭。「混蛋，一個沒用的混蛋。」末日到來時，我將在審判者前面這樣承認。

可是，到了午夜，市聲漸漸靜下去，全世界都睡熟了的時候，我便有了我自己的宇宙，我自己的生命，我自己的書，自己的思想，自己的月光和海，自己的歌和手風琴，自己的茶和自己的烟——我不再是一個荒唐的存在，不再是一件商品，不再是一種工具，一種社會關係了。我是我；是一個靈魂，一個感情，一個「人」！

靜靜地坐在屋子裏，世界從我眼前消逝，血腥的歷史從我眼前消逝，人類的罪惡與不幸從我眼前消逝。我只看見祖國的勝利，只看見貪官污吏被推上斷頭台，只看見正義的旗，只聽見歡樂的喊叫，只聽見未來的召喚。鮮血淋漓的現實從我意識上被抹去，我的思想裏邊只有一個燦爛的信念，一個輝煌的幻象：那就是人類的定命。

窗外瀰漫着靜謐而芳香的夜，散佈着靜謐而芳香的月華和大海，我是靜謐而安甯，正像桌上盛開着的梔子花一樣。

雖然渴望着睡眠，還是靜靜地坐在那裏，讓時間悄悄地溜過去，覺得歡樂而幸福。如果為了儲蓄預備明日出賣的努力，為了獲得預備明日怎樣去算計或剝削別人用的精力而去躺到床上，那我情願就永遠這樣地坐下去。

也許這是逃避，是被一些「了不得的人們」所輕視和斥責的逃避吧。可是，像這樣懦怯的人，縱然有着佛陀樣悲天憫人的，頗不自量的懷抱，至多也不過是變成一個犬儒主義者。並且，鬥爭需要熱情，需要童心，需要穉氣的勇敢，而我，雖然在生理上還年青得很，究竟是衰老了呵！

選自一九三八年八月三十日香港《星島日報．星座》

中年雜感

晚上，坐在露台上，對着半海親切的漁火，靜聽山草間的蟲聲，中年的感覺便固執地，悠然地，不肯休止地飄浮上來。

對於秋花秋月，是太年青，對於春花春月，卻太蒼老，我也許的確已經到達了摒除絲竹的年齡了吧。二十二年少爺，二年浪蕩子，一年貧士，二年異鄉遠客，當年豪興，剝蝕殆盡，現在也漸漸懂得珍惜自己的歡樂和自己的太息了。

對於天邊淡黃的大月亮，我消失了低唱 Drigo 的小夜曲的心情：對於夜航的郵船，也不再遐想遼遠的城市和遼遠的花〔圃〕；對於陌生的小姐，也不再傾注戀思……在我眼前的，已經不是一個夢幻的，多樂的宇宙，而是像莫泊桑所説一樣：並不像我們想像那樣的好，也不像我們想像那樣的壞。

世界是平淡得像一幅褪了色的印花布，而在這黯淡陳舊的花紋裏邊，卻隱藏着眼淚和歡笑，血和汗，幸福和痛苦。

靈魂沉靜而心臟麻痺，可是這沉靜的靈魂和麻痺的心臟時常會在最平凡的瑣事，感到更深切的痛苦，受到更劇烈的震動。這恐怕正是所謂中年吧？並且，我還時常眷戀着自己的記憶！

人生七十古來稀，如果人類的壽命平均只有五十年的話，留在我後面的歲月實在也並不怎樣悠長了。想起來總覺得十分茫然的二十七年終於很快很快地蹉跎了過去，剩下來的二十三年怕也會像夢境樣，不知不覺地流過去吧。

人生四十開始：這句話如果是指一個人的事業和成就而言，那我實在還是個剛誕生的嬰孩，或者只是個未成形的胎兒。尼采所謂人性三變形，先變成駱駝，從駱駝變獅子，從獅子變嬰孩，大概變了嬰孩以後才是開始幹事業的時候，二十七八歲的人，雖然是憂患餘生，最多也不過是剛變成駱駝——在這短促的十二三年中間，真的能變成獅子，再變成嬰孩嗎？的確是寒心得很。

三十到五十中間，至少還有五年是消費在驅逐民族敵人上面，有五年是消費在建築被炸毀了的城市和焚燒了的鄉村上面。生活剛開始，死亡便跟着來了。國泰民安，五穀豐登，上邦風光，天朝盛事，我們大概不會有份；輝煌的明日屬於明日的一代。我們的命運只是革命，飢餓，窮困，戰爭，流亡。原是犧牲了的一代呵！

也許這樣的感慨有些自私，有些沒出息，然而，人類的福利，生活的目的究竟是指的甚麼，這廣漠的世界上，究竟有沒有一個天下為公的傢伙，我實在是有一點懷疑。見不平事，拔刀而起，望到些微的光明，蹈火以赴，這樣的氣概，這樣的熱情，現在全不知道消逝向何方。對於一切事，自作聰明，只想安定，只想躲避，這大概正是中年人的氣質吧？

這樣想着，對於自己這骯髒的存在，實在說不出地憎厭。

選自一九三八年八月三十日香港《星島日報・星座》

袁水拍

西班牙抗戰兩年了！

從西班牙前線的戰壕裏，一個士兵寄來了這樣一張明信片：「感謝我們的新政府，我能夠寫能夠讀了。從今以後，我是一個人。」

他是無數個前綫學校裏的學生。軍隊中的文盲逐漸地消滅掉。兩年以來的戰爭，使西班牙民眾訓練得更善於抵抗。他們發現了自己是個人，他們更願意忠勇殉國。啊，作戰已經兩年了。如今侵略者又企圖進攻利凡特區的首邑——伐倫西亞城。每天叛軍死掉好幾千人，為了進攻這城市。伐倫西亞已經變為第二個瑪德里。每一個平民在這亞熱帶的城市裏，不舍晝夜的趕築工事。

敵軍所採取的戰略大致又要抄老文章，把步兵的活動減少到極點。完全用重砲和飛機轟炸，毀去政府軍的工事。一切高級機械化部隊所能發展的性能，完全利用起來，以期獲得迅速的勝利。

這樣子的勝利，代價是頗為可觀的，要用大量的材料，要超過政府軍好多倍的精良軍械，方始能進攻。目前保衛伐倫西亞的軍隊，是曾經在加泰隆打過兩個月勝仗的健兒，組織健全，英勇善戰。兩個月以來，每一次進攻，都使敵軍的損失比政府軍大五倍。這個純西班牙的軍隊，將顯示其力量於全世界人士之前，證明奈格林總理的口號之正確——「抗戰即是勝利」。

奈格林總理的抗戰誓言是值得注意的。在現代世界上，抗戰必然勝利是真理。侵略者百分之六十的恫嚇與誇大狂，祇落得給人嘲笑。但這並不是近代戰爭的一個新發現。一八〇八年，拿破崙把西班牙打到利凡特海濱之一角。然而西班牙沒有亡，因為她不曾停止抵抗。史家麥格萊氏曰：「歐洲最容易遭人蹂躪的國家是西班牙；歐洲最難征服的國家也是西班牙。」他又說：「西班牙人從羅馬時代直到現今，每一次戰爭的特色是餘火不熄，到相當時間之後，重又爆發起來，而且比前一次更為光明激烈。」

古老的伊伯利半島上住着複雜的民族，各有各的語言習慣，散慢分裂，各自為政。一旦侵略的敵人進攻，他們統一不起來；但是今天的西班牙共和國不同了，他們有統一的軍隊，有良好的經濟制度。戰爭反而使民眾的生活改善了。工資比戰前增加了兩倍三倍。公眾食堂有價廉物美的三餐。學校增加，小孩上學，父親也上學。巴薩隆納四十萬人民每天吃很好的飯菜，付去每天工資的三分之一。有三道菜，包括肉，蕃薯，兩隻煎蛋，一尾鹹魚。末了再有些生菓………他們從來沒有這樣幸福過，真可說「發財」了。

這是今天西班牙的一幅圖畫。堅強的陣線一天一天地更堅強，進步，改善。除了勝仗，沒有別種仗可以打。重工業工廠裏，天天有高高的烟突在噴吐美麗的烟。工人不放鬆每一小時，不讓它白白流走，侵略者的飛機每日來訪問，投彈，但是工作繼續進行。也許若干家庭給毀平了，那末工人和他們的妻子住在工廠的地下室裏，生活和工作還是進行着。

抵抗！抵抗！西班牙抵抗着。「抵抗就是勝利」，兩年來的抗戰證明這句話是真理！

選自一九三八年八月二十九日香港《立報・言林》

林焕平

一件小事

我的二房東是一個年紀還沒到三十的知識青年。他對我說過，可惜我沒有留意聽他是那一個大學的學生。他的生活是：叉麻將，跟愛人去看電影，彈廣東樂器，唱廣東曲，或者是……

我從來沒有聽到他說過半句有關國難的話。

房客除了我以外，還有兩個年青女人——因為租出了兩間房子，那位二房東也就非但可以自己白住頭房頭廳，更可以大賺其錢了——其中的一位，卻是有一段故事的。

我聽她的口音，肯定她是四川人。而她所跟的男人卻是廣西人，而且是在杭州附近的甚麼縣跟上的。他現在就住在隔壁，天天會過來。

據說，他是在那個甚麼縣當縣長的。那位四川女人就是「縣長太太」。杭州給敵人搶了去後，他那個縣告急，他慌起來了，挾着公款逃之大吉。不久，他那個縣也就給插上紅膏藥牌的旗子了。他逃到那裏去了呢？被敵人姦淫屠殺着的那個縣裏的善良老百姓是始終不知道的。國法曉得不曉得，我可不知道。

他是一個月前才帶着他的「太太」到香港，卻是事實。那麼，這以前，他是到那裏去了呢？廣州，尤其是南國之春的廣州，是美麗的。飲食，是全國有名了：「吃在廣州。」加之，那一個期間敵機完全沒有進過市區。拿着一塊大洋回來用一塊四毛四，他們享福了。

不幸得很，從五月廿八起，敵機瘋狂地轟炸廣州，恐怖到差不多連「五月的蒼蠅」都不能飛動。這位縣長老爺和「太太」自然着急地要另找新的「安樂窩」。他們心目中第一個地方，當然是就近的香港。但他有一件絕大的苦惱：他不把這苦惱除去，他不能帶「太太」過來。

原來，他在隔壁所住的屋子，就是他的髮妻老早就住下來的住宅，而那位「縣長太太」，原來是姨太太呢！而且這位顴骨高聳的兇狠太太，已經有了一個八九歲的女孩兒了。因為他還沒有得到他的諒解，所以在敵機把廣州炸得「五月的蒼蠅」都不敢飛時，他們還得在新華酒店裏擁抱着，臉孔變了土灰色發抖。但他們是有先見之明的。他們覺得廣州始終不是安全之區——這幾天不又是被狂炸了嗎？——非到香港來不可。最後，條件講妥了：

一，由他給回五千元港幣於髮妻作為養老金；

二，姨太太須向太太奉茶。

一個月前，他們才得到渴望已久的香港。

x　　x　　x

第一晚，姨太太和縣長的妹妹同住在我隔壁的房子。但奇怪得很，這位姨太太整整哭了一夜，老是說着「這樣的人生，這樣的人生……」弄得我也沒有合過眼。第二天早晨，兇狠的太太來了。第一聲就罵：

「你這個臭婊子！快把我的丈夫交出來！」

姨太太也很倔強：

「你才是臭婊子：你趕快把我的丈夫交出來！」

「你不是臭婊子是甚麼？你不是臭婊子是甚麼？」

太太氣得眼火爆燒到頭殼頂，動武了。

姨太太也並不示弱：從床上跳下來，不穿鞋子，就揚起了拳頭：

「我怕你這個臭婊子？我怕你這個臭婊子就不是人！」

給年青的二房東，二房東的「準太太」，和太太家裏的親人家走來，強制地拉開了。

我看定了一幕悲喜劇，才聽到太太的娘姨說：

「昨晚姨太太沒有給太太奉茶。」

x　x　x

許多天以後，我才第一次看見縣長老爺。他有時到這邊來跟姨太太談談，玩玩；有時叫妹妹到太太那邊睡去，他和姨太太樂一晚。又常常地找二房東的「準夫婦」到太太那邊去打牌。打到早晨三四點鐘都不完場……

x　　x　　x

兩個禮拜前，蔣委員長才發了一封通電，痛斥各級黨政人員的奢侈與貪污。但到這國亡無日的危險關頭，奢侈貪污，醉生夢死的蛀蟲，卻還隨處皆是……

八月十二晨，一九三八。

選自一九三八年九月一日香港《文藝陣地》第一卷第十期

阿寧

香港菓菜小販義賣速寫

在到某一段菓菜義賣的路上，大約離三十步開外，救火員那末緊張的跑過來四條清瘦的高個子，擔起四枝黑白的雲紗標旗，寫着「救我同胞」，「還我山河」，「萬眾一心」這一類題詞。他們煞像鄉下人趕去趁墟似的流動着「金精火眼」，跑過我身邊時，口裏沙啦啦啦碎石機一般的呼喝着，我只聽清最大聲的一句，那就是：「單把銀紙就壓死日本仔了！」

的確，標旗上的鈔票好似大戰後德國的馬克用來裝飾牆壁一般的貼得滿旗子。

一聲雷似的響起了「義勇軍進行曲」。雄壯的歌聲從四面拉來一堆堆的人，勢如山崩海嘯，連老太婆也瞇起眼睛拄着拐杖，風前燭似的行着，沒進了維多利亞瀑布那麼澎湃着的人潮裏。青年銅樂隊以最強烈的神經奏着，嘴巴鼓得有四號小足球那麼大。「響遏行雲」的歌聲，從人叢中，從街頭巷尾，爆發着；連毛廁裏的人也提着褲頭跑出來和唱。孩子們小袋鼠似的跳起來唱着，毫無規則瘋狂似的循環地唱着，假如沒有銅樂隊領導，恐怕要唱得更加「瘋狂」了。在大人們身軀的壓榨下，他們像非常熟練的游擊隊似的神出鬼沒，我的腳指頭（假如屈指一算），起碼給他們踏了二十次；一發覺腳指頭作痛時，孩子們早又緊抓着他人的褲子衫角，「前進前進」的攢到別處去了。

「嗬啦！嗚啦！」「把我們的血肉」，「砰砰彭彭，」砲竹像一群星，像初夏的爆仗花，從人們頭上五色繽紛地落下。幾丈高的高撐着的白布橫額，寫滿了許多「打倒漢奸」的激昂的標語，同時對於業主及守財奴們施行劇烈的攻擊，赤裸裸的針對着他們：

「貧者努力救國，富者拚命加租！」

街旁掛着一些粗糙而刺激的宣傳畫：那些有錢人對於甚麼悲慘的事情都以最傲慢的態度漠然忽視，甚至雷公兇神惡煞地向他們劈下來，而他們仍死命的抱着漲飽的荷包。民間的諷刺的辛辣的！

熱得連雞蛋都可以燻熟了。除掉一顆巨大的星外，天是黑黑的，海也是黑黑的。愛國的情緒逼得人們紅着臉。顫抖的手。有力的但全沒有秩序的說話。像趕去看花燈大會的孩子們雀兒那樣輕佻地叫着，手裏捧着撲滿，（即錢罌）有如加冕時教皇捧着皇冠那末慎重。起初，糊塗的我竟不知道他們拿撲滿來做甚麼；後來聽得了他一番辯論，才曉得是來獻金的。

「我拿二個仙去買一隻香蕉。」

「挑，第九了！」瞅着小眼睛撅着小嘴吧，高舉起撲滿。

「這是我一年來的積蓄，換一隻金山橙。」

「挑，孤寒種。」於是又出現另一個小英雄。

年老的人們拖着他們的三代同堂，橫排起來，把行人道擠得水洩不通；老太太們搖起杭角那末小的腳，特具的長舌，吱吱喳喳的罵着她們那頑皮的孩子，為着不拿給他們撲滿去獻金而哭吵得一天神佛。

義賣場設在街市的旁邊，最多有兩間舖位寬的地方，用簇新的竹枝搭成兩座棚子。人們像蛀木的白蟻似的攢進去，或是密密的圍着，像波浪一樣顛簸。威猛的大光燈。熱辣酸臭的氣味從裏身上出來，瀰漫了整個空間；毛蟲般的孩子從人們身邊左穿右轉，小手掌裏握着一隻香蕉或幾顆龍眼，一個天大底安慰的微笑，吊在他們嘴角。就是莫索里尼重建「古羅馬帝國」成功的時候，怕也要用另一隻眼睛來妒忌這些中華民族的偉大的孩子們罷？

左邊那一座棚子前面，大芭蕉樹似的插滿幾十枝鮮明的旗幟，寫的或用鈔票砌成的字，撲素或是鑲金銀邊的，又是「還我山河」那一套標語。中央紙，毫券，或是港幣，砌圖案那末整齊地貼在字的旁邊，或是砌成一隻船，連孫總理的相也砌了出來。獎旗上的鈔票多用繩子掛起來。人們大搖大擺的搖着扇子，興奮的羨慕的眼光，電鑽般射到旗子上，盛讚着誰最慷慨。鄉下人走到旗幟下，睜大了牛樣忠懇的大眼睛，穿針那末細心的數着銀紙，微笑着，以抗戰勝利的信心來笑着。我的臭汗從頸背一直流到屁股上來，給人氣燻得一陣頭暈，急忙塗上點萬金油，又像坦克車般衝破那拔立在眼前的充滿特種「瘴氣」的人山，好容易才衝到棚邊，對正月亮般光照着的大光燈。棚的中央幾個賣生果佬非常熱忱的工作着，大光燈的聲威也鬥不過他們的口氣，滾着龍眼般大顆的汗珠，金鋼鑽一樣的眼睛，蚯蚓似的青筋爬在火球般紅的臉上，有力的手發動機的鋼條似的揮動着，除下標旗像一個非常熟練的採桑人擲一塊桑葉一般經過有秩序的分工合作，解下鈔票放進一個已經相當飽滿的木箱裏。旁邊有一個警察，睜眉突眼老虎那樣威猛的警戒着。孩子們見了他，聳一下肩頭就竄去了。

咬緊牙根一口氣衝到右邊那座棚子去。為了我那隻掘頭鞋，惹起後面一片咒罵聲。那一座棚子算是賣物的地方；香蕉，河梨，金山橙，龍眼，波蘿，一切應時菓品，東一堆西一堆的擺着。落力的賣貨員打螳螂派的拳術一般連打帶跳的吶喊着：「嗬喎！多出一個錢，多救一條命啊！」給救國的熱情興奮了的，不論是「特種人」或是勞苦大眾，挺胸突肚或是像新嫁娘一般把錢放進緊封着封條的鐵箱裏，隨便拿一點東西，就莊嚴的或羞怯的跑開了。有一位女傭買了一斤龍眼，拿給賣貨員五塊錢，那賣貨員毫不客氣的將她的五塊錢放進鐵箱裏，於是她就吵起來了：

「為甚麼你不早告訴我啊！陰功！」

「早告訴你，我就弄弄幾十個難民餓着肚子了！喎嗬！多捐一個錢，多救一條命啊！」面孔像鑊底那末黑的野孩子們露出貝似的牙齒，放下一個仙士，碌幾下小眼珠，敏捷的拿幾個龍眼，就又像田鼠般的溜走了。

棚子的竹柱上，貼滿了紅的白的字條，滿寫着「林大姑捐花生一粒二十大元正」，「無名氏捐銀二元」這一類捐款的項目。尤其是孩子們捐出他們最疼愛的撲滿，烤豬仔形或是柿子形的，掛滿了一竹竿子，寫着臭乳未乾的孩子們的名字，愈年幼愈見光榮。

「你的錢罌第九了！」

「你的又有幾大呀！」

「我的有天那麼大。」

「挑你的第九，我的有十斤重。」

「我爸爸捐了三百銀了。」

「當褲子也得捐錢打日本仔！」

從我身邊擠過幾個孩子，雄辯家似的爭論着。想起了孩子們對祖國的熱忱，想起他們那偉大的天真，我感到臉孔一陣熱辣，鼻子毛不能自主的酸起來了。

正想走的時候，瞥見左邊有七八條漢子，圍在一起，有如開一個街頭會議。我馬上把雙手插入熱烘烘的手袋裏，像雅士們「臥看天牛織女星」那末閑情的施施然擺過去。

「不打就只有亡國，你想做阿差嗎？咳！」

「阿差已是一等奴才了！」

站在中央一個年輕的穿着黑雲紗綢的大漢，可算是全場最緊張説話最多的一人，口像機關槍那末，射出一串串的不是子彈，卻是口水，臉孔燒紅的大煤球一般，一對手指八抓魚似的張着，一進一縮一舉一落緊隨着他的語勢而飛舞着，大細邊分開的頭髮給他搖得暴風雨後的蘆葦草一般凌亂。

「……我們雖是窮人，但有一點錢就出一點錢；為富不仁的大家鏟們，我們要剝他媽的皮，食他媽的肉！……這些無靈魂的衰仔，誰還要説和平的就殺頭！……」

一個拳頭從我的額邊打出去，我急忙退一步。

喀嗟喀嗟捷克的最新式的機關槍般的響着，口水代替了子彈。我全身像給拋進了熔鐵爐一般沸騰着。

偉大的中華民族！

偉大的勞苦大眾！

二十七，八，二十一

速記於九龍

選自一九三八年十月十六日香港《文藝陣地》第二卷第一期

葉靈鳳

相思鳥

宿舍騎樓上有一隻不知被誰拋棄在那裏的空鳥籠，茶黃色竹絲製的，市上所慣見的豢養相思鳥的鳥籠。

有一天下午，正是大轟炸開始後的第四天，我們利用一點難得有的閒暇，生活在生與死的邊緣上的難得有的閒暇，在討論文藝上某一個小小的問題，突然，窗外嗤的一聲，騎樓上飛來了一隻相思鳥，很熟悉的停在那一隻空鳥籠上。

談話停止了，大家都不約而同的注意着這大膽的幾乎是魯莽的小生物。

這鳶色的小生物，使人憧憬到梅特林克劇本中所描寫的青鳥，毫不生疏的停在空鳥籠上，斜着眼睛向籠裏望了一陣，飛了去又飛了回來。

這時正是荔枝成熟的時節，桌上還有殘餘的荔枝，有誰站起身來剝了一顆荔枝肉，走去將空鳥籠放到騎樓的欄杆上，打開了籠門，將荔枝肉塞在滿着灰塵的食缸裏。

被嚇走了的相思鳥，飛在對面電桿木上，停了一會，嗤的一聲又飛了回來，斜着眼睛望望籠裏的荔枝肉，躊躇了一下，然後很自在的從開着的籠門鑽了進去。

我偷偷的走過去輕輕將籠門掀下的時候，牠似乎毫不感到驚慌，依舊很貪婪的啄着缸裏的荔枝。

大家都興奮的圍了過去。

「可憐，餓透了！」

不知是誰的這句話，立刻使我們恍然於眼前的這一幕。左近這幾天被轟炸得很慘重，整列的水泥鋼骨三層建築都被炸成了平地。也許那一位寄情花鳥的風雅主人，養了這隻相思鳥，在敵人的殘忍手段之下，房屋炸成了平地，主人也許不幸殉了他的家園，但這小小的相思鳥，卻神蹟似地成了漏網之魚，從瓦礫和烟硝之中逃了出來，衹是慣於被豢養的身心，已經失卻了自由生存的毅力，在這動亂的城中徘徊了幾天，終於忍不住飢渴，很貼服的又自動的走入了樊籠。

不是這樣，牠決不會這樣熟悉的停到籠子上，又熟悉的走了進去。

本來充滿在大家心中的獵取捕獲物的原始歡樂的心情，一想到和這相思鳥一樣，流散在祖國地面上無數的失去了家鄉的人，圍着籠子，大家不覺一時都沉默了起來。

選自葉靈鳳《忘憂草》，香港西南圖書印刷公司，一九四〇

主編案：本文初刊於一九三八年十一月三日香港《星島日報．星座》，收入《忘憂草》時文句略有改訂。

摩登半閑堂

燈下讀我佛山人的遺著「痛史」，劈頭就提到賈似道的「半閑堂」，因此使我想到，今日不僅有摩登的賈似道，同時也有摩登的半閑堂。今日的半閑堂裏，卻不是在那裏「鬥蟋蟀」「擅改聖諭」，而是在「鬥麻雀，揑造電報」。

遙想賈似道及其小使們，這幾天該「忙」得可以。八圈「麻雀」之餘，一榻相對，也許要唧唧噥噥到天亮，商量着那裏該添一道鐵門，那裏該換一塊招牌，搬家，買船票，打電報，收拾細輭，提心吊膽，不時還要揭起緊緊放下的窗帘一角向外偷張，連自己的影子也會嚇了一跳。這種情形，好比一向戴慣了「白面書生」而具的小丑，一旦要剝了面具露出真面目上臺，總覺得有點辣辣的，躲在門帘後，一面顧念着牽線老闆的「包銀」，一面又擔心臺下觀眾的「橘子皮」，藏頭露尾，進退兩難，這情形真使人想像起來可憐又可笑。

「痛史」裏説，一個宦官詢問賈似道，如今「蒙古兵馬」如此利害，倘一旦到了臨安，那如何是好？似道哈哈大笑道：「豈不聞良禽擇木而棲，賢臣擇主而事麼？」這種失敗主義者的打算，摩登賈似道比他的「先師」幹得更聰明。自己分明已經是「人家人」了，卻還要假充正經的來個「建議」，一面欺人，一面欺自己，祇可惜回答他的卻是全國上下更一致的團結，國際更有利的援助和行動，以及他的「主子」家裏內部的傾軋。俗話説「駝背跌跟斗，兩頭落空」，今日摩登賈似道的這一跌，豈止兩頭落空，簡直一跌跌入了秦檜洪承疇的堆裏，永無翻身之日了。

黃公度人境廬詩草裏有幾句詩說得好：
「國恩養士重山河，贏得衣冠間諜多。
吳昊呼朋潛入夏，惟庸遺使遠通倭。」
摩登賈似道，今日躲在半閑堂裏，讀到他的先輩的這幾句詩，不知臉上感到羞紅否？

署名靈鳳，選自一九三九年一月七日香港《立報・言林》

忘憂草

忘記了罷，像忘記一朵開過了的花，
像忘記偶然亮過的火燄一樣，
永遠，永遠忘記了罷，
時間是好心的朋友，他會使我們衰老！
如果有人問起，就說已經忘記，
早已，早已忘記，
像一朵花，一個火燄，一個深沉的腳印，

在已經消溶了多時的雪裏。

—— Sara Teasdale

女詩人蒂斯黛爾的這一首詩，雖然並不知道她的原意所指是甚麼，讀起來總使人微波的心境能感到一種平靜，用來追悼埋在廣州劫灰中的我的幾冊書，正是十分恰當的。

這是命運注定的遭遇：我的幾架貧弱的藏書，這十年心血的積蓄，本來都存在另一個地方，帶在身邊寥寥可數的幾冊都是偶然收拾起來的，這其中有幾冊又被我偶然帶到了廣州。這幾冊書都不是小說詩集或散文，而是談論書物版本聚散變遷的「關於書的書」。這類作品，在戰時幾乎成了奢侈品，我悄悄的將他們帶到廣州，原不過想在疲勞的一天工作之餘，在飛機的轟炸下幸而健在，在燈下或在臨睡的一刻，展開來隨意翻閱幾頁，調劑一下始終在緊張着的心情。不料放在那樸素的桌上和環境不相稱的這一疊書，還沒有經過幾次翻閱，卻因了一個偶然的離別，便永遠不和我見面了。

前幾天遇見剛從廣州來的嶺南大學巴克教授，他說第二天就要回去，問我可有甚麼事委託他，我說我忘不掉房內桌上的幾冊書，他隨即將地址抄了去，笑着說，這一帶大約沒有燒掉，說不定他能給我找回來，或者用幾毛錢從賊攤上買回來。但我知道這是一種妄想。陷在魔手裏的這一塊肥沃的土地和牠地上的一切；如果不重行經過一次民族砲火的洗煉，是無法拭去玷污在那上面的膻腥的。

可是，我不能忘去。於是在那無法統計的用血寫成的賬冊上，我在這裏記下我自己應記的一筆。如果清償的取得還需要更多的日子和更多的犧牲，我也毫不吝嗇那倖存着的另一部分貧弱的收藏。

「獵書家的假日」

「A Bookhunter's Holiday」，這是羅遜巴哈博士關於古書收藏的回憶錄。羅遜巴哈是美國著名的古書商人，同時也是版本專家。他一面販賣古本，一面自己也收藏。他所收藏的初版兒童文學作品，是舉世無兩的。三十年來，英美和歐洲的古書市場，沒有一次盛大的拍賣沒有他的蹤跡，沒有一次他不是滿載而歸。雄厚的財力和犀利的目光使他戰勝了任何強頑的對手。美國著名的摩根圖書館的藏書，大都經過他的手而來。一九二六年，他受了哈克萊斯夫人的委託，以十萬六千美金的高價，在拍賣市場上競購了一部哥頓堡版的古聖經贈給耶魯大學圖書館，是有名的壯舉。

這部回憶錄是前年出版的，述敘他頻年在世界各地訪書的遭遇和逸聞。他曾以九十五鎊的低價，買得了「福爾摩斯偵探案」作者柯南道爾爵士所搜羅的犯罪偵探參考書，以及「福爾摩斯」材料的來源全部。他說，這些收藏，比任何法院警廳所搜集的豐富，有許多都是現在犯罪心理學的極珍貴的實驗資料。這書中關於法國女藏書家的一章，也寫得極淵博而有趣。

白蔴布裝訂，紅皮題簽，有插圖，我是託上海中美圖書公司直接向原出版家訂購的，是一冊內容和外表都使我滿意的好書。

「英國的禁書」

「The Banned Books England」。忘記了作者的姓氏。另有一本類似這書名的著作，是一個女子所作，但這書的著者卻是男子。全書記載近代英國歷次的禁書案件，偏重文學書，受禁的大都是關於性解放的作品，但也有許多外國名著及古典作品，因了檢查老爺或法官的一時高興，運用古舊的法律和條文加以禁止的。這裏面，當然充滿了愚昧的笑話和可恥的舉動。但最後佔勝利的終是輿論和漸漸抬頭起來的新思潮。在英國，頑固的封建社會和保守的宗教團體勢力是可驚的。一直到今天，倫敦博物院的圖書館還拒絕出借靄理斯的「性心理研究」。

書後附有一張表，列舉歷次禁書案件，出庭為原告或被告作證的英國著名人物，是一種極有趣味的統計。幽默的蕭伯納，每逢出版界有一本書被禁，他總照例參加抗議。

就是在這本書裏，作者曾說到「愛麗斯漫遊記」在中國湖南曾受禁止，為了書中的鳥獸都作人言。

「書與鬥爭」

「Books and Battles」，愛萊里與克萊哀頓合著，這是一部現代美國新文學解放運動鬥爭史。

從批評家門肯主編的「美國水星」時代講起，一直講到籠罩着不景氣的美國市場和因此所產生的革命文學。號稱民主的美利堅共和國，她的守舊的聯邦法制和黑暗勢力着實驚人，門肯在創辦「美國水星」的時候，為了他對於舊勢力大膽的批評和進攻，受着封閉威嚇的波士頓書店和雜誌攤，沒有一家敢寄售門肯的刊物。為了暴露這黑暗的封鎖，門肯自己背了廣告在大路上兜售他的刊物。波士頓的警察當局無法禁止他的刊物，但是他們卻運用治安維持法將門肯加以逮捕。一位當代第一流批評家因發售自己主編的刊物被捕，這在漂亮的美國民眾眼中認為確是太過份了一點，於是群起提出抗議。不用說，在輿論裁制之下，門肯獲得了他的勝利。這書的第一面就有一張插圖，是門肯被捕後押在警署裏和警長爭辯的攝影。

文學中的性解放運動，「優力栖斯」的沒收和書店的被搗毀，辛克萊「屠場」所經過的爭鬥。雷馬克的「西綫平靜無事」，海敏威的「再會吧武器」等小說的反戰思想所引起的糾紛，革命作品的遭受封鎖。回顧一下，使我們知道今日在書店中自由發賣的現代美國文學名著，有許多是經過多年的禁壓或經過艱苦的奮鬥才獲得這「自由」的。照例，宗教勢力和頑固的偽善之徒，在維持風化和假藉的「愛國」名義之下，一面守護着自己的殘餘，一面撲壓任何新的勢力。差不多任何的書報檢查組織都被這種人所把持。這些人一面嚷着要禁止刺着他們痛處或暴露他們弱點的作品，一面卻在私室中欣賞着真正一面的應該禁止的著作。

紀德的自傳「一粒麥子如果不死」的譯本在美國出版時，紐約在財閥摩根氏主持之下的風化維持會立刻將這書向法庭檢舉，說是猥褻有傷風化，但是同時在摩根私人的藏書室中，卻正藏着著者親筆簽名的限定版原作。這正是這種愚昧舉動中的一個代表的笑話。

這一部書和前記的「英國的禁書」，都是我久想着手寫的「世界禁書史話」的材料一部分。這樣的「失地」正不知何時才可以收復。

紐頓關於藏書著作兩種

一種是「藏書快語」（The Amenities of Book-collecting）一種是「藏書這頑意」（This Book-collecting Game）。愛德．紐頓的這兩本書，是被譽為藏書家必讀的 ABC。前者去年已收入美國近代叢書，很容易買到，後者則絕版多時，祗有在舊書店裏偶然可以遇到了。紐頓這兩本書的好處，是在他並不以鑽討故紙的版本家自居，而是親切的談論讀書買書的樂趣和一些藏書必需的知識。他以為，能一擲萬金的去搜羅古本固然是快事，但是花幾角錢從舊書堆中有時也可以有寶貴的收穫；從這樣辛勤累集起來的藏書的樂趣，他以為並不比擁有一部哥頓堡的聖經或莎士比亞的 First Folio 為低。因此他的這兩本著作極為一般的愛書家所愛好。「藏書快語」的出版恰在歐戰停戰之後，以這樣偏僻的著作，在戰後凋疲的市場上，能立時銷去四版，就是因為他的話能為每一個愛書者所接受的原故。「近代叢書」將「藏書快語」重行問世，也是因為紐頓的著作已經成了一般愛書家必讀的經典，同時文章本身又是一部風趣盎然的。「近代叢書」流行很廣，書價也便宜，愛書的讀者不妨信任我的話去買來一讀，祇可惜在文化低落的香港，所有的西書店備有「近代叢書」的很少，更沒有紐頓的這部名作。

「書誌學講義」

羅遜巴哈博士以販賣古書所得的餘潤，在美國以研究版本著名的本雪法尼亞大學設立了一科書誌學講座，敦請著名的版本學家輪流擔任講師。第一任主講的是當代美國著名散文家克利斯托費·摩萊。這本薄薄的「書誌學講話」，就是他六次講演的底稿，原書的書名是一個版本學上的拉丁文名詞。

摩萊是一位淵博的散文家（他譯過許多中國詩，似乎懂中文），同時和紐頓一樣，也是一位以「樂趣」為主的愛書家。在他的講演中，他並沒有講到版本學上的那些枯燥問題，而是述敘自己愛書的經驗和當代作家的交遊，從反面使人知道，一本書之所以可貴，正因為牠包含着作者人格的一部，和牠與人生所發生的聯繫。他說這才是活的書誌學，藏書的樂趣就在這裏。校訂和考證是考古學，搜羅昂貴的古本是富翁的附庸風雅，他說這些都不是愛書也不是藏書。

摩萊的文章很活潑，這本小書充滿了機警和風趣，他瀝舉了許多有趣的回憶和作家軼事。他說，當今在出版界中以精審嚴謹見稱的英國牛津大學出版部，當時在所印的第一本書上，揭開第一頁就有一個錯字，但從那時以後，牛津出版部的出版物中卻不容易再有錯字發現。他們懸有賞格，如有人能從牛津版的「聖經」中找出錯字，他們每一字奉酬一鎊。據說自從設立這賞格以來，從未有人獲獎過：這就是說，從未有人從牛津版的聖經中見到過錯字。校讎之精，於此可見。此外，牛津出版部的排字房也是舉世唯一的。世界上每一種文字的原稿，他們都可以排印。他們不僅備有各種文字的字模，而且有認識這種文字的排字工人，更有能校讀任何文字的校對員，無論你是西藏文，馬來文，愛斯基摩文。

摩萊是從這樣有趣的敘述中去說明書誌學的任務和重要。這本小書，我購自日本東京的丸善書店。當時從丸善的目錄記載上知道，這本書在書架上放了兩年沒有找到主顧。

「紙魚繁昌記」

這是日本研究西洋文學和版本的先輩內田魯庵的隨筆集，由「書物展望」的編者齋藤昌三編印的。齋藤昌三是日本的藏書票專家，一九三三年前後，我因為搜集藏書票和有關的文獻，與日本許多的藏書票收集者開始了通信和交換。大約因為內田魯庵的這部「紙魚繁昌記」有不少藏書票的插圖和有關的文字吧，齋藤昌三氏便將這本書和他自己著的「藏書票之話」各寄贈了一本給我。為了這事，我買了吾家葉德輝的「書林清話」和「書林餘話」回贈他，因了葉德輝說日本複刻的宋本書不可靠，他還在「書物展望」月刊上發表過一些意見。

在不景氣和戰時緊縮下的日本出版界，「書物展望」怕早已停刊了。能從書堆中搜尋人生樂趣的日本那些愛書家，現在不知道怎樣了，該不致忘記了「書齋王國」的樂趣，來贊助侵略吧？

這次在廣州淪陷中遺失的書籍，當然不祇這七部，但這七部關於書的書，這戰時本不應該帶在手邊的「奢侈品」，因了我幻想享受幾分鐘忙裏偷閑的樂趣，終於蒙受了這意外的損失。這損失雖然使我心痛，但像失去了無數比這幾本書更可貴的東西的廣州市民一樣，這懲罰正是恰當的。

忘記了罷，像忘記一朵開過了的花，像忘記一個亮過的火焰一樣。詩人雖是這樣向我們慰藉，但是，誰能忘記呢？我忘記不掉這幾本書，正像忘記不掉使我安居了八個月的那一片可愛的肥沃的土地一樣。

選自葉靈鳳《忘憂草》，香港西南圖書印刷公司，一九四〇

主編案：本文初刊於一九三九年一月十一至十三日香港《星島日報·星座》，收入《忘憂草》時文句略有改訂。

還沒有跌下來的人

法郎士在一篇小說裏說起，某一個地方的土人每年一次，使他們族裏的老年人爬到樹上，然後青年人圍在下面將樹搖撼，他們並不哀悼跌下來的人，卻為沒有跌下來的人慶祝，因為他們可以多活一年了。

去年冬季，在一冊英國刊物上看到文藝季刊「城裏人」（Townsman）的秋季號要目預告，說是有一篇關於書報檢查的文章，作者是前西班牙政府書報檢查官卡伐爾堪地（Cavalcanti）。許多年以來，對這問題，政治的或風化的書報查禁問題，這自由鬥爭史的另一頁，我感到了莫大的興趣。我以為卡伐爾堪地的這篇文章一定是報導戰時西班牙書報檢查制度的，一定可以供給我不少研究資料。費了很久的時間和週折，春季號的「城裏人」終於到了我的手裏：薄薄的十八開本，定價衹有一先令，卡伐爾堪地的文章刊在最後，卻不是關於書報檢查也不是關於西班牙，而是關於法國電影檢查的，題目是「法蘭西的剪刀」。

這當然使我很失望，但並不是全然的失望：電影和我研究的範圍距離並不遠，而卡伐爾堪地在述敘了他所身受的法國電影檢查官的種種昏聵，武斷，執拗之後，他說：不必和他們爭辯；和這類的人爭辯是無用的，因為他們決不會接受你的半句話，對付這類人，最好是採取法郎士故事裏所說的那辦法。如果他們今年不曾跌下來，我們不妨為他們慶祝，但他們早遲總要從樹上跌下來的，在人類文化史的進展上。

迂腐，頑固，過份的小心，這是使得書報檢查制度時常成為文化進步的障礙的最大原因。一位檢查官在執行他的職務時，除開應有的賢明公正之外，他如能顧及世界新的思潮的趨勢，人類文明的去路，他將不僅是一位法律的保障者，同時也將是文化的功臣。這樣開明的書報檢查官並不是沒有的。一九三四年取消「優力栖斯」禁售令的美國法官烏爾綏（Judge Woolsey），便是至今為世界文化人士所歌頌着的一位。

喬伊斯的「優力栖斯」在現代文學上所發生的影響，已經沒有人敢否認，雖然見過這部小說的人不多，讀完這部小說的人更少。在英語文學研究上，牠是不能不知道的一部重要作品。但是自一九二二年單行本在巴黎出版以來，在英美差不多同時在猥褻和褻瀆的罪名下遭受禁止，美國郵局禁燬了第一次寄來的五百部，英國佛克斯敦海關也在碼頭上沒收了進口的四百九十九冊。但是同時翻版本和走私本都流傳英美每個愛書家的手中，而哈佛大學也將這書列為英文學的參攷書之一。可是禁令依然存在着，關於這書的控訴不時發生，這一直到一九三四年在一次新的關於出售這書的控案中，紐約法官烏爾綏，在嚴謹的法律觀點和深刻的文藝理解之下，終於將這書在美國存在了十多年的禁令取消了。

烏爾綏關於「優力栖斯」的判詞，在書報檢查制度上已經成了歷史性的重要的文獻。我們試讀他的結論，就可以知道他怎樣了解了「法律」，同時又怎樣了解了「文藝」：

「……法律的對象乃是一般的健全的人。如我上述的這種測驗方法，可說是對於像『優力栖斯』這樣的一本書，這關於人類的觀察和描寫的一種新的文藝手法的嚴肅認真的嘗試，可說是唯一猥褻與否的適當測驗方法。

「我十分清楚，由於『優力栖斯』的一些場面，要使某一些雖然健全可是十分敏感的人去服用，可說是一帖過重的藥劑，不過，在我斟酌的意見之下，經過很久的考慮，我以為『優力栖斯』對於讀者的影響，在有些地方不免是嘔吐劑，不過決沒有一處會成為催淫劑」。

「因此，『優力栖斯』可以允許輸入美國」。

這樣的人，不僅不致跌下來被人忘掉，而且將被人在文化的樹幹上永遠刻上紀念的名字。

二十八年九月

選自葉靈鳳《忘憂草》，香港西南圖書印刷公司，一九四〇

主編案：本文初刊於一九三九年九月二十七日香港《星島日報·星座》，收入《忘憂草》時文句略有改訂。

哀穆時英

短短六個月的小漢奸的生命，就斷送了一個二十九歲的青年生命；對於這件事，有的人感到痛快，有的人感到惋惜。但對於過去曾經和他有過相當「友誼」的我們，則穆時英今天的死，自從他公然叛逆國家的民族，成為漢奸以後，是早在大家意料之中的。這並非說大家早料到他必然要死於非命，而是說，在祇有抗戰到底才是整個國家民族，甚至個人的唯一的活路的當前，其他妥協投降的途徑都是死路。一個人走上這一條路無異是自殺，而一個人一旦真的踏上這一路之後，他已非我族類，他的存在與否早已不值得加以考慮了。

可哀的是，根據從間接中聽來的傳聞，他的「漢奸生活」也過得不很得意，原先鼓勵他「下水」的人卻竄入另一個更危害國家民族的圈子中去了，而他卻執迷不悟地還想從黑暗中去尋找「真理」，自命是一個「清白的漢奸」。他罵旁的漢奸「荒淫無恥」，他說自己過的是「刻苦的地下生活」，他成了漢奸群中的孤立者。這樣，在互相猜忌，殺機四伏的魔窟生活中，即使有影佐（據傳說是這樣）當他的靠山，他終不免成了睚眦必報的犧牲品了。可哀者在此。

我在前面已經說過，過去曾經和他有過相當友誼的幾個人，自從他公然成為叛國的奸逆以後，大家連惋惜的心情都被克服了。相反的，正因了過去的關係使大家感到對於國家該負起更大的討伐他的責任。他這次的死，對於大家在精神上毋寧說是感到一種輕鬆。

精神上感到沉重的將是那些正在踏入他自毀的覆轍以及誘致他「下水」，事前事後為他佈置一切的「軍師們」。

署名靈鳳，選自一九四〇年七月一日香港《立報·言林》

柳木下

明暗——閉戶隨筆之一

夏目漱石曾經說過：「人生二十而知有生的利益；二十五而知有明之處必有暗；至於三十的今日，更知明多之處暗亦多，歡濃之時愁亦重。」按夏目生於一八六七年，說這話的時候是踏進三十歲的一八九六年，距今已四十二年矣。豐子愷先生在三十二歲時寫的一篇短文裏面曾提到夏目的話，而且對於夏目的話深抱同感。子愷先生現在大概不過是四十左右的人，那麼，那篇文章只是在十年前寫的，距今更近。隔了三十年子愷先生重複了夏目的所感，這不能不有點令人太息，覺得世界的進步在某些方面就如蝸牛爬牆。

雖然有許多人去做光明的使者，希望用手裏的火炬去燭照周圍的黑暗，但太陽之下必有陰影，希臘有過蘇格拉底，印度有過釋迦，中國有過孔子，他們都好像不曾有過，如斯賓塞所說：「在宣傳了愛之宗教將近二千年之後，憎之宗教還是很佔勢力……」據近日報上所載，人類自古迄今締結的和平條約已達八千次之多，而全世界沒有戰爭的時間只有某一年，這個對比的數目也就相差太大了。

在歐洲有過希臘羅馬的文明，以後是長長的中世紀的黑暗時代，然後才有今日文明的淵源的文藝復興。大戰以後，歐洲又有許多學者大聲疾呼：「歐洲已開倒車，回到中世紀的黑暗時代去了。」

昔巴枯甯有言：「歷史唯一的用處是勸戒人不要再那麼樣。」那麼，生在歷史的明暗之中的我們的希望，怕就是「不要再回到中古的黑暗時代去」了。

選自一九三八年十一月十日香港《星島日報．星座》

隨筆二則

1

有一個時期，我對於文化人類學曾有過一點興趣，其時友人摩什時相過從，他對我說，民間流行相命術很可以作一番研究，一次我偶然駐足於街頭的書攤前，想起摩什的話，就拿起「蔴衣相法」（假如我沒有記錯）來看，在論口的部門中有「口為禍福之門」那樣的一句，我當時曾為之一動，至今雖事隔多年，還苦於不能忘卻。

植物沒有像人那樣的口，承恩雨露，各善其生。動物則不然，不必說大鷲吃小鳥了，就是平日相吮的狗，一旦有了爭奪一塊從人口中掉下來的骨頭，也會翻臉相咬，甚至於流血。至於人類，確是萬物之靈，卻以互相殘殺的成績來打分數，在動物中真是高坐第一把交椅而無愧。

查口之用處，除飲食接吻之外，其一乃是說話。〔?〕焦旡那樣有修養的人，研究天下珍品，無怪被收入「無〔雙〕譜」而傳之萬世，我輩凡夫，有口又不幸不是瘖啞，誰能耐得住不發意見呢，雖然〔?〕華〔?〕諄諄教人「雄辯是銀，沉默是金」，也一樣沒有效果，但人會說話就有許多事，假如你說等邊三角形的各邊是不相等的，或世界上沒有君士坦丁堡這個地方，這樣你不過得一無知之名，被世人譏笑而已，至若在德國你大談共產主義，在俄國你說辯證發有什不好，其結果恐怕不是這樣。

有一個作家答覆別人問他的信仰怎樣，他說我承認糖是甜的，鹽是鹹的，我的那位朋友看了拍案叫絕——以為真趕得上蕭伯納君。但其實也不見得十分安全，我當兵的時候，我的軍事教官就曾經對我說過：「你要絕對服從，我說糖是鹹的，你就得承認糖是鹹的。」友人默無君在官辦的無線電學校讀書，據說他對教官說他是來學科學的，不承認糖是鹹的。因此被罰站在太陽下晒一點鐘，至今傳為逸話。

韓非子作「說難」，小時候讀了很佩服，後來知道了，他亦卒不能自免，這真是善泳者死於水，善騎者死於馬，猶令人歎息。

2

夏目漱石說過：「人生二十而知有生的利益，二十五而知有明之處必有暗；至於三十的今日，更知明多之處暗亦多，歡濃之時愁亦重。」按夏目生於一八六七年，這說話的時候是踏進三十歲的一八九六年，距今已四十多年矣，豐子愷先生在三十二歲時寫的一篇短文裏面曾經提到夏目的話——而且對於夏目的話深抱同感：子愷先生現在大概不過四十左右的人，那麼，那篇文章只是在十年前寫的，距今更近。隔了三十年子愷先先重複了夏目的所感，這不能不有點令人太息，覺得世界的進步在某些方面真如蝸牛爬壁。

雖然有許多人去做光明的使者，希望用手裏的火炬去燭照周圍的黑暗，但太陽之下必有陰影，希臘有過蘇格拉第，印度有過釋迦，中國有過孔子，他們都好像不曾有過，如斯賓塞所說：「在宣傳了愛之宗教將近二千年之後，憎之宗教還是很佔勢力——」，據近日報紙上所載，人類自古及今締結的和平條約已達八千多次，而全世界沒有戰爭的時間只有某一年，這個對比的數目也就相差太大了。

在歐洲有過希臘羅馬的文明，以後是長長的中世紀的黑暗時代，然後今日文明的淵源的文藝復興。大戰以後，歐洲又有許多學者大聲疾呼：「歐洲已開倒車，回到中世紀的黑暗時代去了。」

昔巴枯甯有言：「歷史唯一的用處是警戒人不要再那麼樣。」那麼，生在歷史的明與暗之中的我們的希望，怕就是不要再回到中世紀的黑暗時代去了。

署名木下，選自一九四〇年六月四日香港《華僑日報・華嶽》

適夷

香港的憂鬱

習慣了祖國血肉和砲火的艱難的旅途，偶然看一看香港，或者也不壞；然而一到注定了要留下來，想着必須和這班消磨着、霉爛着的人們生活在一起，人便會憂鬱起來。

滲雜在雜沓的人群中，看着電車和巴士在身邊疾駛而過；高坐在電車的樓座裏，看看那紛攘的街頭，這兒雖有一點近代文明都市的風味。但是抬起頭來。看見對座的一些領呔打扮筆挺的先生，捧着一張印刷惡劣的小報，恬然無恥的讀着淫穢的連載小說，心頭便感到荒涼。

從九龍夜歸的輪渡上，望着燈火璀燦的山島是美麗的：乘高纜車登上高巔，在南峰的秋風裏，瞻眺蒼茫雲天中星羅棋佈的島嶼，點點的漁舟好似風在青空，可是遠遠地卻聽見一聲聲試砲的聲音，就禁不住惆悵了。

骨牌的聲音掩滅了機關槍的怒鳴，鴉片的烟霧籠住了砲火，消耗者的安樂窩呀，也響起防空演習的警報。

如果對跳舞廳的腰肢和好萊塢的大腿並不深深地感得興味，香港便使人寂寞了。但是香港也並不都是梳光頭髮和塗紅嘴唇的男女，在深夜的騎樓下，寒風吹徹的破蓆中，正抖瑟着更多的兄弟呢？

跟許多荒涼的內地一樣，在砲火的震蕩中，荒涼的都市也會滋長出生命來的呀，如果踏入了開拓者的腳跡。

朋友們，叫喊着寂寞，只會使人更加寂寞：讓我們和寂寞鬥爭吧，戰壕是到處可以挖掘的！首先，讓我們來挖掘開，這把人和人相隔絕了的堅牆！

選自一九三八年十一月十七日香港《星島日報・星座》

西夷

老婦譚

同其他偉大的作品一樣，「老婦譚」（Old Wives' Tale）有它的缺點，但缺點並不能掩住它的偉大，更不足以妨礙它成為一本近代的Classic。

雖然作者曾經聲明，他是以莫泊桑的「一生」，和克李佛夫人（Mrs. Clifford）的「Aunt Ann」為範本，「老婦譚」並未落入了那浮淺的窠臼；相反的，它給文學史上創一新格。

一個偶然的機會，本奈特（Arnold Bennett）在一家咖啡店裏小坐，旁邊桌上有一位老婦人，舉動蹣跚，看起來不大顯眼，侍者都不禁嗤之以鼻。——然而就是這個情景，深深的觸動了作者的心。他想：人到了遲暮之年，就這樣被人厭鄙嗎？退回幾十年去，她也正是社會活動的中心人物，不知道有多少青年在追逐着她！於是他又想，拋開「英雄」不用，拋開愛情不談，不是也可以織成一束感人的哀艷故事嗎？

這便是「老婦譚」的前奏曲。

故事的發源地仍是作者用慣了的「五鎮」，主角姊妹二人，阿妹莎菲亞（Sophia Baines）和阿姊珂思丹斯（Constance Baines）。她們有父母，沒有兄弟，有情人，有丈夫，珂思丹斯還生過一個兒子。

全書分四部：第一部，貝因斯夫人，（莎菲亞的母親）；第二部，珂思丹斯；第三部，莎菲亞；第四部，生命的意義。

從兩姊妹的幼年開場，從她們的戀愛到她們的結婚，從她們的孤獨生活到她們凄涼的遲暮，（再一直到她們的死）。在她們少年時代，便是一個以母性活動為中心的家庭，貝因斯先生（她們的父親）有一爿小營業，他本人患着風濕病，支持店務的是那三位女人。

珂思丹斯嫁給店中學徒波微，這其間沒有什末詳細而甜蜜的戀愛過程，關於他們婚後的生活也是極平凡的進行着。她從四十三歲起守寡，一直到風燭的殘年。她有一個兒子（西里爾），她對他抱着很大的希望，但是兒子卻不能體貼母親，慰藉母親，而且為逃避她的糾纏，他竟跑到老遠老遠的國外，度着他的自由而放縱的生涯。（這一部分的寫法，確是直接受着莫泊桑的影響。）

妹妹呢？——莎菲亞的性格是比較熱情，浪漫多了。她比珂思丹斯美麗，愛慕虛榮，有她自己的理想。處理這樣一個危險人物，在這樣的一本作品裏，當然是非常艱巨的工作。不過本奈特並沒使你失望，他拋開哈代（Thomas Hardy），艾麗奥（George Eliot）所要走的路徑，另開了一條崎嶇而幽僻的山蹊。戀愛讓她去談，青年（斯克爾斯）要她去追求，甚至於還讓她結婚作太太。但為避去了男女間的紛擾，作者故意使她早早的被摒棄，早早的走上「世路」，單身在巴黎開公寓，發大財。將近耄耆之年，她又回到「五鎮」去住，才有人報告她關於她丈夫的死耗。她坐車到曼哲斯特看他，撫摸那別經數十年面貌全非而名義上是她丈夫的肢體。她受到刺激，在歸途上失掉了知覺。珂思丹斯呢？她倒比莎菲亞死得靠後。

全然是以女性為主角，作者極力抹殺「英雄」的活動：他教貝因斯困頓牀蓐，他教波微早死，他又製造西里爾的冷酷，和斯克爾斯的薄情。在巴黎，莎菲亞還有一個可以再醮的機會，可是那位求婚者竟也不能長遠的留在她的身邊，他一次坐着氣球飛上天空去了。（而這正是神來之筆。）

這些都是最吃力的設計，但總不能掩過矯揉造做的痕跡，也就是我在本文開端所提到過的缺點。除掉這種有意造成的缺點，一本優良作品應當具備的種種條件，「老婦譚」算是不辱使命了。

書沒有中文版文，以前國聞週報曾經揭載過一小部的譯文，不幸因為吳宓先生的怪脾氣，未能竟其全業。然而這是吳先生最喜歡的一本書，在他的失戀詩中曾經這樣寫道：「江干老婦譚軼事，聽唱中郎事最哀。」我還不知道「老婦譚」為什末被引用到失戀詩句之中，也許是在隱隱的譏諷着那位抛他而去的某小姐？

本書經「現代叢書」收入，是最容易買到的一種。

選自一九三八年十二月二十八日香港《大公報・文藝》

梨青

兩個不寂寞的人

他們兩個並坐在岔路口的石墩上；也許是憩息，也許是等生意。旁邊卻躺着一枝胡弦，一隻洋琴和一隻皮篋。他們像兄妹，也像夫妻，更像是同病相憐的一對人兒——熱情，友愛常常在他們中間流露着。

他們看不見路的高低，寬窄。他們靠着竹杖識別路的小坦或崎嶇。同時靠着耳朵的靈敏，他們曉得世界怎樣變，——至少也知道他們的老家怎〔樣〕變。

他們曾聽過X人的飛機，大砲，機關槍的怪叫；更聽過X人的獰笑和女人的慘叫。這些，雖然他們瞧不見，可是這種聲音在他們的腦子裏該交織成一幅什末樣的圖畫？——這種圖畫在他們的腦子裏是很清晰的。

同樣的在這裏——世外桃源的境域裏——他們也聽過人們的呼喝，諂笑和譏嘲；同情的聲調也有時會鑽進他們的耳朵裏。雖然他們看不見呼喝，諂笑，譏嘲和同情的人是瘦，胖或者是高，矮：可是這些人的臉譜在他們的腦子裏卻像雕刻一樣清楚。

他們更曉得跟隨他們成十年的兩件寶貝——胡弦和洋琴——在這裏為什末會成為恥笑的東西。因為，那兩件寶貝的聲音往往就是他們自己的聲音，是悲感的，然而有時也激昂。他們感到這裏人們的耳朵構造跟他們自己的或者自己的鄉鄰不同；同時也感到這裏人們的眼睛並非直視，而是曲視或者斜視的！因此他們的兩件寶貝——胡弦和洋琴——在這裏受人奚落，恥笑，走歪運並不是沒有理由的。

生活的網在這裏撈不住他們。還是老家的路，他們比較熟悉。他們打算回老家去，——聽說他們的老家已經打回來了。

是誰告訴他們時間的早，晚，正午。於是，洋琴，胡弦和皮篋分別負在他們的肩上，靠着竹杖像螞蟻的觸鬚，重新在向着老家的路上摸索，前進。熱情，友愛仍舊在他們中間流露着，沒有間斷。

選自一九三九年一月十一日香港《星島日報・星座》

友秋

島上談文

記得去年除夕，孤島某報紙副刊登了個啟事，叫作者少寫關於「思，憶，寄，懷，悼，夢」的文章。而在這個新的孤島上，也感覺到人們是有了太多的回憶了。這似是地方成了孤島，不少人便成了隱士，便再也沒有新的見聞，新的感印，就非搬出回憶不可了。

有人說往事應該記取的，也有說要忘卻。我以為兩者都有一半是對。「今日之我與昔日之我戰」，就是說相矛盾，因此往事應忘卻：但今日之我從昔日之我而來，因此壓根兒就包孕了舊的某些因素，往事便斷不能全部忘卻，一筆勾消了。要的是我們不斷的反省，自我批判，若是沉迷在往事的回憶中，喚來的只是悲哀和頹廢！頭已迴向舊路，更大的悲哀就在此間！

說到回憶之文，一類是個人傷感的寫記，如自己的憂鬱的抒述，舊家小院庭的懷念，多年前故鄉的離別的依依，「人面何許桃花依舊」的傷懷，等等，等等；似乎人世間最大的哀傷，最難遺的悲感都屬於他們了的。還有一類卻是自我身份（或者說是歷史）的透露，然而依然是用回憶的手法。「借光借光」卻是這類作者的脾氣。這個時候，人的生命太不被重視了，恐防「湮沒無聞」，是用得着這樣的手法的。

不久之前，鬧過一次「無關抗戰之文」的筆墨仗（主角是梁實秋），可是距離這裏太遠；但這裏也談論過「抗戰八股」。現在看起來，許許多多的回憶文章，雖然是由抗戰引起的，但作者卻絲毫沒有打算到這些文章對於抗戰有什麼作用，大體可說是「無關抗戰之文」了。然而這些文章，只是個人傷感主義的悲哀文學，掀起人們的共鳴也不外是傷感罷了！火熱的抗戰雖然是許多東西——個人幸福，希望，享樂的破毀，然而它帶來的是人類的幸福希望和享樂。消弭前者給予人們的哀傷，導引人們對於後者的渴慕，這才是文藝工作者的真正工作，才是抗戰文藝的行進的指標！回憶的文章，很難達得到這個！

在這裏看到的文藝，除了大部分是回憶之文外，還有些兒描述戰爭的文藝。後者常被譏為「抗戰八股」，然而好的一面是屬於它的。但我希望更有完美的作品。作者還是正視現實吧，埋首在個人的傷感的回憶幹甚麼！?

選自一九三九年二月八日香港《立報·言林》

黃繩

元朗之遊

這是從半島趁九號巴士便可到達的一個「鄉下地方」，風景麼？也有青山綠水，茅舍田疇，但這些都讓寫「香港風景線」的朋友去描畫吧。半日遊程，田野春色卻沒有閑情助我欣賞。雖也作過阡陌間的徘徊，向大自然取過一些樂意，但卻是淡淡的，一時便忘得乾淨，不能在這裏寫下些什麼，我的感印是在另一方面。

半日時光的花費，原就不是為的欣賞，或所謂寄幽情於田野，——我本沒有這幽情；卻是要去探問我的幾位朋友，他們都是在那裏一間學校當教師的，很少見，但知他們為了換一些「生活費」，便擔任着許多功課，一天忙碌到晚上，晚上恐怕還有「監自修」之類，我要去看看他們，並看看他們的生活狀態。

——朋友不要以為我將在這裏訴説他們的苦痛，我一向就不承認香港教育祇有黑暗的一面，香港教師的生活就祇有酸辛和煩惱。——客觀條件的限制，香港教師的報酬實在很薄，苦是苦的，卻不一定是酸辛和煩惱。

那學校位在離開墟市頗遠的一條村裏。不是洋房，是一連三間中國式的房屋，那便是校舍。原是農家住宅，前面是灰沙鋪成的「大笪地」，——是曬穀場吧，現在正好是學生課餘閒步的地方。望開去便是一片田野，也有遠山在「迷濛」外。右邊要闢為操場了，還打算圈一個園圃，作為學生園藝實習的地方，種菜，養雞，栽一些花果。

這裏有一個危險，學生和田園景色太親近了，還有園圃之類，讓他們可以真正過田園生活，朝陽，晚霞，花草，流水，會教青年學子忘記了時代的偉大和艱鉅，「藏修息遊」，避開車馬喧鬧，容易看到學問途程上的繁花盛放，卻要提防是否變了青年隱士。

還好，那裏每天都有報紙到，上午九時便有日報可看，晚報也在下午五時左右送到來。那地方絕不是荒村。學生都是從外邊來的，常要和老百姓親熱一下，還不見得要成為超世之士，他們要學習，要受指導的地方很多，我的朋友也就忙不過來，其中一位分明消瘦了，他說，幾個月來，忙忙碌碌，不知道幹出一些甚麼來。這也有幾分真實，誰也不能一時就把一間學校辦好；但看他們所處的環境，所具的精神，我知道他們是有前途的。——我應該重複說：苦是苦的，卻不是酸辛和煩惱。

把學生帶到一個幽靜的所在，讓他們好好用功學習，也許不是一個很好的辦法；但和在「繁盛地點」找校舍，把「騎樓」當作「課室」（　）的辦法比起來，那就不能不算是較好的了。

選自一九三九年四月十三日香港《立報．言林》

林歌

香港新書店舊話

抗戰發生以後，香港新書店業（指的是賣新文化書籍的書店）的發達，臻於空前未有的盛況，在皇后大道，荷理活道，與九龍方面的彌敦道，上海街，書店的招牌真是觸目都是，簡直與因抗戰影響得繁榮的小食店的營業，並駕齊驅，這種現象之形成，自然是由於戰事關係：國內出版機關的存書不能照常運到各處推銷，而香港不但成為大部份高等難民的逃避所，而且也成為一個戰時的文化站，因此大批沒有去處的書籍，也就在這裏開個銷場，從一般在書店裏所發賣的書籍，大部份是幾年前的出版物，這一點可以知道。不過無論如何，這現象總是可喜的，書店業之興衰是關繫着一個地方文化水準之高低；而香港新書店業之發達，正是暗示了一個最好的意義。

香港之有新書店，不過是十年間的事。十年前，新文化書籍在書店裏只是一種附屬品，是不大被人重視的。緣因是愛讀新書的人並不十分多，除了一部愛好新文藝的青年學生之外，差不多買新書的人也就是幾個寫文章的人。因此所有的書店，大都是以賣學生課本及文具之類的東西作為主要的經營，而兼賣一點新書而已，在這時期中，令人不能忘記的卻是荷理活道的一間「萃文」書坊，雖然它的營業仍然脫不了上述的方式，然而所賣的新文化書報卻比別家完備而有系統。要想買新書或想從中探聽一下出版界聲氣的人，無有不到那裏去。雖然老板對於顧客的待遇稍微有點不客氣，但人還是有着非去不可的樣子。因此「萃文」就儼然成了那時香港新文化氣息最濃厚的一家書店，接着在一九二八及二九左右，在同一地點的「荷理活書店」出現了，「綠波書店」也在前者的隔壁開張起來。從此才有了純粹的新書店，這兩家也仍舊賣文具和其他學校用品的，但已經一反普通書店的營業方式，它們已經以賣新書為主而以其他營業為副。尤其是「綠波」的色彩更為明顯，事實上，在那個時期全靠賣新書而希望能養得住一家書店，是困難的事。因此這兩家書店的壽命也不長久。不過文化是進步的，需要精神食糧的人逐漸增多，新書店也適應着這要求而陸續出現了。

十年前，在書店裏是不容易隨便翻書的，要想「有計劃地揩油」更談不到。除非你是經常光顧的熟客，否則你別希望小夥計給你一點好待遇。單行本多數是放在書櫥裏邊，要看，就得驚動小夥計拿出來。一看就買自然是受歡迎的，如果翻過了覺得不合意，把書交回小夥計放回去時，你得準備接受一個難堪的眼色。即使再想看看另一本書，也不好意思想開口。你不要以為陳列出來的定期刊物便可以隨便駐足翻閱。也許你的高速度的視力還沒有看完一個新刊物的發刊詞，小夥計的一雙手就會出現在你身邊，把你剛才翻過的部份故意整理。這無言的暗示是請你識趣一點。然而這還是客氣的。進一步還有「驚人舉動」：高興時他就捏了個雞毛帚子在你站着的攤子上面大拍一頓，必使你感到「精神威脅」而出於一走。有某書店的「老板」在這一門上表演得更為出色，他的拿手好戲是：從看得太入神的顧客手中把書搶回去。有一個愛逛書店的朋友，往往經過書店門前的時候便這樣說：「讓我們進去受辱一下好麼？」

進書店叫做「受辱」，在當時確有如此情形，實在進書店必須顧客買書，不但在「宣傳文化」的意義上說不過去，而且也非營業的聰明之道。打破了這種功利主義的，我們不能忘記「綠波」這名字。「綠波」不但在香港新書店中開了僱用女職員的風氣，而且還替讀書人解除了一種精神痛苦。新張伊始，他們就在門面和書櫥辦上貼上了宣言；說着他們書店的旨趣，是在於宣揚新文化，店裏陳列的書籍雜誌，歡迎隨意取閱，小夥計決不加以干涉。這個宣言實在吸引了不少從「精神威脅」中解放出來的顧客。影響所及，別的書店也不能不改變它的態度，不再敵視不買書的人了。

像現在，站在書店裏整天揩油也「悉隨尊便」的「好福氣」，在十年前香港的讀書人想像起來，簡直是做夢。

選自一九三九年七月五日《香港工商日報・市聲》

主編案：本文內容與侶倫〈香港新文化滋長期瑣憶〉一文〈萃文書坊〉、〈兩家書店〉兩節頗為相似，作者林歌或為侶倫的化名，待考。參侶倫《向水屋筆語》（香港：三聯書店香港分店，一九八五），頁四至八。

樓棲

教育的苦悶

結束了大學的生涯，便投身於香港的懷裏拿粉筆屑來餵飽自己。初來時背來了滿懷的不願意；然而盧溝橋的第一砲響了後，這一個粉筆屑裝成的飯碗，卻招惹了多少欠妬忌的眼睛。可是，當人家羡慕我的時候，我卻開始詛咒我自己了；因為我發覺到我欺騙了同學，也欺騙了自己。

很多人抱怨香港學生在過着醉生夢死的生活：但沒有人願意去了解香港學生的苦悶。香港學生秉賦了南國山川的秀氣，環境孵育了他們底熱情的易感的衝動的性格。他們生活在矛盾的香港社會裏，他們的心理也在生活的足跡裏畫下了重重叠叠的矛盾的弧線。

推廣來說，應該香港的社會來負責；拉近來說，應該香港的教育者來負責。

香港的社會，香港的教育，頭腦健全，神志尚清的人該摸得着，瞧得見，大家打個哈哈，心照不宣。香港的學生呢，有從平津來的，有從南京上海來的，有從廣州汕頭……來的，他們在香港學生層裏播了種子，發了酵；較之兩年前，香港學生已變了質。他們懷戀故鄉，懷戀祖國，積極一點的嚷打回老家，消極一點的便狂歌當哭，想做點真實學問的學生，一（ ）頭便給學校當局的生意澆了一盆冷水！

在祖國，教育是社會事業，教育者雖兩袖清風，但也「清風」得叫人尊敬；在這兒，教育是商場，學校名是商業牌照，校長是經理，教員是僱傭。辦學的目的是賺錢，教書的目的是謀生。上了當的想認真讀書的學生怎麼不垂頭歎氣？

祖國在抗戰，香港的僑胞卻在火山上跳舞，有的正在掘火坑，有的正在跳火坑，易感的熱情的青年怎麼不苦悶？祖國需要抗戰教育，而香港卻在推銷商品教育，易感的熱情的學生怎麼不失望？

教育的收效，先要引起情感的共鳴：你分給學生二分情感，他們會報答你五分情感；可是，你在一點小事情上欺騙了他，他便永遠當你是一個騙子。香港的教育者，有良心的是例外，大半從一開始就是騙子。騙子以為學生可欺，學生卻鄙笑騙子的手段（　）得笨。教育者與被教育者之間沒有情感的共鳴，只有騙術與騙技的角逐。

在祖國受過良好教育的學生都懷疑香港的教育是一個大騙局，在熱情的易感的性格裏投下了憎惡的火種，於是煽起了憤恨的火燄。他們不會在學校裏鬧風潮（從沒有跟店東搗蛋的傻顧客），何苦來，第二個學期，捲起鋪蓋走自己的路。熱情的學生看了這些光景怎不歎氣搖頭？

在國內，開除學籍是一個最嚴重的懲罰，學籍的開除等於人格破產的宣告。然而，在香港，開除學籍相等於唐吉訶德的戰風車，只是給自己描下了一幅諷刺畫。有些狡猾的學生居然指着校長，再指着自己說：「你開除我吧！」

也許我這些話說得過份一點，但有良心的同業當局會懂得這些話都是實情，一點也不過份。我離開學校生活才兩年，我懂得學生的脾氣，我更愛學生的純真。要在他們潔白的胸懷裏塗上一片污，那是一種罪過，我不忍，也不願意。他們懂得我的脾氣，不免常常向我訴苦。然而叫我發驚的是：他們所了解的教育的罪惡比我所經驗到的還多。誰是大騙子，誰是小騙子，他們歷歷如數家珍。

他們有了苦悶，常常向同學發洩，向教員發洩；可是我們的苦悶，才是啞子吃黃蓮，有苦沒處訴！

香港的學生是苦悶的，香港的教員更是苦悶的。教育是社會專業——然而到底是欺騙了自己。學生不相信了，我自己也不相信了。

學期終結時，學校當局都擔心下期學生會「負笈」他去，惶惶不可終日；其實，只要他願意拿出一分誠意來分給學生，學生們都會心滿意足，驅之猶不忍去。然而，即使是一分的誠意，很多人也吝嗇着，他們壓根兒就不願意對學生有什麼誠意的；既然以欺騙開頭，就應該以欺騙終結。然而，他們又何曾想到：「當今之世，不但師擇徒，徒亦擇師！」學生之「負笈」他去，活該！不過，吃大虧的還是到處上當的純潔的學生們。

選自一九三九年九月十四日香港《大公報・學生界》

徐遲

絮語

一

這些日子，報紙製造了人們的感情。

一個偶然的散步，發現我自己置身於濃蔭下的山腰的道路上。氣候似是秋天，周圍這樣沉靜，陽光徘徊在高大植物的華蓋。我是在暴風雨的靜止的中心。我在山腰爬上幾步，又降下若干級，不知從什麼地方來的。我有這許多的裕暇時光。我這樣散步着，直到我自己感到一些炎熱和一些飢渴。而這路，陽光和下面的海是更可愛起來了，牠們都有一些閃爍。

還沒有知道，我已經到了山下的市區，混入了人群中間。〔基〕於習慣，當我經過一個賣報童子的時候，我隨便的買了一張晚報。我把牠挾在臂下，當做習慣，仍然安閒的走上去，穿過紛擾的人，喧鬧的車輛。

我略略的翻開報紙，看看頭條新聞，我沒有什麼感覺，沒有什麼印象。我正為習慣的生活，思想，起居，行（　）所包孕。我是在一個暴風雨的靜止的中心。我步行着。

就在街〔上〕沒有了陽光，早熟的燈火照亮的時候，我或者搭一輛車回去，或者坐下在一個飯店中間，這時候報紙突然有了生命，鉛字奔向我，我開始能夠對世界的電訊明瞭了。

我會發生種種奇怪的感情，憎惡，（　）倦，驚異，張惶，憤怒，昏迷，甚至嘆息，悲哀，狂喜，滿足——這些鉛字從一個感情帶我到第三個，舉起我來，又擲下我，但不放鬆我片刻。

人類，人類，我會這樣呼喊；從大的又縮小到自我；為自己的民族擔憂，或為自己的民族振奮；想到了家，想到了妻子孩童。充滿了想像力，看到一切肉眼看不到的，看到一切我所從未看到的：得到了力。

我生活在暴風雨的靜止的中心。

在這些日子，報紙製造着人們的感情。

二

又有了一些裕暇時光，一些孤獨，一些因工作而生的疲勞，一些向輕倩鮮美的大自然的嚮往。那是很容易的，如果你有了這一切，搭上一輛到郊外去的公共汽車，你不是向一個遠處去，而是向自己最最接近的內心，迅疾地前進了。

晚上，我願意看星，召呼自己的記憶，因此我去了沒有燈火的曠野，或山間。我是消隱了，在一個高場，「空」「大」的中間，要召呼自己的記憶，要召呼遠方的人。有一個晚上，我這樣到了一個山上，但是到了目的地我才知道這晚上有雲。

一顆星也看不到，天空是潮濕的，沉悶的。

正在失望的時候，我發現了有一顆星正在中天。牠透出了雲來，光芒卻變了，從那些星原有的光潔和晶耀變得這樣地火紅的，殘酷的。這個天象繼續着沉悶，潮濕，而那顆星增加了牠的火紅，如毒蛇的舌尖，如不幸的人，早已流盡了血的，最後的一滴血還沒有乾。這是火星。火星。戰爭的星。第二天當報紙帶來消息時，也許你們相信我這敍述。這第二天是報紙揭示了德國進兵波蘭的早晨。

我有對於星的奇癖。因為在這個南海的島上，我能看到在北方，在江南，在中原，我所看不到的許多星座，尤其這幾天，沒有月亮而是清秋，若是沒有雲的夜裏，天色更藍，星的光芒更迫人——從一條荒涼的山道上，沒有路燈設備，也沒有深夜不寐的人家的燈光，從這寂靜黑暗中看。

午夜，蝎子星座移到山背，獵戶星座昇上來。你可以看到和假想的南極星接近的蒼蠅星座。可是，那是甚麼？一道強烈的藍色的光的棒，從這邊的天空掃射到那邊，另一道和牠交叉起來，在那個交叉點裏，一架無聲的轟炸機被照住了。

啊，戰爭。這樣想着，回過頭來看看火星，這樣火紅的，殘酷的，（　）氣的，象徵戰爭的星。可是再回過頭來，你可以看見凜然的，代表正義的木星。這光芒是導引的，安慰的，振奮的。現在中秋到來，又應了古詩人的「月明星稀」了。

選自一九三九年九月二十九日香港《星島日報·星座》

大帽山紀遊

「外江佬」到了香港，住定之後，不免想起要查查地圖，看看港九新界的山峯那一個最高。啊，大帽山，三千一百三十英尺，這已經高過南嶽衡山了。雖然還比不上江西的廬山。

有一位好逛山水的朋友，他在國內爬過五嶽，登過五台。到了香港不久，從地圖上查得「大帽山」這名字，決定第二天去拜訪一次。

他到了荃灣，這第二天，在一個茶寮裏坐下，和一位本地「小開」夾七夾八談起來。題目一到大帽山，那位小開就說他也久仰大帽山，多年想去一登，可是他雖然生長在荃灣，終於還沒敢一試，因為人們告他說，大帽山簡直不得了，不單是高峻，而且是荒涼。沒有正路，多少人迷失過。還有毒蛇猛虎，報紙上常登載「大帽山發現怪獸」等等，人少走這條路。使不得也。

看看為時已晚，又事務羈身，這位生長在大帽山腳底下的「小開」流人物又把大帽山說得神秘莫測，這位外江佬衹得廢然而返，卻從此便決定了他必登大帽山的願心。

後來這個外江佬常常自己散一回步，順便便到大帽山頂上去望望山海野景，在大自然中洗滌那城市生活的塵垢。那位荃灣「小開」呢，自然至今猶在仰望而已。你問問你寫字間裏，或別的你熟的香港人，都聽到過大帽山其名。說到爬一爬，則沒有一個人曾經……敢……。

據說本港洋人去過的很多，可是他去的路大都由荃灣或大埔，只有很少很人由錦田出發，而爬大帽山的真真趣味，當自錦田出發。

此之謂爬山，是 mountaineering。並非坐了爬山纜車到扯旗山頂過重陽便自以為已得爬山之名實的，或帶了穿高跟鞋的姑娘山間「拍拖」一番便沾沾自喜，以為已得爬山真諦。然而此之謂 mountaineering 又且能足數，前年英文南華早報有一位洋人寫港九新界山峰的，題其紀遊篇曰：香港漫遊（Rambles in Hongkong, Kelly and Walsh 出版），善哉，漫遊而已，只能過過爬山癮而已。

在香港爬山，氣候最好是清秋。十一月十一日正是理想的好日子，有好陽光，又乾燥，我們從錦田出發，經八鄉，沿新築飛機場的溝渠南行，到觀音山紫竹林吃了一頓素齋。有些少爺小姐已經看頭先兩小時的快步走駭怕，洩了氣「明哲保身」，原路退回去。真正的爬山，這時才開始。參加者二十人，內女士四名。名教授許地山，鬍子還這末長，又是書齋生活者，也策杖登山了。

從紫竹林尼姑庵往上，路只有這一條。大自然界幾個最普遍的現象是：看着那一片童山，滑溜溜的，等你走上去便是長長不可通行的蔓草山地了；但今天你行經這蔓草山地，只一次便奇怪然而可喜，踐踏下一條隱約可辨的路，留給後來者。

「哪個是大帽山頂？」

「在那裏，」我們那爬山朋友，今天是我們的嚮導，用手指指。

「不高，」有人說。看起來，大帽山和我們已到了半山的觀音峰高度相埒。其實觀音峯雖疾起而 prominent，大帽山頂卻在天上俯瞰群峯，穩重而雄壯。你看不到頂巔的，你望到的只是「大帽」的邊緣。

「不高？爬着瞧吧。」爬山朋友笑一笑。

爬了。從那隱約可辨的山徑往上，往上，祇此一條路，也祇是往上往上，沒有拐彎的，斜度自四十五度到六十度。

現在你要用手了，兩條手兩條腿，這才叫做爬。往上，往上，過了一個山頭又一個山頭，還是直上。草比你長，山越來越峻險。

現在沒有路了。記住了直上，自己造路吧。山是六十度峻險，只是草沒有樹，草先把你的手指一條條割破，現在你沒有一塊三四尺見方的平地來給你休息。現在是我們旅行的真正的一部份。中途你給蔓草捉住了，擒拿了，看你如何爭鬥奪路。你分開一堆又一堆的草，現在手指也開始破裂見血了，草四處生，似乎為了你，他們又故意長高了些。

口又乾。這是爬山的最大問題。帶水水太重，帶桔子——本地產的桔子便宜而好，但現在還沒有上市。——桔子又不能帶多，也討厭。帶檸檬的人有福。大約爬一次大帽山，如果沒有別的遊侶來分你的檸檬，你帶一隻去便足夠自己用了。這時，給蔓草擒住了，汗流浹背，太陽強烈，這時的檸檬越酸越夠味兒。咬破一個洞，從這個小洞裏吮吸酸汁——因為你爬山時還要利用手，你不能切開檸檬，這時的酸菓比甚麼都好，永遠的迴味。

直上而沒有路，和蔓草掙扎。正是絕路的人了。可是蔓草中忽然顯現一兩朵黃澄澄的雛菊，山的眼睛向你（ ），你知道你是爬山。

經過這六七百尺的一段便又有路，草也低了。可是這六七百尺峻險，岩石滑而且岩石常常給你絆下來，壓在你身上叫你流血。這整個旅行是一個大戰爭。

又有了隱約的路，可是還得爬，爬上一大段，又見一個峯在前面，再爬了半天，前面也還有一個。這次總到峯頂了吧，但到上面卻仍然有一個，這難道是一個永恒的無頂的山峯？最後，你已經是最高了，峯頂黑的巨石，形態各殊，好啊，你倒下來喘氣，草埋葬了你。片刻，站起來看看風景，天啊！

還有一個高峯在前面。

再爬，幸虧這一段已不困難，經過了半山的一場大戰，你已能履險如平地。到了大帽山頂（Peak）你是百里內最高的一個人，峯頂的人！

峯頂甚麼也沒有，一根鐵柱是標記。論風景，沿途也什麼沒有，本來你是來 mountaineering 啊，僅僅為過癮啊。

可是下瞰村谷，那裏是林村，那邊是香港，小得可憐。令我流淚地可憐的小小的香港啊！要是想到香港皇后道，其戲院咖啡店，舞場，其中的患都市病的「人」，香港沒有什麼可玩，三條街盡於此矣，他們説。可憐，可憐得令我們要流淚了。

看，天空雲與雲之間一條光芒的帶子。繞着宇宙一圈，看他旋轉三百六十度，宇宙的腰帶。看，太陽，火的球，生命的最初亦最後的意象。下面是玩具，鐵道不過一根火柴梗，一個金黃的樹林子不過一隻檸檬。過了大半天，另一個爬上山來的人在山徑上出現，辛苦地，喘氣如一個火車頭，而愉快地，懽快如太陽，「這是峯頂？」二十人都到了峯頂，內有四位女士。

「是啊。」一説他立刻倒下來，草埋葬了他。到了峯頂，每個人都是好朋友了。許地山教授到時說，「啊，也到過大帽山頂了。」關於香港人傳述的大帽山的偉大，這老教授也憑了他的體力來克服了。記錄，第一個到峯頂的，計化一小時十四分鐘。他立刻發現草堆中一柄小洋刀，是前一次爬山的人留下的小小紀念物，自然歸他所有。

下山天色已黑，在斜坡上滑下去。這是蛇季，大家提心吊膽，手牽手一個荒山中的行列。嚮導給我們找小路 Short cut 落到城門水塘，走水塘馬路下山。到了荃灣，趕上末一班巴士。

下次再為諸君談大嶼山馬鞍山紀游。

關於這種爬山，為求靈魂的飛翔，我特別要介紹坐寫字間，玩小麻將的生活可憐的小市民。在香港，爬山環境再理想不過，山雖在遠處，巴士，火車片刻帶你到了山腳，馬路築得好，給你減少許多麻煩。國內那有此種的便利。早發晚歸遊歷了名山。現在這秋天是最好的時令。到這個星期尾，背上旅行囊，到大山中間去呼吸一口磅礴的空氣。

或者，在滿月夜，月尖下，爬大帽山。有許多洋人這樣試過，到峯頂造火取暖。接受這山峯的邀請，諸君，不妨再帶你香港朋友去，他們統統是沒有去過的。許多人去過，但到半山找不到路折回了。啊，在找不到路的時候，剛剛是有意思事的開始。若然你從未試過 mountaineering，現在要不要一試?把你的汽車擲回車房，利用你的一雙手，兩條腿。

蘇格拉底的「山山都一樣」，甚麼話!

署名余犀，選自一九三九年十一月十六至十七日香港《星島日報·娛樂版》

故紙堆

一大堆破紙，夾雜着舊雜誌，搬家的時候不打算搬，就留下來。好在屋主人是熟朋友。後來，他幾次催我把這一堆破紙搬走，始終沒有興子去搬，一直到最近，我又搬家搬回了原處。這一堆破紙又赫然湧現，然而我仍舊不看牠，不理牠，不翻一翻牠。有一天我在廚房的竈下發現了其中的一部分，已有許多煮過了我的飯。到那時候我纔警覺了這一堆被我冷落遺棄的破紙的可悲的命運，我竟能對於我過去如此之無情。我就自己蹲踞下來，匍伏在廚房裏，竈頭底下，要找我自己的過去。被我發掘出來，過去凝集在裏面的破紙：一篇是放逐中的意大利人的譯文，（我想起了曾經熱愛D.H. 勞倫斯的時期）一篇是卻爾斯蘭姆的南海大廈的六千字註釋，正文卻已經沒有法子找到（我又想起了，熱愛蘭姆的時期），還有被裁縫的裁縫第一部的一部份（我又想起來，喀萊爾曾經佔領過我的頭腦足足半個年頭兒。）然而。那些卻是浪費的熱情了。譯出蘭姆的伊利亞試筆來的雄心既不能完成，被裁縫的裁縫更是東撞西撞，譯得自己頭破血流，而最後不得不嘆一口氣放棄的，過去，勇敢的事件真是有不不少少的。看，我又拾回了一本劍橋版的論中心傳播，那時候竟涉獵到文化人類學。又拾回了一本牛津版的沙士比亞字典，可怕的東西，於是一小節論梵·哥訶與果庚的譯文，這是譯自赫倍里德的藝術之意義的，這本書新近好像由原著者訂正修改重行出版了一次。沒有想到破紙堆中有這末許多寶貝。一疊國家的雜誌，一疊新政治家與國家雜誌，一疊新共和國的雜誌，一疊新群眾，一疊紐約時報的書評雜誌，又一疊泰晤士報文學補頁。

是這些造成了這一堆破紙的量的——三尺高。原來是這些，被我遺棄了的。此外零零碎碎的破紙裏有一些譯詩，自然沒有電影說明書（我是最不愛看電影的），卻有更不少音樂會的節目單。有幾份節目單被夾進了一對門票，我便要思索一下。我不知我是怎樣積起這許多東西來的，牠們塞滿了一個紙袋，堆起了一個堆，裝滿了一抽屜，包裹成一個包，又疊在轉角落，這樣又進了一個（　）籃。有五年前的東西，十年前的東西。這些是不是自己的浪費了的生命呢？這些，難道是我的浪費的生命中的渣剩？我曾經在裏面求過生命，求過真理，求過美麗嗎？是的，我曾經希望過一個書齋，一個音樂室，甚至計劃過開一個舊書舖子，計劃過開在北平，計劃過開在上海，計劃過開在昆明，計劃過開在香港。計劃香港舊書舖時，已經有人嘲笑我，說我「又來了。」過去的事情，過去的夢都這樣容容易易的忘記了。過去有野心讀法文，意大利文，德文和希臘，拉丁，那些野心簡直可笑。現在從這一堆破紙中，我可以找到我自己的過去的許多詼諧的破紙堆上的字眼。若然我想嘲弄一下我自己，我可以從破紙堆中找材料。我會找到許許多多的。我也有了一個頗為沉重的過去呢？自然，越是沉重，詼諧的材料便越是多。可是這一切努力，難道對我是白費的嗎？是他們造成我今天，造成今天的我的，完成了我今日的人格的。是的，現在我不是仍舊，在製造着來日的一個破紙堆嗎？一個人不斷的，當你說他是詼諧的，東找一樣學問，西抓一個學問，在追求着真理的時候，他總可以接近牠一些，而不會遠離牠一點的。真的嗎？真的。這使我想起了一個朋友告訴我的，萊辛的一句話，「告訴我，誰說的，兩點之間最短的一條綫是直綫呢？」在找尋甚麼，在到達甚麼以前，走錯了道路，甚至迷了路亂轉，誰說我不是走了最短的一條路呢？我經過這破紙堆，誰説我走了一條遠路呢。人類是越來越接近了真理的。不是走最短的路，而事實上他走的還是最短的路啊。只要他走的時候，是拋棄他自我的成份的。一切，向真理行進不是為他自己的。現在我卻真的不珍惜那一堆故紙堆了，讓牠們燒煮我的飯吧。

選自一九四〇年五月二十日香港《大風》第六十七期

最後的玫瑰

最近，我們讀到葉靈鳳的「喬伊斯的守屍禮」，這是一篇很有意味的西洋文學報道與評述。我們僑居在香港的人，居然還能夠常常看到這些歐美試驗派（Experimentalism）的作品。所以有幾個內地的朋友，甚至表示了羨艷之意。其實，試驗派徘徊在技巧與形式的圈子裏，時候真久，雖然紅過一時，不幸成就不算大。到了這樣的一個今年，他們的命運看來已差不多了。曾經鬨動一時的喬伊斯（James Joyce），不再能吸引人們注意。那個固執的老太太斯坦因（Gertrude Stein），最近雖然繼續的固執，出了一本書，讀書界已不予注意。近來巴黎吃緊，她和他們的一群大概也逃往鄉下了吧。

我本來是最愛好這一批作家的，現在看到他們的沒落，也不禁有些感傷。可是他們的來龍去脈，不難從這個世界的政治經濟發展之中找到。四季有四季的不同的花，把他們譬喻為夏末的最後的玫瑰，再適合也沒有了。也曾有人反對我用這樣的名稱，因為對於最後的玫瑰，我們總會有憐惜之意。然而我正是為了對這些試驗派作家不免於憐惜，才稱他們為最後的玫瑰的。

一個學心理學的女人，科學地訓練了自己能在注意力不集中的時候寫文章。她不是寫「意識」的文章，她要寫「潛意識」。她寫出來了，是這樣的東西：

Full well I know that she is there
Much as she will she can be there
But which I know which I know when
Which is my way to be there then
Which she will know as I know here
That it is now that it is there

——自‘Stanzas in Meditation’

這已是斯坦因女史今年二月份的近作。這樣的東西，誰也看不懂的，她已經寫了四十年。她非常孤獨，她也非常勤力地苦鬥，而這樣的東西曾經得到詩人兼批評家艾略脫的讚美：「明日的文學就是這樣的東西……文學中的Saxophone。」我曾經非常喜歡她的作品。這可不是我們夢中有時也讀起書本來而讀到了的章句：不吃力，純粹，滿足了我的也想讀讀文學作品的潛意識。我們讚牠，雖然醒着讀，卻彷彿在夢中讀，就很能欣賞，狂喜。

說來話長，這樣的東西，在我們讀普洛斯脫（Marcel Proust）的時候就已經能讀得到一些的，到伊斯的作品，更濃重地有這個表現了。那位十足美國年輕人的明朗的威廉沙洛揚（William Saroyan）與及全部英國婦人的沉悶而智慧的浮琴尼．華爾孚夫人（Virginia Woolf）都在這一條潛意識的溪流上挑選一塊地，營巢而居寫文章的。

扯遠一點，繪畫也找到了這條溪流。經實現派的 S. 達利（Salvador Dali）就說過：「大家是超實現派的時候，這世界才好了。」何等的快樂的夢囈！可是有這潛意識的探險，並不是沒有原因的。我們不妨一讀斯坦因女史寫的畢伽索傳（她一生只寫了三部令人讀得懂的書——「三個生命」、「自傳」及前年出版的「畢伽索傳」），最末一節說：

「你別忘記從一架飛機看世界比從一輛汽車看世界更出色。汽車是地面上的進步的終局，雖然速度可以加快，實在，汽車中看到的風景，正如在馬車、火車或牛車中，或在散步時，所看見的風景一樣。而飛機中看下來的世界則不同了。所以二十世紀不同於十九世紀，而有趣的是畢伽索雖沒有坐過飛機，卻因為這是二十世紀的緣故，他不能不悟到世界已不同於十九世紀的世界，他繪它，不能不同地繪它，他繪的是現在全世界都能看到的一個世界，我在美國時，是第一回旅行常坐飛機，當我下瞰世界時，我看到了立體派的條線是在沒有一個畫家曾坐過飛機的時候已經畫出來的。我看到世界上，畢伽索的混亂的線條，來了去了，自生自滅，我看到勃拉克的簡單的答案，我看見馬松的漂浮的條，是的，我看見了，我還知道了一個創造者是一個當代人物，他了解甚麼是當代，當當代人還不知道的時候。」

是的，二十世紀不同於十九世紀。斯坦因很輝煌地為畢伽索找出了一個理由來，可是誰能為斯坦因找一個理由呢？我們試一試吧。

世界在進步之中，汽車是地面上的進步的終局，而飛機是空間的進步的開始。對於坦斯因這是一個大發現，問題卻並不在是這世界已分裂為兩種了；兩種世界在歐美已特別顯明的對立了起來。

兩種，是什麼樣不同的世界呢？這裏我最好引用另一朵最後的玫瑰亨利密勒（Henry Miller）的話。他最近出了一本宇宙的眼睛（Cosmological Eye），有論文，有小說，有散文，有隨筆。好了，在密勒的宇宙的眼睛底下，他對世界失望了。

「街上像麥克斯的人多得很。然而麥克斯是失業，麥克斯又是飢餓，麥克斯又是貧窮。」一切不幸集於他的一身，密勒從這世界中提煉出麥克斯這個人來寫成他的小說。他失望了。

這世界是甚麼？密勒寫下來，一大堆，軍備、潛水艇、酗酒、梅毒、離婚、自殺，寫了五六十種。這一篇東西，他就題上了「死的宇宙」一個題目。他說寫聖裳曼福堡這個城市的普洛斯說，寫都柏林這個城市的喬伊斯，與及寫巴黎的他自己，都寫出了一個個死的城市來。城市是死了，文明是死了，進步是死了，城市市民是死了。

必須記得，密勒自稱是承繼了 D.H. 勞倫斯衣缽的。這一朵最後的玫瑰，勞倫斯，是怎樣的一個作家呢？二十世紀，連試驗派作家也憑了他們的深刻的眼光，解剖刀似的筆，雖然是無意之中，卻來暴露了城市怎樣的死亡的事實，真是暴露得使人佩服，比那些誠心誠意的有信仰的暴露者往往更真切的呢，勞倫斯自然也吹出了這個死亡的送喪的號角，可是這偉大的奇才追求生命，追求光明，追求至上的戀不息，直到他死去。

現世人見了太陽害怕，現世人對太陽已失去了原始的感情（見其所作「啟示錄」）而勞倫斯的一個短篇小說「太陽」則強烈地描寫了那位追求太陽的妻子，離去英倫霧國的她的蒼白的丈夫，到西西利島上去。便是賈泰萊夫人，多末強烈的一個在死沉沉的康威爾眾生之中追求生命的女人。「死去的人」，復活過來，「闖入者」，過最快樂的假期。還有

如果工作不能勾攝你

如像一個遊戲，你別做它！

勞倫斯至死也不放棄他在死的宇宙中的對於生的追求。然而密勒已經做不到這一點，他不能在他的作品宣傳強烈地「生」的勞倫斯式的福音。

自第一次歐戰到第二次歐戰，這個時期之內，戰後文學真是如火如荼的。可是歸納起來說，他只成功了描寫「荒原」、「守屍禮」等等。

前面說到的兩個世界中，一個世界，一點不錯，是死的世界。在這個死的世界裏，「我們用咖啡匙量出了生命」（艾略脱），沒有生命，沒有愛情，沒有信仰地在死之願望（Death-Wish）中活着的作家，出發作潛意識的探險了。同時徘徊在技巧與形式的圈子裏，相信如 S. 達利相信的「人

人都是超實現派才好了」的快樂的夢囈！那也是非常自然的事，對於他們。

那末，不是又很簡單了嗎？有着兩個矛盾的世界觀，那個舊日的世界觀今日還產生了幾個絢麗的姣艷的玫瑰雖是夏日的最後的玫瑰。

另一個世界觀也產生了作家，論到技巧，怕遠不如斯坦因喬伊斯與密勒，他們的文章與風格都這樣的好的。然而一在消隱之中，一在成長。一個是黃昏，一個是黎明。在死的城市之中，一種文學在紀錄垂死者的心理，一種文學卻在創造生命——生命取另一個姿態出現。像一個懷胎的母親，當她看到她腹上胎動的時候，她叫（喊）起來。

「看！生命，生命！」

我卻覺得最後的玫瑰還是值得我們憐惜的。換句話說得可以更明白些；斯坦因女史他們的潛意識的宮殿，固然我們並不要去住，可是作為夏末的玫瑰，我們還是要玩賞一下的。

顯然的，古典的時代早已過去。現在我們在經過一個快要過完了的野獸的時期。這一個時期過去之後，我們可以進到第二個黃金的，古典主義的時代的。可是，真的，對於這野獸時期的作品，我真的戀戀不捨，更因為他們現在是「無人顧問」，着實有些抱不平了呢。

為使我的意思更明白一些，我必須大略談談另一種世界觀的西洋文學。特別有些興奮的，是辛克萊（Upton Sinclair）最近出版的一本新書「告訴世界」（Tell The World）其中談到斯坦因培克（John Steinbeck）的「憤怒的葡萄」（Grapes of Wrath）時，他說：「這本書像『屠場』。」這樣說到了他自己：「我覺得一個人也不能永遠地寫作。斯坦因培克如果要我的一件外衣，他可以把它拿走的。」

我們如果把兩種不同的文學作品來着看，兩者的不同，會使我們含笑，也會使我們陷入沉思的。

選自一九四〇年六月二十二日香港《大公報·文藝》

高貞白

巴黎學生的生活

在巴黎的大學生，法國人佔三萬名，外國人一萬名，他們多數住在拉丁區。法國的學生皆是自給的，法政府並沒有什麼獎學金給他們，也沒有開什麼展覽會給他們籌學費。他們完全靠自己或是家裏的供給，人們曾說過，世間有三種人用不着靠人生活的，第一種是印度的托砵僧；第二種是中國的苦力；第三種是法國的學生。

一個學生交給了學費之後，買好了課本，所剩的無幾了，他就聯合三兩個朋友花幾百佛郎的月租在拉丁區租下一個房間。他們早上自己弄早飯。早飯，至為簡單，無非是咖啡可可，和麵包之類。從早上九點半至十二點他們到學校上課。吃午飯時，要看他們的荷包是否豐富而定。有些學生可以在小飯館吃五道菜的午餐，所費不過十五六枚佛郎。有些則在更小的飯館吃一碟青荳和馬鈴薯，或煮牛肉，所費也不過七八個佛郎而已。

吃過了午飯之後，也還可以花二三個佛郎買水菓吃，法國的水菓是相當貴的，二三個佛郎當然不買到應時的水菓。然後跑到拉丁區他所歡喜的那一個咖啡店坐下來喝濃厚的黑咖啡。我們如果經過拉丁區的咖啡座，有人坐在籐椅上喝黑咖啡的，我敢和你打賭，十個居了九個是學生。

二點到六點完全是上課的時候。下課後又是將近晚飯了。他也許在房間裏的爐子上自己燒些飯來吃，不高興時又跑去上飯館了。吃完夜飯之後，又讀書。過了十二點後，我們經過拉丁區常常看見最高的一層樓還有燈火。

星期六夜是娛樂的日子，多數不讀書了。法國學生因為沒有甚麼俱樂部等可以加入，他們只有向咖啡座或飯館找朋友。坐下之後，喝幾大杯酒，亂談一回。他如果再想快樂一下。他可以跑到跳舞場花上三四十個佛郎消遣一夜。但是他們到了舞場還是談天的居多，法國人和義大利人有種相同之點，朋友碰到頭談得難分難解，在路上往往站着說十幾分鐘。法國人富於談話的天才，加上法語是世界上講起來最優美流麗的語言，無怪我們外國人聽到了他們談天有時也不忍離去的。

有很多人寫了關於法國學生和他們女朋友的小說。其實並不完全是浪漫的。法國人天性是講實際和經濟的，而且巴黎的房間一個人住也好，二個人住也不加價，那末學生們又何苦孤枕獨眠呢？她在房裏替他洗一點小件的衣服，打掃房間，補織衣服，又經濟，又實際，各得其所。他們是永遠不想到結婚的。

有人說巴黎的學生生活太過浪漫，但我以為不見得。飲食，男女，娛樂，我國「聖人」向來不禁。法國人的浪漫，並不因此而致「綱常」掃地。

選自一九三九年十一月二十九日香港《國民日報·新壘》

黎晉偉

寫在日閥獻媚後

日軍初入南寧，竟致電李白兩將軍，始則稱揚政績，「表示敬意」，繼則謂「極力避免破壞其慘淡經營之建設，對各人生命財產，予以充分保護」，此篇大文，不知是否出自蕭伯納？否則斷無如此滑稽，日閥以進攻廣西，而「表示敬意」，慘炸南寧，乃「極力避免破壞慘淡經營之建設，對各人生命財產，予以充分保護」可謂極盡顛倒黑白之能事矣！

昔太平天國猛將石達開，揮軍北伐，師次馬當，時曾湘鄉駐軍彭澤，竟致書於石氏，推崇備至，許為國士無雙，並勸以去「逆」効「順」，石除嚴予申斥外，更附有詩云：

揚鞭慷慨蒞中原，
不為仇讎不為恩，
三年攬轡悲羸馬。
萬泉梯山似病猿，
祇覺蒼天方瞶瞶，
莫憑赤手拯元元，
我志未酬人亦苦，

東南到處有啼痕！

曾氏知石不為所動，退三十里避之，而石亦趨宿松，繼續進發矣，今日閥之無聊手段，類似當日曾湘鄉，但日閥以進攻「致敬」，而曾氏則以還兵而避賢，其相去不可以道里計，此其所以泥淖陷也。

一年前我白將軍，以翼王為一代民族英雄，為使後人景仰計，乃在貴縣捐廠建築翼王亭，至今尚矗立巍峨，為河山生色，則其抱負如何，不難想見。寄語日閥，亦可休矣！

選自一九三九年十二月二十六日香港《國民日報・新壘》

主編案：據梁啟超《飲冰室詩話》第二十五則，石達開原詩作：「揚鞭慷慨蒞中原，不為仇讎不為恩。祇覺蒼天方憒憒，莫憑赤手拯元元。三年攬轡悲羸馬，萬眾梯山似病猿。我志未酬人亦苦，東南到處有啼痕。」見梁啟超《飲冰室詩話》（北京：人民文學出版社，一九五九），頁一八。

陳君葆

前進底思想與思想的前進——紀念蔡元培先生

蔡元培先生的去世，無疑地是中國的一個大損失，尤其是中國思想界的一個大損失。許多人更感覺到，中國正在抗戰的程途當中，他老人家竟這樣便撇開我們而去，這好像黑夜裏的破舟，在驚濤怒浪中失了明燈一樣。說確切一點，自從蘆溝橋事變以來，每經過國難的一度加深，或是每當着戰局發生了劇烈變化的時候，大家總是本着「以彼一言為重」的心情，盼望他對時局發表一下意見，好來做他們行為思想的指南針。這迫切的盼望，在汪兆銘叛國從重慶出走以後，更為顯明。自從汪氏出走，繼着發出艷電，引起東亞局面的許多波瀾，這總算是一件大事，因此一般人總想蔡先生應該有些辭嚴義正的文章，對這事作個公道的批評。但是遲之又久，這位哲人終於一句話也不說，一個字的評判也不加，於是許多人不覺懷疑起來了。國家在絕大的危難當中，思想是最容易亂淆的，怎樣「正其視聽」，這正是撥亂扶危的第一要着，而現在蔡先生竟緘默起來，又何怪大家都莫明其妙呢？難道蔡先生把國家民族都置諸腦後了嗎？我想並不如此。我想一個人對於某一件事情的真正態度，常可以從他平日所表現的思想和行為觀察得出來。「讀聖賢書，所學何事」。汪「先生」與蔡先生所讀的書，並沒有兩樣。汪「先生」與蔡先生之所學，也並沒有兩樣。但是到了發而為思想，表現於行事，一則淡泊明志，一則賣國求榮，相去竟然這樣的遠。蔡先生是有血性的男兒，對於這樣不肖的黃帝的子孫焉有不深惡痛絕而想痛加斥罵的道理？但是他始終不出一句聲，這正見得他對於醜顏事仇者的深惡痛絕之甚。這正是孟子所謂「不屑之教誨，是亦教誨已矣」。因為既然痛絕深惡到了「不屑」「不齒」的程度：即是「與國人共棄之」了。既與國人共棄之還有甚麼話可說呢？春秋有「嚴於斧鉞」的「一字之貶」；不過我想無字之貶也許會比那有字之貶來得更厲害咧。

這樣蔡先生之死，的確是「重於泰山」了。但是我以為蔡先生的偉大，還是在他對於思想的態度的一方面。他的一生最大的貢獻也在這裏。五四運動奠定了新文化的基礎；同時也就做了國民革命的先驅，這我們大概都一致地承認了。但是若果不是因為蔡先生，那末，歷史上會不會有五四運動的一回事，就成了疑問。若果沒有五四運動，二十年來的歷史，它的演變會作甚麼方式，那倒是一個很耐人尋味的問題。固然，一種思潮的發生與進展，是受了歷史的定律所支配的，是有它的必然性的。但這並不是說一種思想運動的發生與進展，並不關繫乎人，並沒有人事的成分在裏頭的。只要是真理，結果一定會壓服一切敵害的勢力，而得到最後的勝利，這多少總是一種期望的想法。事實上，真理而受到橫暴的壓迫，不得伸張，歷史上這樣的例子並不少。含有十分真確性的思想運動，每每因為某一種勢力的排斥與壓迫——例如宗教徒之被殺戮禁錮——結果非完全被禁絕便是因為受到阻遏而倒退了好幾百年。耶教在羅馬帝國的期間卒不至完全被禁絕，真不能不算是僥倖的事。穆勒說的好：「如果我們說真理本身具有不可糜滅的力量，不怕牢獄也不怕焚燒，那簡直是慰情的空想罷了。人們愛好真理並不比他們傾向過惡更心切，因此，在它初萌芽的時候，如果施以相當的法律或社會的禁制，則遏制真理將會和禁絕過惡一樣地成功。但真理卻有這樣的一點便宜，即真理可以一次，兩次以至多次被禁遏至絕，但在長久的年代中，總有人會把它重新發見，也許終歸有一天，因為比較適宜的環境，它的重視避免了迫害它的惡勢力，以後便蓬蓬勃勃地發展起來，一切禁絕它的企圖都歸於無用了。」所以我們有時也感覺到五四運動的成功，最少一半是由於天幸。幸虧那時長北大的是蔡先生。又幸虧他的主張是「對於學說，仿世界各大學通例，循思想自由原則，取兼容並包主義……無論何種學派，苟其言之成理，持之有故，尚不達自然淘汰之運命者，雖彼此相反，而悉聽其自由發展。」要不是如此，誰能夠想像我們還能夠在這裏來提倡新文字呢？

古語說：「流水不腐，轉樞不蠹。」思想正像水一樣，它一定要不斷地在流動着，永遠地自新，才能夠發生好的作用，一日停止，便會變為臭腐了。歷史上每一個大時代，總有一種前進的思想做它的主要的決定因素，而這種前進的思想的進展與所採的方式，又每每要看思想的領導者來決定。許多人稱道蔡元培先生，總說他「老成持重。」也許這個觀察不錯。不過我以為蔡先生真正教人佩服的地方卻在他的思想永遠是前進的這一點。正因為他的思想是前進的，不拘於成見，不囿於因襲，所以在二十年前，他才會相信「白話文一定佔優勝的。」又正因為如此，所以在二十年後的一九三七年，他才會領銜發表了「我們對於拉丁化新文字的意見」那一篇宣言。我還記得那年蕭伯納到香港來的時候，香港大學開會歡迎他，臨時請他演說。他在演詞裏說道：「如他一個人在他二十歲左右不是一個革命者，那末，等到他四十歲的時候，你簡直可以當他是已經死去的了。」那時，這位幽默的詩人自己已經是七十多歲的白髮老翁了。當他說這話，對於他自己究作何感想，我們可不曉得。不過若果那時的歡迎會上蔡先生也在座，我想他一定會作「會心的微笑」的。

選自一九四〇年五月一日香港《香港新文字學會報》第十三號

從「雙十」說到辮子

提起「雙十」節，便會聯想到「剪辮」的事情。這並不是因為對於已經割棄了三十年的辮子有甚麼留戀，反之就是因為對於它有一種不可名言的厭惡的緣故。固然的，世界上有辮子的不只一種人，但是把辮子編得長長地拖在後面，有時竟拖到腳跟，卻只有「支那人」了。至於拖一條長辮子在後面，這事的本身不能算一回甚麼奇恥大辱，我們大概也得承認。

記得「光復」的那一年，那天晚上，我剛在基督教青年會裏上課，補習英文，突然地辟辟卜卜全市的居民放起爆竹來了。當時聽說革命軍攻陷了武昌了，大家都表現了一種異常的興奮。教員先生伸首望望窗外的大鐘樓，這時還不到九點。他宣佈把課停了，大家跑回家裏去探問消息。第二天，我把辮子剪掉。我覺得異樣的愉快，因為我對於辮子實在太厭恨了。原因之一是，我同時有一位姓馮的同學，他年紀比我小兩歲，卻能夠自己理辮子，而我竟是莫明其妙。我有點不服輸。現在我竟然能把這討厭的東西處決了，這一喜可知。還有，我的祖父在光緒卅四年間已經把辮髮剪去了，但那倒不是「反清」思想的結果。事情是這樣：他年紀太老了，自己不能理辮髮，但他性子很急，有一次他等理髮的人來等得有些不耐煩了，竟拿起剪刀把辮子割掉。我想起他這直捷了當的辦法，曾有好幾次想學他。但環境不許可。

辮子這東西歷史地是滿清的統治者給與中國的特殊賜予，譬如提人，如果能抓着他的辮子，的確是再好沒有的便利。我們試想石壕村的老翁，如果當時便有了辮子，誰敢說他卒能逾牆逃脱呢？滿清的統治者在這一點上的確比前代高明。對於辮子感覺到特別興趣或留戀的，我想只有當時的士大夫階級。至於一般老百姓，對於它固然感不到一點用處，而且對於它所象徵的是甚麼也許不十分了解。他們為着生活的實際，每每要把辮子捲起來結成一髻，或者盤繞在腦袋上。他們這樣做，是否也為着要避免比較地容易被抓着的動機呢，可不大清楚，然而老百姓的辮子隨時有被抓着的危險，卻客觀的存在，這倒是事實。在這裏，奇怪的現象是，□□□□□□□□□□□□□□□□□□？

現在，辮子是剪掉了，但愛抓辮子的劣根性的似乎還在我們當中普遍地存在着。

選自一九四一年十月十一日香港《華商報・燈塔》

方施

香港的街

當你從另一都市第一次光臨香港，在九龍倉下了船，搭輪渡過海而抵皇后碼頭，你第一步踏上了干諾道，那些站立在海邊的建築物們有禮貌地向你道說歡迎詞的時候，你以為這就是香港了，而你是在香港的街上走着了。是嗎？

一點不錯，這就是了。現在，我以一個老香港的資格，再來指點你一下：在牠的後面，還躺着有同樣熱鬧和同樣平坦的兩條，行駛雙層電車的德輔道和行駛紅色巴士的皇后道。牠們的五光十色，將使你目不暇給。

但是，請你注意，這些街卻並不是香港的「土產」，牠們和世界上任何一個大都市的街沒有多大區別，除了商店的招牌上寫有斗大的中國方塊字；牠們是一般的，不是特殊的。

航海雖然是一件有趣味的事，但是這許多天裏總不免有些風浪，使你略有嘔吐，而你是感到疲累了，你需要休息。於是，你找着了一家相當滿意的旅館，你住下來了。

當午餐的咖啡使你恢復了旅途上的勞頓之後，你忽然想起了此來的任務，你有找幾個朋友談談的必要。你揿了電鈴。侍役很恭敬地走了進來。他會用國語或英語回答你，關於你的朋友們的住址的遠近和走法，他會問你要不要喊一部「的士」，你當然回答要的。

於是，當你有的碰到了地有的適逢不在家沒碰到地訪問完畢回到旅館的時候，你恍然有所醒悟，原來像你的朋友們所住的地方，那才是真正的典型的香港的街呢。在有些地方，「的士」停下來，你必得下車步行走下去一段，才能找到你的朋友的住宅的門牌而在另一些地方，你卻不得不氣喘喘地爬上幾十級或幾百級之多的石級才能找到。那時，你若攜帶着一根手杖，就好得多了；若是不幸沒有攜着，你就會有點懊悔，為甚麼把牠放在旅館裏不帶出來呢。「的士」恰巧停在你的朋友的住宅的門前，是很少會有的事。

香港的典型的街，大別之可以分為兩類，一是山坡，一是石級，往往都是在四十五度以上或甚至九十度地傾斜着的。

這在你一定是不習慣的。你會感到有一失足滾下去跌個半死的危險的可能性，當你下山的時候。如果你是患有心臟病的，則你更會因了懷有恐懼的心理而心跳得十分厲害，你的面色會很慘白起來的。

但是，如果你在香港住久了，而且常常步行，不乘轎子，則慢慢地你也就習慣了。不但如此，而且你的胸部和腿部的肌肉，還會因了這種日常的爬山運動而更加發達，使你在三五個月以後，變得十分的強壯呢。

不過，話還得說回來一點，如果你真的是一個心臟病的患者的話，那麼這個結論，對於你，就很難以成立了。

香港的典型的街，是很得意的呢，在黃昏。即使是一個下雨的日子，你也不會詛咒牠們的，你會覺得腳底下雖然有一點兒滑，但卻是有趣的。若是一個初來的生客，那情形就兩樣點了。

香港的典型的街，不是你在另一個都市裏所能找到的。

選自一九四〇年五月八日香港《國民日報・新壘》

施蟄存

兒童讀物——薄鳧林雜記之四

好久不留心到兒童讀物了。最近，孩子們來到香港，纔想到似乎應該給他們預備一點「文化糧食」。於是為了這個目的，在皇后大道中各書舖中巡邏了一個下午。結果是毫無所得，勉強買了兩三本小書回家，正如我意料的，孩子們並不能恰到好處地了解牠們。

我發現，在文字這方面，目下市上流行的兒童讀物彷彿全沒有注意到讀者的程度。我要尋求的是小學三四年級程度，年齡在十歲左右的孩子的讀物。不論我所檢閱到的兒童書封面上有沒有標明本書的程度，凡我所能看到的一些為小學兒童印行的故事書，幾乎每一本第一頁就有問題。在一本書的第幾行上讀到「每況愈下」這個成語，我就把那書擱下了，雖然我相信那是一個很好的故事。又在另外一本書的第一章中讀到了「轉瞬間」和「無補於事」兩語，這本書也被我放棄了。最後勉強買回家來的那一本小書的第一頁中，我很替「點綴」兩個字躭心，結果居然是無法使我的孩子完全明白牠的意義。

至於在內容方面，雖然小學教科書早已採用了貓狗談話的教材，可是兒童讀物的出版家及著作家似乎近來反而又傾向於智識的「投塞」了。我並不反對給兒童補充一點智識，但我們不能單注意於這智識而根本忘記了兒童。兒童對於各種智識的吸收是有限量的，一般的說起來，似乎祇能限於日常生活的科學淺釋，以及與他自己所生活的社會有關係的歷史地理的常識。對於一個上海兒童，你告訴他黃浦江的源流，比之於長江更為恰當，但倘若你要把尼羅河的智識放在他的小頭腦中，那便是多餘的。我要給我的孩子找一些關於科學常識及民族英雄傳記的書，結果也沒有找到一本適當的。大概都是作為兒童讀物則太深，作為少年讀物則又太淺。在文字與題材方面都如此，從十歲至十五歲的孩子，目下恐怕簡直沒有良好的讀物。

在一本繙譯的故事書後面，我還讀到了一篇譯述者的題記。他敘述他譯這本小書的動機和心境，發揮他對於這本書的感想，對於讀者的希望——並且希望讀者給他以指正。儼然是一個著作家對他的成年讀者的口吻，完全忘記了他的讀者僅僅是一個小學生。

大概現在從事於兒童讀物之編著者，恐怕多數——或者全部，還是一些青年文學家。讓文學家來編著兒童讀物固然很好，但青年，尤其是沒有兒童教育經驗的青年，卻很危險。固然，我們發現有許多名教育家署名編著的兒童讀物也同樣的有許多缺點，但我們知道這些作品多數還是出於一個無名的青年作家筆下，而讓那教育家來居名的。幾時兒童讀物的出版家放棄了這種把戲，找幾個對於兒童教育肯負責的教育家，或是有一點教育經驗，最重要是能了解兒童的著作家，有系統地編一些兒童讀物，讓做父兄的可以按照着子弟的程度很容易地得到一些幼小者的精神糧食，真是功德無量的事。

自從新文化運動發生以來，對於兒童讀物的改良，也並非沒有人提出過許多好意見，我們不能說這方面的工作沒有被注意。但是儘管兒童文學的園地如何從安徒生和格列姆發展到伊林和法布爾，可是，至少在文字這方面，使一個小學生能夠很容易地讀下去，完全了解的，恐怕還不能不使我們想起孫毓修氏編的商務童話和徐傅霖氏編的中華童話及世界童話。誰能找到一本新出版的兒童書，其文字之淺易，興會之濃厚，能夠比得上「指環魔」，「大洪水」，「玻璃鞋」，「非力子」這些美麗的小書呢？新出版的兒童書中，重述灰姑娘的故事者，不下十餘篇，但沒有一篇能夠擅出藍之勝，我想，「玻璃鞋」恐怕始終應該是最早的，也是最好的一篇。

然而這兩集童話現在彷彿竟不被注意了。舊的被時間無情地淘汰了，新的卻沒有產生。這是，不單是為了自己的孩子，也同時為一切的小學生感到非常惋惜的。

選自一九四〇年七月五日香港《大風》第七十期

黃魯

人的命運

門

門是神秘而又富於魅力的。

然而，人間不是有太多的門了嗎？而所有的門都屬於幽眩，黯淡和肅穆的啊，尤其半掩半閉的門，更令人感到迷惑。

在門外，是那麼冷靜，寂寞；而門內呢，則響澈無數繁雜的音響。於是，站在門外的人遂有孤獨的悲哀了。一切未曾踏進過門內的年青的人都在猜測着，人間的門內究竟藏着些甚麼東西呢？

門內有的是憎恨？愛情？光明？黑暗？疾病？健康？死亡？生存？……

儘管你去猜，人間的門是不會坦然地給你以回答的。

為了好奇，為了尋求門內的神秘，我們必需抱着勇敢的冒險的決心，踏進這人間的重門！

推開這沉重的門扉啊！

讓我們做個黑暗的，神秘的「門」的探險者，或許門內會埋着一顆金色的太陽呢。

橋

一晚，我獨自坐在山岩上，看遠處的城市的燈火閃爍着誘惑的光，以及聽着山後的野貓的淫靡的囂叫，於是，我開始有莫名的悲哀。突然，我聽見一陣跫音，一個道貌岸然的先知向我走了近來，他手執着一條發亮的烏木手杖，他是那末和藹地微笑着。

「啊，年青的朋友！」他向我招呼起來：「你在憂愁着甚麼呢？」

「先知啊，你來得正好，我正在擔心着我底沉淪，人類底沉淪，以及宇宙底沉淪。」我向先知請求着：「你能指示我以超脫的路徑嗎？何處是樂土啊！」

「你要尋得幸福嗎？只要你能夠走過那條悠長的橋！」先知用他的手杖指着那座全用大理石砌成的迢遙的橋向我說：「那橋的長度是不可以數目字計數的，但是，你如果有毅力，你必定能走過去，就在橋的那邊，你理想的樂土就在橋的那邊啊！」

「是的，我將如你所說，我必定用最大的毅力走過這條分隔着幸福和痛苦的橋。」

我開始向橋那邊走去，一步一步的，慢慢地走着，雖然每舉一步都覺得相當沉重，然而，我仍舊耐心地走着，當我回轉頭，見遠處城市的螢火把快熄滅了。

螞蟻

黃昏時，我吃完晚膳，獨自在植物園裏納涼，不知不覺的打起瞌睡來，後來，給一片墜落的棕樹葉驚醒了。我正感到時候不早，要離開植物園的時候，竟然聽見有很微細的聲音在談着話，我仔細一看，原來是兩隻螞蟻。我耐心地聽了好些時候，方才知道牠們實在是談論着我。

「這人真懶，恐怕吃和睡之外，他是沒有別的事做吧？」一隻黑螞蟻這樣說。

「對的，對的。」另一隻黃螞蟻說：「據我所知道人差不多都是這樣貪懶的，而他們卻利用別些動物，或者是比較貧困的同類去替他們工作。」

「人類雖然懶，而他們享受的卻比我們好得千萬倍啊！」黑螞蟻一邊說，一邊深深地嘆一口氣。

我聽了很氣憤，馬上便向牠們駁斥着。

「喂，你們竟然敢侮辱人類嗎？人類所享受的權益都是上帝所賦予的啊。誰叫你們生為螞蟻呢！」

兩隻螞蟻好像很驚慌似地，走向土堆裏去，在外表我好像獲得勝利了，可是精神卻感到無限的苦痛，因為我知道人類的醜態連最渺小的生物都知道了。

選自一九四〇年九月二日香港《國民日報・文萃》

李漢人

我所知道的西貢——南行漫憶之二

安南整個地形，很像一個女人的腳板，傾斜地放置在印度支那半島東部。西貢那個小黑點，就在地圖近東的一角，恰好面臨着南中國海。如果由河內做起點，以西貢為終點，沿着半弧形的海岸連着一條交通線，足足有一千里海程，輪船行駛差不多需要七十五個鐘頭時間；我真感到幸運，居然能夠貫穿了這遼遠的航程。現在，我是安逸的住在西貢市中心區了，我住在那叫做巴黎的小旅店內。

店主人特別為我設了一把籐椅，放在臨江岸的窗下，對着蔚藍空際下，那蛇樣伸開去的紅河，漸漸把旅途的困倦洗脫，眼前一切景物，使我細心地記着，對於這個熱帶城市的最初印象。使我永遠不會忘記的，是那浮在綠黛間的紅河。少時在小學的課本裏，早已知這一點關於紅河的故事，恐怕是遠在一百年前的時候，我們的華僑因為了祖國的光榮，曾經在紅河兩岸鬧過一場英雄的械鬥，血流染紅了河水，於是，河因此命名。然而，現在問起這裏的人，大都已經記不起了。

河不知有多少長，河面也不知有多大寬闊，這點常識當然非我們這匆忙的旅人所能知道的，我也沒有注意到這些，那如古松林一樣叢密的帆檣，那滿江連疊的帆影，還有低低地，悠閑地，盤旋不絕的大鷹，這已經足夠（　）我底注意了。何況，河岸還有搖落的椰林，林下地面那一片綠草，很能給人一點深刻的快感，詩人們往往讚美露西亞草原的美麗，那知在熱帶中會有這濃茂油綠的草原呢。

帆檣不絕地向紅河的下游流去，據説，這是朝向「心焦」碼頭去的，南中國，日本的食糧，——安南米的出口，就是靠這千百艘民船來運輸的。所謂天府之國，安南很能擔當得起這個稱呼，西貢是天府的重要都市，紅河則是這裏數千萬人生存的命脈了。

在紅河左岸，那重重叠叠的歐洲式洋房，砌成一條一條横的，直的，十字交叉的街道，便是西貢最繁盛的商業區，對岸那高至雲際，筆直似的烟　，烟囱下連線不斷的貨倉，工廠，便是全安南都享有盛名的米業區了。那一列不知有多少數目的米機工廠，那林立的烟囱，一天要吐納五千多人的勞動，太平洋國際市場的另一角，誰也沒有料到就是建設在這一隅之地上罷！

步出那間小旅店，朝向左轉，可以直達有名的七白公園，據説，那是全安南最出色的動物園，法國人是費了十餘年的經營才成功的。裏面的設備，每一個到去觀光過的人，都説沒有額外好處，不知人們的眼光看錯了啦，還是公園真是一個撈什子，使我動了逛園之興的，有大半原因是為了要證實這兩個疑問，雖然，自己的觀察，未必就會完全正確。人總是有這樣的一個嗜好的。

横過市中心區的西貢大馬路，在銀熱的日光下沒聲沒息地（　）着，汽車從路中間駛來駛去，把一些貨物，一些人客帶走。閑散的人在路旁樹蔭下打盹，行人如梭的，穿插於濃厚的樹蔭下。

我真的感嘆這兒的樹木，那些椰樹呀，桄榔樹呀，和四時都綠油油的色樹呀，自然的交織着長大起來，高出兩旁的洋房，人們可以憑窗把手探出，便能很不費力摘得幾片綠葉。

這兒的馬路是一樣寬闊，永遠是這樣的，參天的林木給路面蓋上天然傘子，人在傘子下面行，更是那些肥着肚子的法蘭西先生，與前那些白了頭的安南女人，日夜的在傘子下打盹，一切都是這樣平靜可愛有如一個死水大池塘，永遠沒有風波，但如果有誰給水面投下一顆石子，恐怕大的波浪就會因此發生了。

x　x　x

現在，我是很舒服地坐在潔靜的馬車上了。馬蹄有力地踏着柏油道路面，發出有節奏的，而且又極其爽快的聲音，是一串不絕得得的蹄聲，消失在綠樹濃蔭之下，散播於綠樹濃蔭之間，朝向那盛名的公園去。

路上行人並不擠擁，有幾個地方卻靜靜的只有幾條黃狗，汽車也少見，前前後後，是一片得得的蹄聲——

趕車的一概是安南人，並且是上了年紀的安南人，有些竟連頭髮也脫淨了，如我面前的這一位，就是六十以外的老頭子了。

我的伙計——這個龍鐘的老先生，安適地牽着韁繩，有時把皮帶子向高空一揚，他的牲畜，便飛也似的奔馳起來，他於是不絕的點頭，很快意的笑着。而我呢，也感到有點飄飄然了。

遼長的馬路，在得得的蹄聲中這樣一條一條踏過，真的記不起了，我究竟是怎樣開始，與這個可愛的安南人打起話來。

他說得一口流利的廣東話，發音很正確，語法的組織也沒有大錯，更是那一口氣說着不停的習慣，很像一個地道的廣東人。我們談起這兒的風景，他只是懊喪地搖着頭嘆息着：

「這裏一切都是可怕的，那些白色的法蘭西人，只會為自己『造風景』，你知道嗎，那些公園，我們不能進去的啊！」

「法蘭西先生不准你們進去麼？」

「他當我們不是人呢，那些可怕的……」

言下大有不勝其苦，老人的內心恐怕是極其慘痛了。黃色人種的悲哀，有如大海中的金針，一樣的難以摸索。這樣互相默默的過了一會兒，老人是哽咽地哭起來了。這時，使我感悟到，我們五百年前是一家啊！

「廣東先生，你們幸福得多罷！」

「不是大家一樣！那為什麼幸福與不幸福呢？」

「你一定知道罷！南京是怎樣的。」

「南京麼？那是個很好的地方，孫中山先生就是葬在那裏的。你懂得不，中國的孫中山先生，那是提倡大亞洲主義的聖人呢？」

「甚麼大亞洲主義啊？孫中山我是記得的，好像三十年之前了。我見過他的，那時我在河內。他死了麼？他是挺會講話的，我聽過他的演講，他還說過南京呢。」

「是的，他死了。那是最不幸的。」

「廣東先生，你知道許多東西罷！你真的可愛。不過你要小心，提防那些法蘭西人啊！」

「是的，唔，你說得很對，」我微微的苦笑着，一幅想像的安南人命運的圖畫，浮現在我的眼前了。那是悲慘，落後不自由的生活！

就如這個可愛的老頭子罷，算是這裏比較懂得事的安南人了。然而，他只知道命運的悲慘，卻不會再想想悲慘的根源。當然，他們是不會懂得大亞洲主義的，「和平幸福」是怎樣的，他們也決不知道。所以，歐洲西線一場大仗，他們是白白的被犧牲一大批了。

「東亞民族大聯盟，唉！……」

我情不自禁地吶喊起來，因為眼前的一切，太使我難堪了。

「廣東先生——你是說甚麼啊？」

「沒有，說甚麼，好了，我在這兒下車。」

「廣東先生，你是可愛的，那些法蘭西人啊！……」

是這樣一片得得的蹄聲，車兒出現在樹林中了，我記取那老人的背影。勉強放開大步，眼前是一片綠得發劣的森林，那些法蘭西人啊！正在林中狂歌歡笑。

西貢，就是這樣一個死水的池塘。

選自一九四〇年九月九日香港《南華日報·一週文藝》

死年——燈下書感之四

報載，洪深全家服毒自殺，由此而想起自己，不覺有點辛酸。亂世中之文人，結局不外如是而已。古人云，亂世顯文人，試問又有何所謂呢？

其實，人之生或死本不足貴；但亦決不能如名人們一味鼓吹以死為榮。因為人生天地間，就算生活如何痛苦，都有他的意義，這意義就是生，死麼？會有點悲痛！然而，現在有人主張死呢？焦土之下，因為「抗戰」，所以死得光榮，中國人真的愚昧，但覺有些並不怎樣愚昧之士，卻偏要逗人入夢，這也是亂世中文人之唯一得意傑作。

洪深全家服毒而死，他死的原因是「一切都無辦法，政治，事業，家，衣，食，住種種都是如此，所以不如歸去。」我們知道洪深是比較有名的戲劇家，而且又是教授，又是甚麼廳的官，況且最近纔在「文藝協會」內貸得國幣千元，經濟收入恐怕並不會怎樣太過不像樣罷！雖說一家只有三口，不必購公債，也不繳甚麼兵役稅，有甚麼戲劇公演的時候說不定可以得有一筆額外的收入，為甚麼卻又貧到如此地步呢？語云：覆巢之下無完卵。這是社會經濟一般大破產的時候，於是連洪深也不免於難了。

因為洪深而想起自己，既然不是大名的戲劇家，也不是教授或甚麼官員，我想，也有可能如洪深一樣來一次徹底的歸去的。但除了想到自己之外，更會想到家人們，想到年少無知的弟妹，衰老的母親，與及千萬在「抗戰」中等死的同胞來了。

如果以洪深為例，死的人恐怕多到無以計算？前日報載，廣東江會一帶，去年內餓死者已經達五萬餘人，四邑達三萬餘人，西江流域達十萬人，生於今世，可謂苦笑。

金華亭死有人贈金，洪深自殺死有人憾慨萬千；但四邑，江會，西江各地人死如是多，有沒有人關懷呢？祇要能想想這個問題，「抗戰」也者的陰謀可知了。何以，還有人舉辦貸金，有人醇酒美人，有當起文化委員來，有人亂喊幾句口號便接受「海外部」之津貼。這些津貼啊！錢啊！不是出自死人身上麼？但君子們在今日不但不必遠庖廚，而且人肉也覺得不妨大嚼，如果百姓們還一味愚昧，一味讓人們逗引入夢，還算的嗚呼哀哉。

所以，我說今年是死年，但生會不會在死之身上產生呢？我們能不能突破死的牢籠呢？

選自一九四一年二月十日香港《南華日報・半週文藝》

夏果

陰謀

市面是陰森森的，那些張着血盆大口的密密的閃露着兇光的窗的眼睛，凝觀着我，視線像集中於我這夜行者一身之上，我乃有一個難以磨滅的印象，這印象可使我恐怖極了，每想逃避開它，不復存留於我底腦海，然而不能，越想逃避而它越和我糾纏不清。

黑夜之使我害怕，從幼就已經根深蒂固的了，真的，人原是追求光明而來的啊，我設想在那些陰森森的黑暗中間，是有着無限的不可思議的陰謀在蠕動着，像肺癆菌一樣，它會傳染到每一光明的角落，而在它的靜靜的爬行當中，人的有限的自力和人的有限的機智，實在難以防範的，它比幽靈的出現還神秘，可是在別一方面，「正義」卻予它以不可侮的斥責。

我曾經想起古代的夜行俠士，縱身於簷壁之間，朝着半明半滅的紙窗而去，他們此行的目的是行俠作義的，從傳奇小說的憧憬裏，我望着今夜的張着血盆大口的窗，閃（　）着兇光的窗，在那些詭秘的窗的裏邊，正潛伏着各色各樣的陰謀，有在進行着陰謀的策劃的，有在等待着陰謀的實現的，這對於我是如何的恐怖，對於「正義」是如何的威脅啊。

當人類底樂園奠基的時候，陰謀的魔鬼們早就潛伏在基石的左右了，牠們蓄意有朝要把樂園破壞，並且蓄意去謀殺一切樂園的建造者，牠們為的是企圖另行統治起一個魔鬼的世界。

在西方的最大陰謀家的公事桌前，是長放着「征服歐洲」的狩獵表格的，而在東方的陰謀家的奏摺裏，也具有着「征服世界」的無恥的野心，可是在牠們進行着「征服」的前哨戰爭中，卻招致了不為預期的禍患，一切的陰謀卻被反抗的火燄焚燬無餘了。

今天「正義」像巨人般屹立着，它是來監視陰謀家們向世界投機，向人類禍害的一員反陰謀的鬥士。

署名源克平，選自一九四〇年九月二十一日香港《國民日報・文萃》

蕭明

談回憶

今天我才開始了一個新的感覺，只要我們一念及生活的殘餘，我是如何迷離地，惋惜那已經逝去的年華啊——記得在小學讀書的時候，看到了冰心女士的春水和往事兩本著作，當然除了意味到一點「好新奇」的滿足之外，一點也沒有反應。但現在再行回憶起來，作者的感情實在使我共鳴。人事真是有如春水，往事又何其值得懷戀呢！

西洋一位哲學家説過——人的一生，最寶貴莫如童年的一段。日本一位作家，在他的詩作裏，也曾這樣寫着：

「我愛孩子們，

使我撩起一點童年的記憶。」

而今細心意味着這些詩句，使我有點説不出的悲哀。這些或許是個性的使然，但如果人類缺乏了如這樣的個性，他恐怕便要喪失了許多幸福。

童年生活中的主角，除了自己之外，第二個便是母親，這還得再提提冰心女士，她在寄小讀者的通訊裏，指出自己是母親的一部分，母子之間是無法開的。這是很深刻的見解。我是非常贊同的。於是，我便有這樣的感覺，人的生活，一到了中年或近中年，自己已開始了社會事業的活動之後，所謂快樂和滿足是相對地減少了。現象永遠是不能滿足慾望的需求，因之就很難得到如意，到你感到甚麼都似乎缺乏了一點或大部分的時候，你是決不會快樂的，那麼，我們還是在回憶中去找尋刺激罷，過去的事情雖然未必就盡如人意，但這已經帶有一點歷史的魅力，人類總是喜歡重溫舊夢的，不論那是惡夢或甜蜜的夢，況且童年的夢最能引人入勝，好像是一個貴族帝王家的花園，那兒有紅的芍藥，也有紫色的葡萄，更是在念及母親，就算是一段極其傷感的回憶，精神上也得到一個絕大的安慰。

只有這樣，才是幸福。

童年時對於一切事都輕輕抹過，還是我的習性，或許有許多人都免不了會染有這種習性。當時好像並未感到怎樣。但現在回憶起來，才知道是一個了不得的過失。母親有時會用手輕輕地撫弄我的臉龐或頭髮，有時用眼睛親切地望着自己，那才是宇宙間再偉大的鏡頭啊！

當自己離開了家，更是童年已經老早老早便消逝的時候，誰能再如母親一樣親切地用眼睛望着自己呢？又那裏去找那溫熱的手，更是那輕輕的撫弄啊！

俗語說：「世事如過眼烟雲」；說得很有點道理－雖然烟雲輕渺得很難捉摸，但我是主張注意眼前風光，就是如烟一樣的空虛，如雲一樣的輕淡罷——但我總希望用那靈魂的觸覺，用那敏感的心情，去牢牢的抓住它。如果它是有形影的，如果它是有足跡的，我是不惜以畢生的努力，永遠的追蹤在它的後頭，我想，只有這樣，我才是真正的接近生活。

古人望白雲而思故鄉，雲烟給於人們的刺激真是太偉大了。當然舉頭看天上的雲層，我的心中總會這樣想着，母親是否和自己一樣望着雲層呢？雖然明知這樣是無補於事的，但這樣我已可以得到一點滿足。這又使我想起一些基督教徒們來了，當他們苦悶到了極點的時候，只要心中一念着上帝耶和華，一切便又改變了，最低限度苦悶是減少了，說不定還可以得到另外一點莫名的安慰。我總喜歡這樣做，把母親當作了上帝，我時刻地意識着，她好像在我身邊，而且還親切地注視着我。唉！這使我相信觀念論者對於靈魂的頌讚，我日夜地希望着，母親的靈魂永遠伴隨着我罷——那才是我生命的明燈，我的工作，我的事業，更是我那偉大的前途——是決不能沒有了這盞明月似的明燈啊！

因為這樣，使我尊敬世界的小孩子們，我知道他們正受着母親給予的幸福生活。我想，世界的孩子們都是應該互相尊敬的，世界的母親們更應該互相尊敬，甚麼時候，人們可以伴隨着他的母親呢？

這才使我真正的咒罵戰爭！

選自一九四〇年十月七日香港《南華日報．一週文藝》

璇冰

足球與香港

星期六，假期日，加山座上，盈萬嘉賓，吶喊助威；綠茵場上，跑動幾十條毛腿，表演着技術，真是觀者如潮，演者如神，極具一時之盛，世外桃源，球國風光，猗歟盛哉！

本來為技術而競賽，為競賽而轟動全港的有閒人，紛至沓來，的是「有面」，而且是業餘的，「大板」們假日的時間是有餘的，當然要尋消遣，健將們的「業餘」用來運動，是有益健康，兩者互助，何樂不為？

為體育而足球，為足球而競賽，我也同聲稱讚；在踢者說來，的確全無瑕點，而且天真爛漫，現出一團和氣。

然而，有人認為踢足球是風頭事，尤以足球班主為風頭之尤者，因有此因素存在，前些時球國裏便翻起過一些波濤，甚麼跳槽，勤王，劍俠南來，那個有面子的人到那裏來「班師」，招兵買馬，拉攏將士，鬧得震天價響，不亦樂乎。

有人說：「動」者，金錢之力也。

有人說：國內無高雅之士立足地。我想，雖是想做孟嘗君的不愁沒有三千門下客，然而要的不是鵠形垢面，飛機炸彈下的難民，至少是不會「雞鳴」亦能「狗盜」，終有一朝，會替主子出出風頭，解解悶氣的。古馮諼說：「主子甚麼東西都有了，少的只是義」。今馮諼說：「主子甚麼東西都有了，少的只是風頭」。古孟嘗君市義得義，今孟嘗君買風頭得風頭；古今孟嘗君，古今馮諼客，兩無辜負，可謂互相輝映了。

還有人說：香港雖繁榮，但太沉寂了，橫豎閒着沒事，鬧鬧風波，也可刺激一下麻木的神經吧。

此世外桃源之謂也，信歟，信歟！

選自一九四〇年十一月二日香港《立報・言林》

關於「大獨裁者」的二三事

在沒有看到「大獨裁者」以前，聽到幾個朋友不很滿意的批評。他們因為差利．卓別麟改進了作風而不習慣，和對於片中政治性的尖銳覺得奇怪。

看了以後，我得到相反的回答。這不愧為一部偉大的作品，最富於人性，最富於人道精神的作品。正因為他把娛樂與煽動統一了，正因為他把人類靈魂一致的弦發動了，所以在影藝上，他是「紀念碑」式的作品。

有人說猶太的理髮匠和希克爾獨裁者動靜還是有些相似，這是美中不足。我以為這正是人類的縱橫線的交叉點，希克爾獨裁者，本身是個卑小的，有些悲觀傾向地虛無的人物，他的權勢與暴虐，正是一種虛弱症之反常和反面的表露。猶太理髮匠有他崇高的一方面。他富於同情，也富於理想，還有「不可知的力量」令他反抗。這兩副靈魂的機器，在線條上誰能禁止他有交叉點呢？

有趣的聲明：「獨裁者希克爾和理髮匠的相似，以及其他人物的酷肖都是偶然的」。這無意的意匠！

有味的哲學：「我們（各民族間）思想得太多，而感覺得太少了！」（所以有自私而無同情）。不錯，法西斯的思想與科學的成就，正是人類的威脅與災難！世界被壓迫的人類，在文化上還能投入那陷阱嗎？

有益的說教：「兵士們，你們不要為獨裁者所欺騙而殘殺，他只能奴役你們；我們要為自由，民權與人類福利團結起來！」

有力的象徵：三個傢伙開會，爭吵起來，在吃了「英國的」芥醬（Mustard，意義並不只這麼簡單）之後，整個身體作怪。直到希和墨妥協的時候，扮墨的積．奥奇把一個大盤子交給旁邊第三個矮盟友；那矮盟友禁不着重量與震盪，一交跌得爬不起來了！這是全劇最尖銳的地方。

有道的對比：希獨裁者對他的女職員以猛獸的態度「臨之」，和猶太女郎的遭遇這一對比，在三八日看戲的女人類，不知有動於中否？

選自一九四一年三月十日香港《國民日報．新壘》

戲台底下流眼淚

俗語說：「戲臺底下流眼淚，為古人耽憂」。這是譏笑人「杞人憂天」的。不過人生中的情形，大都類是。

人一生下來，首先是自己哭；到自己死的時候是別人哭。雖然人生免不了這兩次哭，可是同情和其他的情緒，則是人類特有的高尚的情緒。

己饑己溺，並不是大了不得的事：看見很多人饑，很多人溺，而自己無能為力，才是最痛苦的。

在這時候，我們一定不大感覺自己生活之緊張，只會為在內地的朋友與同胞們的困難與危險而焦急。但在內地的朋友，則反而擔心在海外的人之歸不得而憂慮。

這樣忽視自己，重視異時異地的別人的情緒，乃是人類偉大的情緒，因為這情緒，人類才有團結與進步；也惟有因為這情緒，人們才能毫無利害觀念，捨身為後代而工作。

「戲臺底下流眼淚，」而戲臺上面不流眼淚，這就是人類一方面能夠慷慨激昂，而一方面又能夠從容就義的原故，若說這是人類的愚蠢，也實在是「偉大的愚蠢」了。

署名众，選自一九四一年三月二十三日香港《國民日報・新壘》

娜馬

夜感

連晚都失眠，躺在床板上，看着天花板，零碎的感想便像一群討厭的蒼蠅，弄得人腦子也要發脹，不過腦子發脹是另外一回事，有時偶然「感」到一些有的「世事」，雖不必是「大言炎炎」，但想落也不無小小道理的，便不覺為之莞爾，好像吃了一透心涼的冰琪琳，亦可稍補失眠之夜的精神損失！下面寫的，是昨夜偶然一「感」的兩點。

白頭吟

白頭，據說是應該悲哀的，所以，以一代尤物的卓文君，也免不了有「白頭之嘆！」所以有人說：「美人自古如名將，不使人間見白頭！」

於是世間之美人，名將，都惴惴然惟恐「白頭之來」，其實我以為這是完全不必的：埃及女皇，以中年以上的人還能夠保持着她的青春，以她的情絲縛着了羅馬的大將，挽回她的社稷。廉頗以一白髮老翁尚能健飯馳馬。如兩人者，正不必患其頭之白了。

某作家是五四時代的英雄，如今老了頭未白，可是常常有點悲哀——以故近來，牢騷特甚。閑常寫雜感，發脾氣，罵青年，居然十足的老氣橫秋了！

我以為，這是大可不必的，在他，也不必動搖了對自己的信念，只要他能夠「拿出作品來：」有了作品，就不怕幻滅的悲哀了！

老先生，追求吧，目前的中國文藝，擺着了兩條路，一條是黑暗的，抗戰的，一條是和平的，光明的，就選擇一條你所應該走的追求下去吧！

那麼你便不必再唱「白頭吟」了，最少你的作品還是青春的啊！

忘憂草

忘憂草，是葉靈鳳先生的一本傑作，也許是他繼雙鳳樓隨筆後的又一傑作吧！這本書，出版了已經好幾個月，因為是「每本定價港幣」六角，乃使購買力相當薄弱的我無從拜讀了。

昨天，在摩囉街的舊書攤裏見了十多本，姑且就近去一問價：索價六個銅子，我還三個，就成交了！（不敬之極，順在這裏向葉先生深致歉意。）

回家後，與頭房蘇蝦共讀之，約一句鐘，功德完滿，蘇蝦向我問：「這一本是散文，創作，詩，雜感集，還是日記？」當時我真給他難倒了。其實在這本「傑作」的內容是「無所不包」的，教我如何答覆他好呢；當下我只得敬謝不敏，而且請他自己去問問原作者葉靈鳳先生去。

讀忘憂草後，有幾句說話，我是需要在這裏順便一說的：

忘憂草中，有三篇文章是罵我的。原文曾刊於星島日報，當時我已經在本刊的前身「一週文藝」裏予以嚴肅的指斥，讀者苟非健忘，或許尚會記得。

但，在葉靈鳳先生把他的三篇罵我的文章收集在忘憂草裏的時候，卻沒有把我斥責他的原文附錄出來，這是甚麼作用呢？

古人說得好：「兼聽則明，偏聽則暗——」據此，我們可以知道，凡是怕人家兼聽的人，他自己一定是「暗」的；怕人家偏聽的人，他自己一定是「明」的了！

葉靈鳳先生之所以不附錄我的原文，大概多少含有這一個作用吧！

我以為，理論的鬥爭，勝負之數是決定於理論本身的健全與否的，「略施小計，以求制勝」之法，恐怕其效果也只好等於零吧。

從前魯迅把他與楊邨人和徐懋庸筆戰的文章收在集子裏，同時也附錄了楊徐兩人的原文，我以為魯迅這一態度是比較公道的，因為最少他已經向讀者們表示自己是真刀真槍並沒有演「掩眼法」更沒有「打腫了臉裝胖子」等情。

葉靈鳳先生假如他自己自問無他的，何不學學魯迅呢？

我知道，葉靈鳳在看到了我這一篇文章之後，一定是故作「好整以暇」地說：「我是故意如此的，假如附錄了他的原文，不是便宜了那『文奸』使他『附驥顯名』麼？」

但，就算他這麼說，也不足以表明他的真實作用的，因為在他的大文裏，早已把我「附」上「驥」去了，而且不是驥尾，正是驥頭呢！

原文如下：「但今天看見南華日報的副刊，有一個署名娜馬（我疑心他是不是姓「丟」！）……。」

照這樣看來。顯見葉靈鳳的不附錄我的原文並不是怕我的「附驥名顯」而是「另有作用了！」

當然，葉靈鳳假如把我的原文附錄在「忘憂草」裏。在我並不覺得歡喜，反之適足以使我有連同罰「跖」摩囉街的恐懼！不過，他的作用，我是必需指出的！

選自一九四一年五月二十九日香港《南華日報・半週文藝》

楊剛

感覺得太少了！

「大獨裁者」不是一首詩，牠是一支悲劇；「大獨裁者」不是一支性格的悲劇，牠是一首時代的壯歌。這首壯歌有諷刺，有願望，有戰鬥，有人性，也有呼號，但是，牠是悲哀的。活了萬年以上的壽命，人類還不曾令自己長得齊全，還不曾活出份完整的人性。一面，他的人性是搖晃不定的在十字街頭顛播，可是，另一面，惡用了的機器卻把自己的病症種進了他的血液，使他在權威的寶座上面發狂。這不是悲哀？這不是侮辱？然而，幸有那一面在街頭顛擲的人性，人心上還能紅起了太陽。

「機器產生了豐盛，我們卻把牠變成了枯竭」。「我們想得太多了呵，而感覺得是太少了！」是的，你們精於計算的人們低頭吧，你們善於思索，善於分析的人們低頭吧，你們科學家，統計家，計劃家，你們為甚麼還要昂起你們驕傲的頭，不讓你們的心有半分鐘的甯靜呢？你們發明了原子原料，你們製造了機器，你們堆起了商店和廠房，你們安插了許多部門，許多司科，你們抽出了邏輯，把人爭切得方正整齊，穿在一條冰冷的鐵條上，你們把人生片成薄紙樣細片，把每一位每一片分開來夾藏在冷藏箱裏，而你們最能手的珠算者喲，聽你的手指在算珠上的爵士舞蹈，誰敢浪費一枚青錢在感覺中？你們是完成了你們的機器的，把機器完成了之後，你們就把人性從機器的齒輪下切斷了。

然而機器有甚麼罪過呢？機器生產了豐盈，人類不正是需要着豐盈？機器需要着創造，人類不也正是需要着創造？二十萬萬人類，二十萬萬人類來之無窮的子孫，誰不願機器如長青的松柏，永結萬年的果實？正因為人類和人類的子孫被剝奪了他從機器上應得有的一份，所以機器不能不變成石胎了，並且，豈只變成了石胎而已，又變成了一架榨肉機器。

只是，卓別靈是不會想到這些的。靈活的心靈不耐煩沉重的透覺。他輕鬆的接受了美國人的流行觀點，把駕駛機器者的罪過歸之於機器本身，他犯了他自己所說的毛病，他感覺得太少了。

雖是如此，「大獨裁者」還是一部藝術作品。牠象徵，卻不流於神秘，牠現實，卻不做出苦臉，牠粗獷卻不是刺激，牠溫柔卻沒有感傷。全部的構置是象徵的。亨克爾是現代機器病的人格化。在這裏，所有的諷刺與滑稽，關於亨克爾的言語，姿勢，情調，動作，乃至於他的德文語言無一不是悲慘的機器的化身，無一不出乎人情之外，使人以笑聲來洩出嫌惡，而人身的諷刺乃成了時代的嘲弄。這使我們回想到他的「摩登時代」去了。在那裏，機器照樣是受了大冤枉的，如果說「大獨裁者」有機器的魔靈由暗中掌住了他的神經中樞，「摩登時代」稱的機器則顯示得何其猙獰蠻野，那是作者筆直的劈面的咒罵，那是畫人筆下不等邊多角形的牙齒。雖然「摩登時代」也曾拉出了掌握機器的人，但是，看見了那些牙齒的人，誰能不憎恨機器？

亨克爾抱着地球跳舞是一段百着哀絃的 Minuet。在這裏，人格是實現出來了。跳出他替機器充前臉的圈子，我們看見了一個自我擴張慾極強，要以人的行為掩覆宇宙的角色。結果自然他是要幻滅的。這是一切空想的前鏡，正如亨克爾在浮蕩不定的河上打槳，做着進攻奧斯特力茲的狂夢時，不候他狂叫的聲音消逝，已經連船帶人在水中翻了一個底。河水是陰謀的，狡獪的，而幻想中可以攏弄的地球則是脆弱的。倒退的，狂大的自我將怎樣拯救他自身的幻滅？

替亨克爾設一個厭惡戰爭的理髮師是作者從美國電影導演術中發展出來的一支新曲。一般電影裏面，主角英雄必有一個副角。這人是他事業的同工，也是靈魂的伴侶；是他的台基，也是他心理生活的補腳 Supplementary。理髮師在人格上站在亨克爾的對面，但是在劇中地位上卻補了電影歷史上那副角的空隙。那裏曾有過這樣的一位副角呢？英雄要的是機器，他要的卻是人生；英雄要嚴整規律，他卻是吊兒郎當，連走路都難得穩定，英雄要征服，他只望能有和平；英雄要權威，要死亡，他卻不要做皇帝，只願大家能幸福的活下去，英雄害盡了猶太人，他為了猶太人送上自己的生命，世上那兒有過這樣的一位副角呢？然而世上又那兒去尋找這樣一位亨克爾心上的人物？有誰知在那暗嗚叱咤的靈魂中藏了有多少人性的眼淚，積聚了多少人性寂寞？有誰知在獅子狂暴撕裂的時候，牠嚐味到的求取同類的悲哀？這兒有的是對照，反比，也有的是補充和完成。機器與人性看來是不能兩立的，然而機器卻無法脫離了人；人是會像機器一樣狂烈的左右世界的，但愈是這樣的人，在內心裏埋了愈深的人的渴望，平易的人願意作一支蘆葦在醜小鴨的頭上飄動，勁激的心卻把人驅逐到自己的對面去，而使自己在忿怒與狂暴中用寂寞糟塌自己，用殘酷淩虐他人。

誰能了解呢？誰能了解一個時代的心靈？誰又能感受一個時代的苦痛，那在千千萬萬海波似的人類大群中，用同一的心絃敲出來的？

「我們想得太多了，而我們感覺得卻太少了呵！」

選自一九四一年六月一日香港《時代文學》創刊號

華嘉

寄——給哥哥

才一眨眼睛，那已是三年前的舊事了。

你該還記得吧！是二十七年九月一日的黃昏。為了病，你請假出來，在姊姊家裏休養，而我，你的一個最小的弟弟，正是這時候，便要離開你，離開年老的母親，出發到贛北前線去了。那一天，我第一次自傲的穿上軍服，到姊姊家裏去和你們辭別。

當你知道我決心把自己的生命貢獻給這為全人類的戰爭時，你是悲喜交集的。我永不能忘記你那天握住我的手說的那一番話。我懂得，你的喉裏是給熱淚湧塞着的，你說：「你去吧！你放心去吧！，家裏的事，有我在這裏。你的孩子便留在我這裏，只要我還有兩碗飯吃，是餓不死她的。你這一次要好好的去做人，別那樣孩子脾氣。即使……你放心去吧！即使不能回來，也不要想念着家啊！……」

你送給我一本專載名人格言的「不惑集」。之後，便揮一揮手，要我快一點走，你還怕我趕不上二十分鐘以後便開的那班車。可是，後來你又把我叫回來。拿了你的唯【一的】羊毛衣，和你因為病脫下來掛【在】(　)架上的武裝帶，要我把它們帶(　)。武裝帶還是你親手給我掛上的，掛好了之後，還退兩步端詳了一下我，微笑的說：「也像個軍人了，——你去吧！」

從踏進門檻，至你把我送到門外來，我是那樣感動得說不出一句話來。我還能夠說什麼呢？一個行伍出身的哥哥送他的一個年幼的弟弟出征，——這便是一切。記得那時我也是這樣沉默，咬着牙齒喊了一部手車，跳了上去，只這麼的向你們揮了一下手，便遠離了你們了。

已經三年了。時間是走得太快，還是太慢呢？這三年來，我們便從沒一個機會見過面，而且很少通信。你的心一天一天的向下沉，這我是了解的。在這些一切都呈現着倒退的日子裏，誰又能捫着自己的心眼兒，做一個裝笑臉的小丑呢？

今天是七月七日，從二十六年的那第一個七月七日算起，這是第五個「七七」。晚上，月亮很圓，很明亮，討厭的是那不時的掩過來的雨雲，把月亮遮住了。她那溫柔潤澤的光，是那樣愁慘，因為她不能普照這烽火的大地。

對着月亮是很容易使人想起家的，尤其對着這麼一個愁慘的月亮，想起那麼一個愁慘的家，誰又能沒有感慨呢？

那時，我還在德安火線上。一個從南昌趕來的同志，給我帶來一封信，那是一個朋友寄來的，寫在廣州失守以後，裏面有一段提及你。——

「我在水東曾會見你的哥哥，他瘦得多了。看見我，他非常高興，因為自調防那裏以後，他便沒有會過一個朋友，那是一個亂七八糟的小城市。他那天特別請了假來陪我玩，最後還到一家賣海鮮的小酒樓吃了一頓晚飯。他這大喝了很多酒，我記得他平時是不愛喝酒的。酒後他很感慨，談了很多廢話，我也記得他平時是很討厭嚕嗦的。這一天他不知怎麼竟這樣說：「一個人挑了一個家，這種擔子不是一個上尉可以負擔得起的。要是有這麼一天，我打死了，那一家老老少少，誰管呢？我三兄弟，三個都在前線，沒一個留在後方做蛀米大蟲的。」當時我也得替他難過。現在，廣州失守了，他不知道還活着嗎？……」………

你眞不知道我那時多擔心，我怕那不吉的話會成為讖語。這以後，我都沒有收到戰鬥在故鄉的土地上的親友們的信，一直到我為了惡性瘧疾，給調到後方來療養。……

便是這樣，我便留在後方了。

這兩年來，像你所知道的一樣，我是怎樣為生活所驅役着，只盼望着能夠分擔家庭的苦難。年老的母親在這過去的三年是多渴望着她的小兒子回到她的晚年的慈愛的膝下，伴着過去這一段在她已經是走近了人生的盡頭的旅程啊！可是，她可知道她的最小的一個兒子也在時時刻刻的怎樣想念着母親嗎？事實上是，三年來我從不曾回過家，而且也很少寫信給不認得字的母親，除了有些時候到郵政局，去以與淪陷區同等看待的高匯率，寄給整年的跟隨着軍隊走的那個襤褸的家。

母親的怨，和你的怒，我都很了解的。我沒有回家，我不能回家，而且，便在今年的三月，還咬着牙齒忍痛地離開了曾經以兩年的時間把自己的血汗灌溉在它的土地上的山城，那山水甲天下的桂林啊！今後，是越去越遠了，什麼時候才能回家呢？這是一個多渺茫的問號。當然，我一個人是不能做這抽象的答案的。但卻有一個約言可以告訴你們：——請等待我們以生命與熱血消滅了全人類的仇敵，那無恥的侵略者已與罪惡同時逝去，而這地球也恢復了它的自由，幸福，與燦爛的光輝的那一天吧！

當我在踏上征程而又因為貧與病停留在山谷裏的時候，桂林的朋友給我轉來了你的信。

你的責備我願接受，但我的苦痛卻要控訴啊！

你說：「為什麼在一個地方幹得好好的，又想到要離開？」為什麼？我能夠怎樣告訴你呢？我的愛的哥哥。

這是我願意的嗎？你說！

我還不是一個那樣脆弱的不中用的人，我不會「為了同事間的齟齬」而離開自己的崗位，我更不會因為好高騖遠而捨棄那「雞肋般無味的職業」。一切都不是，一切都不是，你是我的哥哥，你不能誤解我。

讓我告訴你，這兩年我是怎樣盡我一切的力量致力於我的事業，我是怎樣拿我的血灌 在這為全人類的事業上啊！在那一羣天眞無邪的少年中間，我也像回到了自己的少年時代。我和他們生活在一起，和他們一起讀書，和他們一起遊戲。晚上，只要我的房間有燈，他們便都那樣不客氣的擁了進來。他們找我，並不為了分數，也不為了文憑；他們只不過覺得我好像和他們一樣，我們中間沒有一點隔閡。他們信任我，好像信任他們自己。……

生活在這麼熱的一羣裏，我還希冀什麼比這更高的安慰與代價呢？

可是，那可咒詛的人類的渣滓，他們是抗戰初期沉澱了下去的蛆蟲，現在却又泛起來作祟了。這一期春季還沒有開課的時候，便有一個很接近當局的學生來問我：「聽說你這個學期不教了，是不是？」我還很堅決的回答他說：「不是」。又一天，却是一位主任悄悄的對我說：「上頭已注意我們這個學校，他們說這學校的教員分子複雜。校長還特別提到你，說你常在報紙上寫文章很不好。」我對我自己很不關心，但却很為學校的前途憂。我問我們學校有什麼可注意，他笑着回答我：「因為這學期招考新生，有一千九百多人來投考。」我知道這只是原因之一，但我能夠不笑嗎？

隨着二月到來，一部分潔身自愛的同事先後引退了，我却還支持到開課。當然，這支持是有限度的，三月四日，我不能忍受那種不是好意的待遇，我對學生說：「我要離去了！」

我是這樣含着淚離開了墾殖了兩年的園地，像一個失了土地的耕者，漂流到這殖民地都市來做一個無業者了。

這兩三個月來你寫給我的信我都收到，感謝你的鼓勵——「無論碰到什麼壞運氣，都達觀一些吧！」我相信我決不會使你失望：因為我是你的弟弟，一個參加過海員大罷工的海員的弟弟，一個始終站在火線上打擊侵略者的軍人的弟弟。

不過，今後，我們却相距越遠了。我將要到遠方去，而且不是短期內可以歸來。年老的母親便請你多負一愛慰之責吧。也請不要牽念你的弟弟，他知道他該怎樣做的。他的每一滴血都要拿來滋養這為全人類的事業。

他不能常給你寫信，因為三角半的航空郵資在他有時要過兩三天的。在彼此讀不到信的時候，祈各自珍重吧！

選自一九四一年八月一日香港《時代文學》第一卷第三號

曾子敬

南國的一天

奇酷的暑天，經過一度狂雨的洗滌，似乎景象與人物都清醒了許多；平日熱鬧的行人道上，又悠然恢復了舊觀。友人告訴我今天是星期假日，依約應當是去赴會的時候了。

在一個簡潔的花園樹下，圍繞着十幾位同一興趣的青年朋友。他們正在討論一個經久不決的「飯碗」問題。真的，在這個世界，人命是飯碗支撐存在的；而展在眼前的嚴重事實，是許多人過着不能生活的生活和不堪生活的兩面壓迫。以是這問題又變成更值得討論了。

回來以後，在腦海中的題目和事實起了混合作用。我的思維注意到在南國孤島的無數同胞，他們不是有許多在失業，低報酬而發出怨聲，抗爭，要求加薪，罷工潮？在我看了可怕，在資本家看了是討厭，在勞働者實在也不忍的；但是每天十多小時的勞工，代價是二角六仙如何去養活老婆兒子……？

這個問題想不解了，苦悶時候獨自一個人去游泳池裏走一趟罷——

在水上的快樂生活，可說是令人羨煞的。但是，能夠來這裏享受的究不多人；他們又被甚麼而剝奪了所應有的權利呢？唉，到處是問題！

黃昏已給街燈的光證明了，我才蹣跚回來。桌子上發見慈母由遠處南洋寄來的信，她在增加我的愁思，同時又鼓勵我的前程。

回憶自金陵被陷後，我的大好家園已給另一種「中國人」佔去。從滬上走回羊城，跟着又給烽烟的驅逐，一家人都東跑西散了，只留下孤身在這南國的異邦庇護下的孤島上。做個浪客。生活是循環式似的機械化了，思想和勇氣起碼退落有五十度以上。人們底呼聲，正像是我的呼聲；我的眼睛所見，也正是人們所見。我常在自己催促：「不如歸去」，但是向何處去？「行不得也，哥哥。」我不禁眼紅，而同時又感到戰慄。

報紙上載的新聞，使我注意到幾段消息「我軍予敵痛創後，轉移新陣地……」，還有「某某因傷勢過重，不幸……」，「解決新四軍為整肅軍紀之法令……」，「擒獲漢奸多名，業經審明正法……」。連串的報告，使我不知道是喜是悲。我想起許多人不死於沙場而死在家園，不死於敵手而死在漢奸手中，更還有自相殘殺，破壞團結的種種事實，這不能令人痛感。

複雜的環境，造成複雜的刺激，複雜的感覺，又促成複雜的反應。刺激和反應，便是連帶事實的因果總和。在今天我正好像給一枝棒的重擊，於是我寫下這亂雜無章的詞句。我不知道應從何處想起，也不知道要從何處做起？最後，我無聊，只有走向靜靜的月台前，仰望着天邊初上底明月：「告訴我妳是怎樣忍耐地渡過那悠長工作的時光」？

我永遠記住這是不平凡的一天生活——在南國的初夏後。

選自一九四一年八月一日香港《時代文學》第一卷第三號

陳靈谷

悼詩人陳子鵠

黃梅天的香江，晴陰不定，風雨無常，交織成一個悶愁的世界。仰瞻飄忽的雲浪，遙想着由傳聞而證實了的大江南岸的慘劫，一腔無窮的憂憤，真不知用甚麼纔能排遣得了。

「子鵠死了。」

開初有人這樣告訴我。然而模糊，一直是這樣模糊，我不能相信。兩個月後桂林有人來港，說子鵠是跟軍部一塊兒的，所以他遇害了。這個消息來得具體而可信的，但是，我仍舊不能不懷疑，因為一個文質彬彬的青年詩人，他會跟戰鬥的部隊一塊兒而不預早被調走嗎？不久，東平有信來，東平是平安了。信上說：「……潮州仔（指子鵠，因為子鵠是潮州人。）跟軍部一塊兒，參加劇烈的戰鬥，大概是完了。」這樣，我再不能有所懷疑了，子鵠的確是為他崇高的信〔念〕而死了。

風雨飄飄，天，好像在哭泣，我坐在房子裏，輾轉翻東平寫來的六頁長的信。我想起去年七月的一天，送子鵠到大埔碼頭，乘小輪往沙魚涌入內地的最後一刻，天也正洒着微雨，周圍的天色陰霾慘暗。子鵠握着我的手說：

「也許這是最後一天的握手罷？」

我內心突地一震，但是傷別的情緒絲毫不敢流露，我只是微笑着答他：

「不會的，假使萬一你死，我定要寫篇文章紀念你。」

誰想這一次無意的不祥的對話，今日竟變成了事實呢？

那是前年十一月的事。子鵠風塵僕僕的經過香江要到海外去，見面之下，他用一種異常誠懇的態度對着我說：

「我決定完成這一次的任務，如果我捐不到錢，我要把我分得的家產全部捐出。」

這當然不能使我相信，因為子鵠的家庭，在暹邏的資產有數十萬，他自己份上就該有十萬左右的暹幣。他回到暹邏，分得了產業，他自己就是一個小有產者。

子鵠不會沉迷於湄公河上的享受嗎？子鵠有着那樣瀟洒的風度，有着那樣青春的年紀（廿八歲），有着那樣豪放磊落的熱情，又能寫出那樣美麗的詩文，子鵠不會用這一切的優點去迎合現社會的愛好嗎？在內地，在那樣窮僻荒涼的戰場上，對着一碟鹹酸的菜，一碗粗硬的飯，穿着一套染遍泥塵的衣服，在黑暗裏摸索着那樣崎嶇穢髒的道路，睡着破廟茅寮，經歷着炮彈炸彈的危險，這和暹邏的生活何止去若天壤呢？我終於不信任地告訴他說：

「那樣自然是偉大的志向，把你的產業作為大眾戰鬥的資本，比之托爾斯泰把田地分給農民，那是尤其正確的。但是，這得有着獃子氣的人才能做得到的，不能隨便說說的事啊。」

子鵠於是不再說下去了。他那時候的沉默到今日想起來，我纔知道他在沉默裏有着痛苦的堅決。子鵠知道他過去，特別是在日本時，不嚴肅的生活態度，已經失去了朋友的信心，淺薄，虛榮，在戀愛中遊戲，已經為周圍的友人所鄙視：如今他雖走上了戰士的道路，但他知道沒有光輝的戰績，分辯是沒有益處的，他得沉默着，忍受着，等待着一個使他傾全力的機會。

去年六月他由暹邏回到香港來了。第一天晚上他在彌敦道桂園川菜館，宴請我和他幾個友人，他拿出了一張交通銀行的匯單，交給我看，那巨大的數目字使我一時發怔，我感動到說不出一句話來。真的，子鵠是真的把他分得的全部資產捐給抗戰的部隊了。他告訴我，除了劃一部分歸還由他負責的庶母作養老金之外，他自己一個錢都不留藏。他說：

「……並不是以此作為沽名釣譽的技倆，事實上，我　有留存這些錢的必要，我的生命是跟國家民族共存亡的，國家民族存在，我決不至於不能生存，反之，金錢救不了我的生命。」

子鵠的堅決蘊藏在他的沉默中，他除了簡單的語言之外，沒有像輕佻的青年那樣高談闊論。有的詩人的詩只可以吟哦歌詠的，而子鵠的詩呢？顯然，他已經更進一步，他是生活於詩中，吟哦於生活中。「他以為自己應當指出一條到達幸福的路，以自己的靈感的光輝普照生活的黑暗，以自己神聖的液汁，洗滌盡人們的心靈中頑固慾求的污點。」子鵠分明在實踐着這一切。

然而，這廿八歲的年青詩人，他竟不能實踐到底，在中途，在那偉大的良心開始放出光輝來的時候，生命被切斷了，和着大江南岸慘烈犧牲的血流一起，他的血也將灌　出更茁壯的果實。

選自一九四一年八月十二日香港《華商報・燈塔》

文方

香港文化

幾年前因為胡適之先生在香港演講，説香港是華南文化的中心，惹得古公愚（直）先生大出其古文的文字，想「小子鳴鼓而攻之」「摒諸四夷，不與同中國」。在那個時候，香港是不是華南文化的中心呢？以一般的文化水準，民眾的教育程度來説，香港比廣州差不多落後四十年，當然稱之為「有領導作用」，「有決定作用」的「中心」，是相當困難；但以華南較為開明的幾省，和當時正在「以孝經治天下」的廣州來比，則不只牠的位置是在中間，就是牠的「科學」與「進步」的環境，也可以算是中心了。

目前香港已經成了惟一的吐納口，在中國文化的交流營養上，起着很大的作用。但是現在能不能説牠已經成為華南文化的中心呢？現在不能。原因很多樣：因為牠的生活與抗戰中的中國南部，不大接近，牠的成分，兼容並蓄了病態與變態的反時代反民族的成分。牠只能逐漸形成一種特殊的（甚至於是奇異的）香港文化，而不能代表中國精神而成為華南文化的中心。

香港文化，在好的方面説，是將來世界新文化的雛型，是兼有着火藥，美女，富翁的成分的社會生活所形成的。在壞的方面説，牠是駝鳥文化，和六朝的佛學明代文藝的抄襲。

中國文化的健全，牠的不拔的基礎是抗戰。牠將是中國的而又是世界的，是世界的而依然是中國的。

我暫時如是說。

選自一九四一年八月二十一日香港《國民日報·新壘》

林擒

噪音

噪聲乃各種雜斷方式中之最不合宜者。不但雜斷思想，且破壞思想。

——叔本華

甜夢中，常會被不知來自何處，徹夜不斷之「麻將」聲所驚醒。從它那「碰」與「拍拍拍」的聒絮中，一切寧謐秩序，美好境界，正如一泓清水，投以垃圾與糞溺；使它混濁，淤塞。

白日（　）於都會的「自私」，「虛偽」，「陰險」，「惡毒」，「嫉忌」等等的「不凡」形態與噪音，恒於黑夜之來臨而稍稍歇息。當一個人白日所作所為，常於夜寂枕畔時得思其（　）（　）而翻然警惕，但是，叉麻雀的噪音來了！清糞婦的咻咻號咷聲來了！甚至大酒樓的爆竹聲，鄰兒的蠻啼，它們永無休止地，一夜繼以一夜，上帝如憐憫人類，亦應使人有其懺悔之機會。

而宇宙之永無寧日，人類之互相屠殺不息，尋其源，我說：都因哲人的沉思被噪音所破壞而已。

生活的繁瑣；人與人間利害的衝突；彼此的沒有思想維繫的行為的銜接；追求極端刺激享受的形態。全都迸發而為傷害進步，傷害健康的噪音：汽車聲；狗吠聲；妓婦的淚中苦笑聲；大腹賈的酒後狂笑聲；棄婦的飲泣；被害者的呼號，在這幾許噪音中生活着的，能產生甚麼呢？人們被噪音推進煩憂的境界，又被誘惑進忘形的享樂，昏昏迷迷，擾擾攘攘，人衹是噪音的奴隸！

叔本華在「悲觀論集」「論噪聲」一章中說：「苟有人焉，於人口稠密之市鎮，乘郵騎或馬車，過狹隘之巷，執數碼之長鞭，用力鳴之不休，則於爾時，〔應〕令之下馬，立於其處，受五榜笞。即全世界之慈善家及立法家集議，為之保護，發布撤消之體罰之令，猶不能勸諭，使吾作別項主張」。噪音之於人類的損害，我們對此哲人的煩惱自當俯首。

有時，當潛藏之意慾受外界之刺激昇華而（　）靈感，乃不覺伸紙執筆，然當吾人的情感並未得充分抒瀉時，深巷突爾傳來噪雜的喚賣聲，它無秩序地，一點不覺其有規律地呼叫着，因而，我們只得擲筆搖首。

個人因週遭之噪音而使其潛藏意慾的發洩受到莫大的阻礙，我們之沒有偉大作品產生，從個人的受到噪音的阻礙，擴大而關聯至戰爭的噪音——日本人與納粹的獸性的咆哮。

德國是噪音的國家，叔本華以為：「如以為善音樂之民族，則吾所遇，最叫囂之人民，莫過於彼等者。」世界的進步，因此叫囂亦受到阻撓。同時亦因此叫囂而毀滅幾許文明的文化精華，可惜此一代哲人非生於今日，我們知道日本人在其眼中亦衹「叫囂的尾巴」罷了。

黃昏是噪音最多的一刻，那，我有甚麼辦法寫下去呢。

選自一九四一年八月二十四日香港《華僑日報・華嶽》

陳畸

島居零札

瞻前而顧後兮，相觀民之計極；
夫孰非義而可用兮，孰非善而可服！

——屈原「離騷」

一

「你聽過駝鳥的故事嗎」？一個朋友這樣問我，並且開玩笑似的說：「你也算不算是一隻駝鳥」？

我的回答是：「倘若我可以夠得上被稱為『香港平民』的時候，我對於科爾曼之指說『香港平民』是駝鳥，倒不想加以反駁」！

誰也知道——只有科爾曼在睡着，「香港平民」對於未來的可能的任何危險，都具有最靈敏的感覺。只要稍稍有一點風吹草動，他們就會遠走高飛的。

祇有那不時在引長着頸子的鷺鷥，才有着像「香港平民」那樣的警惕和戒備的特性。

二

有些被關在籠子裏面的飛鳥，那怕是鳶和鷲，看來也將比一隻野鴨還要愚笨可憐到一百倍以上的了。

這「貧病之島」的最大多數的居留者，現在正被關在一隻叫做「生活」籠子裏面，和所有「外面」都隔絕着。

「他們在那籠子裏面是多麼高興和舒適呀！」

以玩弄籠子裏面的鳥雀當做工作或事業的江南闊少們，才會説飛鳥是不要自由的。

三

E.斯諾寫過這樣的話：「錢的價值的對比，在這裏簡直令人不敢置信。香港大酒店的客人，每一小時花在吃喝一項的費用，就可以救活幾百個在漢口岸邊蓆地而坐的餓莩，或者是擁塞在各處馬路上的難民；而那些富有的中國人，每一天晚上擁擠在廣東菜館裏互相宴請的花費，也足以購買充分的藥品，去治癒那些因瘧疾痢疾而垂死的千百萬兵士們！」

這些話必然要引起一些人的反感，至少以為牠有些近於「淺薄」。我的意思：較正確的看法，這一定是為了E.諾斯看見有些人天天在香港大酒店吃飯，夜夜上廣東菜館請客，有些眼紅，所以就發那麼樣的一大堆無聊的「牢騷」。

既然是牢騷，我們就大可不必去理牠了。

四

有些人在攻擊漢奸，彷彿真的是不共戴天。這在我看來，——我將怎麼說好呢？我就覺得是多餘而又浪費的。

因為當你售賣日本貨發達之後，你仍然可以變成慈善大家。同樣，要是你歌唱「和平」而成了名，你也大有資格被叫做「民族英雄」。

能夠變戲法的聰明人，應該是我們這個多姿的舞台的明星。一成不變的蠢漢子，就只好永遠站在舞台下面，成為聽不懂說白的觀眾，永遠莫明其妙！

五

「如若將來有一天，一元錢僅可以買一斤米，拾元錢也僅可買三十斤柴，情形將怎麼樣呢？」一個朋友提出這樣的一個問題來。

「這是不難想像的」，我回答他說：「假使海明威的話不錯，至少有五百位中國僑胞是滿不在乎的」！

六

當我引述了一段司馬遷的「史記」，而結果卻全都為成「天窗」的時候，我覺得我是勝利者而不是失敗者。

因為這不就證明了那些大人先生們，好幾年來在強令青年們讀孔讀「經」的徒勞無功。

我並且記起我還是孩子的時候，往往於午夜醒來，就瞪着兩眼，望着屋頂上面的天窗，在祈求着黎明。

我現在仍然在望着天窗。

七

從來沒有一件東西，會像文章那樣容易被誤會和受反感的了！

儘管有些人在口頭上胡亂去造謠，從不會惹起譴責。但要是你寫下了一篇文章，真心負責的說這東西是「好的」，又說那東西是「壞的」，刑罰就會降到你的頭上來。

就算是司馬遷一言之「差」，也不是於受腐刑。今之文人而又好談「批評」者，動輒獲咎。其咎實由於自己之不熟讀「歷史」，這是絕對不會錯的！

八

在你的面前的時候，稱讚你的文章和思想。

在你的背後的時候，詆笑你的生活，尤其覺得你的窮困是活該的！

這就是一般人，包括「前進的」政治家，軍人，商人等等，對於文人的態度。

九

有些了解我的境況的朋友，用一種可感激的同情，對我說：「你應該想想辦法，這樣子捱下去是不行的」。

「是」，我說：「我也這麼想法。」

但有甚麼辦法呢？貧困走進了來，牠的背後跟着的就是疾病，牠們兩個一個拖住你的一隻手，不讓你動彈，你還有甚麼比這更壞的處境啊？

不錯，多少人現在不惟不貧困，而且發達和富有了。

他們的錢從哪裏來的？

他們自己知道，我們也明白。不過你可不能說，說下去了你就得注意你所將遭遇的危險！

十

千千萬萬人在大時代裏受着苦痛的磨難。

千千萬萬人在大時代裏受着貧困的厄制。

我的命運沒有獨異於千千萬萬人的命運，這毋甯是一種值得慶幸而毫無可悲傷的事了！

香港，卅年八月十五日

選自一九四一年九月三日香港《青年知識》第五號

李明

街景

不知由於好奇還是愛熱鬧，在曠地，在街頭，一圈黑魆魆的人叢，一片鑼鼓喧鬧，每使我心旌搖動，禁不住跑過去。

那裏面，有赤着上身的大漢，布帶束得腰圍緊細，跳跳躍躍，玩拳弄棒，一世紀前的英雄流風。也有剛從後街或騎樓下爬起來才不久的乞丐模樣的武士，把破衣裳脱掉一丢，伸開只剩皮包骨的瘦手，砍斷一片磚石，之後是「英雄莫問出處，落魄莫問根由」，勸售他的丸藥。也有外省的過客，玩一個響鈴，左旋右繞，把手上繩子一騰，鈴子便騰躍到層樓之上，落下來依然不會逃得脱他的細繩子，「朋友幫忙，幫忙！」他在地面上檢拾他的衣食。……曾有一個時期，我的生活，單調平淡得很，沒有朋友，沒有快活，對世俗的許多樂事，我又毫不容情地背過面，倒常常在這些圈圍中，一站就是一個半個鐘頭，拾得一點難以言傳的情趣，調劑自己的淡漠的生涯。

現在我想起這些賣藝群裏的一個街頭戲班子來了。

我遇到他們是三年前的事。他們一行七八個，演員三四，其餘是樂手。扮丑的高顴骨塌鼻子，自稱作「八卦婆」，穿着女人衫褲，又舊又黑，頭裏着個舊黑的「包頭」，開場白由他負責，吵啞的嗓子，一邊説，一邊唱，一邊扭捏，等看客聚攏過來，密密層層（　）的時候，然後吹吹打打，生旦上場。表演的說是他們的拿手好戲：甚麼「高君保私探營房」，「朱買臣分妻」……唱演的也各有幾套舊戲服，花繡〔鏤〕金，輪流替換。一齣已完，各各拿破帽子，洋鐵罐，分頭要錢。討得多，加唱幾句尾聲，表示他們的感謝；少呢，半罵半嚕囌，收拾趕下場。

這戲班子沒有使我感興趣，也許是他們乞憐的氣息太重了。然而他們卻使我想得遠一點。或許他們是一個歇業戲班的剩餘，從前是村過村，鎮過鎮，走過不少地方，在甚麼迎神賽會裏出過風頭，給予鄉下人一些歡樂。或許他們雖是偶然的湊集，而從前各各都憑自己的一道嗓門，一副身手，安安穩穩換到寒酸的衣食。你看他們幾件褪色的戲服，說不定從前眩惹過不少人眼目的。但是，由於衰敗，或者由於災難，他們被打翻了，沖到這兒來，這兒的偉麗的劇場大建築，連進去拜會的機會也沒有，不用說粉墨登場了。窮途落魄，自恃還有一點已經過時的本事，不願撥開一無所有的手，向人行乞，好，也來裝出一個場面，就在這擁擠的街頭，胡扯亂湊，不一定成個調兒，但也許可以騙看客們諧笑後的一點慷慨吧！這些毫不足道的下人類的際遇，不一定要拉連到戰爭的災難上去；然而事實也並不一定不可以。擾攘紛紜的苦痛的人群，其中有幾個逃得開法西斯奴役戰爭的蝕損？假如你站在街頭，注視每個行人的眼睛，看它是神采奕奕，還是疲乏失神，我想不到半個鐘頭，你就要頹然顫慄或者發狂了。

年來生活比較有了規律，日出而作，日入而息，沒有機會領略那些英雄身手，和他們時而慷慨，時而油滑的江湖口吻。家搬到一個僻靜的角落，那些打武的，扯響鈴的，變戲法的……都絕少光臨，偶爾來臨，一定挑走一空擔子的失望。原因這一列房屋，外觀整齊潔淨，像有點兒闊氣，可是住的人，和住在髒狹街道的居民大家都是釜底游魚，作着艱難的喘息，至多是柴薪燃得慢點，釜裏水也比較的多吧。也許就由於這點原故，他們要比別人更吝嗇，不愛看這些沒趣的玩意，偶然探頭出來張一張，想到他們是要討錢的，就厭惡地縮回去，而且連孩子也一把拉走了。所以賣藝者在這兒「開檔」，不是不熟悉這兒情況的生手，就是那天已沒有別的辦法，只好作最後一次掙扎，尋找晚餐的人。

一天的黃昏。背着太陽的一排屋子，把陰影蓋盡前面的曠地，不遠處的土丘，黃土的禿頂給夕陽照着變得更黃。

「來嘞，來嘞，八卦婆又來嘞！」吵啞的聲音囂嚷着，接着又唱起來。

久違了。和別的住客一樣，我也在露台上探頭向下面望望。幾個閑人攏了過去，幾個路人駐腳，孩子們四圍打轉。

「八卦婆」和從前一樣的打扮。一生一旦還是一生一旦。樂手只剩下一個人了。開場白說完，樂手摸出一隻喉管，坐在一塊石頭上面吹簫。喉管是一件喧囂沉濁而帶悲淒的樂器，假如在靜夜時分聽到它的聲音，那你就知道鄰近死了人，後死者在替他超度。由於這不快的聯想，每聽到它的聲音，便像咽下一口冰冰涼的冷氣。這次的喉管卻吹出他們這街頭戲班的零落，我不願意留心他們。一會兒街上依舊靜蕩蕩了，就可推想他們的表演有一個失意的結束。

對於人事，單憑直感，不加思索時，是要簡單得多；一加思索，則世上每一事象，都飽含着痛苦。然而再思索下去，又會得出一個相對的觀念來。我們常常感到人間的自私的寒冷，對別人的難堪遭際不肯一加關懷和援手；但又轉念痛苦原是十分深厚和廣汎的積聚，最以人道為懷的人，也無從發己溺己飢的宏願。許多人對於賙濟人的事業常常覺得無可為的原故，也許就在這個地方。

另一個黃昏，我在晚飯後閑眺的當兒，看見「八卦婆」光臨了。零丁一個人，穿的還是那一身舊衣裳，手裏多一把葵扇，因為大熱天，太陽毒得很，一把扇可搧風也可以遮陽。

「來嘞，來嘞，八卦婆又來嘞！吃完晚飯，打麻將未夠腳，來聽八卦婆唱戲。咴咴呀呀啞呀啞亞啞……」他彎曲着腰，踱着鵝步，雙手張開一個半圓像螃蟹兩隻螯鉗，作出最不滑稽，也最難入目的動作和姿態，在曠地上打白鴿轉。

「喂，八卦婆，八卦婆！今天為甚麼一個人唱戲？你的伙計呢？是的，今天，八卦婆一個人唱戲，你們吃過晚飯，打麻將未夠腳，聽八卦婆一個人唱戲。我的伙計嗎？哦，我的伙計沒錢吃飯，走不動，我八卦婆，一個人，一個人唱——嗚嗚嗚……」他嗚嗚嗚地假哭，也許真的要哭一場吧！隨着又左搖右擺，打幾個白鴿轉。

「八卦婆，一個人，一個人唱，唱甚麼？唱唱唱唱唱」，他說出一個戲名，「是馬師曾首本，八卦婆也首本——我姓余，我『老豆』又姓呀呀呀呀呀余……」他吵啞地唱着，道白，把扇子放在地上，跪了下去，說是上墳，說戲裏有這麼一段，一個青年姓余的在上墳時遇到一個受苦的女子……

有一個孩子竄過來，他裝個鬼樣子把他嚇開。另一個孩子竄過去，也給駭回去了。原先在路上站的看客，悠悠然走開幾步，把面半背着他，有時似理不理地瞥他一眼，笑了笑。樓上探出來的頭，差不多全都縮了回去。

真的是一個人，在那兒唱戲。那真的是不堪看了！他的伙計呢？或許他們打了一場架，散夥；或許親切而悲哀地分手，各尋活路。他們的花繡縷金的戲服，他們的鑼鼓弦管呢？有誰知道？一個人有了一個「一無所有」的時候。因而人間就更繁華起來。

聽，他罵起來了，因為要錢要不着——

「……沒飯吃，沒法子不撕爛面皮……丟那媽！真的只是一個銅板，只得一個銅板？孤寒呀，孤寒……我老母剩給我五千塊錢，因為孤寒，後來完全送給藥材舖！」

「……送給藥材舖！……送給藥材舖！……」

「丟！難道一定要給你的！甚麼藥材舖在咒誰？」有人憤憤然起來了。

「我說的是我自己！」他一點不示弱，「我老母剩給我五千塊錢，因為孤寒，後來完全送給藥材舖！……藥材舖……」

他不能再多得一個銅板了，因為他不肯哀求，卻要咒罵。然而他也並不願意再多得一個銅板，所以他才咒罵的。氣竭了，咒罵也不能不完了。垂着頭，彎曲着背，踱着鵝步，走了，漸漸走遠了。看他背影，黑色的身影在撒佈着對寒冷的人間的憤怒，想到他的空虛的肚子咽下無盡的空虛。……

街道依然是靜蕩蕩，像甚麼都沒曾有過一樣。

選自一九四一年九月十七日香港《大公報・文藝》

蕭紅

九一八致弟弟書

可弟：小戰士，你也做了戰士了，這是我想不到的。

世事恍恍忽忽的就過了；記得這十年中只有那麼一個短促的時間是與你相處的，那時間短到如何程度，現在想起就像連你的面孔還沒有來得及記住，而你就去了。

記得當我們都是小孩子的時候，當我離開家的時候，那一天的早晨你還在大門外和一群孩子們玩着，那時你才是十三四歲的孩子，你甚麼也不懂，你看着我離開家向南大道上奔去，向着那白銀似的滿鋪着雪的無邊的大地奔去。你連招呼都不招呼，你戀着玩，對於我的出走，你連看我也不看。

而事隔六七年，你也就長大了，有時寫信給我，因為我的漂流不定，信有時收到，有時收不到。但在收到的信中我讀了之後，竟看不見你，不是因為那信不是你寫的，而是在那信裏邊你所說的話，都不像是你說。這個不怪你，都只怪我的記憶力頑強，我就總記着，那頑皮的孩子是你，會寫了這樣的信的，會說了這樣的話的，那能夠是你。比方說，——生活在這邊，前途是沒有希望，等等……

這是甚麼人給我的信，我看了非常的生疏，又非常的新鮮，但心裏邊都不表示甚麼同情，因為我總有一個印象，你曉得甚麼，你小孩子，所以我回你的信的時候，總是願意說一些空話，問一問家裏的櫻桃樹這幾年結櫻桃多少？紅玫瑰依舊開花否？或者是看門的大白狗怎樣了？關於你的回信，說祖父的墳頭上長了一棵小樹。在這樣的話裏，我才體味到這信是弟弟寫給我的。

但是沒有讀過你幾封這樣的信，我又走了。越走越離得你遠了，從前是離着你千百里遠，那以後就是幾千里了。

而後你追到我最先住的那地方，去找我，看門的人說，我已不在了。

而後婉轉的你又來了信，說為着我在那地方，才轉學也到那地方來唸書。可是你捕空了。我已經從海上走了。

可弟，我們都是自幼沒有見過海的孩子，可是要沿着海往南下去了，海是生疏的，我們怕，但是也就上了海船，飄飄蕩蕩的，前邊沒有甚麼一定的目的，也就往前走了。

那時到海上來的，還沒有你們，而我是最初的。我想起來一個笑話，我們小的時候，祖父常講給我們聽，我們本是山東人，我們的曾祖，擔着擔子逃荒到關東的。而我又將是那個未來的曾祖了，我們的後代也許會在那裏說着，從前他們也有一個曾祖，坐着海船，逃荒到南方的。

我來到南方，你就不再有信來。一年多我又不知道你那方面的情形了。

不知多久，忽然又有信來，是來自東京的，說你是在那邊唸書了。恰巧那年我也要到東京去看看。立刻我寫了一封信給你，你說暑假要回家的，我寫信問你，是不是想看看我，我大概七月下旬可到。

我想這一次可以看到你了。這是多麼出奇的一個奇遇。因為想也想不到，會在這樣一個地方相遇的。

我一到東京就寫信給你，你住的是神田町，多少多少番。本來你那地方是很近的，我可以請朋友帶了我去找你。但是因為我們已經不是一個國度的人了，姐姐是另一國的人，弟弟又是另一國的人。直接的找你，怕與你有甚麼不便。信寫去了，約的是第三天的下午六點在某某飯館等我。

那天，我特別穿了一件紅衣裳，使你很容易的可以看見我。我五點鐘就等在那裏，因為在我猜想，你如果來，你一定要早來的。我想你看到了我，你多麼歡喜。而我卻也想到了，假如到了六點鐘不來，那大概就是已經不在了。

一直到了六點鐘，沒有人來，我又多等了一刻鐘，我又多等了半點鐘，我想或者你有事情會來晚了的。到最後的幾分鐘，竟想到，大概你來過了，或者已經不認識我了，因為始終看不見你，第二天，我想還是到你住的地方去看一趟，你那小房是很小的。有一個老婆婆，穿着灰色大袖子衣裳，她說你已經在月初走了，離開了東京了。但你那房子還下着竹簾子呢。簾子裏頭靜悄悄的，好像你在裏邊睡午覺的。

半年之後，我還沒有回上海，不知怎麼的，你又來了信，這信是來自上海的，說你已經到了上海了，是到上海找我的。

我想這可糟了，又來了一個小吉卜西。

這流浪的生活，怕你過不慣，也怕你受不住。

但你說，「你可以過得慣，為甚麼我過不慣。」

於是你就在上海住下了。

等我一回到上海，你每天到我的住處來，有時我不在家，你就在樓廊等着，你就睡在樓廊的椅子上，我看見了你的黑黑的人影，我的心裏充滿了荒亂，我想這些流浪的年青人，都將流浪到那裏去，常常在街上碰到你們的一夥，你們都是年青的，都是北方的粗直的青年。內心充滿了力量，你們都是被逼着來到這人地生疏的地方，你們都懷着萬分的勇敢，只有向前，沒有回頭。但是你們都充滿了饑餓，所以每天到處找工作。你們是可怕的一羣，在街上落葉似的被秋風捲着，寒冷來的時候，只有彎着腰，抱着膀，打着寒顫。肚裏餓的時候，我猜得到，你們彼此的亂跑，到處看看，誰有可吃的東西。

在這種情形之下，從家跑來的人，還是一天一天的增加，後來聽說有不少已經入了監獄，聽說這幫不遠千里而投向祖國來的青年，一到了祖國，不知怎樣，就犯了愛國罪了。

這自然都說的是已往，而並非是現在。現在我們已經抗戰四年了。在世界上還有誰不知我們中國的英勇，自然而今你們都是戰士了。

不過在那時候，因此我就有許多不安。我想將來你到甚麼地方去，並且做甚麼？

那時你不知我心裏的憂鬱，你總是早上來笑着，晚上來笑着。似乎不知道為甚麼你已經得到了無限的安慰了。似乎是你所存在的地方，已經絕對的安然了，進到我屋子來，看到可吃的就吃，看到書就翻，累了，躺在床上就休息。

你那種傻裏傻氣的樣子，我看了，有的時候，覺得討厭，有的時候也覺得喜歡，雖是歡喜了，但還是心口不一的說：「快起來吧，看這麼懶。」

不多時就七七事變，很快你就決定了，到西北去，做抗日軍去。

你走的那天晚上，滿天都是星，就像幼年我們在黃瓜架下捉着蟲子的那樣的夜，那樣墨黑的夜，那樣飛着螢蟲的夜。

你走了，你的眼睛不大看我，我也沒有同你講甚麼話。我送你到了台堦上，到了院裏，你就走了。那時我心裏不知道想甚麼，不知道願意讓你走，還是不願意。只覺得恍恍忽忽的，把過去的許多年的生活都翻了一個新，事事都顯得特別真切，又都顯得特別的模糊，真所謂有如夢寐了。

可弟，你從小就蒼白，不健康，而今雖然長得很高了，仍舊是蒼白不健康，看你的讀書，行路，一切都是勉強支持。精神是好的，體力是壞的，我很怕你走到別的地方去，支持不住，可是我又不能勸你回家，因為你的心裏充滿了誘惑，你的眼裏充滿了禁果。

恰巧在抗戰不久，我也到山西去，有人告訴我你在洪洞的前線，離着我很近，我轉給你一封信，我想沒有兩天就看到你了。那時我心裏可開心極了，因為我看到不少和你那樣年青的孩子們，他們快樂而活潑，他們跑着跑着，當工作的時候還嘴裏唱着歌。這一群快樂的小戰士，勝利一定屬於你們的，你們也拿槍，你們也擔水，中國有你們，中國是不會亡的。因此我的心裏充滿了微笑。雖然我給你的信，你沒有收到，我也沒能看見你，但我不知為甚麼竟很放心，就像見到了你的一樣。因為你也必是他們之中的一個，於是我就把你忘了。

但是從那以後，你的音信一點也沒有的。而至今已經四年了，你也到底沒有信來。

又偏偏在這時候，我們的國家不幸設了不少的網羅，就像在林裏捕捉那會唱歌的夜鶯那樣的捕捉你們。把你們捕捉在洞裏，把你們捕捉在營裏。（不知道是防空洞，還是甚麼洞。至於營，聽說是訓練營）

我本不常想你，不過現在想起你來了，你為甚麼不來信，或者入了洞，入了營嗎？

於是我想，這都是我的不好，我在前邊引誘了你。

今天又快到九一八了，寫了以上這些，以遣胸中的憂悶。

願你在遠方快樂和健康。

選自一九四一年九月二十日香港《大公報・文藝》

存目作品出處

芷芷　多「情人」與多「夫人」
選自一九二九年一月十五日香港《伴侶》第九期。

侶倫　一根羽毛
選自一九四〇年十二月三日至五日《華僑日報·華嶽》。

潘範菴　救國與「撈國」
選自潘範菴《範菴雜文》，香港：大眾書局，一九三三年十二月初版，一九五四年十月增補重排再版。

飄窮　一日瑣記
選自一九三三年十一月二十七日香港《大光報·大觀園》。

小　靜　新秋雜記
選自一九三四年九月二十五日香港《香港工商日報・文藝週刊》。

陳殘雲　窗下雜記
選自一九四一年九月一日香港《大公報・文藝》。

蟄　父　北上紀遊
選自一九三五年五月二十一日香港《香港工商日報・文學週刊》。

卷　施　寂寞
選自一九三五年七月二十三日香港《南華日報・勁草》。

朱　焦　紫葡萄
選自一九三五年七月二十五日香港《南華日報・勁草》。

胡乃文　人生
選自一九三五年十二月二十七日香港《南華日報・勁草》。

煥　森　檢查制度
選自一九三六年一月十二日香港《香港工商日報・市聲》。

幼　梓　「一代不如一代」?
選自一九三六年十一月十五日香港《香港工商日報・市聲》。

李育中　奴隸與奴才
署名育中，選自一九三七年三月四日香港《香港工商日報・市聲》。

丁　丁　懷無錫
選自一九三七年十一月二十七日香港《香港工商日報・市聲》。

張春風　遙念
選自一九三八年七月一日香港《立報・言林》。
「七七」回憶
選自一九三八年七月七日香港《立報・言林》。

冰　凝　失業以後
選自一九三八年九月二十九至三十日香港《立報・言林》。

葉靈鳳　枕上斷想
選自葉靈鳳《忘憂草》，香港西南圖書印刷公司，一九四〇。
讀書隨筆
選自葉靈鳳《忘憂草》，香港西南圖書印刷公司，一九四〇。

柳木下　寓言四則
署名木下，選自一九四〇年十月三日香港《華僑日報・華嶽》。

西　夷　義大利的黃昏
選自一九三九年四月二十四日香港《大公報・文藝》。

徐　遲　到「新娘」去
署名余犀，選自一九三九年十一月二十一至二十四日香港《星島日報・娛樂版》。

黎晉偉　兩種不同的鑄像
選自一九三九年十二月二十六日香港《國民日報・新壘》。

張子璐　霧
選自一九四〇年三月九日香港《國民日報・青年作家》。

杜文慧　橋與軌
選自一九四〇年六月八日香港《華僑日報・華嶽》。

踐之　舊曆在香港
選自一九四〇年八月五日香港《香港商報・言林》。

黃魯　小樓
選自一九四〇年九月二十一日香港《國民日報・文萃》。

夏果　榕及後院
選自一九四〇年十月六日香港《華僑日報・華嶽》。

于立群　神，人與獸——隨感兩則
選自一九四一年七月二十二日香港《華僑日報·華嶽》。

宜　閑　彷彿是在昨天
選自一九四一年十月十一日香港《華商報·燈塔》。

作者簡介

靈芬女士

生平資料不詳。一九一〇年代的作品見於《小說叢報》、《晨報》等，一九二〇年代作品見於《民鐸雜誌》、香港《小說星期刊》等。

天健（1900-1975）

本名鄭天健，後名鄭水心，另有筆名勁草。原籍廣東香山。一九二三年接替黃天石主持香港《大光報》編務，其後加入《香江晚報》。一九二七年與黃天石等發起成立「香港新聞學社」，任教務長，並主講「中國新聞史」、「政治邏輯」。一九三九年後，歷任湖南省政府主任秘書、湖南《國民日報》社長等。一九四九年中共解放軍南下廣東，退往澳門，輾轉回到香港。一九二〇年代在香港發表的作品見於《大光報》、《小說星期刊》、《墨花》雜誌、《雙聲》雜誌等。

甫衣

生平資料不詳。一九二〇年代在香港發表的作品見於《華星三日刊》。

甫公

生平資料不詳。一九二〇年代在香港發表的作品見於《華星三日刊》。

芷芷

生平資料不詳。一九二〇年代在香港發表的作品見於《伴侶》雜誌。

愧餘

生平資料不詳。一九二〇年代在香港發表的作品見於《伴侶》雜誌。

銀漢

生平資料不詳。一九二〇年代在香港發表的作品見於《伴侶》雜誌。

侶倫(1911-1988)

本名李林風，又名李霖，另有筆名林下風、貝茜等。原籍廣東惠陽，生於香港。一九二〇年代在香港《大光報》、《伴侶》雜誌等發表作品。一九二九年與謝晨光、張吻冰、岑卓雲、黃谷柳、陳靈谷等組織香港第一個新文學團體「島上社」，在《大同日報》上設「島上」文藝副刊，又先後出版《鐵馬》雜誌、《島上》雜誌。一九三〇年上海《北新》半月刊舉辦「新近作家特號」徵文，憑小説〈伏爾加船夫曲〉入選。一九三一至三七年主編《南華日報》文藝副刊「新地」、「勁草」。一九三五年與易椿年、李育中、張任濤等合辦《時代風景》雜誌，同年出版個人散文集《紅茶》（香港：島上社）。一九三六年與王少陵、杜格靈、李育中、劉火子、羅雁子等組織「香港文藝協會」。一九三七年加入「香港文化界座談會」。一九三八年任香港合眾影片公司編劇。一九三八至四一年在香港南洋影片公司任編劇及宣傳工作。香港淪陷後往內地，戰後回港。

謝晨光

本名謝維楚，另有筆名星河。中學就讀於香港英皇書院。一九二〇年代開始在香港《大光報》、《大同日報》、《伴侶》雜誌發表作品。一九二九年與侶倫、張吻冰、岑卓雲、黃谷柳、陳靈谷等組織香港第一個新文學團體「島上社」，在《大同日報》上設「島上」文藝副刊，又先後出版《鐵馬》雜誌、《島上》雜誌，並發表作品。一九二〇年代末至三〇年代初作品也見於上海《幻洲》、《現代小說》等新文學刊物。

蝶　衣

生平資料不詳。一九三〇年代在香港發表的作品見於《南強日報》。

潘範菴

筆名老範。一九二九至三三年主編香港《大光報》文藝副刊。曾經營小書店及在工商界、法律界工作，並為「香港文化界座談會」及「香港華人革新協會」成員。一九三三年出版《飯吾蔬菴微言》（香港：大眾書局），收錄主編《大光報》副刊時以老範筆名在該報發表的雜文，據說是第一本在香港出版的雜文集。該書在一九五四年增訂再版，改名《範菴雜文》（香港：大方書局）。

凱　筠

生平資料不詳。一九三〇年代在香港發表的作品見於《大光報》。

飄　窮

生平資料不詳。一九三〇年代在香港發表的作品見於《大光報》。

梁之盤(1915-1942)

原籍廣東南海。曾在廣州中山大學旁聽。一九三三年與其兄梁晃（又名梁之晃）創辦《紅豆》雜誌，刊登新文學創作、外國文學作品中譯、文學論文、中西畫作、攝影、漫畫、雕刻等。一九三五年七月起集中刊登詩和散文。《紅豆》創刊之初，梁之盤擔任督印及編輯，並發表作品和翻譯。一九三四年出任主編。一九三六年「香港文藝協會」成立，加入成為會員。

問　鵑

生平資料不詳。一九三〇年代在香港發表的作品見於《香港工商日報》。

樹　桑

生平資料不詳。一九三〇年代在香港發表的作品見於《香港工商日報》。

衛道

生平資料不詳。一九三〇年代在香港發表的作品見於《香港工商日報》。

无夢

生平資料不詳。一九三〇年代在香港發表的作品見於《香港工商日報》。

古董

生平資料不詳。一九三〇年代在香港發表的作品見於《香港工商日報》。

士驥

生平資料不詳。一九三〇年代在香港發表的作品見於《香港工商日報》。

君正

生平資料不詳。一九三〇年代在香港發表的作品見於《香港工商日報》。

筠萍

生平資料不詳。一九三〇年代在香港發表的作品見於《香港工商日報》。

小靜

生平資料不詳。一九三〇年代在香港發表的作品見於《香港工商日報》。

光偉

生平資料不詳。一九三〇年代在香港發表的作品見於《南華日報》。

陳殘雲(1914-2002)

本名陳福才，另有筆名方遠、準風月客等。原籍廣東廣州。一九三〇年輟學，來香港當店員，對新文學發生興趣。一九三三年，第一篇作品發表於香港《大光報》。一九三五年回廣州就讀於廣州大學，與黃寧嬰、陳蘆荻等合辦《今日詩歌》、《詩場》、《廣州詩壇》。一九三九年在香港參與「中華全國文藝界抗敵協會香港分會」活動，與黃寧嬰合作復刊《中國詩壇》。抗戰期間在粵北、桂林工作。一九四一年赴新加坡教師任，未到任，太平洋戰爭爆發，輾轉返國。一九四五年回廣州，與司馬文森合編《文藝生活》。一九四六年，《文藝生活》被封，轉而來港出版，並任教於香島中學。其後任職南國影業公司編導室，著有電影劇本《珠江淚》，積極參與香港文藝活動。一九五〇年初返回內地。一九三〇、四〇年代在香港發表的作品見於《大公報》、《大光報》、《立報》、《南華日報》、《星島日報》、《華商報》、《華僑日報》、《文藝陣地》雜誌等。

華胥(1899-1991)

本名吳夢龍，後改名吳華胥，另有筆名一夢、阮迪新、若滄、勉為、望榆、渚青、黃粱、勵予等。原籍廣東惠來。一九二六年加入中國共產黨。一九二七年從汕頭到香港，一個月後回汕頭。一九二八年再到香港，轉赴泰國，從事教育工作。一九三一年被驅逐出境，再到香港，任職小學，並在《大光報》、《香港工商日報》等發表作品。一九三六、三七年分別參與創辦「香港文藝協會」及「香港中華藝術協進會」。一九三七年與李育中同任《大眾日報》主筆。一九三八年返回內地參加抗戰。一九四六年重來香港。一九四九年返回內地。

風痕

生平資料不詳。一九三〇年代在香港發表的作品及翻譯見於《紅豆》雜誌。

蟄父

生平資料不詳。一九三〇年代在香港發表的作品見於《香港工商日報》。

夫澧

生平資料不詳。一九三〇年代在香港發表的作品見於《紅豆》雜誌。

卷施

生平資料不詳。一九三〇年代在香港發表的作品見於《南華日報》。

朱焦

生平資料不詳。一九三〇年代在香港發表的作品見於《南華日報》。

禾金

生平資料不詳。一九三〇年代在香港發表的作品見於《南華日報》。

羅洪

生平資料不詳。一九三〇年代在香港發表的作品見於《南華日報》。

棱磨

生平資料不詳。一九三〇年代在香港發表的作品見於《南華日報》。

胡乃文

生平資料不詳。一九三〇年代在香港發表的作品見於《南華日報》。

維娜

生平資料不詳。一九三〇年代在香港發表的作品見於《南華日報》。

煥　森

生平資料不詳。一九三〇年代在香港發表的作品見於《香港工商日報》。

落　璣

生平資料不詳。一九三〇年代在香港發表的作品見於《香港工商日報》。

宋綠漪

生平資料不詳。一九三〇年代在香港發表的作品見於《香港工商日報》。

思　平

生平資料不詳。一九三〇年代在香港發表的作品見於《紅豆》雜誌。

落華生(1893-1941)

本名許贊堃，字地山。原籍廣東揭陽，生於台灣台南。燕京大學文學院及宗教學院畢業後，留校任教。就讀大學時曾參與五四運動。一九二一年與茅盾、鄭振鐸等發起成立文學研究會，在《小説月報》、《新社會旬刊》等發表作品。一九二三至二七年間赴美國、英國深造，返國後繼續任教於燕京大學。一九三五年到香港，任香港大學教授，主持中文學院，推動課程改革。一九三八年「中華全國文藝界抗敵協會香港分會」成立，獲選為理事，並積極參與香港「中英文化協會」、「新文字學會」工作。一九三〇年代在香港發表的作品見於《大公報》。

苗秀

本名葉苗秀，另有筆名朱翠、江湖、吉金、呂芳、花菴、澹生、藏園、靈珠、鷗閣等。作品題材以中西文藝、歷史風俗、科學新知為主，多取材自日本書刊。一九三〇、四〇年代在香港發表的作品及翻譯見於《大公報》、《星島日報》、《香港工商日報》等。

幼梓

生平資料不詳。一九三〇年代在香港發表的作品見於《香港工商日報》。

白鳥

生平資料不詳。一九三〇年代在香港發表的作品見於《香港工商日報》。

李育中（1911-2013）

本名李育中，另有筆名方皇、白廬、李航、李遠、李爾、李燕、育中、馬葵生、韋舵等。原籍廣東新會，生於香港。幼年居於澳門，一九二二年到香港入學。一九二五年底因省港大罷工回到內地，幾年後再來香港。一九二九年在香港《大光報》開始發表。一九三二年在《天南日報》大量登載作品，並獲邀接編該報「兢兢週刊」。一九三三年初，在《天南日報》連載所譯海明威小說《訣別武器》。一九三四年，與侶倫、劉火子、易椿年、張任濤、戴隱郎、溫濤、倫冠（譚浪英）、張弓等合作出版《詩頁》、《今日詩歌》、《時代風景》等雜誌，創辦「深刻木刻社」。一九三六年與王少陵、杜格靈、侶倫、劉火子、羅雁子等組織「香港文藝協會」。

同年加入中國共產黨，後來退黨。一九三七年初，主編魯衡創辦的《南風》雜誌。同年五月，協助杜其章成立「中華藝術協進會」，並與吳華胥同任《大眾日報》主筆。滬戰開始，上海文人紛紛南下，與「中華藝術協進會」同人接待郭沫若、茅盾、胡愈之等，又協助南下的「海關長征團」演出陽翰笙的《塞上風雲》，以及茅盾主編《文藝陣地》。一九三八年在廣州、桂林、韶關工作。翌年七月初與郁風、劉火子來香港，在《星島日報》、《星島週刊》、《香港工商日報》上發表作品。停留約兩個月，又回到內地。

雁子(1912-1967)

本名羅雁子，又名羅理實、李實。原籍廣東大埔。一九三六年與王少陵、杜格靈、李育中、侶倫、劉火子等組織「香港文藝協會」。一九三八年「八路軍駐香港辦事處」成立，曾任工作人員。一九四〇年赴菲律賓從事新聞工作。一九四七年回國，歷任中共香港市委宣傳部長、香港工委統戰委員會委。一九四九年後在廣東省政府工作。一九三〇年代在香港發表的作品見於《香港工商日報》、《小齒輪》雜誌、《南風》雜誌等。

魯衡

本名梁煌濤。年輕時於美國當苦工，患上嚴重風濕以致雙腳癱瘓。一九三三年，在香港自資出版期刊《小齒輪》雜誌。一九三七年，與李育中合編《南風》雜誌。為港澳左翼文藝組織「群力學社」的主力成員。一九三〇年代在香港發表的作品見於《大公報》、《香港工商日報》及所編刊物等。

丁丁

生平資料不詳。一九三〇年代在香港發表的作品見於《香港工商日報》。

張春風 (1913-1986)

一名張向天，另有筆名丙公。原籍遼寧遼陽。一九三三年居於北平，「七七事變」後輾轉南下。一九三七年九月來廣東，後到香港，任職教師。太平洋戰爭爆發，攜家眷逃往粵西。一九四六年回港，仍以教學為業。一九三〇、四〇年代在香港發表的作品見於《大公報》、《立報》、《華僑日報》、《大風》雜誌等。

薩空了 (1907-1988)

本名薩音泰，另有筆名了了、小記者、艾秋飆。蒙古族人，生於四川成都。一九二七年在北京開始從事新聞工作。一九三五年九月，受邀往上海主編《立報·小茶館》，以「了了」筆名撰寫時事短評。一九三六年任總編輯兼經理。一九三七年十一月初，日軍攻陷上海，月底《立報》宣布停刊，薩空了南下香港。翌年四月一日在香港復刊《立報》，再任總編輯及總經理，仍主編「小茶館」及發表短評。一九三九年赴新疆，任《新疆日報》第一副社長。翌年轉往重慶，任《新蜀報》總經理。一九四一年初受鄒韜奮、廖承志邀請出任新辦香港《光明報》總經理。香港淪陷後回到內地，一九四五年重到香港，出任《華商報》總經理。一九四九年六月再返回內地。

沙威

生平資料不詳。一九三〇年代在香港發表的作品見於《立報》。

江楓

生平資料不詳。一九三〇年代在香港發表的作品見於《大眾日報》。

杜埃(1914-1993)

本名曹傳美，又名曹芥茹、曹芥如、曹家裕，另有筆名杜洛兒、拜士、T.A等。原籍廣東大埔。幼年家貧，只讀過三個月中學，在家鄉任小學教師。一九三〇年到廣州，投稿廣州《國民日報》和香港的報紙，最初的作品在香港刊出。一九三二年因在廣州出版左翼文藝刊物《天皇星》而被追捕，暫居香港，期間與樓棲等協助蒲特（饒彰風）主編《天南日報・水門汀》週刊。一九三三年就讀於廣州中山大學，參加「中國左翼作家聯盟廣州分盟」活動。一九三六年加入中國共產黨，獲任命為「中共香港工委」代理宣傳部長，兼港九文化支部書記，為香港《大眾日報》撰寫社論、主編文藝副刊「文化堡壘」，並任「中華藝術協進會」文藝組負責人。其後調往「八路軍駐香港辦事處」，負責統一戰線聯絡工作，在香港各種報刊撰寫政論、文藝理論等，並在《立報・言林》、《文藝陣地》發表作品。一九三九年受命回到東江。一九四〇年初赴菲律賓建立抗日宣傳基地。一九四七年重來香港，先後負責出版《華商報》和《群眾周刊》。一九四九年十月返回內地。

茅盾(1896-1981)

本名沈德鴻，字雁冰。另有大量筆名，如方璧、止水、止敬、丙生、丙申、玄、玄珠、仲方、沈玄英、沈仲方、佩群、郎損、馮虛、損、微明、蒲牢、M.D等。原籍浙江嘉興。一九二一年參與創立「文學研究會」，把《小說月報》改為新文學發表重要園地。同年加入中國共產黨，成為最早的一批黨員。一九二七年開始使用筆名「茅盾」。一九三〇年加入「中國左翼作家聯盟」。抗戰期間獲選為「中華全國文藝界抗敵協會」理事。一九三八年二月底到香港，任《立報·言林》及《文藝陣地》主編，發表作品，積極參與文藝活動，如擔任「中華業餘學校」的「文藝科」講師，在「中華藝術協進會」舉辦的「怎樣紀念魯迅」座談會上發表演講。一九三八年底離港往新疆，在新疆學院任教。一九四一年三月中旬第二次來港，獲選為「中華全國文藝界抗敵協會香港分會」理事，任《大眾生活》雜誌編輯委員，主編綜合性文藝期刊《筆談》，在上述刊物及《華商報·燈塔》、《青年知識》雜誌、《時代文學》雜誌、《時代批評》雜誌等發表作品，數量龐大。一九四二年一月回到內地。一九四七年十二月至一九四九年一月，第三度較長期居於香港，除主編《文匯報·文藝周刊》、《小說》月刊外，也參與了大量文學、政治活動，並發表了數量可觀的作品。

文　俞(1917-1996)

本名黃文俞。原籍廣東番禺。廣州中山大學肄業。早年在茅盾主編的香港《立報·言林》投稿，得到栽培。一九四〇年參與「中華全國文藝界抗敵協會香港分會」，任該會屬下「文藝通訊部」學習小組的指導員。一九四一年加入中國共產黨。一九四六年任香港《正報》社長。一九四八年五月，調任粵贛湘邊區縱隊秘書長，隨軍征戰。一九五〇年代起，在內地《羊城晚報》、《南方日報》、廣東省出版局等單位工作。一九三〇、四〇年代在香港發表的作品見於《大公報》、《立報》、《星島日報》、《文藝青年》雜誌等。

蔡楚生(1906-1968)

原籍廣東潮陽，在上海出生。一九二五年在汕頭參加店員工會，組織「進業白話劇社」，擔任編劇、導演、演員，並開始寫作。一九三一年任聯華影片公司編劇及導演。一九三七年十一月底到香港，繼續電影編導工作，包括參與製作《血濺寶山城》、《孤島天堂》、《前程萬里》等影片，以及撰寫五幕話劇《自由港》等。一九四四年五月離開香港，轉往柳州、重慶。一九三〇、四〇年代在香港發表的作品見於《立報》、《華商報》等。

穆時英（1912-1940）

筆名伐揚、匿名子。原籍浙江慈溪，在上海出生。一九三〇年代初就讀上海光華大學期間，在《小說月報》、《現代》、《新文藝》等雜誌發表小說。一九三四年十月，與葉靈鳳在上海創辦《文藝畫報》。一九三五年，任上海《晨報‧晨曦》主編。一九三六年轉任《時代日報‧二十世紀》編輯。同年四月，從上海來香港。一九三七年，拍攝電影《夜明珠》。翌年，《星島日報》創刊，任「娛樂版」編輯。一九三九年，任《星島週報》編輯。是年十月，返回上海。一九三〇年代在香港發表的作品見於《大眾日報》、《星島日報》、《大地畫報》、《朝野公論》雜誌等。

袁水拍（1916-1982）

本名袁光楣，另有筆名馬凡陀、望諸。原籍江蘇吳縣。上海滬江大學肄業。初任中國銀行練習生，抗戰開始，調到香港分行信託部，並在《大公報》、《立報》、《星島日報》等發表作品及翻譯。一九三九年春，在戴望舒和艾青合編的《頂點》詩刊上開始以袁水拍為筆名。同年出席「中華全國文藝界抗敵協會香港分會」成立大會。一九三九至四一年間先後任《文協》周刊編輯委員、「文藝通訊部」導師、「中華全國文藝界抗敵協會香港分會」理事等。一九四一年赴桂林。翌年加入中國共產黨。一九四八年重來香港。一九四九年返回內地。

林焕平 (1911-2000)

筆名方東旭、石仲子、望月等。原籍廣東台山。一九三〇年就讀上海中國公學大學部，加入「中國左翼作家聯盟」。翌年轉到廣州暨南大學繼續學業。一九三三年赴日本留學。一九三七年五月底被驅逐回國。抗戰期間在廣州、香港、桂林、重慶、上海等地，從事新聞、教育工作。香港淪陷後，赴廣西、貴州。一九四八年在香港創辦南方學院，並任院長。一九五一年香港政府下令關閉南方學院，返回內地。一九三〇、四〇年代在香港發表的作品見於《大公報》、《立報》、《星島日報》、《大風》雜誌、《時代文學》雜誌、《文藝青年》雜誌、《文藝陣地》雜誌、《筆談》雜誌等。

冰　凝

生平資料不詳。一九三〇年代在香港發表的作品見於《立報》。

阿　寧

生平資料不詳。一九三〇年代在香港發表的作品見於《文藝陣地》雜誌。

葉靈鳳 (1905-1975)

本名葉蘊璞，另有筆名任訶、佐木華、柿堂、雨品巫、秋生、秋郎、亞靈、南村、秦靜聞、葉林豐、燕樓、鳳軒、霜崖、臨風、曇華、靈鳳、L.F. 等。原籍江蘇南京。上海美術專門學校肄業。一九二五年加入「創造社」，開始寫作，期間與周全平合編《洪水》半月刊。一九二六年組織文學團體「幻社」，與潘漢年合編《幻洲》半月刊。一九三〇年加入「中國左翼作家聯盟」。一九三七年參加《救亡日報》工作，後隨該報遷到廣州。一九三八年廣州失陷，轉到香港定居，此後歷任香港《立報・言林》、《星島日報》的「星座」、「香港史地」、「藝苑」等副刊編輯，並參與《大同雜誌》、《大眾週報》、《新東亞》、《萬人週刊》等刊物的編務。一九四〇年出版散文集《忘憂草》（香港：西南圖書印刷公司）。

馬木下（1914-1998）

本名劉慕霞，一名劉孟，另有筆名木下、馬御風、馬臨風、婁木。原籍廣東梅縣，一說廣東興寧。一九三二至三六年入讀上海復旦大學（一說上海大夏大學），畢業後赴日本深造。一九三八年返回故鄉，任教中學。一九三〇年代後期至四〇年代初曾居香港。一九四〇年秋因精神病被送入高街精神病院，同年返回內地，一九四一年夏再到香港，同年秋轉赴上海工作。一九四八年再定居香港，任中學英文科教師，並參加香港「中國新詩工作者協會」。一九三〇、四〇年代在香港發表的作品和翻譯見於《大公報》、《星島日報》、《國民日報》、《華僑日報》、《紅豆》雜誌等。

適　夷（1905-2001）

本名樓錫春，另有筆名樓建南、樓適夷。原籍浙江餘姚。一九一九年到上海，開始寫作，最初發表於「創造社」的《創造日》、《洪水》等刊物。一九二七年後從事地下工作及文學活動。一九二九年赴日本。一九三一年回到上海，參加「中國左翼作家聯盟」。抗戰開始，先後到過廣州、香港。在香港協助茅盾編輯《文藝陣地》雜誌，茅盾離職後接任主編，其後到上海。一九四七年重來香港，與周而復等創辦《小說》月刊。一九四九返回內地。一九三〇、四〇年代在香港發表的作品見於《大公報》、《立報》、《星島日報》、《筆談》雜誌等。

西　夷

生平資料不詳。一九三〇、四〇年代在香港發表的作品見於《大公報》，以介紹外文書籍為主。

梨　青

生平資料不詳。一九三〇年代在香港發表的作品見於《星島日報》。

友　秋

生平資料不詳。一九三〇年代在香港發表的作品見於《立報》。

黃　繩（1914-1998）

一名黃承燊。原籍廣東廣州。一九三七年來港，任中學教師。一九三九年參與組織「中華全國文藝界抗敵協會香港分會」。翌年出任該會理事，兼「組織部」及「組織部」附設「文藝通訊部」負責人。香港淪陷後，轉往桂林。一九四八年回港，任香島中學校長。一九三〇、四〇年代在香港發表的作品見於《大公報》、《大眾日報》、《立報》、《星島日報》、《人世間》雜誌、《文藝生活》雜誌、《文藝青年》雜誌、《文藝陣地》雜誌、《詩創作》雜誌等。

林　歌

生平資料不詳。一九三〇年代在香港發表的作品見於《香港工商日報》。

樓　棲（1912-1997）

本名鄒冠群，另有筆名白芷、柳明、馬逸野、寒光、黃廬、樓西等。原籍廣東梅縣。一九三〇年入讀廣州中山大學。一九三二年因為在廣州出版左翼文藝刊物《天皇星》，被追捕而暫居香港，期間與杜埃等協助蒲特（饒彰風）主編《天南日報‧水門汀》週刊。一九三七年來港，任教於香港華南中學，參加「中華全國文藝界抗敵協會香港分會」。一九三九年任教於香港中華業餘學校。香港淪陷，轉往桂林，在《廣西日報》工作。一九四六年重到香港，任《人民報》副刊編輯，參加「中國民主同盟」。一九四七年任教於香港達德學院文史系。一九三〇、四〇年代在香港發表的作品見於《大公報》、《星島日報》、《華商報》、《華僑日報》、《中國詩壇》雜誌、《紅豆》雜誌等。

徐　遲（1914-1996）

本名徐商壽，另有筆名史綱、余犀、唐鄉、袁望雲、龍八等。原籍浙江吳興。一九三一年考入蘇州東吳大學文學院。翌年借讀燕京大學，在《燕大月刊》初次發表。此後在《現代》、《婦人畫報》、《文藝風景》等雜誌陸續登載作品。一九三六年與戴望舒、路易士、卞之琳等在上海創辦《新詩》月刊。一九三八年創辦《純文藝》月刊。同年五月，因戰事從上海到香港，為香港《立報》、《星報》等翻譯外國電訊消息。一九三九年與戴望舒、葉君健等主編英文版《中國作家》，多次以記者身份深入前線採訪。一九三九至四一年擔任「中華全國文藝界抗敵協會香港分會」屬下「文藝通訊部」的導師。一九四〇年任該會理事。香港淪陷後返回內地。一九三〇、四〇年代在香港發表的作品及翻譯見於《大公報》、《南華日報》、《星島日報》、《華商報》、《大風》雜誌、《頂點》詩刊等。

高貞白（1906-1992）

又名高秉蔭，別號伯雨，另有筆名金城、林熙、高適、溫大雅、秦仲龢等。原籍廣東澄海，生於香港。畢業於故鄉澄海中學。一九二八年赴英國劍橋大學進修，並在歐美各國遊歷。一九三二年回國，在上海中國銀行總管理處任調查部科員。一九三六年因投稿《中國晚報》，獲聘為副刊編輯。一九三七年回港。一九四三年暫居澳門。一九四五年底重回香港。一九三〇、四〇年代在香港發表的作品及翻譯見於《國民日報》、《大風》雜誌、《東方雜誌》等，以掌故文章馳名。

黎晉偉（1916-?）

原籍廣東南海。畢業於廣東師範學校，一九三七年到香港，任《國民日報》編輯。其後歷任重慶《中英日報》編輯、中國國民黨中央宣傳部專員、《國民日報》主筆等。編有《香港百年史》（香港：南中編譯出版社，一九四八年）。一九三〇、四〇年代發表的作品見於香港《國民日報》、《中央週刊》等。

張子璐

生平資料不詳。一九四〇年代在香港發表的作品見於《國民日報》。

陳君葆（1898-1982）

別字厚基，筆名曉風。原籍廣東香山，幼年隨父移居香港，中學就讀於皇仁書院。一九二一年香港大學畢業後，赴新加坡華僑中學任教，後任馬來亞州府視學官。一九三一年「九一八事變」後回國。一九三四年受聘於香港大學，任教翻譯課程，兩年後改任馮平山圖書館主任，兼文學院中國文史系教席。抗戰期間參加「中華全國文藝界抗敵協會香港分會」、「中英文化協會香港分會」、「香港新文字學會」等。一九四七年獲英皇喬治六世授予勳銜，表揚在香港淪陷期間盡力保護馮平山圖書館及香港的珍貴文獻。一九四〇年代在香港發表的作品見於《星島日報》、《華商報》、《華僑日報》、《香港新文字學會報》等。

方施

生平資料不詳。一九四〇年代在香港發表的作品見於《國民日報》。

杜文慧

生平資料不詳。一九四〇年代在香港發表的作品見於《華僑日報》。

施蟄存（1905-2003）

本名施德普，另有筆名安華、施青萍、李萬鶴等。原籍浙江杭州。一九二二年考入杭州之江大學，後轉上海大學，再轉震旦大學。一九二九年起，在上海參與《無軌列車》、《新文藝》、《現代》等雜誌編務。抗戰開始後，多次來香港。停留較長的一次是一九四〇年四月至九月，居於香港島薄扶林學士台，並任「全國文藝界抗敵協會香港分會」屬下「宣傳部」負責人、「研究部」附設「文藝研究班」負責人，又在香港天主教會「公教進行社」的「出版部」翻譯法文書籍。一九三〇、四〇年代在香港發表的作品及翻譯見於《大公報》、《星島日報》、《大風》雜誌等。

踐之

生平資料不詳。一九四〇年代在香港發表的作品見於《立報》。

黃魯（1919-1951）

另有筆名黎明起、孔武。一九三〇年代中在廣州參加廣州藝術工作者協會詩歌組及廣州詩壇社的活動，稍後與陳殘雲、黃寧嬰、鷗外鷗等合辦《詩場》。抗戰期間，從廣州來港。一九四二初與戴望舒等合股在中環開設「懷舊齋」舊書店。一九三〇、四〇年代在香港發表的作品見於《星島日報》、《國民日報》、《文化批判》雜誌、《青年學生》雜誌、《中國詩壇》雜誌等。

李漢人

生平資料不詳。一九四〇年代在香港發表的作品見於《南華日報》。

夏　果（1915-1985）

本名源克平，原籍廣東高鶴。一九三七年畢業於廣州市立美術專科學校。在廣州《民族日報》開始發表作品。其叔父在香港經營瓷器莊，所以常到香港，住在叔父家中。一九四五年底開始長居香港。一九四〇年代在香港發表的作品見於《國民日報》、《華僑日報》等。

蕭　明

生平資料不詳。一九四〇年代在香港發表的作品見於《南華日報》。

璇　冰

生平資料不詳。一九四〇年代在香港發表的作品見於《立報》。

从　众

另有筆名众。生平資料不詳。一九四〇年代初為香港《國民日報・新壘》編者，在該報發表作品。

娜　馬

生平資料不詳。一九四〇年代在香港發表的作品見於《南華日報》。

楊　剛 (1905-1957)

本名楊季徵，後改為楊繽。原籍湖北沔陽。一九二七年入讀燕京大學。一九二八年加入中國共產黨，因與黨小組負責人不和，曾退黨。一九三三年參加「中國左翼作家聯盟」。一九三七年「七七事變」後，從北平轉赴武漢、上海。一九三九年夏，來香港接替蕭乾主編香港《大公報・文藝》。香港淪陷後，返回內地。一九四八年九月，再到香港，任香港《大公報》社評委員。一九四九年重返內地。一九三〇、四〇年代在香港發表的作品見於《大公報》、《星島日報》、《華商報》、《文藝青年》雜誌等。

于立群 (1916-1979)

本名于佩珊。原籍廣西賀縣。一九三〇年考入上海明月歌舞劇社，後進入上海電影學校，曾演話劇、電影，藝名黎明健。抗戰期間在廣州《救亡日報》任編輯，並為中國共產黨地下黨員。一九三九年與郭沫若正式結婚，成為郭氏第三任妻子。抗戰期間，曾到香港不止一次。抗戰結束，在香港籌備「中國婦女聯誼會香港小組」。一九四〇年代在香港發表的作品見於《華僑日報》。

華　嘉 (1915-1996)

本名鄺劍平。原籍廣東南海。一九三〇年代初在上海參加左翼文藝活動。抗戰期間在廣州《救亡日報》任戰地記者。後到桂林參加「中華全國文藝界抗敵協會」，任桂林《救亡日報》記者、副刊編輯。一九四一年「皖南事變」後，隨夏衍到香港，在《華商報》任記者，積極參與香港的文藝活動，如擔任「虹虹歌詠團」的「暑期文藝講座」講者。香港淪陷後赴內地。國共內戰期間再到香港。一九四九年返回內地。一九四〇年代在香港發表的作品見於《大公報》、《星島日報》、《華僑日報》等。

曾子敬

生平資料不詳。一九三〇、四〇年代在香港發表的作品見於《大公報》、《立報》、《時代文學》雜誌、《筆談》雜誌等。

陳靈谷（1909-1990）

本名陳振樞，一名陳仙泉，另有筆名仙泉、胡為、陳白、陳季子、陳默之、葛雷夫等。原籍廣東海豐。一九二七年到香港。翌年開始在《大光報》及《紅豆》雜誌發表作品，並獲聘為《大光報》副刊編輯。一九二九年與謝晨光、侶倫、張吻冰、岑卓雲、黃谷柳等組織香港第一個新文學團體「島上社」，在《大同日報》上設「島上」文藝週刊，又先後出版《鐵馬》雜誌、《島上》雜誌。一九三二年參與把十九路軍的《血潮》戰報彙編成《血潮彙刊》，其後主持綜合性刊物《新亞細亞》編務。一九三五年到日本留學，參加東京「中國左翼作家聯盟」活動。一九三七年在香港加入「中華藝術協進會」。中華人民共和國成立前返回內地。

文方

生平資料不詳。一九四〇年代在《國民日報》發表作品。

林擒

約一九三六年畢業於廣州市立美術專科學校。畢業後曾為《珠江日報》新聞版和副刊畫漫畫，並加入該報採訪部。其後曾任助理導演，但主要以繪畫為業。一九三〇、四〇年代在香港發表的作品見於《星島日報》、《華僑日報》。

陳畸

本名陳紹統，另有筆名田芝。原籍廣東海豐。一九二七年來香港，初期在《天文台》報發表評論。其後歷任香港《珠江日報》、《立報》採訪主任。一九三八年「中國青年新聞記者學會香港分會」成立，任理事。一九四〇年任「中華全國文藝界抗敵協會香港分會」屬下「宣傳部」附設「編輯委員會」委員。香港淪陷，在韶關《建日國報》任主筆兼採訪主任。一九四九年重回香港。一九三〇、四〇年代在香港發表的作品見於《大公報》、《星島日報》等。

李明

生平資料不詳。一九四〇年代在香港發表的作品見於《大公報》。

蕭紅（1911-1942）

本名張迺瑩，另有筆名悄吟。原籍黑龍江呼蘭。一九三三年開始發表作品。一九四〇年初與端木蕻良到香港，同年年底寫成《呼蘭河傳》，翌年完成《小城三月》等小説。一九四〇年代在香港發表的作品見於《大公報》、《星島日報》等。

宜閑

生平資料不詳。一九四〇年代在香港發表的作品見於《華商報》。

《香港文學大系一九一九－一九四九》編輯委員會鳴謝
以下人士及單位，資助本計劃之研究及編纂經費：

李律仁先生

・

香港藝術發展局

・

香港教育學院　中國文學文化研究中心

香港藝術發展局
Hong Kong Arts Development Council

藝發局邀約計劃
香港藝術發展局全力支持藝術表達自由，
本計劃內容並不反映本局意見。

The Hong Kong Institute of Education
香港教育學院

中國文學文化研究中心